퇴
마
록

퇴마록

혼세편 2

이우혁

VANTA

공통 일러두기

- 도서는 『 』, 단편이나 서사시 등은 「 」, 그림, 글씨, 영화, 오페라, 음악, 필담 등은 〈 〉, 전화, 방송, 라디오 등은 [ ]로 구분했습니다.
- 각주는 모두 저자 주입니다(엘릭시르 판본에서 용어 해설로 처리된 부분 중 가감된 내용의 일부가 이에 해당).
- 영의 목소리(빙의됐을 경우 제외)와 전음이나 복화술 등 육성으로 하지 않는 말은 등장인물과의 구분을 위해 고딕체로 표기했습니다.
- 피시(PC) 통신에서 사용하는 메시지는 별도의 서체로 구분했습니다.
- 본문의 ( )는 편집자 주이며, ─ 는 저자가 보충하려 덧붙인 이야기를 구분한 것입니다.

차
례

그곳에 그녀가 있었다   • 7

退魔錄   Exorcism Chronicles

그곳에
그녀가 있었다

명왕교

 따로 차편을 준비하지 않은 현암과 승희는 도운의 안내를 받아 택시 정류장으로 갈까 하다가 렌터카를 이용하기로 했다.
 차에 오르면서 도운이 승희에게 영어로 말을 꺼냈다. 현암도 영어는 어느 정도 알아들을 수 있었기 때문에 도운의 말을 대강은 이해할 수 있었다.
 "그런데…… 히로시 씨의 딸을 어떻게 찾을 계획이십니까?"
 도운은 아까부터 경찰에서도 찾지 못한 히로시의 딸을 어떻게 찾을 수 있을지 무척 궁금한 모양이었다. 그러면서도 현암과 승희의 능력에 신뢰감을 갖고 있었는지 여태까지 자세한 질문을 하지 않다가 지금에서야 물어보았다. 승희는 웃으면서 짤막하게 대답했다.
 "염려 마세요. 저에게 맡기시면 돼요."
 현암은 전에 사이토 보좌관에게서 받았던 서류들을 뒤적거려 히로시의 가족사진을 복사한 종이를 꺼내 승희에게 주었다. 승희는 그 사진을 뚫어지게 들여다보았다. 동그란 얼굴에 눈이 작은 히로시의 딸은 예쁜 편이라고는 할 수 없었지만 활짝 웃고 있는 입술 사이로 보이는 여러 개의 덧니가 귀엽게 보였다.

승희는 사진을 무릎에 내려놓고 한참 동안 차 속에서 눈을 감고 생각에 잠겼다. 도운은 그런 승희의 모습을 보고 의아스럽다는 듯 현암에게 눈짓했다. 현암은 말없이 고개를 한 번 끄덕이곤 잠시 기다리라는 시늉을 해 보였을 뿐 별다른 말을 하지는 않았다. 도운은 여전히 의아하다는 듯 승희의 모습을 가만히 쳐다보다 현암을 향해 나직하게 입을 열었다.

"승희 상의 몸에서 이상한 기운이 뻗치고 있네요. 불교 계열입니까? 아니면……."

현암은 자세한 이야기를 하고 싶지 않았는지, 대답 대신 고개를 끄덕였다. 아마 밀교적인 기운을 느끼고 그렇게 말하는 것이리라. 도운은 현암이 계속 묵묵부답이자 도저히 궁금증을 참을 수 없는지 목소리를 높여 말했다.

"지금 승희 상은 투시력을 발휘하시고 계신 것 아닙니까? 이토록 영적인 기운이 짙게 뿜어져 나오는 것으로 보아 일반적인 초능력은 아닌 것 같고. 혹시 이 기운은 밀교에서 말하는……."

현암은 도운이 자꾸 채근하자 귀찮다는 생각이 들어서 짤막하게 한마디 했다.

"방해하지 마시오."

현암의 말에 도운은 머쓱했는지 염불 비슷한 소리를 중얼대다가 입을 다물었다. 주위가 조용해지자 현암은 승희의 얼굴을 다시 쳐다보았다. 승희의 얼굴에는 송골송골 땀이 솟아오르고 있었다.

 준후와 연희는 중간중간 사이토의 휴대 전화로 전화하면서 히로시가 의문의 변사체로 발견된 벳푸의 온천장을 찾아가고 있었다. 가는 도중에 주변의 경치가 신기한 듯 까불거리며 좋아했으나 연희는 그런 준후의 모습이 평소와 달리 어딘지 모르게 어색해 보였고, 불안감마저 들었다.

 준후와 벳푸로 향하는 차편에 몸을 싣기까지 비록 사건에 대한 이야기는 한마디도 하지 않았지만 연희는 영사한 것만으로 식물인간이 돼 버렸다던 밀교 술법자의 이야기가 머릿속을 떠나지 않아 내심 찜찜해하던 참이었다. 준후도 그 일을 모르는 것은 아닐 텐데 그것에 대해서는 말 한마디 하지 않고 어디 놀러라도 가는 것처럼 즐거워했다. 어쩌면 준후 자신도 나름대로 불안감을 감추기 위해서 그러는 것이 아닐까 싶기도 했다.

 여러 번 차를 갈아탄 연희와 준후는 드디어 벳푸에 도착해 온천장으로 걸음을 옮기기 시작했다. 연희는 길을 걸으면서 이곳으로 오는 동안 내내 자신이 생각하고 있던 바를 준후에게 슬쩍 물어보았다.

 "준후야, 히로시 씨가 죽은 게 아마 4월이라지?"
 "예."

"그러면 거의 한 달 가까이 지난 건데 아직까지 영적 기운이 남아 있을 수도 있니? 물론 나는 잘 모르는 일이지만……."

준후가 씨익 웃으면서 밝고 쾌활한 목소리로 대답했다.

"아마 남아 있을 거예요. 밀교의 술법자가 잔상만 보고 식물인간이 될 정도로 영적 기운이 강했다니까 한 달 정도 지났다고 해서 금방 없어지지는 않았을 거예요. 가 보면 뭔가를 알아낼 수 있겠죠."

연희는 준후의 말에 몇 차례 고개를 끄덕였을 뿐 말이 없었다. 한참을 조용히 걷던 연희가 준후를 내려다보며 나직하게 말했다.

"그런데 준후야……."

"예?"

"준후 너…… 정말 자신 있니? 만에 하나 너에게 무슨 일이라도 생기게 된다면……."

준후는 실눈을 뜨고서 배시시 웃더니 귀엽게 말했다.

"그런 건 염려하지 마시라니까요. 저도 옛날의 제가 아니라고요. 그런 정도는 별문제 없어요. 그리고 저도 만에 하나를 위해 준비해 놓았는걸요."

준후는 소매 속을 툭 쳐 보였다. 자세히 보니 소매 속에는 평소 가지고 다니던 부적들과는 다른 딱딱하고 길쭉하게 보이는 물건이 들어 있는 듯했다.

"여차하면 이걸 쓸 거니까 아무 염려 마세요."

"그게 뭔데?"

"연희 누나도 전에 한 번 보지 않았었나요? 제가 나갔다가 귀한 것을 얻어 왔다고 좋아했던 때 말이죠."

"아! 그때……."

연희는 어렴풋이 생각이 났다.

연희는 와불 사건을 처리하고 나서 서울로 올라온 퇴마사 일행과 합류한 적이 있었다. 그 사건 후에도 준후는 풍수사들과 함께 지맥을 살피기 위해 전국을 돌아다녔는데, 연희가 방문한 것과 때를 맞춰 돌아왔다. 그때 준후가 큼지막한 나무토막을 들고 와서는 귀한 것을 얻었다고 매우 좋아했던 일이 있었다. 승희가 어디서 기껏 썩어 가는 시커먼 나무토막 하나를 얻어 와서는 무슨 귀중한 보물이라도 되는 것처럼 좋아하느냐고 말했지만, 준후는 아랑곳하지 않고 지저분해 보이던 나무토막을 들고 신이 났었다.

"혹시 그때 그 나무토막?"

"예, 맞아요. 굉장히 귀한 거라고요. 벼락 맞은 대추나무를 우연히 지나가다가 발견한 건데 천지의 양기와 음기가 조화된 희귀한 물건이에요. 벽조목이라고도 하는데, 악령이나 사마를 제압하는 데 더없이 좋은 물건이라고요."

"그래? 지금 그 나무토막을 갖고 온 거니?"

준후가 깔깔 웃었다.

"나무토막을 어떻게 그냥 갖고 다녀요? 잘 다듬어서 부채를 만들었다고요. 벽조선이라고 이름 붙였지요. 한번 보실래요?"

준후는 헤헤 웃으며 주변을 살피다가 소매 안에 들었던 길쭉한 부채를 꺼내 보였다. 준후에게 저런 손재주가 있었는가 싶을 정도로 정교하게 다듬어진 부채는 보통 부채와는 다르게 검붉은 옻칠을 여러 겹 칠해서인지 반질반질하고 광택이 나는 퍽 고급스러운 물건으로 보였다.

준후는 부채를 조심스럽게 반쯤 폈다. 검붉은 표면과는 달리 안쪽은 새까맣게 칠해져 있었고, 빳빳한 누런색 종이가 발라져 있었으며 그 위에는 경면 주사(鏡面朱砂)[1]로 보이는 희한한 붉은색 문양들이 알아볼 수 없을 만큼 빽빽하게 쓰여 있었다.

"정말 네가 직접 만든 무기야?"

"예, 꼭 무기라고 하기는 뭣한데…… 헤헤, 그래도 꽤 위력을 낼 거예요. 한 번도 써 본 적은 없지만 그럴 거라는 생각이 들어요."

"그래? 그런데 이런 부채가 어떻게 무기가 되지?"

"두고만 보세요. 솔직히 이 부채를 쓸 일이 없기를 바라고 있었는데, 이번에는 아무래도 석연치가 않아서 가지고 왔어요."

"석연치가 않다고?"

연희는 머릿속에 잡히는 게 있었다. 일본에 오면서부터 퇴마사들의 행동이 전과는 달리 어딘가 모르게 축 처져 있었다. 처음엔 별로 내키지도 않고 거의 타의로 일본에 오게 돼서 그런가 보다 짐작했지만 가만 생각해 보니 그것 말고도 어떤 불길한 예감 같은

---

1 잘 결정된 주사(朱砂, 안료)를 뜻한다. 옛적부터 붉은 것은 악을 물리친다는 신앙이 있어 부적 등의 붉은 글씨는 모두 붉은 주사로 써야만 효력을 발휘한다고 믿었다.

것이 들었을지도 모른다 싶었다.

연희는 일단 그 생각을 접어 두기로 하고, 준후와 함께 주위의 표지판들을 훑어보면서 온천장을 향해 바쁘게 걸음을 옮겼다.

차는 첩첩산중을 달리고 있었다.

뒷좌석에 사이토와 나란히 앉아 있던 박 신부는 오는 내내 아무 말도 하지 않았다. 박 신부는 왜 갑자기 스즈키가 일행 전부를 만나지 않겠다고 했는지 무척 궁금했으나, 한편으론 내심 불쾌하기도 했다. 박 신부도 현암이나 준후와 마찬가지로 일본에 오는 것을 그다지 탐탁하게 여기고 있지 않았던 데다가, 사전에 아무런 양해도 없이 이런 식으로 일을 처리하는 게 아무리 느긋한 성격이라고 해도 기분이 좋을 리 없었다.

그런 박 신부의 마음을 아는 듯 사이토가 박 신부의 눈치를 힐끗힐끗 보다가 기어들어 가는 목소리로 말을 걸었다.

"양해해 주십시오. 일행분을 같이 모시지 못한 점 말입니다. 미리 말씀을 드렸어야 하는 건데 워낙에 급작스러운 일이어서……."

"무슨 일이 생겼기에 그러시는 거죠? 이야기라도 좀 들읍시다."

"예. 그게 좀…… 일단 말씀드리겠습니다. 스즈키 씨는 지금 정상적인 상태가 아닙니다. 그래서……."

"예? 정상적인 상태가 아니라뇨? 어제까지만 해도……."

"어제와는 또 얘기가 다르죠. 그렇게 보안을 철저히 해 놨는데도 오늘 아침 스즈키 씨는 무엇에 놀랐는지 반실성한 상태로 횡설

수설하더군요. 진정제 주사를 맞고 잠드는 모습을 보고 나왔는데 저희가 도착할 때쯤이면 깨어 계실지도 모릅니다. 그런 모습을 여러분께 보여 드린다는 게 좀……. 더군다나 낯선 사람들이 여럿 있게 되면 스즈키 씨가 몹시 불안정해져서 행여 증세가 도질까 봐 그런 것이니 양해해 주시기 바랍니다."

"허…… 이것 참……."

박 신부도 뭐라고 말할 수는 없었지만, 자신들을 믿고 일을 부탁한 사람들이 자기들 편한 대로 일을 끈다는 게 영 꺼림칙했다. 박 신부가 입을 다문 채 말이 없자 사이토는 당황했는지 머리를 긁적거리며 변명했다.

"도대체 왜 그런지 저도 이해할 수가 없습니다. 주변에서 경호하는 사람들만도 수십 명이 있는데 무언가가 나타났다고 횡설수설하면서 몸을 오들오들 떨고 있었어요. 스즈키 씨가 언제 어떻게 될지 모르는 상황이라서 신부님만 모시게 됐습니다. 신부님은 제일 연장자인 데다가 성직자이시기도 하고 또 전에는 의사이셨다는 말씀도 언뜻 전해 듣긴 했습니다만……."

"저에 대해 꽤 열심히 조사하셨나 보군요."

사이토가 겸연쩍게 웃으며 말했다.

"예, 일이 일이니만큼 기초적인 조사는 해 두었습니다. 본의 아니게 실례했다면 사과드리겠습니다. 이 또한 양해 부탁드립니다."

"아닙니다. 그런 문제에 대해선 크게 개의치 않습니다. 다만, 우리를 초대한 스즈키 씨를 우리가 어떻게 도와드려야 할지 참 난

감하군요. 구체적인 방법이 떠오르지도 않고, 게다가 지금 스즈키 씨가 제정신이 아니라니 제대로 도와드릴 수나 있을지 모르겠네요. 물론 그런 일이 없어야 되겠습니다만, 만에 하나라도……."

사이토는 나직이 한숨을 쉬었다.

"그러게 말입니다. 조금만 더 버텨 주었으면 했는데……. 스즈키 씨가 갑자기 저렇게 발작을 일으킬 줄은……."

사이토의 얼굴이 어두워지는 것을 보고 박 신부는 눈을 껌벅거리다가 문득 생각난 것처럼 물어보았다.

"그런데 스즈키 씨는 무엇을 보고 그렇게 됐답니까? 무언가에 놀랐다고 하는데 그게 어떤 것이었는지 모르십니까?"

"음, 어떻게 설명드려야 될지 모르겠네요. 거의 실성한 상태로 그림자라느니 어둡다느니 하는 말을 자주 하는 모양입니다."

"어둡다?"

"한마디로 요약하면 검은 그림자라고 할 수 있겠네요. 숨어 있는 그림자라든가 뭐 그런 말을 중얼거린답니다. 도대체 알 수 없는 일이죠. 밤에도 대낮같이 불을 환하게 밝혀 놓고 주위에 사람들이 항상 지키고 있는데도 헛것이 보인다니 말이죠."

"글쎄요. 스즈키 씨에게까지 마수가 뻗치기 시작한 것은 아닌지 모르겠군요. 단순히 헛것을 본 것이라면 그나마 다행일 텐데……."

"그도 그렇군요."

사이토와 박 신부가 이야기를 나누는 사이 차는 험한 고갯길을 지나서 어느덧 깊은 산속에 난 좁은 길로 접어들고 있었다.

승희는 꽤 오랫동안 투시를 행하고 있었다. 투시가 쉽지 않은지 승희의 얼굴에서는 땀이 비 오듯 흐르고 있었다. 투시를 행하고 있는 승희에게 방해가 될까 봐 현암과 도운은 차 밖으로 나와 있었다. 곁에서 부스럭대는 것조차 마음에 걸렸던 현암이 도운을 아예 밖으로 데리고 나온 것이다.

 현암과 도운은 함께 히로시 딸에 대한 서류를 다시 한번 훑어보았다. 현암이 도운에게 일본어로 쓰인 히로시 딸의 이름을 손가락질해서 물어보자 도운은 '후지코'라고 대답했다. 그 서류에는 자잘한 신상 명세만 적혀 있을 뿐 도움이 될 만한 특별한 내용은 없었다. 현암이 서류를 대충 훑어볼 때까지 도운은 승희가 궁금한 듯 힐끗거리면서 그럭저럭 지루함을 참고 기다렸다.

 서류를 덮은 현암은 눈을 들어서 시내의 정경을 죽 둘러보았다. 일본이나 우리나라나 크게 다를 것은 없었다. 사람들의 생김새도 엇비슷하고 겉으로 보아서는 외국에 와 있다는 느낌이 별로 들지 않았다. 그러나 어딘지 모르게 마음이 불편하고 낯선 곳에 와 있는 느낌까지는 지울 수 없었다.

 둘은 한참 동안 말없이 앉아 있었다. 도운은 다소 지겨웠는지 염주 알만 뱅뱅 돌리고 있었는데, 그때 차 안에서 승희의 목소리가 들렸다.

 "됐어. 현암 군."

 현암은 반가워서 차 문을 열고 승희에게 말을 걸었다.

 "이번엔 왜 이렇게 오래 걸렸지? 다른 때보다도 훨씬 오래 걸린 것 같네."

"아무래도 한 번도 본 적이 없는 사람이고 사진도 너무 흐릿해서 마음속에 잘 와닿지가 않았어. 아무튼 끝났어."

"수고했어."

승희가 웃는 얼굴로 땀을 닦아 내다가 문득 심각한 표정을 지었다.

"이 사람, 지금 말도 못 할 곤경에 빠져 있는 것 같아. 빨리 구해 주어야 할 텐데……."

"곤경에 빠져 있다고? 하긴 그러고 보면 굉장히 오랜 시간이 지났지. 작년 11월에 납치됐다고 하니 벌써 육 개월이나 지났잖아. 그런데도 아직 살아 있다고 하니 다행이군."

"그렇지만……."

승희는 숨을 고르고 나서 나지막한 목소리로 말했다.

"살아 있다는 건 다행이겠지만 너무 기대하지 않는 것이 좋을 거야……. 아무튼 어서 가 보자고."

승희는 무엇엔가 놀란 듯 얼굴이 핼쑥했다. 의아하게 여긴 현암이 말을 더 걸려고 하자 승희가 자리에 앉은 도운을 살짝 눈짓해 보였다. 현암은 승희가 왜 그러는지 알 수 없어 고개를 갸웃하다 운전석으로 들어가 차의 시동을 걸었다.

승희가 현암에게 갈 방향을 말해 주었다.

"여기서 동쪽으로 계속 가. 해변이 내려다보이는 곳으로……."

"해변이 내려다보이는 곳?"

"응."
"동쪽?"
"응."
"그것뿐이니?"
"응, 대강의 위치와 방향만을 알아냈을 뿐이야. 그리로 가면 될 거야. 빨리 서두르자고. 그 히로시의 딸 이름이 뭐더라?"
"후지코."
"아, 그래. 후지코가 있는 곳은 어느 절의 지하인 것 같아. 무서운 불상들과 침침한 전경이 보였어."
"절?"
"응."
"그렇다면 명왕교?"
"그것까지는 모르겠어."

현암은 차를 몰면서 묵묵히 생각에 잠겼다.

'절이라…… 하긴 명왕교도 밀교에서 비롯된 것이니 절이 그들의 본거지일 수도 있겠군. 그렇다면 명왕교가 정말로 수상한데……. 도대체 명왕교에서는 왜 이런 일들을 벌이는 것일까? 명왕교와 칠인방은 무슨 연관이 있기에…….'

현암은 승희가 일러 주는 방향으로 액셀러레이터를 힘껏 밟았다. 승희는 눈을 감았다. 피곤해서인지, 아니면 계속 투시하기 위해서인지는 알 수 없었지만…….

차가 멈추어 서자 박 신부는 천천히 문을 열고 내렸다.

멀리 병풍 같은 푸른 숲을 뒤로한 산뜻한 분위기의 별장이 보였다. 산속에 있는 것치고는 상당히 규모가 큰 삼 층짜리 흰색 건물이었다. 차에서 내린 사이토가 박 신부에게 안으로 들어가자며 깍듯이 허리를 굽혔다. 박 신부는 고개를 끄덕여 보이고는 별장으로 발걸음을 옮겼다.

별장의 문 앞에는 검은 양복에 덩치가 큰 거한이 떡하니 버티고 서 있었다. 그들은 곱지 않은 눈길로 박 신부를 아래위로 훑어보았다. 박 신부는 개의치 않고 사이토가 안내하는 대로 별장 안으로 들어갔다.

별장 문을 열고 들어서자 문 안쪽에도 덩치가 어마어마하게 큰 거한 하나가 의자에 앉아서 담배를 뻐끔거리고 있었고, 계단 양쪽에도 역시 큰 덩치에 검은 옷을 입은 남자들이 버티고 서 있었다. 아무리 스즈키가 정계의 고관이었다고 할지라도 지금은 은퇴한 상태인데 어떻게 이렇게 많은 경호원을 부리고 있는 것인지 박 신부는 조금 의아했지만 차마 그 이유를 묻지는 못했다.

앞서가던 사이토가 박 신부를 돌아보며 삼 층 맨 구석방이 스즈키의 방이라고 일러 주었다. 삼 층 복도에도 덩치 큰 서너 명의 거한들이 경비를 맡고 있었다.

박 신부와 사이토가 스즈키의 방문 앞에 다가섰을 때 마침 방문이 열리면서 흰 가운을 입은 남자 의사가 나타났다. 그 의사가 박 신부를 힐끗 보더니 사이토에게 나지막한 소리로 말을 건넸다. 사이토는 그 의사와 대화를 나누면서 고개를 끄덕이기도 하고 귓속말로 뭐라고 말하기도 했다.

박 신부는 두 사람의 대화가 워낙 조용조용한 데다가 일본어인지라 모두 알아들을 수는 없었지만, 의사의 말 도중에 간간이 의학 용어가 섞여 나오는 것을 듣고는 현재 스즈키가 쇼크로 인한 일시적 착란 증세라는 것을 짐작할 수 있었다. 스즈키의 증상이 일시적이라는 것을 듣고 박 신부의 마음은 훨씬 가벼워졌다.

눈치를 보아하니 의사는 신부를 데려온 것을 꺼리는 것 같았으나 사이토는 개의치 않고 박 신부에게 안으로 들어가자는 손짓을 해 보였다. 쏘아보는 의사의 눈빛을 뒤로하고 박 신부는 방 안으로 들어섰다. 방 중앙에 침대가 놓여 있었고, 그 옆에는 두 명의 남자가 경호를 서고 있었다.

'저기 누워 있는 게 스즈키 씨인가 보군.'

박 신부는 어째서 답답하게 얼굴까지 천으로 덮어 놓았는지 궁금했다.

"잠들어 계신 겁니까?"

사이토가 낮게 가라앉은 목소리로 대답했다.

"잠들어 계시지는 않은 것 같습니다. 아마 발작 때문에 몸을 묶어 놓은 모양이군요."

"예?"

박 신부가 고개를 갸웃하자 사이토는 침대로 다가가 가만히 시트를 걷어 냈다. 그러자 나이가 많이 든, 다소 뚱뚱해 보이는 남자 하나가 온몸이 꽁꽁 묶이고 재갈을 물린 채로 눈알만 굴리면서 누워 있었다. 사이토가 박 신부에게 이분이 스즈키 씨라고 일러 주었다. 눈동자는 초점이 없고 흐리멍덩하게 풀려 있었다. 아마도 지쳤거나 진정제 주사 같은 것을 맞았는지 몸부림을 치지는 않았다. 박 신부는 손을 뻗어 자리에 누워 있는 스즈키의 눈꺼풀을 뒤집어서 동공을 살펴보았다. 그러고는 사이토에게 말했다.

"진정제 주사를 많이 놓았습니까?"

사이토는 고개를 갸웃하면서 옆에 서 있는 경호원에게 물었다. 그가 건조한 목소리로 짧게 대답하자 사이토는 박 신부를 향해 고개를 끄덕여 보였다.

"예, 아침에 제가 나가고 난 뒤에도 발작 증세를 심하게 보여서 몇 번 더 진정제를 맞았다고 하는군요."

"음…… 하지만 진정제 주사를 맞은 것치고는 좀 이상해 보이는데?"

"예?"

"아, 아닙니다."

박 신부는 조금 이상했지만 말을 하지는 않았다. 스즈키는 진정제라기보다는 마약에 취해 있는 것처럼 보였기 때문이었다. 어쨌든 박 신부는 그런 것보다 방 안에서 뭔가 느껴지는 것이 없나 영사해 보기로 하고 정신을 집중시켰다. 방 안에서는 그다지 강력한 영기가 느껴지지 않았지만 희미한 자취 같은 것이 남아 있었다. 박 신부는 그 기운에 좀 더 정신을 집중한 다음, 한참 동안 궁리를 하다가 한숨을 내쉬었다.

'스즈키 씨는 단순히 헛것을 본 게 아니로군.'

박 신부가 사이토를 돌아보며 말했다.

"일단 지금 이 방은 안전합니다. 그런데……."

박 신부의 말에 사이토는 당연하다는 듯 고개를 끄덕였다. 엄중한 경호를 하고 있으니 당연히 그럴 것이라고 생각한 걸까? 아무리 사람이 많아도 소용없을 거라고 말하려다가 박 신부는 쓴웃음을 지었다.

"그런데 스즈키 씨를 저렇게 재갈을 물린 채로 계속 내버려둘 겁니까? 이제는 많이 진정된 것으로 보이니 재갈을 풀어 주도록 하시죠. 제가 스즈키 씨와 이야기를 좀 나눌 수 있게요."

"글쎄요. 지금 상태로 온전하게 이야기하는 것이 가능할지 모르겠습니다. 조금 더 기다리시면 정신을 차리실지도 모르는데 그때……."

"꼭 정신을 차렸다고 온전한 이야기를 하라는 법은 없지요. 기억이 나지 않을 수도 있으니까요. 비록 환상이라고 할지라도 자기가 본 바를 솔직하게 들어 보아야 할 필요도 있을 것 같습니다. 제게도 생각이 있으니 염려는 마시고 재갈만 풀어 주십시오. 그리고……."

"……."

"제가 말하는 것과 스즈키 씨가 말하는 것을 전부, 한 치의 오차도 없이 있는 그대로 직역해서 옮겨 주시기 바랍니다. 꼭 그래야만 합니다. 조금 어려우실지도 모르지만 그래 주시겠습니까?"

"예, 노력해 보도록 하지요."

"그리고 지금 나눌 이야기는 대단히 중요한 것일지도 모르니 녹음기를 하나 준비해 주십시오."

"녹음기요? 음…… 글쎄요."

사이토는 난감한 표정을 지었다. 아마 녹음기를 구하기 어려워서가 아니라 스즈키의 사생활이 외부로 드러난다는 게 영 내키지 않는 듯했다.

"박 신부님을 못 믿는 게 아닙니다만 지금 스즈키 씨의 상황이 바깥으로 누출된다면…… 그럴 위험성이 있는 일은 아예……."

"누출시키고자 하는 게 아닙니다. 아무튼 혹시라도 빠뜨리고 넘어가거나 아주 미세한 표현이나마 누락될지도 몰라서 그러는 것이니 염려 마시고 준비해 주세요."

사이토는 박 신부의 이야기를 듣고 나서도 한참을 머뭇거리더니 결국 고개를 끄덕거리고는 경호원 한 명에게 나직히 지시했다.

밖으로 나간 경호원이 잠시 후 조그마한 소형 녹음기를 가지고 들어왔다. 사이토는 녹음기를 열어 테이프가 들어 있나 확인해 본 다음 박 신부에게 주면서 고개를 끄덕여 보였고, 박 신부도 여러 번 고개를 끄덕였다.

사이토가 눈짓을 하자 경호원 한 명이 조심스레 스즈키의 입을 막아 놓은 재갈을 풀기 시작했다.

한편 준후와 연희는 고급 온천장의 별실로 발을 들여놓고 있었다.

사전에 조치가 취해져 있었는지 주인은 그들을 보고 조금 의아해하는 듯했지만 별다른 말 없이 히로시가 죽었다는 방으로 안내했다. 가는 동안 주인은 준후가 입고 있는 한복을 보고 한국에서 왔냐고 물었는데, 연희는 짤막하게 그렇다고 미소를 띠며 대답한 뒤 주인의 질문을 피하기 위해 고개를 돌려 버렸다. 무안해진 주인은 가뜩이나 온천장 안에서 사람이 죽어 뒤숭숭한데 잊어버릴 만하면 왜 이렇게 찾아오는 사람이 많은지 모르겠다고 중얼거렸고, 그 소리가 연희의 귀에 들렸다.

 어떤 사람들이 어떻게 찾아왔었느냐고 연희가 주인에게 묻자 주인은 승려들도 두어 번이나 다녀갔고 중년의 남자들이 여자아이를 데리고 서너 번이나 왔었으며, 그 여자아이가 따로 한 번 왔었다고 일러 주었다. 연희는 주인의 말에 잠시 의아한 듯 고개를 가로저었지만 구태여 자세히 묻지는 않고 그 말들을 잘 기억해 두었다.

 주인은 온천장에서 가장 좋은 방인 듯한 별실로 준후와 연희를 안내해 주고 나서 더 필요한 것이 있는지 연희에게 물었다. 무슨 일을 하려고 하는지 궁금한 모양이었지만 연희는 그만 됐다면서 주인을 돌려보냈다.

 복도에 아무도 없는 것을 확인한 연희가 그제야 옆에 있는 준후를 돌아보았다. 준후는 긴장하고 있는 것 같았지만 일부러 태연하게 보이려고 꾸며서인지 얼굴이 묘하게 일그러져 있었다. 연희는 그런 준후의 모습을 보자 자신도 긴장되는 것 같아 헛기침하고는 준후에게 물어보았다.

"준후야, 왜 그래? 뭔가 느껴지는 게 있니?"

준후는 연희의 질문에 바로 대답하지 않고 방 안을 돌아보며 고개를 끄덕이더니 천천히 말했다.

"뭔가 있긴 있어요."

"뭐가 있다고? 그게 무슨 말이지?"

"글쎄요. 저도 잘 모르겠어요. 뭐랄까…… 그러니까 한 달 전에 히로시의 죽음과 연관된 게 아직도 여기에 남아 있는 것 같아요. 그러니까 영적인 것인데…… 아이고, 그러니까 뭐랄까……."

연희가 공연히 불안해져서 재빨리 눈을 굴리며 방 안 구석구석을 살펴보자 준후가 말했다.

"가만히 계세요. 괜히 성급하게 행동하면 그놈이 놀라서 달아나 버릴지도 몰라요. 어딘가에 숨어 있는 것 같은데……."

"무서운 거니?"

"염려는 하지 마세요."

불안해진 연희가 다시 말하려고 하는 사이, 준후는 어느새 소매 안에서 부적 하나를 꺼내 주문을 외우기 시작했다. 그러자 부적에 저절로 불이 확 붙더니 활활 타오르기 시작했다. 긴장한 연희의 얼굴을 보고는 준후가 씨익 웃으며 말했다.

"모산 부적술이에요. 제 놈이 뛰어 봐야 벼룩이지."

그러더니 준후는 얼굴에 웃음기를 거두고 크게 외쳤다.

"이놈, 나타나라!"

준후가 호통을 치자 벽 저편에서 뭔가 아물아물한 기운이 느껴지기 시작했다. 깜짝 놀란 연희가 눈을 질끈 감고 정신을 가다듬은 다음 그곳을 바라보았다. 잘못 본 것이 아니었다. 역시 조금씩 공간이 아물거리면서 뭔가가 나타나고 있는 것 같았다. 연희가 다소 놀란 것 같자 준후가 한마디 했다.
 "부적으로 밝힌 불 때문에 연희 누나에게도 저놈이 보이나 보군요. 별것 아니니 놀라실 건 없어요."
 준후는 말을 하면서도 한 손으로 맺고 있던 수인을 몇 번 바꾸어 교차시켰다. 그러자 울렁거리는 형상이 점차 거무죽죽한 연기 덩어리 같은 것으로 꿈틀거리면서 변해 갔다.

 달리는 차 안에서 현암은 운전을 하느라 여념이 없었고, 승희는 계속 눈을 감고 뭔가를 생각하고 있었다. 뒷좌석에 앉은 도운은 지도책을 꺼내어 들고 여기저기를 뒤적거렸다. 아마도 승희가 말한 방향에 혹시 절이 있지 않을까 싶어 지도를 뒤져 보는 것 같았다.
 얼마나 달렸을까, 승희가 감았던 눈을 뜨더니 고개를 흔들면서 현암에게 말했다.
 "이상해. 아주 이상해."
 "왜 그래, 승희야?"
 "후지코가 죽지 않은 것은 분명한데 어딘가 느낌이 달라. 도대체 뭐라고 해야 할지."
 "무슨 느낌인데 그래?"

"굉장히 고통을 당하고 있는 것 같고, 누군가를 지독하게 원망하고 있어. 그런데 기가 막힌 건……."

승희는 말을 끊었다가 헛기침을 한 번 하고는 말을 이었다.

"마음속이 그대로 들여다보이지가 않아. 장막을 친 것 같지도 않고. 이상해. 이런 느낌은 처음이야."

"무슨 말인지 하나도 모르겠군. 말로 표현하기 어려운 줄은 알겠지만 그래도 이해하기 쉽게 잘 좀 이야기해 봐."

"후지코 한 사람 같지 않아. 왜 그런 거 있잖아. 한 사람에게 두 가지 이상의 상반된 성격이 나타나는 그런 다중 인격 증상이라고 하던가?"

"뭐? 후지코가 한 사람 같지가 않다고? 그럼 후지코 말고도 사람이 여럿 있다는 거야?"

"아니, 분명 후지코는 한 사람인데 이상하게 그러니까…… 한 몸에 여러 영혼이 들어 있다고 해야 하나?"

"그렇다면, 빙의?"

현암은 고개를 갸웃했다. 후지코의 몸속에 영혼이 여럿 있다는 게 무슨 말인지 이해가 가지 않아서였다. 다른 사람의 영이 어떤 사람의 몸속으로 들어가는 것은 현암으로서는 이미 수도 없이 보고 경험했던 일이었지만, 어디론가 납치당해 감금돼 있는 후지코의 몸속에 어떻게 여럿의 영이 들어가 있는 것인지 의아했다.

"혹시 명왕교에서 무슨 특별한 실험을 한 건 아닐까? 그래서 후지코의 몸에 인위적으로 여럿의 영이 들어선 게……."

"실험?"

"그래. 주술적인 실험일 수도 있어. 죽은 사람을 살리려는 짓일 수도 있고, 아니면 어떤 꿍꿍이를 가지고 후지코를 완전히 다른 사람으로 만들려고 하는 것일 수도 있어."

"원 세상에, 끔찍해!"

"하지만 그렇게밖에는 생각할 수가 없어. 후지코는 납치된 지 무척 오래됐어. 그런데도 금품을 요구하거나 협박 같은 게 없었던 것으로 보아 일반적인 유괴와는 성격이 달라. 그렇다고 후지코가 죽은 것도 아니고 아직 살아 있다면 그건 어떤 다른 목적을 위해서 그런 것이라고밖에 할 수 없지."

현암이 침울한 어조로 말하자 승희도 섬뜩해지는 듯, 어깨를 움츠렸다. 현암은 특유의 굳은 표정으로 시선은 앞을 향하며 핸들을 힘 있게 잡았다.

"서둘러야겠어. 후지코를 찾게 되면 그간의 사정을 알아낼 수 있겠지."

"여기서 그다지 멀지 않아. 느낌이 와."

"이 근처에 절 같은 것은 하나도 보이지 않는데요? 그런데 경찰의 도움은 필요 없을까요?"

뒷좌석에서 도운이 두 사람의 대화에 끼어들었지만 승희와 현암은 대꾸하지 않고 계속 동쪽으로 차를 몰았다. 해변이 보인다는, 후지코가 갇혀 있는 곳을 향해서.

스즈키의 행동은 의외로 침착했으나 그의 표정에는 어딘가 얼이 빠진 기색이 역력했다. 재갈을 풀어 입이 자유롭게 되자 스즈키는 거친 숨을 몇 번 내뱉고 박 신부의 얼굴을 멍하니 쳐다보았을 뿐, 발작을 일으키거나 하지는 않았다. 그러나 박 신부는 그런 스즈키의 눈매에서 왠지 수상쩍은 기색을 느꼈다.

'분명 마약 기운이 남아 있는 것 같다. 스즈키 씨의 발작 때문에 마약 성분이 강한 약을 투여한 것일까?'

박 신부는 아무래도 의아했지만 그 생각은 마음속에 감추어 두기로 하고, 스즈키의 눈을 똑바로 쳐다보며 말을 꺼냈다.

"저는 한국에서 온 박윤규라고 합니다. 스즈키 씨를 괴롭히는 것이 있다고 하기에 여기까지 오게 됐습니다."

박 신부의 말을 사이토가 통역하자 스즈키는 중얼거리며 신음 섞인 소리를 내뱉었다. 제정신이 아닌 스즈키는 망령 든 노인처럼 추해 보였고, 일본 정계를 좌지우지했다던 옛 모습의 자취는 어디에서도 찾아볼 수 없었다.

"무서워, 무섭다고 하십니다."

"무엇이 무섭죠?"

박 신부가 묻자 사이토는 재빠르게 말을 옮기느라 서둘렀다. 그러나 연희의 통역만큼 능숙하게 이야기가 전해지는 것 같지가 않아서 박 신부는 답답했다.

"그림자, 그리고 그 얼굴이 바라보고 웃는 것 같다고 합니다."

"그냥 직역해 주시면 됩니다. 그대로 옮겨 주세요. 어감까지도 그대로!"

"예, 노력하겠습니다."

사이토는 땀을 뻘뻘 흘리고 있었다. 박 신부가 다시 물었다.

"그림자라뇨? 그리고 얼굴이라고 했나요?"

"그림자 검은 가미(神)[2], 가미라고 말하고 있어요. 그리고……."

스즈키의 얼굴에 갑자기 형언할 수 없이 두려운 기색이 떠올랐다.

"가면의 얼굴, 그 얼굴이……."

"가면? 그렇다면 노의 가면입니까?"

"노의…… 그리고 그 뒤에, 뒤에……."

스즈키의 얼굴이 경련을 일으키기 시작했다.

박 신부가 재빨리 약간의 기도력을 내어 스즈키의 몸으로 보일 듯 말듯 한 오라를 보내자 스즈키가 힘을 얻었는지 간신히 말을 이었다.

"나를 미워하고 그리고……."

"그 얼굴은 누구죠?"

"흰 칠을 하고 어둡고 가미 그리고 여자……."

"여자? 누구죠? 아는 사람입니까?"

"몰라. 무서워. 무서워서 보고 싶지 않아."

---

[2] 신, 정령, 성스럽고 초인간적인 성질이나 존재 등을 가리키는 광범위한 의미를 뜻한다. 모든 존재가 가미의 성질을 지닐 수 있고 숭배의 대상이 될 수 있지만 유대, 기독교, 이슬람적인 의미에서의 절대적인 신은 아니다. 자연 현상, 물체, 동물뿐만 아니라 성장, 풍요, 생산을 가져오는 신비로운 생명력을 나타내는 데 사용되기도 한다.

"자, 진정하세요. 사실대로 모두 말씀하셔야 합니다. 얼굴을 보았습니까?"

더듬거리는 스즈키와 쉴 새 없이 물어 대는 박 신부의 중간에서 사이토는 얼굴이 파랗게 질린 채 땀을 비 오듯 흘리며 두 사람의 빠른 대화를 정확히 옮기려고 안간힘을 쓰고 있었다.

"안 보았어. 보면 죽어. 그걸 보면 난…… 그건……."

"얼굴이 누구인지 알고 있나요?"

"보면 죽어. 난 안 볼 거야. 안 볼 거야!"

"보지 않도록 해 드리기 위해서는 제가 반드시 알아야 합니다. 그 얼굴이 누구죠?"

"그건……."

"아는 사람의 얼굴입니까?"

"아아, 으아악!"

스즈키는 끝내 비명을 지르면서 몸을 뒤틀려고 했다. 그러자 양옆에 버티고 있던 두 명의 거한이 스즈키의 몸을 잡아 발버둥 치지 못하게 꽉 붙들었다. 사이토가 땀에 젖은 얼굴을 박 신부에게 돌리고는 소리를 쳤다.

"이제 그만! 그만해요!"

"알겠습니다. 스즈키 씨가 진정할 때까지 좀 기다리도록 하죠."

박 신부도 숨을 크게 내쉬었다.

스즈키의 말로 미루어 볼 때, 스즈키에게 보이는 것은 어둠 속에서 살며시 나타나는 노의 흰 가면이 틀림없었고, 스즈키가 두려워하는 것은 그 뒤에 숨어 있는 얼굴이었다. 그러나 스즈키는 필사적으로 얼굴을 보지 않겠다고 했다. 어둠 속에서 그러한 영상이 계속 보인다는 것은 단순한 공포 때문이었을까? 아니면······.

'흠! 스즈키 씨와 육인방, 그리고 다카다에 대해 상세하게 알아보아야겠군.'

가면 뒤에 나타난 얼굴이 누구의 것인지 알아내야 할 것 같은데 스즈키는 그 얼굴을 보지 않겠다고 말했다. 그렇지만 스즈키는 그게 누구의 얼굴일 거라는 걸 짐작하고 있는 건 아닐까? 도대체 누구의 얼굴이기에 저렇게 고통스러워할까?

히로시가 죽임을 당했을 때 남은 잔상만을 보고 밀교의 술법자가 정신을 잃은 일이 있었다. 박 신부는 그것이 도무지 이해되지 않았다. 지금 스즈키에게 나타나는 것과 히로시에게 나타났던 환영이 비슷하거나 동일한 것이라고 한다면, 지금 스즈키가 노의 가면 뒤에 숨어 있는 얼굴을 짐작할 수 있는 것처럼 히로시도 짐작할 수 있었을 것이다. 그런데 밀교의 술법자는 왜 그 모습을 보고 의식을 잃었을까? 그 얼굴이 아무리 무섭고 끔찍한 것이라 해도 자신과 관련도 없는 사람의 얼굴을 보고 공포에 질려 식물인간이 돼 버릴 수 있는 걸까? 그것도 영사에 능한 밀교의 고승이 말이다.

'생각하면 할수록 더더욱 오리무중이군.'

박 신부가 생각에 잠긴 사이 두 명의 거한과 어느새 달려온 의사, 그리고 사이토의 간호를 받아 스즈키의 호흡 소리는 점차 고르게 바뀌고 있었다. 사이토가 더 해야 하느냐는 듯 걱정스러운 눈길을 보내자 박 신부는 단호하게 고개를 끄덕였다. 스즈키가 괴로워 한다고 해서 근본적인 치유를 그만둘 수는 없었다. 증상을 바로 잡기 위해서는 앞뒤의 사정을 확실히 알아 놓아야 했기 때문이었다.

어른어른하던 검은 형체가 구체의 모양을 하고 간헐적으로 부르르 떨면서 준후와 연희의 눈앞에 완연히 모습을 드러냈다. 그러나 어떤 특별한 형체나 생김새가 있는 것이 아닌, 그저 검은 덩어리에 불과했다.

"이놈은 뭐지?"

연희가 그 검은 덩어리를 한동안 기분 나쁘다는 듯이 바라보다가 준후에게 물었다.

"글쎄요, 생물의 영은 아니고. 뭐랄까? 정령(精靈) 종류가 아닌가 싶은데요."

"정령? 그렇다면 일본에서 말하는 가미 같은 것일까?"

"가미요? 그럴지도 모르겠네요. 좌우간 요놈!"

준후가 검은 덩어리를 향해 손짓하자, 그 가미는 부르르 떨면서 준후 앞으로 다가오는 듯하더니 갑자기 휙 하고 사라져 버렸다.

"에게게, 요놈이?"

"왜 그러지? 준후야?"

"도망가 버렸어요. 하지만 멀리는 못 갔을 거예요."

"어떻게 도망갔다는 거지? 그냥 없어졌잖아?"

"사람이 아닌 그런 놈들은 모습을 감추는 방법이 많지요. 그러나 염려 마세요. 이제 찾기만 하면 꼼짝 못 할 거예요. 그나저나 이상한데?"

"왜?"

"왜 이런 곳에 웅크리고 있는지 말이에요. 저놈이 여기 숨어 있었다면 뒤에서 누군가의 조종을 받는지도 모른다는 얘기인데…… 정령을 부리는 건 쉬운 일이 아니거든요."

연희는 준후가 중얼거리는 말을 알아듣기 어려웠지만, 준후는 아는지 모르는지 밝게 웃으며 연희에게 말했다.

"이제 우리가 온 목적대로 한번 영사를 해 봐야죠. 이제 엿보는 놈도 없어졌으니까요."

"그럼, 지금 사라진 저 가미가 형사처럼 잠복근무를 하면서 누가 여기서 무슨 일을 하는지 감시하고 있었다는 말이니? 그래서 먼저 그걸 쫓아 버린 거야?"

"꼭 그런 것은 아니지만 대체로 비슷해요."

"원 참."

연희도 오랫동안 퇴마사들과 함께 다닌 만큼 가미를 보고 놀라지는 않았지만, 그런 것들을 부려서 사람의 행동을 감시하는 자가 있을지도 모른다고 생각하니 머리끝이 쭈뼛해지는 느낌이었다. 사람이라면 몰라도 그런 것들이 숨어서 지켜보는 것을 어떻게 피할 수 있단 말인가?

연희가 그런 생각을 하면서 자신도 모르게 기분 나쁘다는 표정을 짓고 있는 사이, 준후는 어느새 눈을 감고 영사에 들어가고 있었다. 한 달 전의 자취를 찾아서, 그리고 아직 무엇인지는 알 수 없지만 여기에 숨어 있을 그 공포의 비밀을 찾아서.

연희는 준후의 모습을 걱정스러운 눈으로 바라보았다. 갑자기 준후의 얼굴이 창백해졌다. 연희는 가슴이 철렁 내려앉았지만 공연히 건드려서는 좋을 게 없다는 것 정도는 잘 알고 있었다. 정신적으로 깊은 집중에 빠져 있을 때 외부에서 충격을 주면 자칫 큰일이 벌어질 수도 있기 때문이었다. 준후의 얼굴이 핏기가 빠져나간 것처럼 하얗게 질리더니 연희도 느낄 수 있는 어떤 무형의 기운이 봇물 터지듯 준후의 몸으로부터 터져 나오기 시작했다.

"앗! 준후야!"

연희가 놀라서 소리를 쳤으나 채 말이 바깥으로 새어 나오기도 전에 준후의 몸에서 퍼져 나가던 폭풍우 같은 기운이 방 전체를 에워싸고 휘감아 돌았다. 흰빛이 뒤섞인 기운들은 돌풍처럼 물리적인 힘을 지니고 있는 것은 아니었지만 연희는 숨이 막힐 것 같았다.

"준후야!"

연희가 억지로라도 준후를 깨워야겠다고 마음먹고 막 준후에게로 손을 뻗으려 하는 순간이었다. 준후가 날카로운 비명을 지르며 눈을 번쩍 뜨는 바람에 연희는 놀라서 그만 뒤로 몇 걸음 물러서고 말았다.

"아무래도 경찰을 부르는 편이 좋지 않을까요?"

뒷자리에서 도운이 중얼거리듯 두 사람에게 다시 말하자, 승희는 의견을 구한다는 듯이 현암의 얼굴을 쳐다보았다. 현암은 잠시 생각해 보더니 고개를 저었다. 승희가 현암의 이야기를 들은 뒤, 도운에게 영어로 현암의 생각을 전해 주었다. 아무래도 현암의 영어 실력으로는 이야기를 길게 할 수 없었다.

"우리가 살펴본 다음에 경찰을 부르도록 하지요. 제가 투시한 것이 사실이라고 한다면, 후지코는 지금 정상이 아닌 것이 분명해요. 확실한지는 모르지만, 명왕교에서 무슨 술수를 부린 것이 아닌가 싶군요. 그러나 경찰은 그런 것에 대해서는 전혀 생각하지 않을 거예요. 후지코를 찾아냈다는 사실 외에는 다른 관심을 기울이지 않을 거고요. 더군다나 경찰의 손에 후지코의 신병이 넘어가게 되면 후지코를 만날 수 없을지도 몰라요. 그러면 우리가 뭔가 알아낼 수 있는 길도 막혀 버리는 것 아니겠어요?"

"그렇지만 우리들끼리만 그리로 간다는 게 영······."

승희가 도운이 불안해하는 낌새를 보이자 웃으며 말했다.

"우리가 그리로 가고 있다는 것을 명왕교에서는 모를 거예요. 그다지 위험한 일은 없을 테니 염려 말아요."

승희의 이야기를 듣고는 현암이 나직한 목소리로 말 중간에 끼어들었다.

"정말 모를까?"

"응? 그게 무슨 소리야?"

"우리가 지금 그리로 향하고 있다는 것, 명왕교에서 알고 있을

지도 몰라."

"그들은 우리가 일본에 왔다는 사실도 모를 텐데?"

"글쎄, 명왕교에 대한 자료들을 보았더니 여러 가지 이적과 술수를 보이는 사람들이 꽤 되더라고. 명왕교는 명왕의 힘을 빌려서 현신해 힘을 보인다고 하는 종파잖아. 그러니 그중에는 투시력이나 예지력을 가진 사람도 있을지 몰라."

"아무리 그래도 그렇지……."

"아니야. 확실해."

현암이 굳은 얼굴을 한 채 어색한 미소를 띠면서 힐끗 백미러를 쳐다보았다.

"조금 전부터 이상한 차 한 대가 따라붙고 있어. 명왕교가 우리가 그곳으로 가고 있다는 걸 안다는 확실한 증거가 아닐까?"

승희는 깜짝 놀라서 뒤를 돌아보았다. 검은색 승용차 한 대가 일정한 거리를 유지하면서 일행이 탄 차의 뒤를 따라오고 있었다.

"이런, 어떻게 된 거야?"

"나도 모르겠어. 좌우간 우리가 길 찾는 데에는 확실한 도움이 되겠군."

"그게 무슨 소리야?"

"우리가 길을 잘못 들어 엉뚱한 곳으로 가 버린다면 뒤차는 우리에게서 멀어질 거야. 하지만 길을 제대로 찾아서 목적지 근처로 간다면 그때에는 신경질적인 반응을 보이지 않겠어? 그러니 뒤에서 반응을 보일 때까지는 신경 쓸 것 없어. 가던 길이나 계속 가자고."

승희가 알겠다는 듯 고개를 끄덕였지만, 그래도 불안했던지 몸을 뒤척였다. 도운도 눈치챘는지 힐끔힐끔 뒤를 돌아보았으나 현암은 얼굴색 하나 변하지 않고 차를 몰았다. 차가 산굽이를 도는 순간, 탁 트인 해변이 눈앞에 펼쳐졌다.

"현암 군! 여기! 이 부근이야!"

승희가 소리치자 현암은 고개를 끄덕해 보이면서 힐끗 백미러를 보았다. 따라오던 뒤차가 조금씩 속도를 내 일정하게 유지했던 간격을 좁히면서 일행이 탄 차로 접근하고 있었다.

"아무튼 길은 정확하게 찾은 것 같군."

현암의 눈이 빛났다.

어느 정도 시간이 지나자 스즈키는 다소 진정됐다. 스즈키를 간신히 진정시킨 의사는 환자에게 충격을 주지 말라는 듯한 어조로 사이토에게 장광설을 퍼부어 댔다.

박 신부는 그들이 나누는 대화를 전부 알아들을 수는 없었지만 그 의사의 기분은 이해할 수 있었다. 만약 박 신부가 계속 의사로 남아 저런 환자를 돌봤다면 박 신부도 지금의 저 의사처럼 환자를 안정시켜야 한다고 대들었을지도 모른다.

'참, 사람의 입장이란 게 묘한 거야.'

그러나 감상에 더 젖어 들 겨를도 없이 사이토가 의사를 밖으로 내보냈다. 박 신부는 숨을 거칠게 몰아쉬고 있는 스즈키 앞으로 다가섰다. 스즈키의 눈매는 거의 정상으로 돌아와 있었다.

"스즈키 씨, 꼭 물어보아야 할 일들이 몇 가지 있으니 사실대로만 말해 주시기 바랍니다."

사이토가 박 신부의 말에 몇 마디를 덧붙여서 스즈키에게 말하자 스즈키는 한숨을 내쉬면서 띄엄띄엄 대답했다.

"제발 그것만 없애 달라고 하는군요. 뭐든지 말하겠으니."

"사실을 알 수 있다면 방법을 찾을 수 있을 겁니다. 저를 믿고 말씀해 주십시오."

"예, 그러겠다고 말씀하십니다."

"스즈키 씨, 명왕교를 알고 계십니까?"

스즈키가 박 신부의 질문에 몸을 부르르 떨었다. 그러고는 불안한 듯 주변을 둘러보았다. 사이토가 스즈키의 속마음을 눈치채고 경호원들은 밖으로 나가라는 눈짓을 보냈다. 경호원들이 나가자 스즈키가 잠시 숨을 가다듬으며 불안한 듯 눈을 굴리다가 고개를 끄덕였다.

"알고 계신답니다."

"제 추측일지도 모르지만 칠인방과 명왕교는 어떤 관련이 있지 않습니까?"

스즈키의 호흡이 거칠어졌다. 그러더니 돌연 빠른 어조로 뭔가 중얼거렸다.

"자신은 종교를 믿지 않지만 신부님께는 고해 성사를 드릴 수 있다는 걸 알고 계신답니다. 그러한 기분으로 모든 것을 말씀하고 싶다고 하는데, 고해로 생각하고 받아 주시겠습니까?"

박 신부는 교단에서 파문당한 처지였지만 지금 그런 것을 말할 필요는 없었다. 상황이 상황이니까.

"예, 마음 놓고 이야기해 주십시오. 모두 다."

스즈키는 한동안 숨을 거칠게 몰아쉬다가 갑자기 슬프기도 하고 어떻게 보면 생을 달관한 것 같기도 한 표정을 지었다.

"칠인방은 명왕교의 도움으로 조직된 것이었다고 합니다."

"명왕교의 도움으로요?"

"처음에는 자금을 지원해 주었고, 그다음에는 명왕교가 가진 신비한 힘으로 가호를 해 주겠다고 했습니다. 칠인방 중 누구도 신비한 힘의 가호 따위는 믿지 않았지만, 손해가 될 것은 없다고 생각해서 제의를 받아들였답니다."

"그 내용이 어떤 것이었지요?"

"그건 스즈키 씨도 모른다고 합니다."

"명왕교가 아무런 조건 없이 칠인방을 돕지는 않았을 것 같은데요? 뭔가 그쪽의 조건이나 요구 사항은 없었습니까?"

"예, 처음에는 없었답니다. 칠인방은 흔히 있는 정치 세력에 대한 종교 단체의 지원 정도로만 여겼고요. 그런데 칠인방이 어느 정도 정치적인 권력을 갖게 되자 그제야 터무니없는 요구를 했답니다."

"그게 어떤 것이었답니까?"

"이와마치 주변의 일대를 성역화 해 달라는 요구였답니다."

"성역화?"

"예, 이자나미를 섬기는 성역으로 지정해 달라는 요구였다고 합니다."

"이자나미라니요?"

"태곳적부터 내려온 일본의 여신이지요. 이자나기와 함께 뭇 신들의 시조가 됐다는……."

"그건 조사해 보면 되는 것일 테고, 그러고요?"

"그런 요구는 상식적으로 말이 안 된다고 해 완곡히 거절했다고 합니다. 그러자 저주 비슷한 내용이 실린 편지가 각자에게 배달됐는데, 그 내용이 몹시 섬뜩했다고 말씀하시네요."

"어떤 내용이었습니까?"

"행한 대로 결과가 올 것이다, 그런 내용이었다는군요. 내용이 적나라하지 않고 은근한 말투를 담고 있는 것이 오히려 더 마음에 걸렸지만 다들 별것은 아닐 거라고 생각했답니다. 그런 일이 있고 나서도 직접적으로는 아무런 위해나 협박도 없었고요."

"직접적이요? 그러면 간접적으로는 어떤?"

"처음에는 별것 아닌 것으로 생각했다는 건 아까 말씀드렸지요? 그런데 자꾸 이상한 일들이 벌어졌다는군요."

"이상한 일들이라면?"

"글쎄요. 꼭 말로 표현하기는 어렵다고 하십니다만, 꿈자리도 뒤숭숭해지고 이유 없이 일이 꼬여서 계획들이 틀어지고……."

"그게 명왕교의 일이라고 생각하십니까?"

"대부분의 사람들은 그렇게 믿지 않았답니다. 그러나 한 사람,

다카다 씨만은 예외였다는데요."

"다카다 씨가요?"

"예, 다카다 씨만은 그 일들이 명왕교의 소행이라고 하면서 빨리 명왕교가 시키는 대로 해야 한다고 강력히 주장했다는 겁니다. 처음에는 나머지 사람들이 다카다 씨를 설득하려고 애써 보았지만 별 효과가 없었던 모양입니다. 시간이 흐르면서 오히려 다카다 씨는 명왕교에 대해 광신적인 증세까지 보였다고 합니다."

"흠!"

"결국 칠인방이 두 갈래로 갈라진 것도 따지고 보면 그 이유에서였다고 하는데, 아무튼 다카다 씨의 태도에 질려 버린 나머지 여섯 명이 비밀리에 합의했다고 합니다."

"합의라면?"

박 신부는 힐끗 스즈키를 살폈다. 얼굴이 하얗게 질린 스즈키는 뭔가 마음속으로 꺼리는 것을 용기를 내어 말하고 있는 것 같았다.

"다카다 씨의 현재 상태를 그대로 두고 볼 수는 없다고. 그러니 다카다를 축출해 내자고. 그런데 그렇다고 터무니없는 이유로 다카다를 내몰 수는 없었다고 합니다. 그러다가 나카무라 씨가 머리를 써야 한다고 하면서 아이디어를 냈는데……."

"나카무라 씨가요?"

나카무라라고 한다면 다카다와 함께 칠인방에서 벗어나서 소수 파벌을 만들었고 후에 다시 칠인방으로 넘어온 사람 아닌가?

박 신부는 미간을 찌푸리며 생각에 잠겼다. 그렇다면 나카무라가 한 일련의 행동들은 처음부터 계획적으로 이루어졌을 가능성도 없진 않았다. 박 신부는 가슴이 답답해졌다.

"다카다 씨와는 칠인방 결성 때부터의 동료가 아니었습니까? 대화로 풀지 않고 왜 그런 식으로……."

"글쎄요, 정치니까요. 그리고 다카다 씨에게는 일종의 광기 같은 것이 보였던 모양입니다. 이념이나 논리는 설득이나 대화로 바꿀 수 있지만, 광신만은 절대로 고칠 수 없다고 강력하게 주장한 것도 나카무라 씨였다고 합니다."

"음, 그렇다면 칠인방 결성 이후 두 파벌이 첨예하게 대립한 것이나 또 다카다 씨의 독직 사건이 발생한 것 등도 모두 다 따지고 보면……."

"그렇게 하지 않으면 다카다 씨를 확실히 축출하기가 어려웠으니까요. 나카무라 씨는 술수에 능한 사람이었답니다. 그래서 삼사 년에 걸친 공작 끝에 결국 다카다 씨는 1985년 무렵 모든 공직에서 은퇴하게 됐고, 그에 따라 칠인방 내의 명왕교 논쟁도 자취를 감추게 됐던 거죠."

"흠……."

박 신부는 속이 뒤틀리는 것 같았다. 말로는 그럴듯했지만 그 과정이 얼마나 추잡스러웠을지 더 이상 구구한 설명이 없어도 짐작이 됐기 때문이다. 그러나 박 신부는 그런 것보다도 다른 한 가지가 더 마음에 걸렸다.

"그런데 다카다 씨는 공직에서 물러난 뒤, 호수에 몸을 던졌다고 하지 않았습니까?"

"다카다 씨는 그때까지도 그 모든 일을 계획한 것이 나카무라 씨와 요시다 씨를 필두로 한, 전 동료였다는 사실을 몰랐을 거라고 합니다. 그런데 그 사실을 다카다 씨에게 알려 주고 좋은 말로 위로하려 했던 것이 스즈키 씨라고 합니다. 차라리 그러지 않는 편이 좋았을 텐데……. 다카다 씨는 그 사실을 알고 인생의 허망함을 느껴 자살했을 거라는군요. 두고두고 가슴 아픈 일이었다고 말씀하십니다."

언뜻 스즈키의 얼굴을 보니 스즈키는 금방이라도 눈물을 흘릴 것 같은 슬픈 표정이었다. 그러나 박 신부의 마음속에는 여전히 풀리지 않는 문제가 남아 있었다. 그런 일이 있었음에도 스즈키를 비롯한 나머지 육인방 사람들은 정치권력을 굳혀 가는데 조금도 동요하지 않았다는 사실에 생각이 미쳐서였다. 스즈키와 히로시가 정계에서 은퇴한 것은 바로 1994년, 실종과 죽음이 연이은 이후에서야 이루어졌기 때문이다.

'권력욕이라는 것이 무섭기는 무섭구나.'

씁쓸한 마음을 추스르기 위해 박 신부는 스즈키가 말한 것들을 앞뒤로 정리해 보았다.

명왕교에 열광적인 관심을 보였던 다카다가 제일 먼저 죽은 후 이러한 괴이한 사건들이 생긴 것이라면, 육인방의 사람들이 명왕교를 무서워하는 것은 어느 정도 이해가 된다. 더군다나 스즈키에게도 보였다는 노의 흰 가면은 명왕교에서 자주 사용하는 물건이고, 또 명왕교의 저주 같은 것도 있었다니 말이다.

그런데 박 신부가 읽은 기록 중에는 일련의 사건들이 다카다의 저주에 의한 것이라고 육인방이 말했었다는 기록도 있었다. 다카다가 스즈키의 말대로 인생무상을 느끼고 자살한 것이라면 굳이 육인방이 다카다를 두려워할 까닭은 없지 않은가 싶었다. 그들이 다카다에게 몹쓸 짓을 한 건 사실이지만 직접적으로 위해를 가한 것도 아닌데, 무슨 이유에서 그들은 죽은 다카다가 자신들을 괴롭힌다고 생각했을까?

박 신부는 다카다가 자살하게 된 배경에 좀 더 직접적인 육인방의 모략이 있지 않을까 추측했다. 그러나 그런 이야기를 지금 이 자리에서 할 필요는 없다 싶어 입을 다물었다.

박 신부는 굳어진 얼굴을 펴면서 헛기침을 해 보이고는 스즈키를 향해 고개를 돌렸다.

명왕교의 반격

"준후야! 무슨 일이니? 응?"

"어, 어…… 연, 연희 누…….."

준후는 겨우 눈을 뜨기는 했으나 얼굴은 아직도 해쓱하게 질려 있었고 삽시간에 얼굴과 몸이 온통 땀으로 뒤덮였다. 준후가 눈을 뜨자 주변에 휘몰아치던 알 수 없는 힘의 기운은 거짓말처럼 사라져 버렸다. 준후는 한동안 제정신이 아닌 듯, 소매 속에서 벽조선을 꺼내더니 공포에 질린 얼굴로 사방을 두리번거렸다.

"준후야, 왜 그래? 뭐가 나왔니? 응?"

"이, 이건 도대체 말, 말도 안 되는······."

"무슨 소리야? 왜 그러는 거야, 응?"

준후는 무슨 말인가를 웅얼거리려다가 제대로 대답을 하지 못하고 땀투성이가 된 얼굴로 계속 사방을 둘러보기만 했다. 그러는 준후의 입에서 새어 나온 한마디가 연희를 경악하게 만들었다.

"어머니······ 어머니가······."

"뭐라고? 어머니?"

"그럴 리가, 말도 안 돼. 그렇지만······."

준후는 반쯤은 정신이 나간 것 같았다. 연희는 준후의 과거나 부모님에 대해 자세히 들은 바가 없어 제대로 알고 있지는 못했지만, 지금 준후가 자신의 어머님에 대해 이야기한다는 게 아무리 생각해도 전혀 뜻밖의 일이라 어안이 벙벙했다.

"준후야, 정신 차려! 무슨 소리를 하는 거니? 어머니라니?"

"그, 그 가면 뒤로 어머니, 어머니가······ 아아!"

얼굴이 해쓱하게 질린 준후가 공중의 한 곳을 손가락질해 보였다.

"저기! 저기!"

연희는 재빨리 준후가 손가락으로 가리키는 곳을 보았지만 그곳에는 아무것도 보이지 않고 허공만이 있을 따름이었다. 연희는 서둘러 예전에 준후가 심어 준 부적이 새겨진 자신의 오른손을 허공에 들이대 보았다. 그러나 손은 허공을 가로질러 지나갔을 뿐, 그 부적의 힘으로도 느껴지는 건 아무것도 없었다. 준후는 허상을 보고 있는 것임이 틀림없었다.

"아악! 그러지 마! 그러지 말아요!"

준후가 펄쩍 뛰더니 그만 풀썩 쓰러져 버렸다. 연희는 도대체 준후가 왜 그러는지, 준후만큼의 능력을 지닌 아이가 무엇에 놀라서 그러는 것인지 알 수가 없었다.

"준후야, 정신 차려!"

눈이 뒤집힌 준후의 몸에서 갑자기 급속도로 힘이 빠져나가는 듯했다. 준후의 팔다리가 조금씩 경련을 일으키자 연희는 급한 김에 자신의 오른손으로 준후의 눈을 가려 버렸다.

"보지 마! 보지 않으면 되잖아! 정신 차려! 응?"

준후의 손에서 벽조선이 툭 소리를 내며 땅에 떨어졌다. 연희는 급한 김에 왼손으로 벽조선을 집었다. 연희가 벽조선을 들자마자 벽조선에서 검은 기운이 흘러나오기 시작했고 부채를 잡은 연희의 손끝에 짜릿한 느낌이 전해져 왔다.

"뭐야, 이건!"

짜릿한 느낌에 연희는 소리치면서 벽조선을 무심코 집어 던져 버렸다. 벽조선은 허공을 날다가 아무것도 없는 공중에 툭 하고 부딪혔다. 그러자 놀랍게도 사방이 붉어지면서 이상한 비명 같은 것이 날카롭게 울려 퍼졌다.

연희는 의외의 사태에 너무나 놀라서 길게 소리를 질렀다. 그것도 잠시, 붉어졌던 사방이 다시 확 하고 불이 밝혀지듯 원래의 모습으로 돌아왔고 허공에 떠 있던 벽조선은 땅바닥에 툭 떨어졌다. 눈 깜짝할 순간의 일이었다.

"이, 이게 도대체 무슨……."

연희는 더듬더듬 중얼거렸고 곧이어 무릎이 휘청하고 꺾이는 것을 느꼈다. 문밖에서는 비명을 들었는지 누군가가 달려오는 소리가 들렸다. 그러나 그 와중에도 반가운 목소리가 연희의 귓전을 때리자 연희는 기쁜 나머지 깊은 한숨을 내쉬었다. 가쁜 숨을 몰아쉬고 있는 준후의 목소리였다.

"헉…… 헉…… 이젠, 이젠 됐어요. 이제 조금 알겠어요……."

"준후야, 괜찮니?"

"예, 고마워요. 연희 누나."

해변의 모습이 눈에 들어오자, 현암은 차의 속력을 일부러 조금 줄였고 옆자리의 승희는 좀 더 정확한 장소를 찾아내려는 듯 눈을 감고 생각에 빠져들었다. 뒷자리의 도운만이 불안한 빛을 감추지 못했으나 수행을 쌓은 사람답게 안절부절못하지는 않았다.

현암이 차의 속도를 줄이자 뒤에서 따라오고 있던 차의 속도도 덩달아 줄어드는 것으로 보아 예상한 대로 이 차를 미행하고 있는 것만은 틀림없었다. 그렇다고 한다면 현암의 추측대로 길을 잘못 들어선 것 같지는 않았다.

그러나 해변가의 길로 접어든 지 벌써 한참이 지났는데도 눈에 띄는 건물은 보이지 않았다. 차창 밖으로 스쳐 지나가는 도로 표지판을 도운이 주시하고 있었지만 특별한 것은 발견하지 못했는지 아무 말이 없었다. 현암은 옆에 눈을 감고 앉아 있는 승희의 기색을 살폈다. 한참이 지나자 승희가 눈을 번쩍 뜨면서 외쳤다.

"여기야, 현암 군! 차 세워!"

승희가 외치는 소리에 현암은 급브레이크를 밟았다. 차는 끼이익 하는 요란한 마찰음을 내면서 멈추어 섰다. 현암은 거칠게 차를 몰더니 도로의 갓길에다 세웠다. 아무래도 좌측통행인 일본의 운전 방식에 잘 적응하지 못한 것 같았다.

차를 멈춰 세운 현암의 눈에는 이렇다 할 만한 건물이 하나도 보이지 않았고 도운도 의아하다는 듯한 표정을 지었다. 승희는 입을 다물고 매서운 눈길로 한 방향을 가리켜 보였다.

"저쪽이야."

그러나 승희가 가리킨 방향에는 모래사장과 그 너머로 수평선만이 보일 뿐이었다. 현암이 고개를 갸웃하자 승희가 말했다.

"건물이 아니야, 현암 군. 간신히 알아냈어. 이러니 명왕교의 행적을 아무도 찾아내지 못한 것이 당연하지."

"음, 그게 무슨 말이지? 그럼, 그들의 본부가 무슨 지하 비밀 기지에라도 있다는 말이니?"

"아니."

승희는 고개를 저으며 살짝 웃더니 매서운 표정으로 수평선 쪽을 바라보았다.

"저기 보여? 저게 명왕교의 근거지야. 놈들의 근거지는 저 배야."
"배? 아니, 그럼……."
"틀림없어. 물 위에 있고 움직여. 사람들이 많이 탈 정도로 층층으로 돼 있어. 명왕교의 주 사찰은 물 위에 떠서 움직이고 있는 저 커다란 배야. 그랬으니 경찰이건 어디에서건 아무 흔적도 발견하지 못하는 것이 당연하지."

현암이 나직한 한숨 소리를 냈다. 그때 도운이 갑자기 큰 소리로 말했다.

"우리를 따라오던 차가 멈춰 섰습니다!"

현암은 고개를 갸웃하면서 창밖으로 고개를 내밀어 뒤쪽을 보았다. 자신들의 뒤를 쫓던 차는 이십여 미터 떨어진 곳에 멈추어서 있었고 막 그 차의 문이 열리면서 세 사람이 차에서 내리는 것이 보였다. 두 명은 남자였고 한 사람은 여자였다. 옆에 앉아 있던 승희가 중얼거렸다.

"명왕교의 사람들일 거야. 저자들은 우리의 이름까지도 알고 있어. 어떻게 그럴 수 있을까?"

현암은 대답 대신 고갯짓으로 승희와 도운에게 차에서 내리라는 신호를 보내고는 자신도 차에서 내렸다. 상대가 벌써 자신들의 이름을 알고 있다면 이곳에 온 목적이나 기타 내용들 역시 알고 있을 것 같았다. 어쨌거나 이렇게 자신들을 미행한 데에는 나름대로 그만한 이유가 있었을 것이다.

"조심해."

나직한 목소리로 승희가 말하자 현암은 고개를 끄덕여 보이고는 도운과 승희에게 그 자리에 있으라고 손짓을 한 후 서서히 다가오고 있는 저쪽의 세 사람을 향해 걸음을 옮겼다.

평온을 되찾은 것처럼 보이는 스즈키의 얼굴을 바라보던 박 신부는 다시 조용한 어조로 스즈키에게 질문을 시작했다.

"스즈키 씨. 다카다 씨를 칠인방에서 몰아내고자 했을 때, 스즈키 씨는 어떤 입장이셨습니까? 찬성하셨습니까? 듣자 하니 다카다 씨를 스즈키 씨가 위로하려 하셨다고 해서 여쭙니다만……."

스즈키는 한숨을 내쉬었다.

"찬동한 것은 아니었지만 전체 의견에 동조하지 않을 수 없었습니다. 그리고 내내 그 일을 마음 아파했지요."

"다른 분들도 다카다 씨의 일을 마음 아파하셨습니까?"

"글쎄요, 다카다가 자살했다는 소식이 들려왔을 때는 모두 마음이 편하지는 않았지요. 아무리 그래도 젊어서 고생을 같이한 사이였는데……."

"흠…… 그럼, 명왕교와 칠인방이 처음 연관을 맺게 됐을 때의 일을 말씀해 주시겠습니까? 좀 더 구체적으로 말입니다."

"저는 그 일을 잘 알지 못합니다. 아마도 우리 중 누군가가 자금 지원 제의 같은 것을 했을 수도 있었을 겁니다. 아무튼 무슨 계기가 있었으니 명왕교와의 관계가 시작됐겠지요."

"명왕교도 일종의 종교 단체인데, 종교 단체에서 정치 단체를 지원하는 것에 대해 의구심은 갖지 않으셨습니까?"

"그때 우리 칠인방은 뜻은 높았지만 아무런 힘이 없는 모임이었습니다. 때문에 정치 자금을 대 주겠다고 하면 종교 단체가 아니고 귀신들이라 했어도 받아들였을 겁니다."

"흠……."

박 신부는 잠시 생각을 하다가 주제를 바꾸어서 물었다.

"명왕교의 요구 조건이 어째서 이와마치 주변을 성역화 해 달라는 것이었을까요? 이와마치라는 곳은 대체 어디에 있는 겁니까?"

박 신부의 물음에 사이토 보좌관이 대신 대답해 주었다.

"이와마치는 벳푸 부근에 있는 해변가의 작은 마을입니다. 특별나다거나 구경할 만한 곳이 하나도 없는 곳이죠."

"명왕교는 왜 그런 쓸모없는 곳을 이자나미 신의 성역화 장소로 요구했을까요? 이자나미와 이와마치 간에 어떤 연관이 있는 것입니까?"

"그건 잘 모르겠네요."

박 신부는 사고의 초점을 명왕교의 쪽으로 돌렸다. 명왕교는 밀교의 여러 명왕들을 숭배하는 것으로 보아 분명 밀교의 한 갈래에서 나왔을 것이다. 그런데 밀교에 뿌리를 둔 명왕교에서 일본의 고대 신인 이자나미 여신의 성역화를 요구한 것은 무슨 이유에서였을까?

외래에서 들어온 대부분의 종교는 토착 신앙과 서로 영향을 끼치거나 받아서 발생지와는 약간의 차이가 있을 수 있다. 아무리 그렇다고 해도 명왕교는 종교 의례 때 노의 가면을 쓰는 등 일본적인 면모를 많이 띠고 있다고 했다. 어쩌면 그 요소가 너무 강한지도 몰랐다.

박 신부가 생각에 잠겨 있는 동안 그런 박 신부의 얼굴을 말없이 쳐다보고 있던 스즈키가 조심스럽게 입을 열었다. 그러자 사이토가 재빨리 말을 옮겼다.

"한 가지 더 드릴 말씀이 있답니다. 말씀드리는 것이 좋을지 아닐지 모르겠지만……."

"어떤 것이라도 좋으니 말씀해 주십시오."

"명왕교의 사람들은 이상한 능력이 있다고 합니다. 그래서 이토록 스즈키 씨도 겁내고 계시고요. 칠인방의 다른 사람들이 죽임을 당한 것도 모두 명왕교의 소행이 틀림없을 거라고 하십니다."

박 신부는 고개를 끄덕이려다가 말했다.

"저도 그렇게 생각하고 있습니다. 그러나 아무런 단서도, 증거도 찾아볼 수 없는 것이 아닙니까?"

"명왕교에서 검은 그림자를 보내는 것이 분명할 거랍니다. 신부님도 조심하시고, 또 한 가지……."

스즈키의 얼굴이 심각해지는 것 같았다.

"이건 지금까지 누구에게도 하지 않았던 이야기라고 합니다. 그러니……."

박 신부도 스즈키의 심각한 얼굴을 보고는 정색을 하고 귀를 기울이려 했으나 그보다 먼저 느껴지는 것이 있었다. 갑자기 솟아오르는 듯한 영기가 방 안에서 느껴지고 있었다.

"잠깐!"

박 신부가 스즈키의 말을 제지하고는 주위를 둘러보았다. 박 신부의 돌연한 태도에 스즈키와 사이토가 놀라는 표정을 지었다.

"뭡니까?"

"뭔가가…… 분명 뭔가가 있습니다."

주변에서 일렁거리는 듯한 기운이 점점 강하게 느껴졌다. 어딘지 음산하고 어두운 느낌을 주는 기운. 틀림없이 스즈키가 보고 무서워하던 그 기운일 것 같았다. 방에 처음 들어왔을 때 느꼈던 기운과 거의 같은 느낌이었다. 그러나 그보다도 훨씬 강했다.

"제게 바짝 붙으십시오. 그리고 조심……."

박 신부가 말을 마치기도 전에 놀라운 일이 생겼다. 아직 분명 대낮이었고 창문도 활짝 열려 있었는데 순식간에 온 방 안이 먹장같이 캄캄해져 버린 것이다. 한 치의 앞도 볼 수가 없을 정도로 캄캄했고 영기 또한 몸서리를 칠 정도로 강해져 있었다.

박 신부는 처음에 자신의 눈이 잘못된 것이 아닌가 생각했지만 결코 그런 것은 아니었다. 어둠의 힘. 박 신부의 입에서 크고 긴 호통 소리가 터져 나왔다.

"사악한 것들, 물러나라!"

고함과 함께 박 신부의 몸에서 환하게 오라가 피어나 둥근 구체처럼 박 신부와 사이토, 스즈키 세 사람의 몸 주변을 감싸자 주변은 희미하게나마 밝아졌다. 그러나 아직도 사물과 사람을 식별할 수 있을 만큼 밝지는 못했다. 도대체 어떻게 해서 빛을 막아 어둡게 만든 것인지는 알 수가 없었다.

박 신부가 다시 호통을 치려고 하는데 맞은편에서 어두움이 마치 장막처럼 일렁이면서 서서히 하얀 형상이 맺히기 시작했다. 박 신부는 긴장해 조용히 숨을 내쉬면서 온몸에 기도력을 모아 갔다.

연희의 비명에 놀라서 문을 연 사람은 아까 연희와 준후를 안내했던 온천장 주인이었다. 연희는 온천장 주인에게 아무것도 아니라며 대충 둘러말하고는 주인을 문밖으로 내몰았다.

문을 닫고 나서 놀란 가슴을 진정시키기 위해 심호흡을 몇 번 하면서 준후에게로 고개를 돌렸다.

"도대체 무슨 일이 있었던 거지, 준후야? 괜찮다면 설명을 좀 해 주겠니?"

간신히 숨을 돌리고 난 연희가 벽조선을 집어 소맷자락 속에 넣고 있는 준후에게 묻자 준후가 한숨을 내쉬었다.

"연희 누나. 연희 누나는 지난번 세크메트의 대주술이라던 환영술을 기억하죠?"

"음? 응. 물론……."

"그것과 비슷한 것 같아요. 성질은 다르지만 오히려 그것보다 더 무서운 데가 있는 것 같아요."

"환영술이라면…… 너에게 어머니의 영상이 보였었니?"

준후는 말없이 고개를 끄덕였다.

"투시를 하자 흰 노의 가면이 보였어요. 그리고 그 뒤에서 누군가가 모습을 드러냈죠. 제 어머님이라 했어요. 그러나 너무 끔찍한 모습이었고……."

준후가 말을 하다 말고 진저리를 쳤다. 잠시 후 준후가 연희를 슬픈 눈으로 바라보면서 천천히 입을 열었다.

"제가 얼마 더 살지 못할 거고…… 자기 손으로 저를…… 그런 말을……."

"저, 저런……."

연희는 무릎을 꿇고서 준후의 어깨를 감싸안았다.

"준후야, 환영일 뿐이야. 그런 일에 마음 쓰지 마. 알았지?"

말은 그렇게 하면서도 연희는 속으로 치를 떨고 있었다. 준후의 어머니라는 사람이 끔찍한 몰골을 하고 나타나서 기껏 한다는 말이 자기 자식을 해치겠다니……. 당하는 사람의 입장에서는 얼마나 놀랐을까.

"갑자기 일어난 일이라 어떻게 해야 할지 갈피를 잡을 수 없었어요. 그런데 그때 연희 누나의 목소리가 들렸던 거예요. 그래서 간신히…… 고마워요, 누나."

"응, 그래그래."

연희가 준후를 추슬러서 일으켜 세웠다. 연희의 손을 붙잡고 일어선 준후는 큼큼하고 몇 번 헛기침하더니 말했다.

"아무리 생각해도 이상해요. 여기엔 분명 아무런 영적인 자취나 흔적이 느껴지지 않았는데 어떻게 환영술을 펼칠 수 있었을까요?"

연희는 잠자코 준후가 하는 말을 듣고 있었다. 연희에게도 한 가지 궁금한 일이 있었다. 벽조선을 집어 던졌을 때 벽조선이 허공에서 뭔가에 탁 하는 소리를 내며 부딪혔던 일이었다. 그 일을 준후에게 이야기하자 준후도 고개를 갸웃했다.

"이상하네요."

"벽조선에 이상한 힘이 있어서 영과 충돌했던 게 아니었을까? 그래서 그놈은 달아난 거고."

"물론, 그럴 수도 있지요. 그러나 저는 영기를 느끼지 못했는걸요? 그리고 제가 본 것은 환영이었을 뿐인데……."

"환영은 영이 아닌가?"

"아니죠. 그게 정말로 환영이었다면 그건 제 오감을 마비시키는 것뿐이지 외적으로 무슨 일이 생기는 것은 아니에요. 그런데 연희 누나의 말을 들어 보면, 제가 정신없었던 사이에 주변이 붉게 변하고 벽조선이 뭔가에 맞아 허공에서 튕겨 나갔다면서요? 그렇다면……."

준후는 골똘히 생각에 잠겼다.

"도대체 뭘까? 정령일까? 정령도 영기는 느껴지는데……."

"혹시 네가 정신이 없어서 영기를 느끼지 못한 것은 아닐까?"

"글쎄요. 그럴 수도 있겠죠. 그러나……."

준후는 몇 번 고개를 갸우뚱거렸다.

"어쨌거나 일본 밀교의 술법자가 투시를 하다가 충격을 받았다는 말을 이해할 것도 같네요."

연희도 준후의 말에 고개를 끄덕였다. 환영이 자기 자신의 마음에 의해 만들어지는 것이라고 한다면, 나이 많고 경험이 많은 사람일수록 그만큼 자기 내부에 도사리고 있는 죄나 쌓아 온 업보가 클 수 있다. 따라서 반사적으로 그에 따른 충격도 더더욱 커질지 모른다고 연희는 짐작했다. 준후는 어린아이이고 착하게 살아왔기에 마음에 걸릴 일이 별로 없는데도 충격이 이 정도라면 말이다.

　"저는 어머니를 뵌 적도 없어요. 그런데도 그런 느낌이 들었죠. 제가 뵈었던 것은 아버지뿐인데…… 그것도 돌아가실 때에나 알게 됐고 또……."

　준후가 중얼거리다가는 멋쩍은 듯이 머리를 긁적거렸다. 슬픈 표정을 감추기 위해 애쓰는 듯 얼굴이 묘하게 일그러져 있었다.

　"괜찮아, 준후야. 신경 쓰지 마. 응?"

　"아무튼 환영을 본 것 자체보다는 그 환영이 아무런 기척도 없이 다가온 것이라 더 무서워요. 지금도 아무런 영기가 느껴지지 않으니……."

　연희가 고개를 끄덕였다.

　"음…… 그런데 원래 행하려던 영사는 다 된 거니?"

　"글쎄요. 다시 해 볼까요? 아까는 경황이 없어서……."

　"아니야. 안 하는 것이 좋겠어. 또 환영이 보이면 어쩌려고?"

　"흠, 글쎄요. 지금 제 능력으로는 이게 어떤 것인지 도대체 알 수가 없으니 좀 더 연구해 본 다음에 다시 이곳에 오도록 하죠. 그러면 될지도 모르겠네요. 일단은……."

준후가 힘을 내자 그것만으로도 연희는 기뻐서 고개를 끄덕였다.

"아까 풀어 주었던 그놈이나 잡으러 가요. 그놈에게서 뭔가 알아낼 수 있을지도 몰라요."

"가미 말이니? 그걸 무슨 수로 다시 잡아?"

"다 방법이 있지요."

준후는 한쪽 눈을 깜박해 보이고는 문을 나섰다. 연희는 준후의 속셈을 알 수가 없어서 그냥 준후의 뒤를 따라나설 수밖에 없었다.

현암이 아무 말 없이 뒤쪽의 차에서 내린 세 사람을 향해 걸어가는데 누군가 뒤에서 빠른 걸음으로 현암을 앞질렀다. 도운이었다. 도운은 현암을 앞질러 세우고는 자신의 앞에 선 세 사람을 번갈아 바라보았다. 표정으로 보아 도운은 그중 한 사람을 알고 있는 것 같았다.

앞의 세 사람 중 한 명은 도운 만큼 덩치가 큰 남자였고 또 한 사람은 체구가 작은 남자였다. 마지막 사람은 사나워 보이는 인상의 여자였는데 도운이 알고 있는 사람은 체구가 작은 남자 쪽인 것 같았다.

남자가 도운을 향해 뭐라고 빈정대는 투로 말하자 도운이 노기를 터뜨렸다. 현암은 영문을 몰라 굳은 얼굴로 그 광경을 바라만 보고 있었는데 뒤에서 승희가 소리를 쳤다.

"도운 스님하고 아는 사람은 전에 밀교의 승려로 도운 스님과 같은 항렬이었는데 절을 뛰쳐나가 명왕교에 들어갔나 봐! 이거 재미있네. 한 편의 드라마 같아."

현암은 승희의 목소리가 너무 장난기 어린 것 같아서 힐끗 뒤를 쳐다보았다. 승희를 향해 눈에 힘을 준 다음 긴장을 늦추지 않고 앞의 광경을 지켜보았다. 영적인 면으로 별로 발달하지 않은 현암으로서는 앞의 세 사람의 몸에서 영기 같은 것은 느낄 수 없었지만, 그래도 뭔가 분위기는 색다르게 보였다.

세 사람 중에서 사납게 생긴 여자는 도운이 떠들어 대는 소리를 무시하고 유창한 영어로 말했다.

"너희들, 썩 꺼져라. 성역 부근에 발을 들여놓지 말고. 그리고 명왕교의 일에 절대 간섭하지 마라. 알겠나?"

"간섭할 만하니까 간섭하는 거지!"

현암의 뒤쪽에서 승희가 소리를 질렀다. 그와 동시에 승희가 깔깔거리면서 웃음을 터뜨렸다. 현암과 도운은 물론이고 앞의 세 사람조차도 멍하니 승희에게로 눈을 돌렸다. 승희는 한참을 깔깔거리고 웃다가 여전히 웃음이 섞인 목소리로 현암에게 소리쳤다.

"호호호. 저 셋은 자칭 명왕교의 명왕 현신들이래. 큰 남자는 부동명왕, 중간의 남자는 대위덕명왕, 그리고…… 으하하하…… 저 여자는 애염명왕의 현신이래! 우하하!"

말을 들은 현암도 하마터면 웃음을 터뜨릴 뻔했다. 다른 사람도 아니고 승희의 앞에서 애염명왕의 현신이라니? 그러나 그쪽에서는 승희와 현암이 뭔가 자신들을 비웃고 있는 것이라고 생각했던지 소리를 질러 댔다.

"건방진 것들! 변변찮은 재주 가지고 조선 구석에나 처박혀 있을 것이지, 여기까지 와서 우리를 비웃어? 너희들, 라가라쟈의 분노를 당해 볼 테냐?"

현암은 조선 어쩌고 하는 소리가 나오자 눈을 부릅떴지만 승희는 라가라쟈 어쩌고 하는 소리가 나오자 이제는 배를 잡고 자지러질 듯 마구 웃어 댔다. 남들이 보면 저러다가 숨이 막히지는 않을까 염려될 정도였다.

분위기가 이상하게 변해 가자 부동명왕의 현신이라는 뒤쪽의 덩치 큰 남자가 음 하면서 큰 신음을 냈다. 그러자 현암에게 암암리에 보이지 않는 힘이 밀려왔다. 흔히 공력이나 정신력을 수행하는 사람들이 그러하듯, 보이지 않게 암경을 발동해서 상대에게 밀어 보내는 수법이었다. 그렇다고 현암이 그 정도의 공격에 놀랄 사람은 아니었다.

현암이 곧바로 몸에 오성(五成)의 공력을 돌리자 자연스럽게 현암의 몸에 반탄력이 생겨났고 저쪽의 자칭 부동명왕은 신음을 내면서 한 발짝 뒤로 물러섰다. 그자의 공력 수준은 와불 사건 때 겨뤄 봤던 임악 거사 정도였다.

현암이 씩 웃으며 혼 좀 나 봐라 하는 생각으로 단번에 공력을 십성(十成)으로 끌어올리자 그자는 소리를 지르면서 허공을 붕 날아 우당탕 소리를 내며 땅에 나뒹굴었다.

그것을 보고는 승희는 더욱더 큰 소리로 깔깔깔 웃어 댔다. 그 광경을 보고 있던 애염명왕의 현신이라는 여자의 얼굴이 파랗게 질리면서 두려워하는 기색이 역력했다.

"칙쇼! 이것들이!"

대위덕명왕의 현신이라는 몸집이 작은 남자가 현암에게 달려들려고 했으나 도운이 재빠른 동작으로 그 앞을 막아섰다. 도운이 품에서 지난번 초치검 사건 때 선보였던 철추를 꺼내어 들자 자칭 대위덕명왕은 사칭하는 자는 목도를 뽑아 들고 맞섰다.

땅에 나뒹굴었던 몸집이 가장 큰 자가 비틀거리면서 몸을 일으키더니 허공에 대고 큰 기합 소리를 질렀다. 그러자 그자의 손이 부풀어 오르기 시작했다.

'저건 대수인(大手印)³? 그건 티베트 밀교의 수법이 아닌가?'

그 순간 크게 부풀어 오른 손의 그림자가 현암에게 닥쳐왔다. 현암은 입을 꾹 다문 채 잠시 그 손을 노려보더니 몸에 힘을 주어 태극기공 중 '나' 자 결로 그 힘을 밀어 냈다.

두 사람의 손바닥이 마주 닿자 쾅 하는 소리가 나면서 현암의 어깨가 조금 흔들렸고, 상대는 눈에 띄게 몸을 비틀거렸지만 입을 꾹 다물고 버티고 있는지 눈이 빨갛게 충혈된 채 입술이 파르르 떨면서 경련을 일으켰다.

자칭 애염명왕이라는 여자는 노기를 띠고서 승희를 향해 달려가고 있었다. 그러나 정작 승희는 달려드는 상대를 전혀 신경 쓰지 않는지 차 위에 턱을 괴고 앉아서 어지럽게 다투고 있는 사람

---

3 내공으로 손을 크게 부풀려 강력한 파괴력을 내는 장법(掌法)의 일종이다.

들을 느긋하게 구경하고 있었다.

"잘들 한다……. 재밌는데?"

승희의 그런 방약무인한 태도를 보고 여자는 달려들던 걸음을 멈추고 수인을 맺으면서 노기 띤 목소리로 주문을 외우기 시작했다. 그러자 여자의 손에서 불길 같은 기운이 뿜어져 나왔다.

"야, 재미있다. 너도 재주가 많구나. 근데 그걸로 뭘 어쩌려고?"

승희가 여전히 손으로 턱을 괸 채 재잘거리는 사이에 승희에게 다가서던 여자가 주술을 쓰려고 주문을 외우는 것이 현암의 눈에 들어왔다.

현암의 얼굴에는 분노의 빛이 역력했다. 사람에게 함부로 주술을 쓰려는 여자가 못마땅했을 뿐 아니라, 별다른 힘이 없는 승희가 주술을 받으면 위험할 것 같았기 때문이다. 현암은 단번에 상대를 떼어 버릴 생각으로, 운용하고 있던 '나' 자 결을 '발' 자 결로 바꿔 극도의 공력을 단번에 상대에게 쏟았다.

"으아아악!"

비명이 울리며 부동명왕이라는 덩치 큰 남자는 또다시 허공을 부웅 날아서 땅바닥에 틀어박혀 버렸다. 현암도 단번에 공력을 쏟아부은 탓인지 손목과 어깨가 뻐근했다. 현암이 다소 힘에 겨운 것으로 보아 부동명왕이라는 남자의 술수도 그리 녹록치는 않은 것 같았다. 그러나 그자가 아무리 날고 기는 밀교의 술수로 수련을 했다고 하더라도 일 갑자 넘는 칠십 년의 공력을 고스란히 물려받은 현암의 상대는 될 수 없었다.

현암이 몸을 돌리면서 힐끗 옆을 보니 도운과 대위덕명왕이라는 남자가 한창 치열하게 싸우는 중이었다. 그러나 무기를 가지고 싸우기는 해도, 둘의 무기에 살기는 실려 있지 않았다. 현암은 그것이 조금 의아했다. 현암이 승희에게로 달려가기 위해 막 몸을 돌리고는 고개를 치켜드는 순간 애염명왕이라는 여자가 승희를 향해 뭐라고 고함을 크게 질렀다. 그러자 미친 듯한 불줄기의 기운이 승희를 향해 맹렬하게 날아갔다.

"앗! 승희야!"

현암이 고함을 치면서 급한 김에 월향을 날리려고 왼팔을 치켜들었다. 그때 갑자기 놀라운 일이 일어났다. 승희에게로 달려들던 불길 모양의 주술이 승희의 몸 근처에 이르자 휘르륵 흔적도 없이 사라져 버린 것이다. 현암은 놀랍기도 하고 영문을 알 수 없어 어안이 벙벙했지만 현암의 그런 태도도 아랑곳없다는 듯 승희는 여전히 여유 만만한 자세로 차에 기댄 채 턱을 괴고 비웃는 표정을 짓고 있었다.

"다했냐?"

애염명왕이라는 여자는 얼굴빛이 하얗게 질린 채 몸까지 떨며 뒤로 한 걸음 물러섰다. 자신의 비장의 무기라 할 수 있는 주술이 봄 안개처럼 사라져 버린 것을 보고 큰 충격을 받은 듯 물러서는 걸음걸이에는 힘이 하나도 없어 보였고 휘청거리기까지 했다.

"안됐구나. 그런데 재미없었어. 또 다른 것 없니?"

승희가 약을 올리는 소리를 듣고 여자는 이를 부드득 갈며 재차 공격하기 위해 수인을 맺으려 했다. 그 순간 승희의 입에서 벼락같은 호령이 떨어졌다.

"이 철딱서니 없는 것, 썩 무릎을 꿇어!"

승희가 한국말로 고함을 쳤음에도 불구하고 여자는 무언가에 홀린 듯이 털썩하고 무릎을 꿇었다. 그 광경을 보고 현암은 영문을 몰라서 깜짝 놀랐고 뒤쪽의 도운과 대위덕명왕이라는 남자까지도 싸우던 동작을 멈추고는 승희를 쳐다보았다.

"너 따위가 무슨 힘을 가지고 감히 누구에게 덤비겠다는 것이냐?"

현암의 귀에는 승희가 내뱉는 호령이 평소 승희가 하는 말과는 다르게 들렸다. 순간 뭔가가 현암의 뇌리를 스쳤고, 입에선 가벼운 감탄의 신음이 흘러나왔다.

'역시 그렇군. 애염명왕의 화신인 승희에게 애염명왕의 주술을 쓰는 것이 먹힐 리가 없지. 저 여자는 애염명왕을 섬겨 왔을 터이니 꼼짝 못 하는 것이겠구나. 조금 우습게 되기는 했지만, 잘만 하면 일이 훨씬 빨리 풀리겠는데?'

현암은 고개를 끄덕거리면서 승희의 앞에 무릎을 꿇고 있는 애염명왕이라는 여자를 향해 걸음을 옮겼다. 멍한 눈으로 승희를 쳐다보고 있던 도운과 대위덕명왕이라는 남자도 어느새 싸움을 그치고 이쪽으로 달려오고 있었다.

박 신부는 눈을 크게 뜨고 어두운 저편을 뚫어지게 응시하고 있었다. 마치 어둠의 장막을 걷어 내듯 천천히 나타나는 흰 형체를 노려보면서 박 신부는 몸의 기도력을 끌어올려 오라로 사이토와 스즈키를 포함해 자신의 몸까지도 수호했다.

어둠 저편에서 일렁이던 흰 형체는 으르렁거리는 소리를 내며 조금씩 형상을 맺어 갔다. 그 모습은 점차 뚜렷해지더니 놀랍게도 커다란 사람 얼굴 모양의 형체로 바뀌었다. 말로만 들은 노의 흰 가면이었다.

"으흐, 으으으……!"

반쯤 울음이 섞인 듯한 스즈키의 비명이 울려 퍼졌다. 박 신부는 스즈키가 그 광경을 보면 안 된다고 했던 말이 생각나서 얼른 다른 사람들을 향해 크게 소리를 질렀다.

"절대 보면 안 돼요! 두 분 다 눈을 감으시오!"

그러나 스즈키는 박 신부가 외치는 소리에도 요지부동이었다. 박 신부는 스즈키가 한국어를 알아듣지 못한다는 사실을 떠올리고는 얼른 한쪽 손으로 스즈키의 눈을 가려 주었다. 스즈키의 눈을 가리고 있던 박 신부가 옆에 있던 사이토의 얼굴을 힐끗 쳐다보았다. 사이토는 멍하니 무엇인가에 홀린 것처럼 흰 가면의 얼굴을 바라보고 있었다.

흰 가면은 마치 뚜껑이 열리는 것처럼 스스로 젖혀지더니 뒤편에서 사람의 형체가 나타났다. 윤곽이 뚜렷한 게 아니라서 구체적으로 사람 얼굴이라고 장담할 순 없었지만 그러한 느낌이 강하게 들었다. 가위에 눌렸을 때 아무것도 보이지 않는 곳에서 솟아 나오는 공포와 비슷한 것이라고나 할까? 박 신부는 당장 힘을 써서 물리쳐 버릴까 하다가 숨을 죽인 채 잠시 모습을 주의 깊게 보기로 마음먹었다.

천천히, 아주 천천히 가면 너머로 사람의 형체가 보이기 시작했다. 박 신부는 침착하게 그 모습을 보았다. 그러면서 박 신부는 사이토에게 어서 눈을 감으라고 다시 한번 소리를 치려고 했는데 옆에서 사이토가 짐승이 내는 듯한 비명을 질렀다.

"으, 으아악!"

사이토가 미친 듯이 일본어로 중얼거리면서 비명을 지르며 몸을 뒤틀어 대자 박 신부는 얼떨결에 다른 한 손으로 사이토의 뒷덜미를 잡아채고는 사이토가 뛰쳐나가지 못하게 했다. 사이토가 비명을 지르자 스즈키도 소리를 질렀다. 스즈키가 내지르는 소리가 무슨 뜻인지 알아들을 수 없었지만 중간중간 '오키에'라는 말을 하는 것을 보아 자기 딸을 걱정하는 것 같았다.

박 신부는 덩치가 크고 나이에 비해 뚝심이 꽤 좋은 편이었지만 발버둥 치는 두 사람을 붙들고 있기에는 힘에 부쳤다. 그렇지만 박 신부는 두 사람을 놓치지 않으려고 친화력의 오라를 발동해 두 사람의 몸을 지켜 주었다. 그러면서 한편으론 눈을 크게 뜨고 가면 뒤에서 서서히 나타나는 얼굴을 이를 악물고 바라보았다.

먼저 하얗고 창백한 뺨이 나타났고 천천히, 아주 천천히 가면 뒤에 숨었던 얼굴이 그 모습을 드러냈다. 박 신부는 나타난 모습을 보고 너무도 놀라 충격을 받은 나머지 자신도 모르게 헉하는 비명을 냈다.

"너, 너는…… 네가 도대체 어떻게……."

가면 뒤에서 나타난 창백하고 파리한 표정을 한 얼굴. 그것은 아무리 잊으려 해도 잊을 수 없이 박 신부의 마음속에 남아 있던, 지금은 이 세상 사람이 아닌 친구의 딸 미라의 얼굴이었다. 머리를 풀어 헤치고 납빛처럼 창백한 얼굴을 한 미라는 온통 피로 얼룩진 것 같은 붉은 눈과 묘하게 일그러진 미소를 짓고 박 신부의 앞으로 서서히 다가왔다.

박 신부는 눈을 부릅뜨고 그러한 미라를 지켜보고 있을 뿐이었다.

"미라, 넌……."

난, 난 어디든지…….

"……."

신부님이 있는 곳이면 난 어디든지 가요. 왜 그때 나를 살려 주지 못했죠? 어째서…….

박 신부의 얼굴이 하얗게 질렸다. 미라의 눈과 입에서 붉은 피가 주르륵 흘러내려 옷자락을 선명한 붉은 무늬로 적셨다. 미라는 양손을 앞으로 쳐들고 박 신부를 향해서 조금씩 조금씩 다가왔다.

신부님이 대신 죽어요. 대신!

박 신부는 눈을 빛내면서 다가오는 미라를 바라보고 있을 뿐이었다. 미라가 박 신부에게 다가오면 올수록 그 얼굴은 점점 창백하게 변해 갔다. 눈과 입에선 계속 피를 뿜어 댔고 자그마한 손가락을 뻣뻣하게 앞으로 뻗으며 박 신부의 얼굴을 쥐어뜯으려는 듯 조금씩 다가섰다.

미라가 박 신부를 잡을 수 있을 만큼까지 다가왔을 때, 박 신부의 입에서는 벼락같은 호통이 터져 나왔다.

"사악한 것! 썩 없어져!"

박 신부의 호통 소리가 방 안에 메아리쳤다. 그와 동시에 박 신부의 기도력이 강력하게 뻗어 나가 박 신부에게 다가오고 있던 미라의 환영을 덮쳤다. 미라의 환영은 공중에서 찢어질 듯한 비명을 지르며 눈을 크게 부릅떴다.

나를, 나를 두 번 죽이려고…….

"너는 미라가 아니야! 미라는 나를 신부님이라고 부른 적이 한 번도 없어. 나는 그때 의사였고, 미라는 죽어 가면서도 나를 원망하지 않았어. 죽는 순간까지 나를 원망해 본 적은 없었단 말이야. 너는 거짓된 환영이고 잘못된 영상일 뿐이야. 감히 선하게 잠든 아이의 영혼을 사칭하다니! 어서 썩 사악한 형체를 드러내라!"

박 신부가 소리치면서 기도력을 단숨에 배가시켰다. 그러자 미라의 모습이 크게 출렁거리며 짓이겨지듯 꿈틀거리더니 이상한 형상으로 바뀌었다. 그러다가 잠시 후 펑 하는 섬광과 함께 흔적도 없이 사라져 버렸다. 캄캄해졌던 방 안이 환하게 밝아졌다.

"도망쳐 버렸군."

박 신부가 씁쓸하게 말하며 그때까지 무의식적으로 꽉 움켜쥐고 있던 스즈키와 사이토를 풀어 주기 위해 손에서 힘을 뺐다. 스즈키는 박 신부가 얼굴을 가렸던 손을 풀어 주자 흐흑거리면서 주저앉았으나 사이토는 박 신부가 덜미를 잡은 손을 풀자마자 그 자리에 맥없이 쓰러져 버렸다.

"아, 이런! 사이토 씨, 사이토 씨!"

박 신부가 내지르는 고함을 듣고 그제야 바깥에서 우르르 거한들이 들어왔다. 박 신부는 의아한 눈으로 거한들을 살펴보다가 머리를 끄덕였다. 아까는 무슨 주술적인 결계가 쳐져 있어서인지 안에서 내지르는 소리가 바깥으로 하나도 전달되지 않았던 것이 분명했다. 그러다가 지금 박 신부가 사이토를 부르자 그 목소리를 듣고 달려온 것 같았다. 스즈키가 그동안 환영을 보아 온 것도 이러한 상황이었을 것이다. 아무리 옆에 경호원이 있다 해도 껴안고 있지 않은 한 환영은 얼마든지 스즈키에게만 영상을 만들어 보였을 것이다. 지금은 박 신부의 오라가 스즈키를 감싸고 있었기에 박 신부에게도 그 환영이 보인 것일 테지만…….

'이런 판국이니 아무리 가까이에 경호원들을 많이 둔다 한들 도움이 될 리가 없지.'

박 신부는 사이토의 눈을 까뒤집고 안색을 살펴보았다. 사이토는 눈동자의 초점을 잃고 가쁜 숨을 내쉬고 있었다. 박 신부가 사이토의 맥을 짚어 보았다. 맥이 몹시 약하고 불안정했다. 도대체 무엇을 보았기에 멀쩡하던 사람이 삽시간에 이 지경이 됐는지 박 신부도 알 수가 없었다.

'이상하군. 내가 오라로 수호하고 있었으니 영적인 타격을 가하지는 못했을 텐데……. 그렇다면 심리적인 충격을 받은 것일까? 미라의 영상을 보고 사이토가 왜? 흠, 도대체 이건…….'

박 신부가 중얼거리면서 사이토의 호흡을 편하게 해 주기 위해 단추를 끄르고 있는데, 경호원들을 제치고 누군가가 앙칼진 울음을 내며 방 안으로 뛰어 들어왔다. 스즈키가 오키에라고 소리치면서 울면서 달려 들어오는 그 여자아이를 꼭 끌어안는 것이 보였다.

'오키에, 스즈키의 딸이로구나.'

박 신부는 중얼거리면서 슬쩍 그쪽을 바라보았다. 사진에서 본 것처럼 얼굴이 하얗고 귀여운 오키에는 머리를 뒤로 질끈 동여매고 있었다. 그런데 오키에의 얼굴은 눈물 자국으로 잔뜩 얼룩져 있었고 얼굴에 얼핏 멍 자국 같은 것이 보였다. 박 신부는 의아한 생각이 들었다. 그러나 통역을 맡은 사이토가 정신을 잃은 마당이니 오키에에게 무슨 일이 있었느냐고 마땅히 물어볼 사람도 없어서 박 신부는 달려온 의사에게 잠자코 사이토를 넘기고 스즈키의 옆에 조용히 섰다.

온천장 밖으로 나온 준후가 영문을 몰라 하는 연희와 함께 찾아간 곳은 근처에 있는 숲이 우거진 작은 공원이었다. 준후는 연희에게 별 얘기도 없이 눈을 크게 뜨고 한복 자락을 휘날리면서 공원 안으로 불쑥 들어섰다.

사람이 많은 편은 아니었지만 들락거리며 지나가는 사람들은 꽤 있었는데, 지나가던 사람들은 준후를 한 번씩 힐끗거렸다. 준후는 그런 것에는 개의치 않고 계속 공원을 두리번거리다가 마침내 뭔가 감이 잡히는 것이 있는 듯 씩 웃으며 뒤따라오던 연희를 쳐다보았다.

"찾았어요."

"찾다니? 무슨 말이니? 아까 도망쳤다고 한 가미인가를 잡으러 가는 게 아니었니?"

"네, 맞아요."

"그 가미가 여기에 있다고? 이렇게 사람들이 드나드는 곳인데?"

"그런 것 같아요."

"어, 그래?"

"아까 제가 잡았을 때 그놈의 기운에다가 약간의 힘을 보태서 표시해 놓았죠. 그러니까 영적인 표시라고나 할까요? 그놈은 공원의 숲속 어딘가 나뭇등걸 같은 곳에서 웅크리고 있는 모양이에요."

"정령 같은 것이 정말로 있기는 있나 보구나. 하지만 이렇게 사람이 드나드는 곳에 있을 줄은……."

준후가 숲속의 나무들에서 눈을 떼지 않고 그 사이로 걸어 들어가려고 하는 찰나에 누군가 뒤에서 말하는 소리가 들려왔다.

"저…… 잠깐만."

들려온 목소리는 앳된 여자아이의 것이었는데 놀랍게도 한국말로 이야기를 하고 있었다. 준후와 연희는 놀라 뒤를 돌아보았다. 거기에는 준후와 연희에게 낯익은 여자아이가 생글생글 웃으며 서 있었다. 비행기와 호텔, 그리고 노 극장에서 보았던 아라였다.

"한국에서 오시지 않았어요?"

아라가 준후의 앞쪽으로 타박타박 다가오며 말을 건넸다. 준후는 왜 아라가 여기에 있는지 궁금하고 신기하기도 했으나 대답을 하지 못한 채 우물쭈물했다. 연희는 그런 준후를 바라보고 싱긋 미소를 짓더니 아라에게 말했다.

"반갑구나. 너도 한국에서 왔지?"

"네, 언니. 이 오빠가 한복을 입고 있어서 눈에 띄어서요. 안녕, 오빠? 이름이 뭐야?"

"나? 응, 난……."

준후는 더듬거리면서 말을 잇지 못하고 우물쭈물하더니만 꿀꺽 하고 침을 삼키고는 대답했다.

"난 준후라고 해. 너는 아라 맞지?"

"어어? 내 이름을 어떻게 알지?"

준후는 속으로 아차 싶었으나 엎질러진 물이었다. 가까이서 보니까 꼬마 아이는 더 귀엽고 조금은 고집이 셀 것 같아 보이는 얼굴이었는데 장난기 어린 발걸음으로 준후의 주위를 뱅글뱅글 돌면서 준후를 위아래로 훑어보고 있었다.

"헤헤. 오빠 옷 멋있다아. 귀여워……."

"응? 뭐? 귀엽다고? 어험……."

"한복 입고 있으니까 아주 특이해 보여. 근데 오빠, 내 이름 어떻게 알았어? 응?"

"어…… 그건 그러니까……."

준후가 대답을 하지 못하고 망설이자 연희가 살짝 웃으면서 아라에게 말해 주었다.

"호텔에서 우리가 잠깐 봤을 때 이름을 알게 됐단다. 정식으로 인사하자꾸나. 나는 서연희라고 하고 이쪽은 장준후라고 해. 준후는 올해 열다섯 살이지."

"아, 그래요? 제 이름은 최아라라고 하고 올해 아홉 살이에요. 많이 귀여워해 주세요."

연희는 그렇게 말하는 아라가 귀여워 밝은 미소를 띠고 고개를 끄덕였다. 그러나 준후는 어색한지 자꾸 쭈뼛거렸다.

"준후야. 인사하렴."

준후는 연희가 이야기하자 마지못해 아라에게 고개를 꾸벅해서 인사를 했다. 아라는 준후가 인사를 하자 손뼉을 치고 팔짝팔짝 뛰면서 까르르르 웃어 댔다.

"하하, 재밌다아. 심심했는데 말 통하는 오빠랑 만나니까 너무 좋아. 나랑 놀자아, 오빠아? 응?"

"응? 아니, 놀다니? 나는 지금 해야 할 일이 있는데……."

"무슨 일? 그러지 말고 나랑 놀아, 응? 우리 아빠는 일 때문에 바쁘다면서 나랑 잘 놀아 주지도 않는걸, 뭐."

"응. 참…… 넌 아빠랑 같이 왔지."

준후가 부끄럼을 타는지 멋없게 중얼거리자 연희가 대신 아라에게 말을 건넸다.

"그런데 아빠는 어디에 계시니?"

"공원 저쪽에서 손님 만나고 계셔요."

아라는 연희에게 애교스럽게 웃어 보이고는 준후의 소맷자락을 잡아당기기 시작했다. 준후는 여자아이가 이러는 것을 본 적이 없어서인지 ―절에서 자랐으니 당연할지도 모른다― 얼굴까지 빨개져서 쩔쩔매고 있었다.

"너무 재미없어, 치. 나랑 놀아! 응? 아 참! 오빠 나랑 같은 호텔에 있지? 이따가 놀러 가도 돼? 응?"

"아, 아니. 우리는 이쪽으로 호텔을 옮겼어. 우린 여기 벳푸로 옮겨서…… 아이고……."

"치이. 오빠 왜 그러는 거야?"

준후는 고양이 앞의 쥐가 된 것처럼 아라한테 꼼짝도 못 하고 있었다. 그런 준후의 모습이 우스워 연희가 깔깔거리며 웃자 준후가 원망스럽다는 듯이 연희를 쳐다보았다. 연희는 간신히 웃음을 멈추고 준후에게 살짝 윙크했다.

"아라야. 지금 우리는 여기서 해야 할 일이 있단다. 나중에 놀면 안 될까?"

"안 돼요, 안 돼! 왜 간다는 거야. 만나자마자 이런 게 어딨어? 히이잉……."

아라는 귀엽게만 자라서 그런지 버릇이 없어 보였지만 투정을 부리는 게 그리 밉지만은 않았다. 준후는 당황해서 어떻게 하면 좋겠냐는 듯한 간절한 표정으로 연희를 자꾸 쳐다보았지만 연희는 생글생글 웃기만 할 뿐이었다. 할 수 없이 준후는 아라를 달랬다.

"아라야, 우리가 좀 바쁜 일이 있어서 지금은 안 되겠다. 응?"

"싫어, 싫어! 안 돼! 오빠가 무슨 어른이라고 중요한 일이 있어?

나랑 놀아. 응?"

"아이구, 이거 참······."

준후가 어쩔 수 없다는 듯 한숨을 푹푹 쉬고 있는데 아라가 토라진 듯이 눈을 샐쭉이 뜨더니 볼멘소리로 준후에게 말했다.

"그러면 약속해. 내일도 이 공원으로 나오겠다고, 응?"

"응? 내일? 내일은 또 어떻게 될지 잘······."

"으아아앙! 싫어, 싫어!"

아라는 이제 떼를 쓰면서 금방이라도 울 것 같은 기세였다. 준후는 놀라서 말을 더듬거리며 아라를 달래느라고 진땀을 빼고 있었다. 준후는 웃고만 있는 연희가 원망스러운 듯이 자꾸 그쪽을 쳐다보았지만 연희는 손끝 하나 까딱하지 않았다.

"울지 마! 내일 시간이 되면······ 아니, 아니······ 시간이 안 돼도 꼭! 꼭 올게!"

"으아아앙! 내일 언제? 으아앙!"

"꼭 내일 이 시간에 다시 올 테니까. 제발 울지 말고! 응? 제발 좀! 아이고, 제발 좀! 그만 울어! 더 이상 어떻게 하라고! 으으······."

준후도 울기 직전이었다. 그러자 아라는 언제 그랬냐는 듯이 귀엽게 헤헤 웃으며 준후에게 말했다.

"약속했어. 알았지?"

"으, 응······."

"그럼, 내일 봐? 응?"

"으응······."

"안녕! 헤헤……."

그제야 아라는 손을 흔들면서 쪼르르 공원 저쪽으로 달려갔다. 준후는 그러한 아라의 뒷모습을 멍청히 바라만 보고 있었고, 연희는 사람들이 쳐다보는 것도 아랑곳하지 않고 큰 소리로 웃어 댔다.

"연희 누나, 뭐가 그렇게 웃겨요. 나는 도대체……. 아무튼 여자들은 도대체 왜 저 모양이지."

"여자들이 뭘! 내가 보기에는 귀엽기만 하던데."

"정말로 여자들은요……. 아니에요."

준후는 말을 하다 말고 연희의 눈치를 조심스럽게 살폈다. 연희는 그런 준후가 여전히 귀여웠다.

'나이는 열다섯이나 먹었어도 순진하기 짝이 없어. 아무튼 저 아라라는 애도 대단하구나.'

연희가 속으로 생각하고 있는데 준후가 연희의 옷소매를 잡아끌었다.

"자, 그럼 어서 그놈이나 잡으러 가요. 네?"

"응. 그래 알았어."

준후는 또다시 아라가 따라올까 봐 무서워서인지 재빨리 연희의 옷소매를 잡고 숲 쪽으로 걸음을 옮기기 시작했다.

숨은 인물

 말이 통하지 않으니 더 이상 할 수 있는 일이 없을 것 같아 박 신부는 손짓 발짓으로 작별 인사를 고하고 나가려고 했으나 스즈키는 박 신부를 붙들고 놓아주지를 않았다. 스즈키가 무어라고 말하는지는 알 수는 없었으나 아마도 그 영상이 나타냈던 것을 막아준 박 신부를 옆에 두고 싶어 하는 것 같았다. 매정하게 떨쳐 버릴 수도 없고, 또 직접 영상을 보고 나니 섬뜩한 느낌도 지울 수 없어서 할 수 없이 계속 머물기로 했다.

 현암이나 준후 쪽과 계속 연락을 취하기로 돼 있었지만 사이토가 쓰러져서 옮겨지는 통에 연락을 취할 수 있는 유일한 통로였던 휴대 전화가 없어지면서 연락이 끊긴 것이나 다름없었다. 영어를 하지 못하는 스즈키와 의사소통이 안 돼 다른 사람들을 찾았으나 경호원들은 로봇처럼 입을 꼭 다물고 대꾸도 하지 않아, 말이 통하는지 통하지 않는지조차 알 수가 없었다. 할 수 없이 박 신부는 스즈키의 옆에 주저앉아 그의 동태를 살폈다.

 스즈키는 박 신부의 눈을 피해서 간간이 무언가를 코에 대고 있었다. 코카인으로 보이는 마약을 흡입하고 있는 것 같았다. 박 신부는 말릴까 생각했지만 그나마 중독성이 강하지 않은 코카인을 사용하는 것이 지금의 악몽 같은 기분을 겪게 하는 것보다는 나을 것 같아서 내버려두었다.

 스즈키는 계속해서 횡설수설했다. 옆에 있던 경호원들을 모두 밖으로 내보내기도 하고 다시 불러오기도 하면서 오락가락했다. 스즈키의 딸 오키에도 밖으로 내보냈다. 그렇게 한참을 가시방석에 앉은 기분으로 버틴 후에야 박 신부의 답답함은 야마모토라고 자신을 밝힌 의사가 들어옴으로써 풀리게 됐다. 그 의사와는 영어로 어느 정도 의사소통이 가능했다.

"사이토 씨는요?"

"심한 충격을 받고 병원으로 옮겨졌습니다. 그다지 위중하지는 않을 것입니다. 심리적인 쇼크인데…… 도대체 무슨 일이 있었습니까?"

그러나 박 신부는 야마모토에게 아무런 말도 해 주지 않았다. 내용을 설명해 줘도 알아듣지 못할 것이고 공연히 불안감만 가중시킬 것 같았다. 한참이 지나자 마약 기운이 퍼졌는지 스즈키는 곯아떨어졌다. 박 신부는 그제야 몸을 일으켜 방구석에 있는 작은 탁자에 야마모토와 함께 앉았다. 마침 바깥에서 준비해 온 커피와 샌드위치로 요기를 하면서 박 신부는 야마모토에게 조심스럽게 물어보았다.

"코카인을 흡입하는 것 같던데요."

"제가 권했습니다. 할 수 없었지요."

예상외로 야마모토의 대답은 명쾌했다. 박 신부는 한숨을 내쉬고는 입을 다물었다. 무엇이든 자신의 의지로 이겨 내야 한다는 것이 박 신부의 생각이었지만 남의 일에 이래라저래라 하기 싫어서였다.

"오키에 양은요?"

"오늘 아빠를 보고 싶다고 잠시 온 것이랍니다. 지금은 돌아갔지요."

"어디로요? 집으로?"

"그렇겠지요. 오키에의 운전사는 말이 없지만 충직한 사람이니까요. 어려서부터 내내 오키에를 데리고 다녔지요."

"야마모토 씨는 스즈키 씨의 주치의인 것 같으신데……."

"그렇습니다."

"스즈키 씨와 알게 된 지는 오래됐습니까?"

"십오 년, 길다면 길다고 할 수 있지요."

"그렇군요."

박 신부는 따뜻한 커피를 마시면서 생각을 정리했다. 정리되지 않은 몇 가지 이상한 점들이 뇌리에 되살아났고, 박 신부는 그것들을 신중하게 곱씹어 보았다. 저쪽에서는 스즈키의 코 고는 소리가 간간이 들려왔다.

부동명왕이라는 남자와 대위덕명왕이라는 남자, 두 사람 모두 얼이 빠진 것처럼 현암과 승희, 그리고 애염명왕이라는 여자가 꿇어앉아 있는 쪽을 바라보았다. 그들의 얼굴에는 도저히 믿을 수 없다는 듯한 표정이 떠올라 있었다.

승희는 여전히 차에 기대어 턱을 괴고 선 채 피식피식 웃고 있었고, 현암은 애염명왕이라는 여자를 위아래로 훑어보고 있었다. 눈이 위로 올라간 것을 제외하면 별반 특이한 점을 발견할 수 없는 수수하게 생긴 여자였다. 여자는 승희의 입을 통해서 나온 애염명왕의 호통 소리를 듣고 나서는 그대로 땅에 무릎을 꿇고 주저앉아 아무런 소리도 내지 못하고 몸도 움직이지 못한 채 눈을 꼭 감고 식은땀만 흘리고 있을 뿐이었다. 현암 쪽으로 다가온 도운이 세 사람의 얼굴을 번갈아 훑어보더니 현암에게 말했다.

"방심하지 맙시다. 저들이……."

현암이 끄덕해 보이고 고개를 돌리는데 저만치에서 부동명왕이라는 남자가 고래고래 소리를 질렀다. 옆에 있던 도운이 눈을 치켜뜬 현암에게 통역해 주었다.

"도대체 무슨 사악한 술수를 부렸느냐고 하는군요."

현암은 코웃음을 쳤다. 사람에게 다짜고짜 주술을 부리려던 자들이 도리어 사악한 술수를 부렸다고 성토해 대다니 도무지 말이 되지 않았다. 현암은 영어로 이제 그만 꺼지라고 소리쳤다. 그러자 그자들은 몸을 움찔하더니 긴장된 표정으로 슬슬 앞으로 다가왔다.

대위덕명왕이라는 남자가 손에 들었던 목도를 허공에 대고 휘둘렀다. 그러자 나무로 된 날 부분이 쑥 빠지면서 예리한 칼날이 드러났다. 목도의 날 부분은 실은 칼집이었고 아주 가늘고 예리한 연검이 안에 갈무리돼 있었던 것이다. 그자는 부동명왕이라는 남자와는 달리 나직하게 뭐라고 말했는데 현암은 알아들을 수 없었다. 그러자 이번에는 승희가 그자의 마음을 읽어 낸 듯, 현암에게 좀 귀찮다는 말투로 이야기를 해 주었다.

"저 여자를 빨리 내놓지 않으면 사생결단을 내겠대. 사생결단은 지네들 혼자서 하나……."

부동명왕도 협박하듯이 허공에 손을 휘두르자 붕붕하는 소리가 났다. 그러더니 아까 현암과 겨룰 때보다 더욱 크게 손이 부풀어 올랐다. 그자는 품에서 뭔가를 꺼내 손에 뿌리고 문질렀다. 그러자 안 그래도 커져서 징그러운 손이 보라색으로 물들어 갔고 도운이 눈을 찡그리면서 현암을 돌아보았다.

"저자가 독을……."

도운이 조금 꺼림칙한 기색을 보였지만 현암은 흠 하고 짧은 신음을 냈을 뿐 조금도 몸을 움직이지 않았다. 승희가 옆에서 예의 귀찮은 듯한 말투로 중얼거렸다.

"이 여자를 그냥 내주면 안 될 것 같아. 재미있잖아? 이 여자 지위가 상당한 것 같은데……. 명왕교에 대해서 다 알아낼 수 있을 것 같아."

"그렇게 순순히 말을 털어놓을까?"

현암이 미심쩍다는 듯 말했다. 말을 안 한다고 고문이나 협박을 할 퇴마사들이 아니었으니 말을 안 해 버리면 도리가 없었다. 승희가 피식 웃으며 말했다.

"얘는 이제 내 밥이야. 꽤 오래 수련한 것 같은데…… 임자 만났지, 뭐. 아무 염려 없어. 이젠 내 말 잘 들을 테니까 염려 마. 저 이상한 작자들이나 어서 쫓아내. 문제없지? 현암 군의 실력이면?"

현암은 속으론 어이가 없었으나 각오를 하고 다가오는 저들에게 무슨 조치를 취해야 할 것 같았다. 그렇다고 말이 통하는 것도 아니고…… 현암은 주먹질하는 것이 그다지 내키지 않았지만, 별 수 없었다. 현암이 굳은 표정으로 가만히 바라만 보고 있다가 두서너 발자국을 옮겨 앞으로 나가자 기다렸다는 듯 대위덕명왕이 차라랑 맑은 소리를 내는 연검을 휘두르며 현암에게 달려들었고, 부동명왕도 소리를 지르면서 뛰어들었다. 현암이 숨을 깊이 들이마시고 손에 공력을 모아 가는데 도운이 무슨 말인가를 중얼거리면서 현암의 앞으로 달려 나왔다. 아까 승희가 말한 대로 대위덕명왕과는 사이가 무척 안 좋았던 모양이었다.

어느새 도운은 대위덕명왕이 뱀처럼 구불거리면서 찔러 오던 연검을 철추를 휘둘러 막아 내고 있었다. 그러나 놀랍게도 연검은 철추의 줄을 거침없이 잘라 버리고 지나갔고, 도운의 철추는 그대로 허공을 날아 땅바닥에 쿵 하면서 박혀 들어갔다. 놀란 도운이 품에서 과거에 톡톡히 위력을 보였던 슈리켄 몇 개를 꺼내어 획 하고 던졌으나 대위덕명왕은 재빨리 몸을 날려 공중제비를 넘으면서 피했다. 도운은 그 순간을 기다렸다는 듯, 남아 있던 철추의 줄을 요란하게 돌리면서 대위덕명왕에게 달려들었다.

현암은 연검을 자유로 사용하는 대위덕명왕이 아무래도 도운에게는 힘겨운 상대 같았지만, 일단 붙은 싸움에 끼어들 수도 없어서 부동명왕 쪽으로 공격을 돌렸다. 그자는 기합 소리를 요란하게 지르고 붕붕 소리가 나도록 허공에 손을 휘두르면서 현암에게 달려들었다.

 현암은 아까 도운에게서 손에 독이 발라져 있다는 이야기를 들은 터라 함부로 접근하지 않고 일단 그자의 손동작을 자세히 보면서 일타를 날릴 작정이었다. 그자의 장법(掌法)은 상당히 조예가 깊은 듯, 어디 한 군데를 뚫고 들어갈 곳이 없었다. 부동명왕은 아까 현암에게 당하고 난 뒤부터 조심하는지 빈틈없이 손을 휘둘러 손 그림자로 온몸을 감싼 채 현암에게 공격을 가하기 위해 천천히 걸어 들어왔다.

 현암은 태극기공과 파사신검 이외에는 특별한 무술을 배워 본 적이 없었다. 재빠르게 움직일 수 있는 것은 기계 체조로 몸이 단련된 덕이고, 검술을 익히느라 몸놀림이며 눈썰미 같은 것도 상당한 수준에 올라 있었지만, 정식으로 손과 발을 이용해서 싸우는 방법에는 큰 장기가 없었다. 그러나 지금까지 칠십여 년의 내력이 실린 현암의 일격을 받아 내는 사람은 없었다. 막거나 피하려 해도 '투' 자 결이나 '발' 자 결의 힘을 버텨 낼 수는 없었기 때문이다. 그러나 저렇게 손에 독을 바른 상대를 맨손으로 대적할 수도 없는 노릇이었다. 일단 손발을 놀리지 못하게 되면 상황은 달라진다. 그렇다고 전설에서나 나오는 장풍 같은 방법을 쓸 수 있는 것도 아니었다. 굳이 한 가지 있다면 '탄' 자 결을 쓰는 방법뿐인데 저자가 '탄' 자 결을 버틸 정도의 실력은 아닌 것 같았다.

 현암은 수련 중 '탄' 자 결의 위력이 어느 정도 되는가 측정해 본 일이 있었다. '탄' 자 결 한 방에 물을 가득 담은 큰 철제 드럼

통의 앞뒤가 관통되면서 사정없이 찌그러져 버리는 것을 본 다음부터는 현암은 '탄' 자 결을 함부로 사용하지 않겠다고 마음먹었다. '탄' 자 결 한 방은 총알보다도 위력이 세며, 수류탄과 맞먹을 만한 파괴력까지 가지고 있어서 아무리 무예로 단련됐더라도 사람의 몸으로 그것을 막아 낸다는 것은 상식적으로 불가능했다.

현암이 당혹스러워하는데도 승희는 파이팅 어쩌고 하면서 태연자약하게 킥킥거리고만 있었다. 현암은 기가 막혔지만 그렇다고 뒤를 돌아볼 겨를은 없었다. 할 수 없이 현암은 월향검을 빼어 들었다. 반은 협박이라고나 할까? 현암이 월향검을 빼 들자 월향검이 낮지만 날카로운 신음을 냈다. 그러자 놀랐는지 부동명왕의 어깨가 움찔했다.

부동명왕과 대위덕명왕은 현암이 뽑아 든 월향검을 보고 서로 시선을 주고받더니 안색이 파리하게 변하면서 주춤주춤 뒤로 물러섰다. 현암은 그런 그들의 행동이 의아했지만 여전히 긴장을 풀지 않고 꼿꼿이 선 채 그들을 노려보았다. 그들은 그때까지 꼼짝도 하지 않은 채 무릎을 꿇고 있는 애염명왕이라는 여자를 구할 생각도 않은 채 뒷걸음질 치더니 차를 타고 그대로 도망쳐 버렸다. 현암은 구태여 그들을 추적하고 싶은 기분은 아니었지만 어딘가 그들의 행동이 이상하다고 여겨졌다. 그런데 뒤에서 승희의 목소리가 현암의 귓가에 종소리처럼 크게 울려왔다.

"혀, 현암 군! 저들이 월향검을 알아봤어……."

"뭐? 월향을 알아본다고? 어떻게?"

"몰라. 그 칼은 여인의 영이 봉인된 것이고 세상에 둘도 없이 무서운 것이라 자신들의 힘으로는 대항할 수 없다는……. 교주님만이 대항할 수 있을 거래. 그리고……."

"교주? 교주면 대항할 수 있다고?"

"저들은 월향검이 어떤 것인지 알고 있어. 그리고 월향의 내력에 대해서도!"

웬만한 일로는 감정을 잘 드러내지 않는 현암의 얼굴에 크게 격동의 빛이 일면서 눈이 크게 떠졌다. 타는 듯한 현암의 시선을 보며 승희는 야릇한, 자신도 잘 알 수 없는 갈등 같은 것을 마음속에서 느꼈다.

숲속에 숨어 있다는 가미를 찾아 나뭇등걸 사이를 헤매던 연희와 준후는 뜻하지 않게 경비원의 제지를 받게 됐다. 잔디와 나무를 곱게 길러 놓은 정원 사이를 마구 돌아다니는 그들이 사진 찍을 자리를 찾아 헤매는 관광객 정도로 보인 모양이었다. 정말로 무엇을 하고 있는지 말해 줄 만한 형편도 되지 못하는 터라 둘은 찍소리도 하지 못하고 바깥쪽으로 나올 수밖에 없었다.

"일본까지 와서 나라 망신시키는 꼴이 돼 버렸네. 후후후."

연희가 쑥스러운 듯이 웃었지만 준후는 애가 타는지 연희에게 빠르게 말했다.

"왜 이렇게 일이 꼬이죠? 들어가서 잡기만 하면 그만인데……."

"그럼 너 혼자만이라도 들어가 보렴. 내가 여기서 경비원이 또

오는지 망을 봐 줄게."

준후는 기가 막힌다는 표정을 지었지만 별다른 뾰족한 수가 없었다. 하는 수 없이 연희가 망을 봐 주는 동안 준후는 수풀 속으로 몸을 웅크리고 들어가서 부스럭거리기 시작했다. 그때 연희의 귀에 비명이 들렸다. 멀리 떨어져 있는지 작게 들려왔지만 연희의 귀에는 커다란 소리로 울려왔다.

"으악! 아빠! 아빠!"

한국말이었다. 앳되고 낯익은 목소리……. 그것은 조금 전에 자신들과 이야기를 나누었던 아라의 목소리였다.

"앗! 이건……."

연희는 몸을 돌려 준후를 보았지만 이미 숲속으로 모습을 감춘 뒤였다. 연희는 본능적으로 아라의 목소리가 들려온 방향을 향해 뛰기 시작했다. 사람들 몇몇이 비명을 듣고 그쪽을 돌아보고 있는 참에 저만치, 그다지 멀지 않은 곳에서 검은 옷을 입은 두 명의 남자가 머리를 뒤로 묶어 내린 조그마한 여자아이를 옆구리에 끼고 달음질쳐 가는 모습이 보였다. 거리가 꽤 돼서 그들의 얼굴은 채 알아볼 수 없었지만 그들이 옆구리에 끼고 있는 아이는 흰 윗도리에 빨간 치마를 입은 것으로 보아 틀림없이 조금 전에 만났던 아라였다.

"아라야! 이, 이런!"

죽을힘을 다해 달려갔으나 아무리 연희가 키가 크고 빨리 달리는 편이라고는 해도 남자들이 달려가는 속도를 따라잡을 수는 없었다. 두 명의 남자는 자그마한 아라를 옆구리에 낀 채 저쪽에서 황급히 달려온 차 속으로 몸을 던지듯 들어가 버렸고, 주변의 사람들이 조치를 취하기도 전에 요란한 엔진 소리를 내면서 공원을 빠져나가 버렸다.

연희는 재빨리 차의 번호판을 보려고 했지만 거리가 꽤 떨어져 있는 데다가 차가 난폭하게 지그재그로 운전을 하면서 나아가는 통에 제대로 번호판을 볼 수가 없었다. 그 뒤로 누군가가 미친 듯이 아라의 이름을 부르면서 달려 나오고 있는 것이 보였다. 아라의 아버지임이 분명했다.

연희는 숨을 몰아쉬며 입술을 깨물고 아라의 아버지를 바라보았다. 사십 대 중반의 매우 자상해 보이는 인상에 금테 안경을 낀 학자풍의 남자였는데, 넋이 나간 듯 멍하니 서서 아라를 납치해 간 차가 사라진 방향을 헐떡거리며 바라보고 있었다. 연희가 다가가서 말을 걸까 말까 망설이던 차에 뒤에서 준후가 부르는 소리가 들렸다.

"연희 누나! 뭐예요? 왜 여기 있어요?"

"준후야, 큰일이야. 아라가 납치된 것 같아!"

"납, 납치요? 아니 그게 무슨 말이에요?"

준후는 무척이나 놀랐는지 입을 다물지 못했다. 연희는 고개를 끄덕이면서 아라의 아버지 쪽을 쳐다보았다. 먼 타향에 와서 난데없이 딸을 납치당한 아라의 아버지는 쓰러질 듯 넋이 나가 있었다.

"저분이 아라의 아버님인가 봐, 어쩌지?"

연희는 아라의 아버지를 돕고 싶은 생각이 간절했지만 한편으론 망설여졌다. 난데없이 누가 나타나서 말을 걸면 유괴범의 일당이라고 생각하는 것은 아닐까 해서였다. 그런데 준후가 빠른 걸음으로 아라의 아버지에게 달려가더니 먼저 말을 건넸다.
"아라 아버님이시죠? 어떻게 된 거죠?"
"아, 아라야…… 나, 난……."
아라의 아버지는 준후의 말을 제대로 알아듣는 것 같지도 않았다. 얼굴은 하얗게 질리다 못해 파리한 빛까지 띠고 있었고 몸은 눈에 보일 정도로 부들부들 떨고 있었다.
"전 아라를 알아요. 조금 전에도 만났죠. 도와드릴게요."

박 신부는 생각에 잠겼다. 여기 와서 본 여러 가지 복잡한 일들을 마음속으로 하나둘 정리해 보기 시작한 것이다.
명왕교와 칠인방 사이에 관련이 있었다는 것은 틀림없는 사실이었다. 죽임을 당한 다카다는 명왕교의 편을 많이 들었다고 했고, 스즈키는 그런 다카다의 주장 때문에 칠인방 내의 다른 사람들이 다카다를 당에서 몰아내기로 결정하고 다카다를 함정에 빠트렸다고 했다.
그런데 그 점이 잘 납득되지 않았다. 그때까지 명왕교는 협박 비슷한 편지를 보낸 것 외에는 칠인방에 별다른 압력을 가한 적이 없었다. 스즈키는 꿈자리가 뒤숭숭해지고 이유 없이 계획들이 틀어지곤 했다고 말했다. 그때는 그냥 넘어갔지만 되짚어 보니 석연치가 않았다. 그 정치가들이 과연 꿈자리가 뒤숭숭해지고 계획이 틀어지고 하는 일들을 명왕교의 복수와 관련이 있다고 믿었을까?

스즈키는 명왕교에서 아까 박 신부가 본 검은 그림자를 보냈다고 굳게 믿고 있다. 그것은 스즈키가 명왕교의 주술적인 힘을 인정하고 있다는 이야기가 된다. 그러나 스즈키는 다카다를 축출할 당시의 이야기를 어떻게 말했던가? 다카다는 그런 일들이 명왕교의 힘에 의한 것이라고 주장했으며, 광신적인 증세까지도 보였기 때문에 다카다를 축출했다고 하지 않았던가?

머릿속이 복잡했지만 박 신부는 다시 한번 정신을 가다듬고 차근차근하게 생각을 해 보았다. 만약 칠인방이 명왕교의 주술력을 믿지 않았다고 한다면, 다카다가 그런 주장을 했다고 해서 다카다를 축출하려 했다는 것은 말이 되지 않는다. 다카다가 명왕교의 요구를 들어주어야 한다고 말했다 해서 그를 그토록 철저히, 몇 년에 걸친 암투와 모략으로 축출한 것은 무엇 때문이었을까?

그냥 웃으며 쓸데없는 데 신경 쓰지 말라고 넘어갈 수는 없었을까? 다카다의 의견이 그토록 나머지 여섯 명의 신경을 거슬리게 하는 것이었다면, 나머지의 여섯 명도 명왕교의 협박에 대해 잔뜩 신경이 곤두서 있었다고 해석할 수 있지 않을까?

아주 작은 실마리였지만 놓쳐서는 안 될 것 같았다. 처음부터 다시 생각해 보아야 했다. 칠인방에 대한 명왕교의 관계는 익명의 기부금 형태였다고 스즈키는 말했다. 기부금 정도를 받은 관계였다면 칠인방은 명왕교의 주술적인 능력에 대해서는 아무것도 알지 못했을 것이다.

 물론 또 다른 정치적 이유가 있었을지도 모르지만, 다카다를 삼사 년에 걸쳐서 집요하게 추적해 정치적으로 매장시켜 버린 주된 이유가 단지 명왕교의 협박에 대해 수긍했기 때문이라는 것은 아무래도 이상했다. 박 신부가 보기에 이 모든 것을 무리 없이 설명하려면 상황은 단 한 가지밖에 없었다.

 '칠인방 모두 명왕교의 주술적인 능력을 잘 알고 있었고, 기부금보다는 그 힘을 빌린 것은 아니었을까? 그러다가 어느 정도 세력을 잡고 난 이후에는 명왕교의 이상한 요구를 정치적으로 수용할 길이 막막해졌고……. 그래서 명왕교와 결별하고, 계속 명왕교에 대한 충성심을 버리지 않는 다카다를 축출한 것은 아니었을까?'

 모든 일을 무리 없이 해석하는 길은 그렇게 가정하는 것밖에 없었다. 그리고 이것이 사실에 가까울 거라고 박 신부는 생각했다. 박 신부의 결론대로라면 칠인방은 명왕교의 영향에서 벗어나기 위해 매우 교묘한 술수를 부린 것이 된다. 일단 명왕교의 요구 사항을 이런저런 이유로 지연시키면서 명왕교의 손발이 돼 버린 다카다를 암중 모략으로 완전히 멀어져 버리게 만들고, 명왕교와의 연결 고리를 떼어 버렸다고 볼 수도 있었다.

 비로소 박 신부는 머리가 맑아지는 것 같았다. 다만 같은 정당의 동료가 한 종교의 편을 든다고, 또 스즈키가 말한 대로 자잘하게 이상한 일들이 벌어졌다고 그를 삼사 년에 걸친 치밀한 모략으로 몰아낸다니…… 여기까지 생각이 미치자 박 신부는 고개를 절레절레 흔들었다.

'다카다를 몰아낸 것만이 그들의 최종 목표였을까? 다카다의 죽음은?'

박 신부는 등줄기에 소름이 돋는 것 같았다. 스즈키는 자신이 좋은 말로 위로하려고 과거의 일들을 모두 이야기했는데, 그 말을 듣고 다카다가 비관해 호수에 몸을 던졌다고 했다. 언뜻 들어서는 그럴 수도 있을 것 같았지만 의심을 가지고 찬찬히 되짚어 나가자 그렇게만 볼 수 없다는 느낌이 강하게 들었다.

'과거의 사실을 이야기했으면 다카다는 정말 인생무상만을 느꼈을까? 복수심은 들지 않았을까? 자신을 배신하고 자신을 함정에 빠뜨린 자들이 실은 과거 자신의 동료들이었다고 할 때는…….그런데 다카다는 자살하는 것만으로 모든 것을 끝냈단 말인가?'

아무래도 앞뒤가 맞지 않았다. 박 신부는 정치가가 아니었지만, 정치를 하는 사람들의 마음속이 얼마나 냉담한지 알고 있었다. 또한 카리스마를 키워 나가는 정치인들의 보복심이나 원한이 얼마나 강렬한 것인지도 짐작은 할 수 있었다.

'더군다나 육인방은 그 후 이상한 사건들이 벌어질 때마다 죽은 다카다의 짓이라며 의심했다고 기록돼 있었다. 다카다가 인생무상을 느끼고 자살한 것이라면, 그들이 왜 다카다를 두려워한 것일까?'

박 신부는 일본에 오던 첫날에 우연히 텔레비전에서 보았던 이지메에 대한 기억을 떠올렸다. 자신과 한편이 되지 않는 자를 집단으로 몰아서 괴롭히는 일종의 잔학 행위. 다카다는 그것의 희생자가 아니었을까? 육인방 모두 명왕교에서 발을 빼겠다고 주장했고, 다카다는 끝까지 그것을 반대하면서 명왕교에 모든 것을 밝히겠다고 협박했는지도 모른다. 그것에 대한 보복으로 다카다를 매장했다면…… 그냥 매장시켜 버리고 끝냈을까? 아니면 혹시 다카다의 죽음이…….

'육인방에 의해서?'

박 신부는 자신도 모르는 사이 얼굴이 하얗게 질린 것을 느꼈다. 스즈키가 말한 좋은 말로 한 위로, 그것의 속뜻은 다른 데 있는 것이 아닐까? 박 신부는 고개를 돌려 코를 골며 자는 스즈키의 모습을 차가운 눈초리로 바라보았다. 그런 박 신부를 지켜보는 야마모토의 눈빛 또한 이상스럽게 변해 가고 있는 것을 박 신부는 알지 못했다.

현암은 눈을 크게 뜨고 승희의 얼굴을 바라보았고, 승희는 잠깐 망설였지만 곧 마음을 가다듬고 솔직하게 말을 이었다.

"여자의 힘, 여자의 힘이 세상에서 가장 큰 것이래. 그리고 여자의 혼이 들어간 칼은……."

"그런 칼은?"

"잠시…… 그렇게 확실하게 마음속을 읽은 것은 아니야. 대위덕명왕의 생각인데, 그 사람도 한가락 하는 사람인걸. 그러니……."

현암은 입을 다물었지만 현암의 눈이 그토록 강렬하게 빛나고 있는 것을 승희는 한 번도 본 적이 없었다.

'역시 그렇구나. 그 칼, 칼 속의 여인⋯⋯. 나는 안 되는 걸까?'

승희는 남몰래 한숨을 내쉬었으나 표정은 그와는 반대로 밝게 지으면서 말했다.

"그런 칼은 세상에 두 자루밖에 없대. 조선에 하나, 그리고 명왕교에 하나."

"조선에 하나? 그럼, 그게 월향검? 그런데 그걸 그들이 어떻게 알고 있단 말이야?"

"명왕교의 전설이래. 밀교의 어느 승려가 조선에서 그 칼을 본 적이 있었나 봐. 명왕교의 교주가 물려받은 다른 칼은 밀교에서 만든 것으로 월향검을 본떠서 만든 것인가 봐. 아⋯⋯ 그렇게 체계적으로 생각을 하는 것이 아니어서 알아내기가 어려워. 다만⋯⋯."

현암의 눈이 도운을 향했다. 월향과 비슷한 칼을 밀교에서 만들었다고 한다면, 밀교에서는 월향검에 대해 누군가 알고 있는 것이 아닐까 해서였다. 그러나 도운은 지금 두 사람이 무슨 대화를 하고 있는지조차 알아듣지 못하고 호기심에 찬 얼굴로 이쪽을 바라보고 있을 따름이었다. 현암이 한숨을 쉬면서 승희를 쳐다보았고 승희는 말을 이었다.

"그 칼, 그러니까 월향검이겠지? 그 칼을 이런 곳에서 보게 될 줄은 몰랐다고 하는군. 전설이라고 생각했는데⋯⋯."

"더 자세한 것은? 응?"

"여인의 영도 물론이지만 여인의 한도 들어 있대. 그런 것은 두 번 다시 나오지 않을 거라는군. 그리고……."

승희는 고개를 저으며 한숨을 푸욱 내쉬었다.

"끝이야. 그는 더 이상은 몰라."

"그게 다야?"

"응, 다만 명왕교의 교주라면 알고 있을지도 몰라. 내 생각이긴 하지만 아마도……."

현암은 낮게 신음을 내더니 입을 꼭 다물었다. 그런 현암을 보자 승희는 마음이 아팠다. 승희는 아직 꼼짝 않고 앉아 있는 애염명왕이라는 여자를 향해 고개를 돌렸다.

"너는 뭘 좀 알고 있니? 응?"

승희가 밉살스럽다는 듯이 슬쩍 걷어차자 여자는 움찔하더니 고개를 땅에 박으면서 무어라고 중얼거렸다.

"쇼하지 말고 아는 거 있으면 다 말해. 명왕교의 교주는 누구지?"

애염명왕이라는 여자는 좀 울먹거리는 목소리로 떠듬거리며 말을 이었다. 신기하게도 승희는 일본어나 영어로 이야기하고 있지 않았는데 여자는 승희의 말을 잘 알아들었다. 흡사 예전에 현암에게 성난큰곰이 말을 마음으로 전달해 오던 것과 비슷했다. 승희가 소리쳤다.

"영어로 이야기해! 이 멍청아!"

"아, 아주 키가 작고……."

애염명왕이라는 여자는 부들부들 몸을 떨면서 말을 떠듬떠듬 이어 갔다. 현암은 그런 그녀의 태도가 어딘지 이상하다고 여겼지만 승희가 알아서 하겠지 하는 생각으로 보고만 있었다. 실은 월향검에 대한 이야기 때문에 다른 이야기는 귀에 잘 들어오지 않았다고 하는 편이 맞을지도 몰랐다.

"키 말고! 이름이 뭐야?"

"그, 그건 몰라요. 모두의 이름은 철저하게 가려져 있고…… 교주는 가면을 쓰고……."

"무슨 가면? 노의 가면이야, 아니면 명왕의 가면이야?"

"교주는 이자나미의 가면을……."

"이자나미?"

현암은 이자나미라는 말을 어디선가 들어 본 것 같았다. 일본 전설상의 유명한 여신의 이름이었는데…….

"그것, 그것밖에는…… 그리고 교주는 키가 작고……."

"키 작은 거 말고 다른 건?"

"어린, 어린 여자아이……."

그때 멀리서 펑 하는 굉음이 들려오더니 더듬거리면서 말을 이어 가던 애염명왕이라는 여자가 풀썩 쓰러졌다. 핏빛 안개 같은 것이 사방으로 튀어 올랐다.

"총! 누가 저격을!"

현암은 재빨리 승희의 옷자락과 도운의 승복 자락을 잡고 승용차의 뒤편으로 몸을 날렸다. 승희는 놀라서 엉겁결에 균형을 잃고 넘어져 뒹굴었지만, 도운은 체구가 커서 승복 자락만 찢어졌을 뿐 몸을 숨기지는 못했다.

또 한 번 핑 소리가 나자 승용차의 한쪽 유리창이 거미줄을 잔뜩 친 것처럼 뿌옇게 금이 가면서 작게 구멍이 뚫렸다. 쓰러진 그녀의 머리에서 선혈이 낭자했다. 한 방에 목숨을 잃은 것이 분명했다. 도운이 미친 듯 몸을 허공에 띄우다가 으윽 소리를 내면서 차 뒤편으로 굴러떨어졌다. 현암은 엉겁결에 도운의 몸을 끌어 땅에 바짝 붙이면서 총알이 날아온 방향을 살폈다. 그러나 근처에는 아무것도 없었다.

"현암 군! 이게 도대체!"

날아오는 총알 세례를 받자 승희는 삽시간에 사색이 됐고, 금방이라도 욕지기를 퍼부을 것처럼 숨을 가쁘게 헉헉거렸다. 조금 전까지 이야기하던 애염명왕이라는 여자가 붉은 피를 쏟으며 쓰러져 있는 모습이 눈에 들어왔다. 너무나도 처참하고 가련한 모습이었다. 현암이 이를 갈면서 으르렁거리듯 말했다. 현암의 눈은 바닷가의 수평선을 향해 있었다.

"저기다!"

보통 사람보다 밝은 현암의 눈에 수평선 위에 떠 있는 검은 그림자가 들어왔다. 배였다. 적게 잡아도 이삼 킬로미터는 떨어져 있는 것 같았으나 조준경이 달린 저격용 라이플이라면 그 정도의 거리에서도 충분히 총알을 날릴 수 있을 것이다.

"망할 놈들!"

현암은 눈에서 불꽃이 튀어나오는 듯했지만 저렇게 멀리 떨어진 상황에서는 어떻게 해 볼 도리가 없었다. 도운이 신음을 냈다.

다리에 총알이 스치고 갔는지 푸른색 승복 자락에 선혈이 물들어 있었다.

"괜찮아요?"

"예…… 괜, 괜찮……."

현암은 고개를 들려는 승희를 잡아 자세를 낮추게 하고는 잠시 궁리했다. 저들이 어떻게 알고 총질을 한 것일까? 부동명왕과 대위덕명왕이 연락을 취한 것일까? 그러기에는 너무 짧은 시간이었다. 만일 그랬다면 승희가 아까 대위덕명왕을 투시하고 있었으니 몰랐을 턱이 없었다. 그렇다면 한 가지 결론은…….

"저놈들 중에도 투시력을 가진 놈이 있어. 우리를 처음부터 알고 감시해 왔던 게 분명해! 제길! 그래서 우리의 이름도 알고 있었고, 명왕 세 사람을 보냈던 거야. 그러다가 일이 이상하게 되니까 비밀을 털어놓을까 봐 애염명왕이라는 여자를 죽여 버렸고……."

"어떻게 하지? 응?"

승희도 여러 가지 일을 많이 겪었지만 보이지도 않는 곳에서 총알이 날아오는 위기에 빠져 본 적은 없었다. 저들은 잘 보이지도 않았고 먼 거리에도 불구하고 정확한 조준 사격을 하고 있었다. 더군다나 이곳은 민가나 지나가는 차도 없는 한적한 곳이라 몸을 움직였다가는 다시 총알이 날아들 것이었다. 이런 상황에서도 현암은 한 가지를 떠올렸다.

'놈들은 지금 이 순간에도 우리의 생각을 읽고 있을 게 분명하다. 그렇다면 생각을 하지 않는 방법밖에는 없다.'

현암은 재빨리 눈을 감고 심호흡한 다음에 승희의 옷자락을 당겼다. 승희가 놀라서 돌아보자 현암은 총알같이 빠른 말투로 물었다.

"저들이 남의 생각을 읽는다면 승희 네 생각도 읽을 수 있을까?"

승희가 잠시 고민했다. 그럴 수는 없을 것 같았다. 지금까지 많은 주술사들과 상대해 본 경험으로 볼 때, 적들이 어떤 능력을 가진 경우에는 그 사람의 마음속이 먹장을 친 것처럼 읽어 내기가 무척 힘들었다. 승희가 고개를 저으며 말했다.

"아마 안 될 거라고 생각해. 그런데 왜 말을 그리 빨리……."

현암은 총알같이 빠른 속도로 우르르 말했다.

"오래 생각하면 안 돼! 생각을 바꿔야 해!"

승희는 짧은 탄성을 냈다. 자신도 투시해 남의 마음속을 읽어 내는 데는 약간의 시간이 걸렸다. 승희 자신이 초능력이 있었기 때문에 마음이 읽히지 않는다면, 저들은 지금 도운보다는 현암의 마음을 읽고 있을 것이다. 그런 그들에게 현암은 지금 자신의 마음이 읽힐 틈을 주지 않으려고 재빨리 말하고는 금방 생각을 바꾸는 것임이 분명했다. 사실 승희는 그게 가능한지 어떤지는 잘 몰랐다. 그러나 현암처럼 도가나 불가의 기공을 수련하기 위해서는 무념무상의 경지에 들어갈 수 있어야 한다는 것을 염두에 둔다면, 어쩌면 그게 지금의 상황에 대처하기 위한 최선의 방법일지도 몰랐다. 현암이 재빠르게 말했다.

"어서 빠져나갈 방법을 생각해! 나에게 말하지도 말고! 너 혼자! 난 위험해. 나에게 알리면 안 돼!"

승희는 울고 싶었다. 도대체 어떻게 하란 말인가? 무슨 일의 결단이나 상황 판단은 항상 현암이나 박 신부가 내려 주지 않았던가? 그런데 지금은……

승희는 현암의 얼굴을 쳐다보았다. 현암은 눈을 감고 필사적으로 아무 생각도 하지 않으려고 하는 것 같았다. 할 수 없이 승희는 신경질적으로 신음을 내면서 애꿎은 머리카락을 쥐어뜯었다. 그러다가 잠시 후 승희의 눈이 밝아졌다. 방법이 떠오른 것이다.

박 신부는 방 안을 둘러보았다.

스즈키는 노의 가면이 사라진 뒤 긴장이 풀린 탓인지, 아니면 마약에 취한 탓인지 깊이 잠들어 있었고, 그 옆을 두 명의 덩치 큰 경호원들이 버티고 서 있었다. 야마모토는 박 신부의 앞에 조용히 앉아 있었다. 특별히 이상한 조짐은 보이지 않았다.

지금 박 신부의 머릿속에서는 아까 스즈키가 말하려고 했던, 정말 중요한 일이라던 것이 무엇이었을까 하는 생각으로 가득 차 있었다. 궁금하긴 했지만 그렇다고 잠든 스즈키를 깨워서 물어볼 수는 없었다. 할 수 없이 박 신부는 야마모토에게 물었다.

"사이토 씨는 지금 상태가 어떤지 알 수 없을까요?"

"글쎄요. 아직 병원에 도착하지는 않았을 테니 연락이 안 될 겁니다."

"어느 병원으로 옮겼습니까?"

"글쎄, 저도 잘 모르겠군요. 경황이 없어서……"

말꼬리를 흐리는 야마모토의 얼굴에 당황하는 빛이 역력했다. 박 신부는 고개를 갸웃하고는 말했다.

"제 일행과의 연락은 사이토 씨의 휴대 전화로 하기로 돼 있습니다. 그런데 사이토 씨가 병원으로 옮겨졌으니 연락이 끊어진 것이나 다름없군요. 제 일행은 돌아다니고 있을 테니 제가 연락을 취해 볼 방도도 없고……."

"아, 그것 때문이시라면 제가 알아보도록 하죠."

"예, 어떻게 조치를 해 주셨으면 합니다. 스즈키 씨가 불안해하시니 제가 여기서 나가기도 그렇고……."

"알겠습니다."

야마모토는 급하게 몸을 일으키더니 밖으로 나가 버렸다. 박 신부는 그 뒷모습을 바라보다가 고개를 돌렸다.

스즈키의 용태를 살피기 위해 침대 쪽으로 다가가다가 침대의 옆에 있는 책꽂이가 박 신부의 눈에 들어왔다.

'지금은 딱히 할 일도 없으니까…….'

박 신부는 영어로 쓰여 있는 책 몇 권을 집어 들었다. 그중에는 일본의 신화에 관해 서술해 놓은 책도 있었다.

'명왕교가 이자나미의 성역화를 요구했다고 했지?'

박 신부는 책을 꺼내 들고 이자나미의 이야기가 나오는 부분을 찾아보았다. 모든 신과 가미의 어머니여서 그런지 이자나미의 이야기는 상당히 앞부분에 나와 있었다. 박 신부는 시간도 보낼 겸, 그 부분을 주의 깊게 읽어 내려가기 시작했다.

연희와 준후는 아라의 아버지 최 교수와는 조금밖에 이야기하지 못했다. 최 교수는 두 사람의 관심에 고마움을 표하면서도 영사관으로 달려가려는 마음에 경황이 없었던 것이다.

최 교수는 서울의 유명 대학의 국사학자로, 연희도 이름을 들어 본 사람이었다. 독창적인 학설로 민족정기의 고취에 힘쓰고 있는 사람이라고 들었다. 이번에 최 교수는 일본 내에 있는 백제 문화의 유적을 파헤쳐 보기 위해 왔던 것이고, 기간이 길어질지도 몰라서 어머니 없이 응석받이로 자란 딸 아라를 떼어 놓고 올 수가 없어 데리고 왔다가 이런 일을 당했다는 정도만 들었을 뿐이었다. 최 교수는 같이 있던 일본인 학자들의 도움을 받아 황황히 영사관으로 달려갔다.

연희와 준후는 최 교수의 뒷모습을 망연하게 쳐다보았다. 가미인가 뭔지를 잡기는 했으나 별다른 소득도 없이 돌아가야 한다는 게 허탈해져 연희와 준후는 터덜거리며 걷기 시작했다. 그때 문득 연희가 주머니 안에 있는 세크메트의 눈을 생각해 냈다.

'승희와 현암 씨는 뭐 하고 있을까?'

주머니에 들어 있던 세크메트의 눈을 만지는 순간, 승희가 애타게 연희를 부르고 있는 느낌이 그대로 전달돼 왔다.

"앗!"

"왜 그래요? 연희 누나?"

"현암 씨와 승희가 지금 위험에 처해 있어!"

"예?"

천지가 최초로 열릴 때 다카마가하라에 봉위된 신은 아메노미나카누시 신, 다음에 다카미무스비 신, 다음에 가미무스비 신이었고, 이 세 신 뒤에 이주(二柱)(주[柱]는 수를 나타내는 말에 붙여서 신체[神體], 유골 등을 세는 말로, 위[位]라고도 한다)의 신, 그 뒤에 오조십위(五瓊十位)의 신, 마지막으로 이자나기와 이자나미라는 남녀 두 신(이상을 신세칠대[神世七代]라고 한다)이 출현했다. 이 두 신은 지상의 오노고로지마로 내려와서 결혼한다.

 천신(아메노미나카누시 신 이하 세 신)은 두 신에게 "떠도는 이 나라를 잘 다스려 완성하시오"라고 말하며 구슬로 장식된 창을 주었다. 두 신은 천부교(天浮較)에 서서 그 창을 물리고 해수(海水)를 튕겨 올리자 창끝에서 소금이 수직으로 떨어지며 쌓여서 섬이 됐다. 이것이 '오노고로지마'이다. 두 신은 그 섬으로 내려와서 아메노미하시라(天之御柱)를 세우고 야히로도노(八尋殿)를 세웠다. 남신은 여신에게 "당신의 신체는 어떤 바람으로 돼 있는가"라고 묻자, 여신은 "나의 몸은 점점 정돈돼 가지만 한 곳만 정돈되지 않은 곳이 있습니다"라고 대답했다. 남신은 "나의 몸도 점점 정돈돼 가지만 한 곳이 너무 지나친 곳이 있다. 나의 몸에 여분이 있으므로 너의 몸의 부족한 곳을 채워 국토를 낳으려고 생각하는데 어떠하뇨"라고 묻자 여신은 "좋습니다"라고 대답했다. 그래서 남신은 "그렇다면 나와 당신이 아메노미하시라를 돌아서 몸을 합칩시다. 당신은 오른쪽으로 나는 왼쪽으로 돌아서 만나기로 하지요"라고 약속하고 돌았다. 그때 여신 쪽이 먼저 "정말 멋진 남성이군요"라고 말하자 곧이어 남신이 "정말 아름다운 여성이군"이라고 응답했다. 곧 남신이 "여자가 먼저 소리친 것은 좋지 않았다"라고 불평했지만 그래도 체위를 세우고 교합해 낳은 자식이 히루코와 아와시마로, 히루코는 흘려 보내 버렸다. 다시 천신에게 빌어 순서를 바꾸어서 소리치고 이번에는 정상 체위로 교합해 낳은 자식이 아와지시마, 시코쿠, 오키, 규슈, 이키노시마, 쓰시마, 사도가시마, 혼슈이다. 이후에도 작은 섬들을 낳았다.

국토는 낳는 일이 끝나자 이번에는 신들을 낳았다. 이 중에 바위나 흙의 신, 바다의 신, 항구 신이 있다. 항구 신의 남녀 두 신은 더욱 많은 신들을 낳았다. 이 중에 아메노미쿠마리 신, 구니노미쿠마리 신 같은 수리(水利)를 담당하는 신이 있다. 다음으로 바람 신, 나무 신이 태어나고 산의 신과 들의 신이 태어났다. 이 산야의 신에게서 사즈치 신, 사기리 신 등이 태어났고 다음으로 아메노토리후네 신이나 오호게쓰히메 신, 마지막으로 불의 신, 가구쓰치 신이 태어났다. 불의 신을 낳았기 때문에 여신은 음부(陰部)가 타서 병으로 누웠다. 그때 여신의 구토로 화생(化生)한 신이 가나야마비코, 가나야마비메(광산의 신), 대변으로 낳은 신이 하니야스히코, 하니야스히메(토기를 만드는 점토의 신), 소변으로 낳은 신인 미츠하노메(물의 신)와 와쿠무스비(생산의 영)가 화생한다. 이 신의 자식이 도요우케비메(음식의 신)이다. 이자나미는 불의 신을 낳다 생긴 상처로 결국 목숨을 잃는다. 이자나기는 "사랑하는 동생아!"라고 시체에 매달려서 통곡했는데 그 눈물로 아메카구야마의 산기슭에 앉은 나키사와메 여신이 화생한다. 이자나미는 히바산에 묻혔다.

이자나기, 이자나미 두 신에게서 태어난 신 이하의 신들은 인간을 둘러싼 자연계의 의인화, 인간 생활에 필요한 음식물이나 불, 광물, 식토(埴土)의 주재 신이다. 일본 신화에 있어서 중요한 점은 이 신들이 만연(漫然)하게 태어난 것이 아니라 하늘의 최고신을 정점으로 한 신들의 계보 조직 안에 처음부터 자리 잡고 있어 드라마의 조연 구실을 한다는 점이다.

'묘하군. 이자나미는 역시 모든 신들과 일본에서 믿는 가미의 어머니 같은 존재로구나.'

박 신부는 더욱 흥미를 느꼈다. 바로 밑에는 황천국에서 이자나기와 죽은 이자나미가 만나는 모습이 그려지고 있었다.

황천국(黃泉國)

후에 이자나기는 죽은 이자나미가 보고 싶어 황천국으로 갔다. 여신이 입구에 나와서 맞이하자 남신이 물었다. "나와 당신이 만든 나라는 아직 완성되지 않았으니 지상으로 돌아오기 바라오." "나도 원통합니다. 나는 이제 황천국의 식사를 맡고 있기 때문에 지상으로 돌아갈 수 없습니다. 그러나 이곳은 무서운 일이 많기 때문에 함께 돌아가고 싶습니다. 잠시 황천 신과 의논하고 올 테니 그동안 기다려 주세요"라고 말한 후 안으로 들어갔다. 그러나 도무지 나올 기미가 보이지 않았다. 긴 시간을 기다리다 못한 남신이 빗을 문질러서 불을 켜 보니 여신의 몸에 구더기가 꾀어들어 대뢰(大雷) 이하 팔뢰 신(八雷神)이 화생하고 있었다. 남신이 놀라서 도망치려고 하자 여신은 "나를 모욕하는군!"이라고 하며 황천 추녀, 팔뢰 신, 황천군을 보내며 쫓아왔다. 황천비량판을 천인석(千引石)으로 막고 맹세를 하며 여신이 "이 나라 사람을 하루에 천 명씩 교살하겠다"라고 말하자 남신은 "나는 하루에 천오백 명의 산실(産室)을 세우겠다"라고 해 이승과 황천국과의 인연이 영원히 끊어지게 됐다.

박 신부는 책을 덮었다. 이 내용대로라면 이자나미는 인간 세상에 대해 무서운 복수심을 가진 죽음의 신이자, 희생하고도 배신당해 원한을 품고 있는 신이기도 했다. 어쩐지 으스스한 기분이 들었다.

'그랬군. 그런데 이자나미를 명왕교에서 받드는 이유는 무엇일까? 불교나 밀교와도 아무런 연관이 없는 신이 아닌가?'

박 신부는 생각에 잠겼다. 이자나미는 아무래도 근원적인 모태, 즉 우주의 어머니로서의 태모(太母)적인 성격을 지니고 있었다. 그러나 그것만으로는 명왕교가 이자나미를 숭배하는 까닭은 되지 않는 것 같았다. 명왕교가 비록 밀교에서 뿌리를 두고 나온 것이기는 하지만 일본 고유의 신앙 체계에 근원을 두고 있다고 볼 수도 있었다. 실제로 일본 경찰에서 쓴 보고서에도 그런 주장이 실려 있었고……. 명왕교에서는 장로급인 신자들에게 명왕의 가면을, 평신도들에게 노의 흰 가면을 씌운다고 했다. 그렇다고 한다면 명왕교의 교주는 무슨 가면을 쓸까? 혹시 이자나미의 가면을 쓰는 것은 아닐까? 만일 그렇다면 아름다움을 지니고 있는 신들과 가미의 어머니로서의 이자나미 가면일까, 아니면 추하게 썩어 들어가서 복수심에 불타고 있는 이자나미의 가면을 쓰는 것일까?

'그것이 중요한 일일 것이다. 그러나 명왕교 교주의 실물을 보았다는 기록은 어느 곳에서도 없으니…….'

거기까지 생각하던 박 신부는 불현듯 잠들어 있는 스즈키를 쳐다보았다.

'아까 스즈키 씨가 말하려고 했던 것이 명왕교의 교주나 기원에 대한 것이 아니었을까? 분명 스즈키 씨는 명왕교를 말하면서 명왕교의 능력에 관해 이야기를 꺼내려고 했다. 그렇다면…….'

박 신부는 무의식중에 잠들어 있는 스즈키의 옆으로 다가서 손을 내밀었다. 그러나 스즈키를 지키고 서 있는 경호원이 박 신부를 막아섰다. 곤히 잠들어 있는 사람을 굳이 깨우지 말라는 뜻 같았다.

'일본에서 신도(神道)와 불교는 겉으로는 대립하는 것 같지만 역사적 기원부터 생각한다면 실제로는 많이 얽혀 있다고 들었다. 가미와 불교의 신들이 혼합되기도 했었으니 이자나미가 불교의 신들과 섞여서 숭배되더라도 꼭 이상하다고만은 볼 수 없겠지.'

박 신부는 책을 책꽂이에 밀어 넣으면서 생각에 잠겼다. 명왕교의 정체에 대해 뭔가 감이 잡힐 것 같았다.

'명왕교에서는 명왕을 숭배한다 했으니, 이자나미도 불교의 어떤 신과 비교되는 것인지도 모르지. 그렇다면……'

순간 박 신부의 등줄기가 오싹해졌다.

'만약 그렇다면 명왕교에서는 이자나미를 불교에서의 어떤 신과 대치시켜서 숭배하는 것일까? 죽음, 공포, 그리고 인간들에 대한 분노……'

박 신부는 한 가지밖에 생각할 수 없었다.

'칼리!'

파괴의 신 시바의 부인이자 죽음의 신 칼리. 인간의 생피와 살을 먹고 인간들의 잘린 목을 머리에 두르고 다니며, 인간들의 잘린 팔로 치마를 꾸민다는 신. 인간들의 시체와 해골을 무기로 휘두르는 검푸른 피부를 지닌 칼리 신의 모습이 박 신부의 머릿속에 떠올랐다.

'정말 그럴까? 지나친 상상은 아닐까?'

인도의 신들이 선악의 요소를 모두 가지고 있는 것처럼 칼리도 애초부터 악신만은 아니었다. 그러나 아무리 철학적인 요소가 안에 잠재돼 있다고 해도 너무 무자비한 행동과 잔학한 모습은 사람들에게 공포의 감정을 불러일으키기에 충분한 것이어서 일반인들에게는 인신 공희(人身供犧)나 기타 잔학한 행위의 앞에는 반드시 따라붙는 이름처럼 인식돼 버렸다.

박 신부가 공포감을 느끼는 이유는 그러한 데에 있었다. 명왕교가 포괄적이고 원초적 모신으로서의 칼리나 이자나미의 성격을 바탕으로 하고 있다면 걱정할 일은 별로 없을 것이었다. 그러나 만약 박 신부의 바람과 달리 이자나미가 가진 악(惡)의 극단적인 면을 숭앙하는 것이라면 명왕교 전체의 행동은 극단적인 파괴나 살육을 추구하는 것일지도 몰랐다.

박 신부는 침중한 얼굴이 돼 방문을 나섰다. 경호원들은 박 신부의 얼굴을 보고 조금씩 쭈뼛거리는 것 같았으나 별말은 하지 않고 자신들의 위치를 지키고 있었다. 박 신부는 사이토의 휴대 전화가 어디에 있는지 알아보기 위해 다녀온다던 야마모토를 찾아볼 생각이었다. 몇몇 경호원에게 야마모토가 있는 곳을 묻기도 했으나 경호원들은 묵묵부답이었다. 할 수 없이 박 신부는 여기저기를 기웃거리면서 야마모토를 찾아 헤매었다. 계단까지 간 박 신부는 아래층의 어느 한 구석을 바라보고는 발걸음을 멈추었다. 온몸이 얼어붙은 듯 움직일 수가 없었다.

계단의 아래, 저쪽 편에서는 누군가 대자로 누워 있었고, 대여섯 명의 사람들이 주위를 에워싸고 있었다. 누운 남자를 둘러싸고 있는 사람들 중에는 인상을 찌푸리고 있는 야마모토의 모습도 보였고 두어 명의 덩치 큰 경호원도 있었다. 얼핏 사람들 사이로 누워 있는 사람의 얼굴이 보였다. 박 신부는 소스라치게 놀랐다.

바닥에 누워 있는 사람은 병원으로 옮겨졌다던 사이토였다. 눈앞이 뱅뱅 도는 듯 혼란함을 느끼던 박 신부는 또 한 사람이 뚜벅

거리며 누워 있는 사이토의 앞에 나타나자 소리를 지를 뻔했다. 그는 노의 흰 가면을 쓰고 있었다.

'그, 그렇다면 여기야말로 명왕교의……'

박 신부가 얼른 몸을 돌리려는데 인기척을 알아차리고 고개를 돌린 야마모토가 큰 소리를 질렀고, 그 소리를 들은 아래쪽의 덩치 큰 경호원들과 계단 저쪽의 경호원들이 박 신부를 향해 달려오기 시작했다.

"현암 군! 보여? 그 배, 아직도 있어?"

승희는 안절부절못했지만 현암은 한참 동안이나 눈을 감고 묵묵히 무념의 경지에 있다가 눈을 뜨고는 수평선 저쪽을 바라보고 말했다.

"있어."

말을 마치고 현암이 눈을 감아 버리자 승희는 울음이 터질 것 같았다. 이렇게 꼼짝도 못 하고 갇혀 있으려니 미칠 것 같았고 답답해 죽을 지경이었다. 잘 참고 있던 도운도 어느새 신음을 흘리는 것으로 보아 고통이 심해지는 것 같았다. 도운이 울상을 짓더니 현암에게 말했다.

"차를 타고 빠져나가는 것이 어떨까요? 아무리 총을 잘 쏜대도 차를 맞추지는 못할 거 아닙니까?"

"차로는 더 이상 못 가요."

승희는 덩달아 울상이 돼 눈짓으로 한쪽을 가리켜 보였다. 총에 맞은 차 엔진에서 흰 연기가 모락모락 피어오르고 있었다. 그러자 도운이 다시 힘들게 중얼거렸다.

"엔진이 아니라 연료 탱크를 맞춘다면……."

연료 탱크라는 말을 듣자 현암의 눈에서 불이 번쩍 나는 것 같았다. 연료 통이 총에 맞는다면 차가 폭발할지도 모른다. 놈들은 거기까지 생각을 못하고 초조하게 이쪽에서 모습을 드러내기를 기다리는 모양이었지만 금방이라도 그 생각을 하게 된다면…….

"앗! 생각!"

현암이 놀라서 소리를 쳤다. 저들은 분명 이쪽의 생각, 특히 현암의 생각을 읽고 있는 것이 분명했다. 그런데 지금 한 생각은…….

"뛰어!"

현암은 소리를 치면서 승희를 냅다 오른손으로 밀어 버리고는 도운의 몸을 안고, 있는 힘을 다해 몸을 날렸다. 그러는 사이 펑 하는 희미한 소리가 들려왔고 곧이어 차는 요란한 굉음과 불덩이를 사방으로 날리면서 폭발해 버렸다. 현암의 옷에 불이 튀었는지 등이 쓰라려 왔다.

몸을 데굴데굴 굴리면서도 현암은 승희가 무사한지 살피려고 고개를 들었다. 승희는 저만치 떨어진 나뭇등걸 아래에 처박히듯 주저앉아 있었다. 급한 나머지 너무 세게 친 것 같았다. 그곳은 해안으로부터 노출된 방향이었다.

"승희야!"

현암은 도로 옆의 우묵한 곳에 도운을 굴리듯 던져 놓고는 몸을 날렸다. 승희는 충격을 받았는지 정신을 채 차리지 못하고 신음을 내고 있었다. 꼼짝도 하지 않는 타깃. 머리에 총을 맞아 피를 흘리며 죽은 애염명왕이라는 여자가 현암의 머릿속에 떠올랐다.

'머리! 놈은 승희의 머리를!'

현암은 소리를 지르고 달려가면서 왼손을 내뻗었다. 그러자 월향검이 날카로운 소리를 내면서 현암의 왼팔에서 쏘아져 나와 승희의 머리 쪽으로 날아들었다. 순간 금속성의 소리와 함께 월향검이 날아오는 총알에 맞고 반대편으로 튀어 나갔다. 총알이 튕겨 나간 것은 월향검이 날아오는 총알을 막았다기보다는 놈의 사격 실력이 지나치게 좋은 탓이었다. 놈은 단번에 끝내기 위해 승희의 미간을 노렸고, 월향검이 그 부분을 가림으로써 총알을 튕겨 낸 것이다.

현암은 승희에게로 재빨리 뛰어들어 왼손으로 승희의 멱살을 잡자마자 오른손으로 있는 힘을 다해서 '발' 자 결을 사용해 승희가 기대고 있던 나뭇등걸을 후려쳤다. 쾅 하는 소리와 함께 현암은 어깨가 빠져나가는 듯한 통증을 느꼈으나 두 사람의 몸은 그 힘으로 데굴데굴 구르면서 도로 저편으로 나가떨어졌다. 두어 번 땅에 흙먼지가 일었지만 총에 맞지는 않았다. 아무리 사격 실력이 좋아도 데굴데굴 굴러가는 사람을 맞춘다는 것은 힘든 모양이었다.

일단 도로 옆의 파인 땅에 들어왔으니 안심이었다. 승희는 현암에게서 배를 맞고 나가떨어졌었는지 양손으로 배를 싸매고 아파

죽겠다고 끙끙대고 있었고 그런 승희를 보자 현암은 좀 머쓱한 생각이 들었다.

"승희야! 괜찮아?"

"으으! 으음!"

승희는 신음을 내다가 눈을 뜨더니 현암의 따귀를 철썩 갈겼다. 현암이 놀라서 눈을 부릅뜨자 승희는 눈을 흘기며 말했다.

"어디다 손을 대? 그리고 사람을 어떻게 그렇게 세게 칠 수가 있어? 감정 있으면 말로 해, 말로!"

현암이 어이가 없어서 멍하니 있는데 저만치서 자동차 소리가 들려왔다. 승희가 으윽 신음을 내면서 현암에게 맞아 아픈 배를 움켜쥐고 돌아눕더니만 세크메트의 눈을 꺼내어 쥐었다.

"연희 언니야. 내가······."

승희는 보트를 빌려 오라 그랬다고 말하려다가 또 놈들이 현암의 생각을 읽어 낼까 봐서 입을 다물었다. 저만치서 오는 차는 연희와 준후가 타고 있는 차일 것이었다. 그 차의 뒤에는 기다란 모터보트가 실려 있었다.

승희가 도랑 밖으로 고개를 내밀려고 하는데 현암이 승희의 어깨를 잡았다.

"잠깐! 연희 씨가 온다고?"

"응."

"이런!"

현암은 한숨을 내쉬며 빠르게 머리를 회전시켰다. 지금 적들은 자신의 마음을 읽고 있는 것이 분명했다. 그런데 지금 연희가 이리로 오고 있다니…… 만약 연희가 오는 것을 현암이 본다면 자칫 연희까지도 위험에 처할지 모를 일이었다. 현암이 승희를 쳐다보며 빠르게 말했다.

"승희야, 어서 날 한 대 쳐. 어서!"

현암은 마음속에 있는 생각을 지우려고 애쓰면서 승희에게 땅바닥에 굴러다니는 돌멩이 하나를 집어 주었다. 현암의 갑작스러운 행동에 놀란 승희는 눈을 동그랗게 뜨며 현암을 쳐다보았다. 현암이 눈을 감고 나지막한 소리로 중얼거렸다.

"내가 알면 안 돼. 저들이 읽어 내니까. 분명 무슨 수가 있겠지?"

차 소리가 가까워지고 있었다. 승희는 아직도 영문을 몰라 눈만 멀뚱히 뜬 채 머뭇거릴 뿐이었다. 현암은 하는 수 없이 승희 손에서 돌멩이를 빼앗아 자신의 뒤통수를 적당히 내리쳤다. 눈앞이 아찔하고, 눈물이 다 찔끔거렸지만 정신은 말짱했다. 현암은 다시 한번 힘껏 자신의 뒤통수를 내리쳤다. 이번에는 정신을 잃었는지 픽 쓰러져 버렸다. 승희는 웃을 수도 그렇다고 울 수도 없는 그 광경에 기가 막혔다.

"원 참. 이럴 땐 왕 무식이야."

승희가 중얼거리고 있는 사이 현암 일행이 도랑 건너편에 숨어 있는 것을 본 연희의 차가 승희 근처로 바짝 다가들었다. 그러자 승희는 퍼뜩 정신이 들었다.

'지금 차를 멈추면 또 저격받을지도 몰라.'

차의 속도가 느려지자 차창 너머로 근심 어린 표정을 한 연희와 준후의 얼굴이 보였다. 두 사람은 쓰러진 도운과 현암을 보고는 놀랐는지 급하게 차에서 내리려고 했다. 승희는 재빨리 연희와 준후에게 소리쳤다.

"차를 세우면 안 돼! 그냥 그대로 가, 어서! 저기 아래쪽 안전한 곳에 차를 세워!"

"무슨 소리니?"

"설명할 틈이 없어! 저기 후미진 곳에 차를 세우고 이쪽으로 몰래 와 줘! 두 사람을 내가 끌고 갈 수는 없잖아!"

"두 사람은 왜 저렇게 많이 다쳤니?"

"아이고, 별로 염려하지 않아도 돼. 어서!"

그런데 가만 생각해 보니 꼭 이 도랑 안에 웅크리고 있을 필요는 없었다. 도랑을 따라서 가면 얼마든지 상대방의 눈에 띄지 않고 걸음을 옮길 수 있었으니까. 왜 그런 간단한 것도 생각하지 못했나 하고 승희는 속으로 혀를 차면서 세크메트의 눈을 들어 보였다.

연희도 알았다는 듯 고개를 끄덕이고는 세크메트의 눈을 꼭 쥐었다. 그러자 두 사람이 그동안 겪었던 일들이 순식간에 서로에게 전달됐다. 연희는 서서히 아래쪽 길로 차를 몰았다. 승희도 힘에 겨웠지만 비틀거리는 도운과 쓰러진 현암을 끌고 도랑을 따라 아래쪽으로 연희의 차를 향해 내려가면서 생각에 빠져들었다.

'도대체 왜 아라가 납치된 걸까?'

"야아앗!"

박 신부가 큰 소리로 고함을 지르자 달려들던 덩치 큰 경호원들이 오라 막에 부딪혀 튕겨 나가거나 계단 아래로 굴러떨어졌다. 일단 경호원들을 쓰러뜨리기는 했지만 그들이 언제 다시 덤벼들지 알 수 없었다. 지체 없이 계단을 한걸음에 달려 내려가면서 박 신부는 습관적으로 베케트의 십자가를 꺼내 손에 쥐었다.

박 신부가 일 층으로 뛰어내리듯 내려서자 야마모토가 소리를 질렀다. 그러자 쓰러져 있는 사이토의 옆에 있던 경호원들과 횐노의 가면을 쓴 남자가 박 신부에게 덤벼들었다. 그들 중 날이 시퍼렇게 선 일본도를 꺼내 든 사람도 있었다.

"야마모토! 당신들은······."

박 신부의 말이 채 끝나기도 전에 일본도를 든 경호원이 미친 듯 고함을 지르면서 달려왔다. 박 신부는 힘을 모으면서 하늘을 향해 길게 소리를 질렀다. 그러자 박 신부의 주위에 둥글게 맺혀 있던 연녹색 오라 막이 움찔하더니 주먹만 한 오라 구체가 일본도를 들고 덤벼 오던 자에게 와르르 쏟아져 나갔다. 놀란 경호원은 자신의 몸을 방어하기라도 하듯 일본도를 무섭게 휘둘렀으나 오라 구체들은 그런 것 따위에는 아랑곳하지 않고 경호원의 온몸에 부딪혀 내렸다.

"으아아악!"

주먹세례를 받는 것처럼 경호원의 몸이 마구 흔들리면서 뒤로 밀리자 다른 경호원이 덤벼들었다. 박 신부는 다시 오라 구체를 쏠 겨를이 없어 그대로 오른팔을 들어서 그자의 주먹을 막았다. 그러자 그자의 주먹이 박 신부의 몸에 채 닿기도 전에 오라 막에 부딪혀서 퍽 소리와 함께 튕겨 나가 버렸다.

그 경호원이 멈칫하는 사이 박 신부가 눈을 부릅뜨며 크게 소리를 지르자 오라 막이 무서운 힘으로 경호원을 뒤로 날려 버렸다. 그 기세에 오라 구체로 두들겨 맞아 뒤에서 정신을 잃고 있던 경호원과 뒤로 밀려 난 경호원이 요란한 소리를 내며 뒤엉켜 한참을 밀려 벽에 부딪히고는 곧 기절해 버렸다.

야마모토는 자신의 눈앞에서 벌어진 일들이 믿어지지 않는다는 듯 경악하면서 노의 가면을 쓴 남자와 함께 달아나려고 했다. 쓰러져 있는 사이토에게로 걸음을 옮기던 박 신부가 다시 소리를 지르면서 오라 구체를 와르르 내쏘았다. 아이쿠 소리와 함께 야마모토는 오라 구체에 얻어맞고 그 자리에 쓰러졌지만, 노의 가면을 쓴 자는 어느새 별장 밖으로 도망쳐 버렸다.

박 신부는 쓰러져 있는 사이토를 일으키기 위해 사이토 곁으로 다가갔다. 특별한 외상을 입은 것 같지는 않았지만 무엇 때문인지 사이토는 여전히 정신을 차리지 못하고 신음을 내고 있었다. 박 신부는 사이토를 일으키려다가 사이토의 허리춤에 휴대 전화가 매달려 있는 것을 보았다.

"아! 이거면……."

박 신부가 사이토의 허리춤에서 휴대 전화를 빼려는 순간, 뒤에서 "이야앗!" 하는 기합 소리가 들렸다. 박 신부는 반사적으로 고개를 돌렸다. 조금 전 박 신부에게 당해 계단을 굴렀던 경호원들이 몽둥이와 단검을 빼 들고 자신을 향해 달려들고 있었다. 박 신부는 여러 차례 오라 구체를 내쏜 다음이라 힘이 쭉 빠진 상태였지만, 나직한 울림이 전해 오는 베케트의 십자가를 쥔 오른손에 천천히 힘을 주면서 큰 소리로 고함을 질렀다. 경호원들이 지르는 고함과 박 신부의 소리가 서로 엉켜 별장 안이 쩌렁쩌렁하게 울렸다.

한참이 지나서야 현암은 정신이 들었다. 시간이 어느 정도 흘렀는지 알 수 없었다. 현암의 눈에 걱정스럽게 자신을 내려다보고 있는 준후의 얼굴이 흐릿하게 들어왔다. 정신이 점점 맑아지면서 출렁거리듯 기분 좋게 스쳐 지나가고 있는 바닷바람이 느껴졌다. 그리고 우르릉거리는 모터보트의 엔진 소리도 들려왔다.
"형, 정신 들어요?"
"아, 준후야."
준후는 씩 웃더니 앞쪽을 힐끗 보고는 말을 이었다.
"이제 염려하지 마세요. 제가 부적 몇 개로 막아 놓았으니 마음이 읽히거나 하지는 않을 거예요."
"아!"
현암은 고개를 끄덕하고 숨을 내쉬더니 윗몸을 벌떡 일으켰다. 현암이 눕혀져 있던 곳은 모터보트의 뒤 칸이었다. 준후가 현암의 앞에 쭈그리고 앉아 있었고, 옆에는 도운이 있었다. 발목에 붕대를 감고 있던 도운은 현암이 일어나자 씩 웃어 보였다.

보트의 앞자리에서는 연희가 열심히 핸들을 돌리고 있었고, 승희는 그 옆에서 조그마한 책자와 연희의 얼굴을 번갈아 쳐다보며 중얼거리고 있었다. 보트의 엔진 소리 때문에 승희가 연희에게 뭐라고 말하는지는 잘 들리지 않았다.

"연희 씨가 모터보트 모는 법도 아나 보네."

현암의 말에 준후가 어깨를 으쓱하며 말했다.

"처음 해 본대요."

"그래?"

"승희 누나가 옆에서 조종법을 읽어 주는 중이에요. 그런데……."

연희에게 보트 조종법을 읽어 주는 승희는 심한 뱃멀미 때문에 뱃전 밖으로 자주 고개를 내밀며 토악질을 해 댔다. 그럴 때마다 현암이 자기를 세게 쳐서 멀미가 더 심한 것 같다고 투덜거렸다. 현암은 속으로 쩝, 입맛을 다시고는 준후 쪽으로 눈을 돌렸다. 생전 처음 보트를 모는 사람이 이렇게 과속을 하며 바다를 달리는 판인데도 준후는 무서움 같은 것을 전혀 느끼지 않는 것 같았다.

멀리 커다란 배 한 척이 시야에 들어왔다. 해변이 오른쪽에 있는 것으로 보아 저 배에 있는 사람들의 눈에 띄지 않으려고 좌측으로 한동안 나아간 뒤, 뱃머리를 돌려 거꾸로 배를 향해 달려가는 것 같았다.

"도대체 어떻게 된 거지?"

"승희 누나는 무조건 저 배로 쳐들어가야 한다고 생각했나 봐요. 히로시의 딸이 아직도 살아 있으니 말이에요. 그래서 세크메트의 눈으로 연희 누나에게 보트를 빨리 몰고 오라고 했죠."

"그냥 있었어도 다른 사람들이 지나갔을 텐데…… 그러면 경찰에도 알려졌을 테고."

준후가 웃으며 고개를 저었다.

"우리가 어떻게 온 줄 아세요? 그 길에는 '공사 중이니 돌아가라'는 표지판이 있고 길이 막혀 있었다고요. 며칠 지나도 아무도 안 왔을 거예요."

준후의 말을 듣고 현암은 대위덕명왕과 부동명왕이 도망치면서 길을 막아 버린 것이 분명하다고 생각했다.

'그렇다고 해도 표지판까지 붙어 있었다면 문제가 좀 다르지 않은가? 표지판이나 도로 차단기를 금세 만들어 낼 수는 없었을 텐데…….'

문득 이 모든 것이 계획적인 것이 아닐까 하는 생각이 뇌리를 스치고 지나갔다. 현암은 맨 처음부터 하나하나 생각해 보기로 했다. 그들은 왜 히로시의 딸을 살려 둔 것일까? 육인방과 관계된 다른 모든 여자는 죽임을 당했는데 히로시의 딸을 살려 두었다는 것이 미심쩍었다. 어쩌면 이번 일에 미끼로 사용하기 위한 것이 아니었을까 하는 생각이 들었다. 더구나 그들은 처음부터 현암의 마음을 읽고 있었던 것이 틀림없었다. 부동명왕과 대위덕명왕은 현암이 히로시의 딸을 추적해 이곳까지 오리라는 것을 알고 있었기 때문에 미리 길을 막았을 것이다. 그리고 그들이 현암 일행을 이기지 못하자 미리 준비라도 했다는 듯이 총으로 저격을 가해 왔다. 만약 현암 일행이 히로시의 딸을 찾아서 이곳까지 오리라는 사실을 모르고 우연히 격투에 임했다고 한다면, 궁지에 몰린 대위덕명왕과 연락을 했다고 해도 보트가 배에서 나오고 저격을 하기 위해서는 어느 정도 시간이 필요했을 터였다. 그렇다면 혹시…….

'이 모든 것이 우리를 그 배, 그러니까 명왕교의 본부라고 할 수 있는 배로 유인하기 위한 계책이 아니었을까?'

현암은 아직 갈피를 잡을 수가 없었다. 현암의 마음속에 승희가 전해 준 대위덕명왕의 말이 또렷하게 떠올랐다.

― 여자의 힘, 여자의 힘이 세상에서 가장 큰 것이래. 그리고 여자의 혼이 들어간 칼은…….

― 그런 칼은 세상에 두 자루밖에 없대. 조선에 하나, 그리고 명왕교에 하나.

'명왕교의 교주는 월향에 대해 무엇인가 알고 있는 것이 분명해. 그렇다면…….'

추측한 내용이 맞다면 그 어떤 것도 현암 자신의 앞을 가로막을 수는 없었다. 다른 일들도 물론이지만 월향의 비밀을 알아내기 위해서라면 어떤 곳이든 못 갈 곳이 없었다. 현암은 입을 굳게 다물고 이글거리는 눈으로 점점 거대하게 다가오는 배의 모습을 바라보았다.

배에 점점 가까워지자 도운은 충격이라도 있지 않을까 해서 긴장한 눈치였지만 배 위에서는 아무런 기척도 없었다. 연희는 서툰 솜씨로 서너 번이나 시도하고서야 보트를 돌려 큰 배와 나란히 수

평이 되도록 만들었다. 생각보다 훨씬 큰 배였는데, 배 옆면에 '적귀(赤鬼)'라고 쓰여 있었다. 연희가 바람결에 흐트러진 머리칼을 추스르고는 흘러내리는 땀을 훔치면서 중얼거렸다.

"적귀라……. 배 이름이 아카오니로군. 빨간 귀신."

"이름도 꼭 자기네들처럼 지었군. 현암 군, 이제 어떻게 할 거지? 올라가야겠지?"

승희의 말에 현암은 아무런 대답도 하지 않고 조용히 몸을 일으켜서 아카오니호의 이곳저곳을 살펴보았다. 갑판까지의 높이만 십 미터는 족히 될 것 같은데 잡을 것이 하나도 없어 쉽게 올라갈 수 있을지 의문이었다.

"무슨 수를 써서라도 올라가야지. 그 칼 이야기도 들었으니. 흥!"

승희는 비꼬듯이 말하고는 고개를 휙 돌려서 자리에 앉아 버렸다. 연희와 준후는 영문을 몰라 두 사람의 얼굴만 멀뚱히 쳐다보았고, 현암은 눈썹을 찡그리면서 월향검을 쓰다듬었다. 그때 현암의 눈에 저만치 아카오니호에서 내려진 닻줄이 보였다.

"저쪽으로 조금만 배를 몰아 주세요."

현암의 말에 연희는 고개를 끄덕이고는 현암이 가리키는 곳을 향해 보트를 몰았다. 보트가 아카오니호의 닻줄 쪽으로 간신히 다가가자 현암은 망설임 없이 굵은 쇠사슬을 타고 위로 올라가기 시작했다. 나머지 일행들은 현암의 모습을 근심 어린 눈으로 바라보았다. 저 배에 있는 사람들이 지금 줄에 매달려 있는 현암을 발견하기라도 한다면 어쩌란 말인가?

누구보다 마음을 졸이던 승희는 눈을 감고 정신을 모으기 시작했다. 투시력으로 근방에 사람이 있는지 살펴보려는 것이었다. 그러나 이곳은 건물이나 들판이 아니고 수십 명의 사람들이 여기저기 몰려다니는 배여서 투시하기가 여간 어려운 게 아니었다. 머리가 꽤 혼란스러웠지만 승희는 정신을 집중하려고 노력했다. 상처를 입은 도운도 걱정스러운 듯 손에 슈리켄 두어 개를 꺼내 든 채 만지작거렸고, 준후와 연희도 초조한 눈으로 위를 올려다보았다.

현암은 그다지 힘이 센 것도, 체구가 큰 것도 아니었다. 오히려 언뜻 보기에는 조금 말라 보일 정도였다. 현암의 힘은 그런 외문(外門)의 힘이 아니라 내가공력에 근본을 두고 있었다. 현암은 쇠닻줄을 잡은 손에 공력을 모아 십여 미터 남짓한 뱃전까지 별로 힘들이지 않고 올라가고 있었다. 현암이 뱃전에 거의 다 올라갔을 무렵, 눈을 감고 있던 승희가 갑자기 소리를 질렀다.

"현암 군, 위험……!"

승희의 말이 채 끝나기도 전에 현암의 머리 위에서 커다란 나무 상자 하나가 떨어져 내렸다. 승희가 외치는 소리를 듣고 놀란 현암이 몸을 비틀어 나무 상자를 피하려 했지만 상자는 현암의 왼쪽 어깨를 때리고 아래로 떨어져 첨벙 소리를 내면서 바다에 빠져 버렸다. 현암은 왼쪽 어깨의 통증 때문에 왼손에 잡고 있던 줄을 놓쳐 버려 오른손만으로 닻줄을 붙잡은 채 허공에 매달렸다. 한 손으로도 현암은 충분히 자신의 몸을 가눌 수 있었다. 하지만 밑에서 그 모습을 안타깝게 바라보고 있던 네 사람은 발을 동동 굴렀다. 잠시 후 뱃전으로 사람 그림자가 얼핏 비추더니 이번에는 나무 상자며 쓰레기 더미 같은 것이 우박처럼 쏟아져 내렸다. 화가 난 도운이 고함을 치면서 손에 들고 있던 슈리켄을 날렸다. 그 모습을 본 준후가 도운에게 소리쳤다.

"왜 그런 걸 던지는 거예요! 그러다가 사람이 다치기라도 하면 어쩌려고!"

도운은 준후의 말을 알아듣지는 못했지만 무슨 뜻인지는 이해하는 것처럼 보였다. 그럼에도 불구하고 도운이 배를 향해 소리치면서 슈리켄을 던지자 다급해진 연희가 준후를 쳐다보며 말했다.

"슈리켄에 독은 없대. 어쨌든 지금은 사정이 급하니……."

현암은 닻줄에 매달린 채 몸을 흔들면서 위에서 마구 쏟아져 내리는 잡동사니들을 피하고 있었다. 이 상태로는 닻줄에 매달려 있다 해도 위로 올라갈 방법이 없었다. 현암이 소리치며 왼쪽 팔목을 내밀자 기다렸다는 듯이 월향이 소리를 지르면서 날아갔다. 요란한 귀곡성 소리가 울려 퍼지고 현암에게로 떨어져 내리던 두 개의 상자가 허공에서 폭발하듯이 부서져 버렸다.

그 안에 들어 있던 나무 부스러기며 고약한 쓰레기 같은 것들을 고스란히 뒤집어쓴 현암은 푸우 소리를 내면서 고개를 흔들어 잡다한 것들을 떨쳐 낸 뒤, 위에서 떨어지는 것들은 월향에게 맡기고 다시 올라가기 시작했다. 월향이 이번에는 떨어져 내리던 유리병 상자를 정통으로 뚫고 지나갔다. 상자 안의 유리병들이 와장창 깨지면서 유리 조각들이 현암의 위로 우수수 떨어져 내렸다.

"아이고, 저런!"

준후는 그런 현암을 보고 발을 동동 구르면서 안타까워하다가 타고 있던 보트 위에 우뚝 서서 주문을 외우기 시작했다. 그러자 닻이 내려진 부분에 안개 같은 것이 희미하게 맺히기 시작했고, 점차 일렁거리면서 형상으로 바뀌었다. 그 광경을 지켜보던 승희가 신이 나서 소리를 질렀다.

"리매술, 잘한다!"

리매가 형상을 갖추고 나자 배 위에서는 한바탕 소동이 벌어졌는지 비명과 고함 같은 것들이 리매의 으르렁거리는 소리와 뒤섞여 요란하게 들려왔다. 이제 더 이상 위에서는 아무것도 쏟아져 내리지 않았다. 현암은 한참 동안 몸을 흔들어 유리 파편들을 털어 내다가 월향을 받아 왼팔 소매의 칼집에 집어넣고 재빨리 위로 올라가기 시작했다. 그런데 몇 초도 지나지 않아 이번에는 뱃전의 한쪽에서 핑 하고 공기를 울리는 소리와 함께 보트의 난간 한 귀퉁이가 부서져 나갔다.

"아이고, 총이다!"

놀란 준후가 소리를 지르자마자 도운이 준후를 감싸듯 안고는 그대로 바닷물로 뛰어들었다. 놈들은 저격용 총으로 수 킬로미터 밖에서도 애염명왕이라는 여자의 머리를 명중시켰다. 그런데 이렇게 가까운 거리에서라면…… 승희도 거기까지 생각이 미치자 옆에 앉아 있던 연희를 껴안고 다짜고짜 물속으로 뛰어들었다. 보트에는 몇 개의 구멍이 났다. 도운은 다치긴 했지만 수영을 꽤 하는 것 같았고, 승희나 연희도 어느 정도의 수영 실력은 있었다. 그러나 준후는 물에 들어가자마자 꼴깍거리면서 허우적거렸다. 도운과 연희가 준후의 옷자락을 잡고 준후를 끌어 올렸다. 다행이 몸이 작은 데다가 옆에서 잡아 주자 발버둥 치거나 하지는 않아서 둘은 준후를 쉽게 수면 위로 끌어 올릴 수 있었다.

넷은 보트의 반대편에서 머리를 내밀고 숨을 거칠게 내쉬었다. 일단 상대에게 몸을 노출하진 않았으니 총을 맞을 것 같지는 않았다. 연희가 다른 사람에게 들릴락 말락 한 소리로 중얼거렸다.

"저 보트 빌려 온 건데. 무지 비쌀 텐데, 으으……."

그때 쾅 하는 소리가 나면서 보트의 뒷부분에서 연기가 솟아오르기 시작했다. 아까 귀신같은 사격 솜씨로 차의 연료 탱크를 맞추어 폭발시켰던 생각이 도운과 승희의 머리에 동시에 떠올랐다.

"어서 피해요! 잠수!"

도운과 승희는 누가 먼저랄 것도 없이 소리를 지르면서 다른 두 사람을 잡고 물속에 얼굴을 묻었다. 그와 동시에 연기가 피어오르던 보트는 요란한 소리를 내고 불덩어리를 사방으로 튀기면서 폭발해 버렸다. 불기둥이 보트에서 터져 나온 연료를 타고 바다 위로 넓게 퍼져 나가기 시작했다.

배 위로 올라간 현암은 리매가 대여섯 명이나 되는 남자들을 질펀하게 때려눕혀 놓은 광경을 볼 수 있었다. 혹시 영력이나 내가 공력을 가진 자가 있다면 몰라도 리매는 연기 같아서 제아무리 소리를 지르며 흉포하게 달려들어도 소용이 없었다. 이에 반해 마음대로 때릴 수 있는 리매를 당해 내는 자들이 하나도 없었다. 리매가 길게 소리를 지르면서 걸음을 옮기고 있는 것을 현암은 일견 대견하다는 듯이 보면서도 혹시나 하고 몸을 숨길 곳을 찾느라 주변을 돌아보았다.

그때 쾅 하는 폭음이 들려왔다. 놀라서 소리가 난 아래쪽을 보니 현암 일행이 타고 온 보트가 폭발해 아카오니호의 오른쪽 부근에서 불기둥이 일고 있었다. 현암은 다리에 맥이 풀리고 눈앞이 아찔해졌다.

"준후야…… 승희…… 연희 씨……."

비틀거리는 현암의 옆에서 리매의 울부짖는 소리가 들려왔다. 그 소리를 듣고 현암은 눈을 번쩍 떴다.

'준후가 일을 당했으면 리매도 사라져 버렸을 텐데, 리매가 저렇게 멀쩡한 것을 보니 준후는 무사한가 보구나. 그러면 다른 사람들도…….'

그때 눈앞에서 리매가 서서히 투명해지며 사라져 가는 것이 보였다. 아찔해진 현암이 길게 소리를 질렀다.

"안 돼!"

현암이 소리를 지르며 무의식적으로 고개를 젖히는 순간 뭔가 섬뜩한 것이 공기를 가르면서 현암의 뒤에 있던 기둥에 퍽 하고 박혔다. 현암은 잽싸게 바닥에 몸을 굴렸다. 누군가가 총을 쏘고 있었다. 터질 듯한 마음을 억누르고 현암은 있는 힘을 다해 숨을 들이켜 십성 공력으로 길게 사자후를 질렀다.

"어허허엉!"

사방이 쩌렁쩌렁하게 울리면서 근방에 있던 유리병이며 창문들이 폭발하듯 터져 나가기 시작했다. 현암이 소리를 길게 끌면서 총알이 날아온 방향으로 월향검을 날렸다. 꺄아아악 하는 귀곡성과 함께 날아간 월향은 은빛 호선을 그리면서 한쪽에 쌓여 있던 상자 더미를 뚫고 들어갔고, 잠시 후에 비명이 터져 나왔다.

현암은 그쪽을 향해 있는 힘껏 몸을 날려 '폭' 자 결로 상자 더미를 후려갈겼다. 현암의 가격에 상자 더미는 콩가루가 돼서 부서졌고 그 틈으로 뒤쪽에서 검은 옷을 입은 한 남자가 뒤로 나가떨어지는 것이 보였다. 그 앞에는 세 토막으로 예리하게 잘린 기다란 라이플총이 뒹굴고 있었다. 월향이 총을 토막 내 버린 것이 틀림없었다. 월향은 바로 현암의 손으로 돌아오지 않고 계속 날카로운 소리를 지르면서 허공을 날아다녔다. 현암은 그제야 긴장이 풀려 다리를 푹 꺾으면서 중얼거렸다.

"주, 준후야…… 승희야…… 연희 씨……."

현암은 사색이 돼 울음을 터뜨리기 일보 직전이었다. 그때 어디선가 희미한 소리가 들려왔다. 보통 사람이라면 들을 수 없는 소리지만, 공력으로 단련돼 청각이 예민한 현암의 귀에는 아주 작긴 했으나 분명하게 들렸다. 승희의 목소리였다.

"현암 구운! 아이고, 인마! 현암아! 뭐 해!"

현암은 얼른 뱃전 밖으로 고개를 내밀었다. 바다는 불기둥에 휩싸여 있었다. 언뜻 보니 불기둥 사이로 네 사람이 옹기종기 모여 고개를 내밀고 헐떡이고 있는 것이 보였다. 불은 계속 그들이 있는 곳으로 밀려들고 있었고, 네 사람은 필사적으로 손으로 물을 밀어 내면서 불붙은 기름이 다가오는 것을 막으려 하고 있었다.

현암은 옆에 나뒹굴고 있던 밧줄 뭉치를 들어 네 사람이 있는 곳을 향해 집어 던졌다. 그러나 밧줄은 불더미 속으로 떨어졌다. 현암은 밧줄에 불이 붙기 전에 재빨리 밧줄을 끌어당긴 후 다시 던졌다. 다행히 네 사람이 있는 곳에 밧줄이 던져지긴 했지만 천천히 밧줄을 끌어 올린다면 네 사람은 불구덩이 속으로 빠져들어 갈 게 뻔했다. 그래도 네 사람은 지푸라기라도 잡는다는 심정으로 밧줄에 와르르 달라붙었다. 현암이 크게 외쳤다.

"꽉 잡아요! 끌어 올립니다."

현암은 숨을 가다듬고 앞에 보이는 커다란 쇠 파이프에 발을 단단히 짚었다. 그러고는 몇 번 밧줄을 손에 감고 시험 삼아 공력을 주어 밧줄을 당겨 보았다. 그러나 한 번에 네 사람을 튀어 오르게 할 정도로 끌어당기기에는 역부족이었다.

"일단 둘만, 두 명만 잡아요!"

현암이 소리를 치자 네 사람은 잠시 머뭇거리더니 몸무게가 가벼운 승희와 준후가 먼저 줄을 잡았다. 불기둥이 점점 그들에게 좁혀 들었다. 현암은 기합을 넣으면서 필생의 공력을 있는 대로 팔에 부어 넣고 단번에 줄을 잡아챘다.

박 신부는 숨을 가쁘게 몰아쉬었다. 덤벼드는 자들이 없는지 주변을 둘러보았으나 사방에는 질펀하게 넘어진 자들의 신음만 들려올 뿐이었다. 조금 전까지만 해도 박 신부는 정신을 차릴 수가 없었다. 덩치 큰 거한들의 주먹에 몇 번이나 얻어맞고 그들의 육중한 체구에 깔려 꼼짝 못 할 때마다 혼신의 힘을 다해 겨우겨우 기도력으로 밀어 내곤 했었다. 그들과 육박전을 펼치며 간간이 오라 구체를 쏘아 겨우 그들을 제압할 수 있었던 것이다.

너무 많은 힘을 쓴 탓인지 박 신부는 온몸이 나른하고 몹시 피곤했다. 간신히 숨을 고르면서 주변을 둘러보니 쓰러져 있는 자들은 모두 여덟 명이었다. 이 많은 자들을 혼자 힘으로 쓰러뜨리다니 스스로 생각해 보아도 기적 같은 일이었다. 이를 증명하듯 박 신부의 안경이 깨지고 옷의 곳곳이 찢겨 있었다.

아무리 상황이 위급했다고 해도 성직자의 몸으로 주먹까지 썼다는 사실에 마음이 조금 언짢았으나 별수 없었다고 자위한 박 신부는 쓰러져 있던 사이토를 부축해 일으켰다. 사이토는 여전히 정신을 차리지 못했지만 허리춤에 매달린 휴대 전화는 말짱했다.

박 신부는 사이토의 휴대 전화를 서둘러 집어 들었으나 생각해 보니 자신이 도움을 청할 현암과 다른 일행은 모두 밖을 돌아다니는 중이라 그쪽에서 연락이 오지 않는 한 연락할 방법이 없었다. 경찰을 부를까 하는 생각도 들었지만 박 신부는 절레절레 고개를 흔들며 인상을 찌푸렸다. 이곳은 명왕교의 비밀 소굴인 데다가 자신은 혼자였다. 오히려 죄를 뒤집어쓸 우려가 있었고, 구태여 이 일을 소문낼 필요가 있을까 싶었다. 박 신부는 휴대 전화를 자신의 주머니 속에 넣고 쓰러져 있는 자들을 둘러보았다. 노의 가면을 썼던 자는 도망쳤는지 보이지 않았다.

박 신부는 격투가 벌어지기 전에 보았던 상대의 숫자를 어림해 보았다. 정문과 현관에 각각 두 명씩, 각 층의 계단마다 두 명. 그리고 사이토의 앞방과 옆에 각각 두 명씩 있었으니 최소한 그들의 수는 열둘인 셈이었다. 그렇다면 아직도 네 명이 어딘가에 남아 있을 것이었다. 아니, 야마모토는 포함하지 않았으니 열셋 중 다섯 명이 남아 있는 것이 분명했다.

'어떻게 할까? 일단 여기서 빠져나갈까?'

박 신부는 주저했다. 방금 벌어졌던 일로 보아 이곳은 결코 안심할 곳이 못 됐다. 그러나 삼 층에는 스즈키가 있었고, 아까 잠시 보았던 스즈키의 어린 딸 오키에가 있을지도 모르는 일이었다. 야마모토의 말로는 오키에가 운전사와 같이 집으로 돌아갔다고 했지만 그의 말을 믿을 수는 없었다.

게다가 어떻게 해서 스즈키가 가장 안전한 곳이라 여겼던 이 별장이 명왕교의 소굴이 됐는지도 모를 일이었다. 스즈키의 충복이었던 사이토가 명왕교인들에게 당한 걸로 보아 스즈키나 사이토가 함정을 판 것 같지는 않았다.

박 신부는 약에 취한 스즈키의 모습을 떠올렸다. 그리고 스즈키에게 코카인을 권한 것은 자신이었다는 야마모토의 말도 기억해 냈다. 그렇다면 사건의 정황으로 보아 이 일을 꾸민 것은 야마모토가 분명했고, 야마모토야말로 스즈키의 일거수일투족을 감시한 명왕교의 첩자였을 거라는 확신이 들었다. 야마모토는 아마도 오랫동안 노력해 스즈키의 측근과 경호원들을 명왕교의 사람으로 만들었을 것이다. 그러나 사실이 그렇더라도 박 신부의 의문이 모두 풀린 것은 아니었다.

명왕교는 왜 여태껏 스즈키를 그냥 내버려두었을까? 야마모토가 스즈키에게 신망을 얻고, 또 스즈키의 주변 인물을 모두 명왕교의 사람들로 만들기 위해서는 웬만한 시간 가지고는 될 일이 아니었다. 언뜻 듣기로는 야마모토가 스즈키와 알고 지낸 게 십오 년가량 됐다고 했다. 십오 년 전이면 1980년 무렵이다. 그때는 다카다가 죽기도 전이었으니 야마모토도 처음부터 명왕교의 무리였을 것 같지는 않았다.

박 신부는 사이토를 쓰러진 야마모토 옆으로 끌고 가 눕혀 놓고, 야마모토를 일으켰다. 무리하면서까지 기절한 야마모토를 깨울 생각은 없었지만 지금 이 사건의 열쇠를 쥐고 있는 사람은 야마모토였다. 박 신부가 야마모토를 깨우기 위해 그의 몸을 흔들려는데 삼 층 쪽에서 비명이 길게 들려왔다. 앙칼지고 톤이 높은 것이 어린 여자아이의 목소리인 것 같았다.

"오키에구나!"

소리가 나는 쪽으로 뛰어가려던 박 신부는 잠시 주저했다. 남아 있는 경호원은 최소 다섯 명. 혹시 그들이 위에서 무슨 일을 꾸미고 있는 게 아닐까. 본능적으로 함정이라는 생각이 들었다. 지금까지는 그들이 당황한 상태에서 싸웠기 때문에 박 신부가 간신히 이길 수 있었지만, 정신을 차린 저들이 무슨 계략이라도 꾸며 놓았다면 몹시 위험할 것이었다. 혹시 스즈키도 명왕교의 인물일지 모른다. 이 일을 꾸민 장본인이 스즈키라면? 만일 지금의 생각대로라면 자신은 이미 함정에 빠진 것일지도 모른다는 의심이 들었다. 일단 후일을 도모하려면 나갈 기회는 지금뿐이었다. 사이토만이라도 데리고 나갈 수 있다면…… 하지만 기절한 사이토를 끌고 위층으로 올라갈 수는 없었다. 그렇게 되면 결국 사이토를 버리는 수밖에 없는 셈인데…….

박 신부가 망설이는 사이 다시 한번 긴 비명이 들렸다. 어린 여자아이의 비명. 박 신부에게는 그것이 더 이상 남의 목소리처럼 들리지 않았다. 비록 물리치기는 했지만 잠시 보았던 미라의 환영. 아직도 남아 있는 미라의 모습이 박 신부의 마음을 굳히게 했다. 박 신부는 쓰러져 있는 사이토를 번쩍 들어 어깨에 둘러멨다.

'함정이 있건 없건, 죽거나 살거나 힘없는 사람들을 그냥 두고 갈 수는 없다.'

박 신부는 사이토를 어깨에 둘러멘 채, 바닥에 떨어져 있던 목검 하나를 주워서 오른손에 들고는 서둘러 계단을 올라가기 시작했다. 축 늘어진 사이토를 어깨에 둘러멘 박 신부의 왼손에서 베케트의 십자가가 꼭 쥐어진 채 조용한 기도의 울림을 전해 주고 있었다.

"됐다!"

현암이 필생의 힘으로 잡아챈 밧줄이 팽팽해지면서 준후와 승희의 몸도 공중으로 치솟았다. 그러나 그다음이 중요했다. 둘의 몸이 치솟자 일순간 밧줄이 느슨해졌다. 현암은 허겁지겁 밧줄을 손에 감아쥐었다. 가능한 한 많이 감아쥐어야 두 사람이 불 가까이로 떨어져 내리는 것을 막을 수 있었다.

밧줄이 팽팽해졌다. 현암은 밧줄을 감아쥐기를 멈추고 오른손으로 단단하게 밧줄을 잡았다. 허공으로 잠시 치솟았던 두 사람의 몸이 가속도를 싣고 내려가다가 출렁하고 멈추면서 현암의 팔에 엄청난 무게를 가해 왔다.

"으윽!"

허리가 휘어져 버릴 것 같은 고통에도 불구하고 현암은 기를 쓰고 버텼다. 밑에서는 뜨겁다고 아우성치는 준후와 승희의 목소리가 계속 들려왔다. 현암은 있는 힘을 다해 밧줄을 잡아당겼다.

그때 배 아래쪽에서 사람들이 몽둥이 같은 것을 쥐고 우르르 몰려나오는 것이 현암의 눈에 들어왔다. 그들은 우두머리의 명령에 따라 밧줄을 끌어 올리느라 안간힘을 쓰고 있는 현암에게 달려들었다. 그중에는 칼을 든 놈도 하나 있었다.

현암은 다급해졌다. 저놈이 줄을 끊어 버리기라도 한다면…… 현암은 눈을 질끈 감고 잠시 왼팔을 허공에 휘저었다. 그러자 월향이 칼집에서 빠져나와 공중을 한 바퀴 빙글빙글 돌며 날카로운 귀곡성과 함께 빠른 속도로 쏘아져 나갔다.

놈들은 예기치 않은 월향의 공격에 우왕좌왕했다. 삽시간에 놈들이 들고 있던 몽둥이들이 우르르 반 토막 나 버렸고, 한 녀석이 들고 있던 일본도에서는 쨍하는 소리와 함께 불꽃이 튀더니 칼날이 뚝 부러져 나갔다. 월향의 공격에 놀란 놈들이 멈칫하는 사이, 현암은 죽어라 밧줄을 잡아당겼다. 다시 두어 놈이 덤벼들려고 하자 월향은 번쩍하면서 허공에 은빛 호선을 그렸다. 순간, 모자를 쓴 녀석과 머리를 묶은 녀석의 머리털이 싹둑 잘려서 공중에 흩어졌다. 두 놈이 놀라 머리를 감싸 쥐고 주저앉자 나머지 놈들도 무서운 듯 움찔거리면서 꽁무니를 뺐다.

그사이 준후와 승희는 비틀거리면서 뱃전을 붙들고 배 위로 기어올라 왔다. 현암은 승희와 준후가 올라오자마자 연희와 도운을 끌어 올리기 위해 다시 밧줄을 아래로 흩뿌렸다. 준후는 그야말로 흠뻑 젖은 생쥐 꼴이었고 화가 났는지 씩씩거리더니 머리를 한번 획 휘저었다. 질끈 동여맨 긴 머리카락에 묻어 있던 물기가 공중에 요란스럽게 흩어졌다.

멍하니 그 모습을 쳐다보고 있던 놈들은 이대로 두어서는 안 되겠다고 생각했는지 조금씩 거리를 좁혀 오기 시작했다. 그러자 준후가 갑자기 중얼거리면서 발을 탕탕 굴렸고, 다가들던 놈들은 그 자리에 못이 박혀 버린 듯 꼼짝도 못 하고 굳어 버렸다. 우보법의 술수였다. 승희도 헉헉거리면서 숨을 몇 번 쉬고 눈앞에 뻣뻣하게 굳어 있는 자들을 째려보다가 한 놈의 앞으로 다가가서 아래턱을 한 대 후려갈겼다.

"나쁜 놈들!"

승희의 멋진 일격에 몸이 굳어 버린 그자는 뒤로 한번 휘청했다가 기우뚱하면서 오뚝이처럼 제자리로 돌아와 동상처럼 뻣뻣이 서 있었다. 승희는 주먹이 얼얼했는지 얼굴을 찌푸렸다. 그때 갑자기 배 주위에 안개 같은 것이 조금씩 피어오르기 시작했다.

"승희 누나! 이자들을 어떻게 좀 해 봐요!"

준후의 목소리가 다급하게 들려왔다. 승희는 주변을 둘러보았다. 여러 명을 우보법으로 정지시켰을 때는 자신도 발을 뗄 수가 없었기 때문에 준후는 그대로 우뚝 서서 꼼짝할 수가 없었다. 현암은 현암대로 땀을 뻘뻘 흘리면서 연희를 끌어 올리고 있었다. 도운까지 끌어 올리려면 다른 데 신경 쓸 여유는 없을 것 같았다.

승희는 재빨리 옆에 나뒹굴던 밧줄 뭉치 하나를 주워 굳어 있는 놈들을 묶기 시작했다. 다행히 놈들의 팔이 굳어 있었기 때문에 묶는 데는 별 어려움이 없었다. 놈들의 팔을 다 묶은 승희는 놈들의 정강이를 한 대씩 후려쳐 넘어뜨리고는 굴비 두름처럼 칭칭 동여맸다. 승희는 그때까지도 분이 풀리지 않았는지 씩씩거리면서 묶고 있는 놈들의 정강이를 연신 걷어차고 있었다. 준후는 말릴까 하다가 승희가 화풀이하지 않고는 못 배길 정도로 화가 난 것 같아 아무 말도 하지 않았다.

"망할 놈들! 날 이 꼴로 만들어? 어라, 화장 다 지워졌네?"

마침 배 위로 끌어 올려진 연희가 승희를 거들어 아까 리매에게 두들겨 맞고 기절한 놈들까지 포함해서 십여 명이나 즐비하게 묶었다. 그사이에도 이상한 안개가 계속 치밀어 올라와 어느새 지척도 분간하기 어려울 정도로 짙어졌다. 준후는 놈들이 다 묶이는 것을 보자 우보법을 풀고, 곧 긴장한 듯 주변을 둘러보면서 벽조선을 꺼내 들었다.

현암은 마지막으로 도운을 끌어 올리는 중이었다. 도운은 체격이 큰 편이었지만 다행히 주변의 기름이 거의 타서 불이 꺼져 가고 있던 터라 아까만큼 공력을 쓸 필요는 없었다.

주위를 둘러보던 준후는 말 한마디 하지 않고 눈을 크게 뜬 채 한곳을 뚫어지게 노려보았다. 연희와 승희도 그런 준후의 뒤에 서서 긴장하고 있었다. 준후가 말했다.

"조심하세요. 뭔가 느껴지네요."

승희와 연희는 알았다는 듯 고개를 끄덕였다. 저쪽에선 쿵 하는 소리와 함께 도운이 갑판 위로 기어올라 오는 모습이 보였다. 물에 빠졌던 네 사람은 물론이고 힘을 쓴 현암도 땀을 많이 흘린 탓에 모두들 지칠 대로 지쳐서 몰골이 말이 아니었다. 현암이 앞으로 나서자 도운은 뒤를 방어하려는 듯 승희와 연희의 뒤에 서서 경계 자세를 취했다. 현암도 긴장이 되는지 월향검을 뽑아 들고는 준후에게 조용히 물었다.

"뭔가 느껴지는 게 있니?"

준후는 고개를 끄덕이고는 눈을 부릅뜨고 계속 앞을 노려보았다. 현암도 긴장된 얼굴로 준후가 노려보는 앞쪽을 바라보았다. 주변의 안개는 더욱더 짙어져 가고 있었다. 일행이 긴장한 채 서로 간의 거리를 확인하려는 순간, 느닷없이 앞쪽에서 뭔가가 휙 하고 날아들었다. 현암이 재빨리 앞을 막아서며 월향검을 허공에 긋자 번쩍하는 빛과 함께 뭔가가 땅에 털썩 떨어졌다.

"아니!"

놀란 준후의 목소리에는 울음기가 섞여 있었다. 현암도 깜짝 놀랐다. 땅바닥에는 조그맣고 예쁜 리본이 달린 기다란 머리카락 뭉치가 떨어져 있었다. 현암은 영문을 몰라 어리둥절했지만 연희는 직감적으로 그것이 무엇인지 알 수 있었다. 연희가 놀란 나머지 손으로 입을 막으면서 말했다.

"저, 저건. 아라!"

현암과 승희가 놀라서 뭐라고 하려는 순간, 갑자기 준후가 이제껏 한 번도 들어 본 적이 없는 큰 소리로 미친 듯이 고함을 지르면서 눈앞에 펼쳐져 있는 안개 속으로 뛰어들었다. 현암이 재빨리 손을 내밀어 준후를 잡으려 했지만 준후의 걸음이 현암의 손보다 빨랐다.

현암은 준후의 뒤를 쫓을까 하다가 뒤쪽에 있는 승희에게 눈짓했다. 사정이 급하기는 했지만 아이의 머리카락을 자를 정도로 놈들이 잔인하게 군다면……. 이렇게 놈들이 전혀 예상치 못하게 이쪽의 의표를 찌른 것은 일행을 유인하기 위한 것임이 틀림없었다. 승희가 현암의 생각을 눈치챘는지 곧 눈을 감았다. 현암은 재빨리 고개를 돌려 연희에게 다급한 어조로 물었다.

"아라라뇨?"

"전에 로비에서 보았던 여자아이의 이름이에요. 납치됐는데 여기에 있을 줄은……."

아라가 납치되고 나서 연희와 준후는 승희를 만나면 아라를 찾으려고 했다. 그러나 승희와 현암이 위기에 처해 있다는 것을 세크메트의 눈을 통해 알고 난 다음에는 아라 일은 까맣게 잊고 이리로 부랴부랴 달려왔던 것이다. 그런데 아라가 여기로 잡혀 와 있다니…… 현암은 치를 떨며 눈을 부릅떴다.

"아이를 유괴하는 것도 서슴지 않다니! 정말 흉악한 놈들!"

눈을 감고 정신을 집중하던 승희가 눈을 떴을 때 현암도 흥분했는지 뒤도 돌아보지 않고 안개 속으로 뛰어들고 있었다. 연희와 승희도 놀라서 재빨리 현암의 뒤를 따랐고, 도운도 혼자 남아 있고 싶지는 않았는지 다친 발을 절룩거리면서 그들의 뒤를 따라 안개 속으로 들어갔다.

아직도 여러 놈이 숨어 있을 것이 분명한데 별장 안은 쥐 죽은 듯이 고요하기만 했다. 뭔가 꿍꿍이속이 있을 것이라 생각되자 박 신부는 자못 긴장이 됐다. 몹시 지친 상태였지만 사이토를 어깨에 걸머진 채 힘을 돋우어 오라 구체로 자신과 사이토를 보호하면서 계단을 오르기 시작했다. 어린 여자아이의 비명 때문에 마음은 급했지만 상대의 급습을 고려해서 천천히 계단을 올라갔다.

이 층에 도착한 박 신부는 벽에 몸을 붙이고 주변을 둘러보면서 오른손에 들고 있던 목검을 한번 휘저어 보았다. 그러나 사방은 조용하기만 했다. 조금 전까지 들리던 비명도 들리지 않았다. 박 신부는 몇 번 심호흡하고는 몸을 돌려 삼 층으로 향했다. 계단에 첫발을 내디딜 쯤 박 신부의 귀에 언뜻 희미한 소리가 들려왔다.

'응?'

박 신부는 걸음을 멈추고 귀를 기울였다. 흐느끼는 듯한 남자의 목소리였다. 박 신부는 무슨 일일까 싶어 마음이 조급해졌다. 조금 더 걸음을 빨리해서 삼 층에 도착한 박 신부는 소리가 나는 곳을 살펴보았으나 그다지 수상한 기척은 느껴지지 않았다. 희미한 신음은 복도의 맨 끝 스즈키의 방에서 새어 나오고 있었다.

박 신부는 목검을 쥔 오른손에 힘을 주고는 천천히 걸음을 옮기기 시작했다. 복도의 양편에는 방이 많이 있었다. 방문 뒤에 놈들이 숨어 있다가 뒤에서 기습이라도 한다면……. 삼 층에서 오키에의 비명이 들려온 것으로 보아 이곳에 놈들이 잠복해 있을 게 분명했다.

박 신부는 주위에 신경을 계속 쓰면서 조심스럽게 한 걸음 한 걸음 옮겼다. 방들을 그대로 지나쳐 가는 것도 위험천만한 일이었지만 그렇다고 방문을 일일이 하나씩 밀쳐 볼 수도 없는 노릇이었다. 게다가 만일 문 하나를 부수고 들어갔는데 오히려 뒤에서 놈들이 쏟아져 나오면 당할 확률이 더 높았다.

박 신부는 사이토를 옆에 내려놓고 심호흡을 한 뒤 왼손에 쥔 베케트의 십자가에 힘을 주었다. 큰 소리를 외치면서 몸의 기도력을 모은 다음 그것을 넓게 펼쳤다.

"주의 분노!"

박 신부가 소리를 지르자 연녹색의 오라가 마치 파도처럼 넓게 퍼져 나가며 복도 양측으로 나 있는 문들이 쾅쾅 소리를 내면서 일시에 부서져 나갔다. 잠겨 있지 않은 문들은 벌컥 열리거나 경첩이 떨어져 나가기도 했고, 잠겨 있던 문들은 아예 산산이 부서져 버렸다. 박 신부가 예상한 대로 여기저기의 문 뒤에 경호원들이 숨어 있었다. 문들이 부서지자 비명을 지르며 놀라 나자빠지는 자들도 있었지만, 서너 명은 부서진 문을 헤치면서 몽둥이나 칼 따위를 들고 복도로 뛰어나왔다.

그러나 그들은 박 신부가 복도의 한쪽 끝에 서 있는데도 문들이 동시에 부서진 것을 보고 주춤거리며 놀란 듯 서 있었다. 다들 당황한 기색이 역력했다.

큰 고함과 함께 박 신부의 몸에서 무수한 오라 구체가 기관총처럼 몰려 서 있는 경호원들 위로 쏟아져 내렸다. 오라 구체의 공격을 받은 경호원들이 와르르 넘어지려는 순간, 박 신부는 목검을 휘두르면서 경호원들에게 달려들었다. 이 순간 박 신부의 모습은 신부라기보다는 고대 전쟁 때 장군의 모습을 연상케 했다. 그때 넘어져 있던 경호원 한 명이 검은 물체를 박 신부 쪽으로 내밀었다. 권총이었다.

"어엇!"
"앗!

안개 속을 뚫고 현암과 준후의 뒤를 따라가던 연희와 승희의 입에서 누가 먼저랄 것도 없이 동시에 비명이 터져 나왔다. 그러고는 동시에 걸음을 멈추었다. 뒤따르던 도운도 희끄무레한 안개 속에서 갑자기 걸음을 멈춘 두 사람을 보고는 놀랐는지 둘의 곁으로 왔다.

"무슨 일입니까?"

연희와 승희는 놀란 얼굴로 마주 보더니 다시 걸음을 옮기려고 했다. 그러나 두 사람의 발은 허공에 뜬 채로 더 나아가지 않았다.

"연희 언니! 이게 뭐야! 앞으로 나갈 수가 없어!"

당황한 승희가 기를 쓰면서 앞으로 몸을 내밀어 보았지만 마치 두꺼운 담장에라도 가로막혀 버린 것처럼 움직일 수가 없었다. 연희도 마찬가지였다. 눈앞의 안개가 두 사람에게만 단단하게 굳어 버린 듯 도저히 앞으로 나아갈 수가 없었다. 도운은 놀란 얼굴로 조심스레 걸음을 옮겨 연희와 승희 곁으로 바짝 다가서더니 앞으로 몇 걸음을 떼어 보았다. 그러나 도운은 조금도 거리낌 없이 안개 속을 오갈 수가 있었다.

"아이고, 이게 뭐지? 어떻게 된 거야?"

승희가 짜증스럽게 소리를 쳤고, 연희도 하얗게 질린 채 입술을 깨물었다. 도운이 조심스레 안개 속을 둘러보더니 입을 열었다.

"이 안개, 무슨 주술인 모양입니다."

"주술요?"

"음! 무슨 전법인 모양인데, 혹시 여자들은 들어갈 수 없게 만드는 진법이 아닐까요?"

승희와 연희는 서로 얼굴을 마주 보았다. 여자들은 안으로 들어갈 수 없게 만드는 진법이라니? 도운은 더듬거리면서 심각한 얼굴로 말을 이어 갔다.

"남자는 양(陽)이고 여자는 음(陰)입니다. 강한 음의 기운으로 진을 친 것이라면 이런 일이 가능할지도 모릅니다. 마치 자석이 같은 극끼리는 서로 밀어 내는 것처럼……."

연희는 고개를 갸웃거렸지만 퇴마행을 많이 한 승희는 도운의 말이 이해됐는지 고개를 끄덕이면서 발을 굴렀다.

"이게 뭐야. 현암 군은 무턱대고 뛰어 들어가 버리고……."

연희는 문득 섬뜩한 생각이 들었다. 눈을 크게 뜨고 사방을 둘러보면서 나직하게 말했다.

"그런데 이 진은 우연히 쳐진 것일까?"

"무슨 소리야, 언니?"

"아까 승희 너한테 듣기로는 명왕교 사람들이 현암 씨의 마음을 읽고 있었다고 들었어. 게다가 이렇게 한바탕 소동이 일어났으니 현암 씨가 이곳에 있다는 걸 저들도 알고 있을 테고. 그렇다면 이 진은 혹시……."

승희의 눈꼬리가 치켜 올라갔다.

"그럼, 이 진은?"

"어쩌면 승희 너를 들어가지 못하게 하기 위해 친 걸지도……."

말을 채 마치지도 않고 연희가 다급하게 소리쳤다.

"도운 상!"

현암을 따라 안으로 들어갈 것인가 아니면 바깥에 있을 것인가 망설이던 도운이 연희가 부르는 소리에 깜짝 놀라서 고개를 번쩍 들었다.

"어서 이리로 와서 승희를 보호해 주세요!"

"승희 상을요?"

"그래요! 놈들은 승희를 노리고 있는 것이 분명해요!"

연희는 생각을 정리하면서 입술을 꽉 깨물었다. 놈들은 현암과 승희, 도운이 함께 있다는 사실을 알고 있을 것이다. 아까 보트에서 듣기로는 애염명왕이라는 여자가 명왕교의 저격에 숨을 거두었다고 했으니 저들은 승희가 애염명왕의 화신이라는 걸 잘 알고 있을 것이다. 그렇다면 명왕교에서는 현암이나 준후보다 오히려 승희를 노리고 있는 것이 아닐까?

도운이 승희의 앞을 감싸듯이 막아서면서 슈리켄을 꺼내어 들고 다른 한쪽 손에는 철추를 잡고 버티고 서자 승희가 의아하다는 듯한 표정으로 연희를 바라보았다. 연희가 입을 열었다.

"이 안개는 이곳을 방어하기 위해 친 것이 아냐!"

"무슨 말이야, 연희 언니?"

"놈들은 현암 씨에 대해 잘 알고 있어. 만일 이곳을 방어하기 위해 진을 쳤다면 현암 씨를 막았어야 해. 현암 씨가 갖고 있는 월향검의 강한 위력을 저들도 역시 알고 있을 테니까 말이야. 그런데 그러지 않았어. 여자가 들어갈 수 없는 진을 쳤다는 건 무얼 의미하는 것일까? 기습을 당해서 다급한 사정이 됐는데도 아라의 머리카락을 잘라서 던지는 도발적인 행동을 한 건 아무래도 우리를 갈라놓고……."

승희의 얼굴에 두려운 빛이 떠올랐다. 연희는 승희의 불안해하는 얼굴을 보고 빠르게 말을 이으면서 주변을 휙 훑어보았다.

"준후와 현암 씨가 물불을 가리지 않고 뛰어들게 하고, 여자들은 들어갈 수 없는 진을 치고. 그 저의가 뭐겠니? 그들이 바라는 것은 딱 한 가지밖에 없어. 승희 너를 고립시켜서…… 너를 노리고 있는 게 분명해!"

"그렇다면 연희 언니는……."

"내 생각엔 내가 같이 있다는 것을 그들이 모르고 있는 것 같아. 그리고 내겐 그들을 위협할 만한 특별한 힘이 있는 것도 아니고. 중요한 것은 너야. 이 배는 함정일 거야!"

"함정?"

승희가 잠깐 넋이 나간 듯이 중얼거리더니 안색이 새파랗게 변했다.

"함정! 큰일이야! 현암 군도 위험해!"

"무슨 소리지?"

"아아, 현암 군. 바보! 진작 알았어야 하는 건데."

"무슨 소리야?"

"월향검 말이야. 교주를 만나면 월향검의 비밀을 알 수 있다고 말한 것, 그게 함정이야!"

"뭐라고?"

"현암 군이 월향검을 얻었을 때, 월향이라는 여인의 영이 현암 군을 구하기 위해 칼 속으로 들어갔다고 했어. 틀림없어. 그렇다면 명왕교에 전설적으로 내려온다는 여인의 한과 영이 봉인된 칼이라는 것은 있을 수가 없어!"

승희는 말하다 말고 붉게 열이 오른 얼굴을 감싸 쥐었다. 그러고는 두어 차례 세차게 머리를 흔들며 말을 이었다.

"그들은 아주 오래전에 그런 칼을 조선에서 보았다고 했어. 그러나 현암 군이 월향검을 얻은 건 십 년도 채 안 돼. 그전까지 월향은 여인의 영이 봉인된 귀검이 아니라 그냥 단순한 검이었을 뿐이야."

연희도 승희의 이야기를 듣고는 등골이 오싹해졌다.

"그, 그렇다면······."

"함정이야! 교활한 교주 놈! 그자는 현암의 마음을 읽고 있었던 거야. 그래서 월향의 이야기를 흘리면 바보 같은 현암 군이 물불 안 가리고 뛰어들 것까지 예상했던 거야. 그래서 아까 우리와 만난 대위덕명왕에게 미리 그런 소리를 해 둔 것이고. 아아, 이건······ 이 배는 모조리 함정이야. 위험해! 현암 군이 위험······."

승희의 말이 채 끝나기도 전에 이상한 소리가 나며 안개를 뚫고 사방에서 무언가가 우르르 세 사람을 뒤덮을 듯이 날아왔다. 연희가 비명을 지르면서 옆에 있는 나무 상자를 들고 승희와 자신의 몸을 가렸고, 도운도 기합 소리를 지르며 반사적으로 손에 들고 있던 철추를 요란하게 회전시키더니 소리가 나는 쪽을 향해 몸을 날렸다.

한 발의 총소리가 요란하게 복도를 울리며 퍼져 나갔다. 이어서 커다란 비명과 다시 두어 발의 커다란 총성이 탕탕하고 요란하게 그 뒤를 이었다. 사방은 삽시간에 정적이 감돌면서 조용해졌다. 푸른 연기 한 줄기가 슬며시 망령처럼 나타나 허공에서 천천히 자취를 감춘 후에야 부스럭거리는 소리가 나면서 한 사람이 천천히 몸을 일으키기 시작했다.

"으음……."

박 신부였다. 박 신부는 인상을 찌푸린 채 비틀거리면서 간신히 몸을 일으켰다. 그의 밑에는 기절한 경호원이 깔려 있었다. 경호원의 손에는 아직도 화약 냄새를 풍기는 권총이 쥐어져 있었고, 그 옆에는 부서진 목검 부스러기가 흩어져 있었다. 힘겹게 오른손으로 옆구리를 감싸 쥐고 있는 박 신부의 손에서는 피가 배어 나오고 있었다.

"으윽!"

박 신부는 고통스럽게 얼굴을 찌푸리다가 심호흡을 두어 번 하고는 허리를 죽 폈다. 허리를 펴는 순간 옆구리에서 피가 솟구쳤지만 박 신부는 이를 악물었다. 반대편 쪽에 눈을 치켜뜨고 쓰러진 경호원들의 모습이 눈에 들어왔다.

경호원이 쏜 첫 번째 총탄은 박 신부의 옆구리를 깊숙이 파고 지나갔다. 화끈거리는 통증이 엄습해 왔다. 박 신부는 순간적으로 비틀거리는 몸을 그대로 총을 든 경호원에게 돌리며 목검으로 경호원을 정통으로 후려갈겼다. 목검은 산산조각 나 버렸다. 충격을 받은 경호원이 반사적으로 총을 쏘았으나 총알은 몸을 일으켜 박 신부를 뒤에서 덮치려던 다른 경호원의 몸을 관통해 버렸다.

박 신부는 심한 고통 때문에 진저리를 치면서도 총에 맞아 죽은 자들의 눈을 일일이 감겨 주면서 성호를 그었다. 박 신부의 목검에 맞은 경호원은 기절해 있었고, 다른 네 명 중 두 명이 총에 맞아 죽었다. 나머지 둘은 팔다리에 총상을 입고 기절해 버린 상태였다.

'부디 주의 자비가 있기를……'

박 신부는 힘겹게 몸을 일으켜 쓰러져 있는 사이토에게로 천천히 다가갔다. 경호원들을 쓰러뜨리고 나니 옆구리의 통증에도 불구하고 일단 상대의 공격에서 벗어났다는 생각에 마음이 놓였다. 박 신부는 사이토를 다시 어깨에 둘러메려고 했지만 옆구리의 통증 때문에 무리였다.

할 수 없이 박 신부는 사이토를 질질 끌다시피 하면서 한 걸음 한 걸음 옮기기 시작했다. 사이토를 끌고 복도의 마지막 방인 스즈키의 방으로 겨우 다다랐을 때, 안쪽에 남아 있던 경호원 하나가 고함을 치면서 박 신부에게 달려들었다.

'아차! 한 명이 더 있었구나!'

놀란 박 신부는 다급하게 몸을 피하려고 했지만 육중한 덩치의 경호원이 재빠른 손놀림으로 가슴팍을 세게 후려쳤다. 예기치 않은 상태의 공격인 데다 기진맥진해 있던 터라 박 신부는 뒤로 맥

없이 나가떨어졌다. 놈은 넘어진 박 신부의 옆구리에서 피가 흐르는 것을 보고는 잔인하게 웃으며 옆에 있는 장식용 탁자에서 화분을 들어 박 신부의 머리를 향해 집어 던졌다.

박 신부는 황급히 머리를 틀어 화분을 피했다. 벽에 부딪힌 화분이 퍽 하고 깨지면서 박 신부의 얼굴은 온통 흙으로 뒤덮였다. 순간 아무것도 보이지 않았다. 놈이 그 틈을 타 박 신부의 상처 입은 옆구리를 발로 걷어찼다. 박 신부는 처절한 비명을 지르면서 고통에 못 이겨 몸을 웅크린 채 머리를 흔들었다. 놈이 다시 박 신부의 옆구리를 걷어찼다. 그러나 박 신부가 몸을 웅크리고 있는 바람에 이번에는 박 신부의 허벅다리를 걷어차게 됐다. 자신의 뜻대로 안 되자 씩씩거리던 놈은 옆에 있는 장식용 탁자를 번쩍 들어 박 신부의 면상을 그대로 내리찍으려 했다.

그러다 고통으로 몸을 웅크리던 박 신부의 다리가 다가오던 놈의 발목에 묘하게 걸려 놈은 탁자를 든 채 우당탕 나뒹굴었다. 놈이 넘어지자 박 신부는 이를 부드득 갈면서 얼굴의 흙을 털어 내고는 몸을 일으키려 했지만 통증 때문에 여의치가 않았다. 그사이에 넘어졌던 상대가 먼저 일어나서 다시 탁자를 치켜들었다.

'할 수 없다. 주여!'

박 신부가 안간힘을 써 기도력을 모으자 오라가 둥글게 맺히더니 오라 구체 두세 개가 그자의 얼굴을 향해 날아갔다. 기습을 전혀 예상하지 못했는지 놈은 탁자를 치켜든 채 무방비 상태로 아래턱과 얼굴에 오라 구체를 얻어맞고는 기다란 비명을 지르며 뒤로 나자빠져 버렸다. 뒤쪽의 벽에 머리를 부딪친 놈의 몸이 주르르 물이 흘러내리듯 늘어져 버리자 박 신부는 그제야 안도의 한숨을 내쉬었다.

이제 더는 움직일 수 없을 것 같았다. 하지만 시간이 없었다. 삼층의 경호원들을 쓰러뜨리긴 했지만 아래층의 경호원들이 언제 다시 정신을 차릴지 몰랐다. 더욱이 박 신부는 심하게 다친 데다가 힘이 빠져서 이 상태라면 한 사람도 당해 낼 자신이 없었다.

'일어나자, 일어나. 힘을 주소서, 힘을…….'

박 신부는 길게 신음을 내뱉으며 겨우 몸을 일으켰다. 피를 흘리면서 방 안으로 절뚝거리며 들어가는 박 신부의 눈앞이 어질어질하고 물체가 두세 개로 어른거렸다.

방 안에는 스즈키가 재갈이 물린 채 묶여서 누워 있었다. 오키에도 똑같은 모습이었다. 그러나 잘 보이지 않았다. 자꾸 눈앞이 흐릿해지고…… 겨우 힘을 내어 가만히 살펴보니 스즈키는 눈이 휘둥그레진 채 간절한 눈빛을 자꾸 박 신부에게 보내는 것 같았다. 박 신부는 힘겹게 미소를 지으면서 고개를 끄덕했다. 스즈키의 눈빛은 점점 더 다급해졌다. 눈앞이 어릿어릿하고 흐려져 가는데…… 정신이 마비되는지 자꾸 졸음이 몰려왔다. 아니, 이래서는 안 돼. 스즈키 씨와 오키에, 사이토 씨를 구해야지. 힘이 다해 죽는다 해도 그들을 구한 다음에 죽어야지.

스즈키의 눈은 오키에를 향하고 있었다. 오키에는 눈을 꼭 감은 채 기절한 듯 누워 있었다. 빨간 머플러로 입이 막히고 뒷짐을

진 자세로 꽁꽁 묶인 오키에의 자그마한 모습이 몹시도 가련해 보였다. 박 신부는 휘청거리면서도 얼굴에 미소를 띤 채 오키에에게 천천히 다가갔다.

박 신부는 그녀의 옆에 무릎을 꿇고 앉았다. 눈을 꼭 감고 있는 오키에를 풀어 주려고 했지만 자꾸 눈꺼풀이 무겁게 내려앉았다. 박 신부가 흐릿한 눈으로 옆에 있는 스즈키를 쳐다보았다. 스즈키는 무언가 불안한 듯 계속 다급한 눈짓을 보내며 온몸까지 꿈틀거렸다. 박 신부는 스즈키가 왜 그러는지 알 수가 없었다.

'오키에, 어린 오키에…… 불쌍한 것. 먼저 구해야지, 먼저. 아마 스즈키 씨도 같은 생각일 거야. 저렇게 애절하게 눈짓하는 걸 보면…… 그래, 오키에부터 풀어 주자.'

박 신부의 정신은 점점 몽롱해졌다. 발밑이 둥둥 뜨는 것 같고 사방이 일렁거렸다. 박 신부는 오키에를 번쩍 들어 다치지 않은 반대쪽 옆구리에 끼었다. 옆구리 통증이 심했지만 어서 스즈키를 끌고 밖으로 나가야겠다는 생각밖에 들지 않았다.

그러나 오키에를 안은 채 스즈키에게 손을 뻗치던 박 신부의 눈에 뭔가 땅에 툭 떨어지는 것이 희미하게 보였다. 땅바닥에 떨어진 물건은 눈부신 빛을 발하면서 너울거렸다. 빨간 머플러. 그건 오키에의 입에 재갈로 물려 있던 머플러였다. 이상하게 여긴 박 신부가 머플러를 자세히 보기 위해 허리를 굽히기도 전에 박 신부의 옆구리, 그 밑에서 앙칼진 목소리가 들려왔다. 아니, 사람의 목소리라기보다는 마음으로 전해져 오는 소리. 이 목소리는 기억에 있었다. 아까 바로 이 방에서 들었던 그 목소리는 노의 가면을 쓰고 나타난 가짜 미라가 중얼거린 목소리와 비슷했다.

신부, 대단하군. 그러나 이젠 죽을 때야…….

말이 채 끝나기도 전에 박 신부의 왼쪽 옆구리에 날카로운 것이 비집고 들어왔다. 갑작스러운 고통에 채 비명도 지르지 못한 박 신부의 허리가 휘청하고 꺾이는데, 이번에는 왼쪽 다리에 아까보다도 더 심한 통증이 밀려들었다. 박 신부는 그대로 무릎을 꺾으며 우당탕 넘어져 버렸다. 의식이 가물가물해지는 박 신부의 눈에 분명 꽁꽁 묶인 채 있어야 할 오키에가 빙글 재주를 넘어 **빳빳이** 고개를 세우고 자신을 쩨려보는 것이 들어왔다. 오키에의 눈은 빨갛게 변해 있었고, 손에는 번쩍이는 칼 한 자루가 들려 있었다.

"아! 너, 넌……."

박 신부는 더 말을 하려고, 아니 눈을 더 크게 뜨려고 했으나 그럴 수가 없었다. 사지가 **빳빳해지고** 자꾸 깜박깜박 정신을 잃어 갔다. 갑자기 박 신부의 눈앞이 훤하게 밝아 오는 듯하더니 곧 캄캄한 나락으로 변해 갔고, 아득하게 꺼져 가는 박 신부의 의식을 오키에의 날카로운 목소리가 배웅이라도 해 주는 듯 깔깔거리는 소리가 들려왔다. 그러고는 모든 것이 조용해졌다.

명왕교의 비밀

현암은 아무런 생각 없이 안개 속을 뚫고 나가면서 소리 높여 준후를 불렀다. 처음에는 무언가 비밀 장치나 함정 따위가 있을지 모른다고 여겼는데, 생각과 달리 별다른 장치는 없었다. 하긴, 배 위에 그런 것들을 만들어 놓는다는 게 조금 이상하기는 했다. 그래도 언제 명왕교도들이 튀어나올지 모르는 터라서 현암은 경계심을 늦추지 않았다.

'이상하다. 앞서간 준후는 그렇다 치더라도 이 정도 시간이면 뭔가 나타나기는 해야 할 텐데…… 아무리 큰 배라지만 별다른 구조물 하나 없이 이렇게 허허벌판 같을 수는 없는 것 아닌가?'

현암은 잠시 걸음을 멈추고 앞뒤를 둘러보았다. 안개의 색깔은 아까와는 달리 어딘가 붉은빛을 띠고 있었다. 앞서 달려간 준후의 모습도, 뒤따라 올 것이라고 생각했던 승희나 연희, 도운의 모습도 보이지 않았다.

'제길, 진법인가 보군.'

현암은 지금까지 몇 차례 이런 진법을 겪어 본 일이 있었다. 경험으로 보아서 이 진법에 말려들게 되면 방향 감각을 잃어 그 자리에서 뱅뱅 돌게 될 게 분명했다.

'도대체 무엇을 이용해서 배 위에 진을 쳤단 말인가? 그것도 이렇게 순간적으로……. 우리가 기습했으니 진을 치기에는 시간이 부족했을 테고. 명왕교도들이 미리 준비를 하고 있었단 말인가?

아무것도 없는 배 위에 순간적으로 진을 쳤다면…….'

현암은 불안한 생각이 들어서 주위를 둘러보았다. 여전히 짙은 안개를 빼고는 아무것도 보이지 않았다.

'그럼, 이 배 자체가 함정?'

현암은 그제야 아차 싶었다. 그때 당황한 현암 앞으로 쏴 하는 소리가 들리더니 검은 안개가 슥 하고 스쳐 지나갔다.

'뭘까?'

현암은 그쪽으로 달려가기 시작했다. 저만치에서 준후의 앙칼진 고함이 들려오고 있었다.

'준후가 진법을 깨고 있구나!'

준후가 현암을 부르는 소리가 들려왔다. 현암은 반가운 마음에 안개를 헤치면서 준후 쪽을 향해 달려갔다. 안개 너머로 희미하게 준후의 모습이 보였다. 현암은 반가워서 준후의 어깨에 손을 얹으려다가 흠칫하고 뒤로 물러섰다.

'속임수!'

준후는 분명 아까 물에 빠져서 온몸이 흠뻑 젖어 있을 터였다. 그러나 지금 현암에게 등을 돌리고 서 있는 준후는 젖은 데라고는 한 군데도 없었다. 현암은 월향검을 빼 들면서 소리를 질렀다. 현암의 목소리와 월향의 귀곡성이 합해져서 우르릉거리며 주변에 울려 퍼졌다.

"너는 누구냐!"

준후의 형상을 한 자가 서서히 뒤로 돌아섰다. 얼굴엔 흰 노의 가면이 쓰여 있었다.

"헉!"

현암은 순간적으로 꿈틀하면서 뒤로 한 발짝 물러섰다. 그 순간 주변이 깜깜해지며 요란한 웃음소리가 울려왔다.

하하하.

깔깔깔깔.

웃음소리가 커지면서 현암의 주변은 온통 칠흑 같은 어둠으로 뒤덮여 갔고, 그 사이에서 흰 노의 가면들이 너울너울 춤추듯 돌아다니며 사방을 덮어 가기 시작했다.

"흥, 변변찮은 술수!"

현암이 사자후의 수법으로 크게 고함을 지르자 현암의 주변을 떠돌던 가면들이 마치 질풍에 휘날리는 것처럼 한쪽 구석으로 흩날렸다.

"월향!"

주저 없이 현암이 왼손을 내뻗자 월향이 귀곡성을 내면서 가면의 영상들이 엉켜 있는 쪽으로 쏘아져 나갔다. 그러자 갑자기 폭죽 같은 불덩이가 사방으로 튀며 주변이 삽시간에 어두워졌다.

"됐다!"

적을 물리쳤다고 생각한 현암은 왼손을 내밀고 월향을 불렀다. 그러나 월향은 돌아오지 않았다.

"어?"

흰 노 가면의 영상이 사라진 후 주변은 한 치 앞도 가늠하기 힘들 정도로 암흑이었고, 아무런 소리도 들리지 않았다. 현암은 초조해 다시 한번 크게 소리를 질렀다.

"월향!"

그럼에도 낯익은 월향의 귀곡성도, 번쩍이는 은빛의 모습도 여전히 보이지 않았다. 초조해진 현암이 무작정 앞으로 달려들기 위해 막 걸음을 옮기려고 할 때였다. 한 줄기 빛이 현암 앞에 비치더니 장막처럼 앞을 가리고 있던 어둠이 커튼이 갈라지듯 반으로 쭉 갈라졌다. 그 사이로 한 사람이 서서히 현암의 앞으로 다가들었다.

"아니, 넌……."

희끄무레하던 모습이 현암의 앞으로 바짝 다가와 속삭였다.

날 잊었어? 오빠?

현암이 잃어버렸던 동생, 현아였다.

'정신을 잃어서는 안 돼, 정신을…… 아아, 주여!'

온몸이 깊이를 알 수 없는 나락으로 계속 떨어져 내리는 듯한 반무의식 상태에서도 박 신부는 계속해서 부르짖고 있었다. 이대로 눈을 감을 수는 없었다. 오키에 같은 어린아이가 도대체 어떻게 이런 짓을…….

다리에 격렬한 통증이 왔다. 입에서는 무의식적으로 신음이 새어 나왔다. 도저히 눈을 뜰 수도, 팔다리를 움직일 수도 없었다. 그러나 기도를 하니 극심한 고통 속에서도 떨어져 내리는 듯한 기분에서는 일단 벗어날 수 있었다.

박 신부의 귓전으로 흐릿하게 말소리가 들려왔다. 일본어여서 무슨 내용인지 알 수는 없었지만 굵은 여자의 음성이었다. 그리고 울음소리와 두려움에 가득 찬 소리도 들려왔다.

"놔 줘, 놔 줘. 넌 누구야! 왜 날……."

이번에는 굵직한 남자의 목소리가 들려왔다. 우리말이었다.

"더, 더!"

"으아앙!"

여자아이의 울음소리와 비명이 동시에 박 신부의 귓전을 때렸다. 박 신부는 정신을 추스르려고 애썼다. 여자아이, 미라, 그리고 자신의 과거. 맑고 티 없는 아이가 고통을 당하고 있다. 아무 죄 없는 저 어린 것이 고통을…….

"더 하라! 더!"

"으아앙. 무서워! 아파! 왜들 그러는 거야!"

또다시 굵은 목소리의 여자가 말하는 소리가 들렸고, 이어 재촉하는 소리가 들려왔다.

"더 말해라! 더!"

"아악! 너 도대체 누구야? 왜 나와 얼굴이…… 으아앙."

박 신부가 본능적으로 쥐고 있던 베케트의 십자가에서 따뜻한 울림이 전해져 왔다. 박 신부는 눈꺼풀을 조금 움직일 수 있을 것 같았다. 지금 눈꺼풀 하나를 들어 올리는 것이 악령과 맞서 싸울 때보다도 더 힘들었다. 조금씩 위로 올라가는 박 신부의 눈에 흐릿하게 방 안의 정경이 들어왔다.

한 여자아이가 서 있었다. 싸늘한 미소를 짓고서……. 오키에였다.

그리고 두 명의 경호원이 다른 한 명의 여자아이를 붙들고 흔들어 대고 있었다. 그 아이는 두 갈래로 머리를 묶었던 모양인데, 한쪽 끝은 무참히 잘려져 풀어진 상태였다. 그런데 이상하리만치 두 여자아이의 얼굴이 똑같았다.

오키에가 입을 열었다.

"됐다."

오키에의 입에서 새어 나온 말은 놀랍게도 한국말이었고, 어린 아이의 목소리와 굵은 여자의 목소리가 반쯤 섞인 음성이었다. 오키에는 인상을 찌푸리면서 욕설을 내뱉었다. 이번에는 굵은 여자의 목소리였다. 헛기침을 두어 번 한 오키에가 다시 입을 열었다. 그러자 놀랍게도 아라의 목소리와 똑같은 목소리가 오키에의 입에서 흘러나왔다.

"됐다. 후훗. 이제부터 나는 아라야. 한국에서 온 최아라."

울어 대던 다른 쪽 여자아이가 놀란 나머지 비명을 질렀다.

"으아악!"

"으아악? 하하하하."

오키에가 아라의 목소리를 흉내 내고는 크게 웃었다. 아라의 목소리와 똑같았다. 저쪽의 여자아이가 악을 썼다.

"아냐! 아라는 나야, 나야!"

"하하하."

오키에는 아라의 목소리로 크게 웃었다. 박 신부는 정신이 혼미하긴 했지만 지금 벌어지고 있는 상황은 대충이나마 알 수 있을 것 같았다.

'오키에. 오키에가 바로 명왕교 교주로구나. 교주의 영이 지금 오키에의 몸을 지배하고 있어. 저 아이, 아라의 음성을 흉내 내고 있군. 그런데 두 아이의 얼굴이 저리도 닮았다니! 도대체 왜?'

오키에가 손짓을 하자 경호원 한 명이 아라를 질질 끌고는 밖으로 나가 버렸다. 아라는 끌려가면서도 마구 악을 써 대며 우는 것이었다.

"아빠! 엉엉엉. 아빠아. 준후 오빠, 준후 오빠!"

'주, 준후라고?'

박 신부는 놀라서 눈을 부릅떴다. 저 아이는 준후와 알고 있는 사이란 말인가? 그렇다면 지금 오키에가 아라라는 저 아이의 목소리를 그대로 흉내 내고 있는 이유는…….

박 신부는 몸을 움직여 보려고 했으나 조금 움찔거리는 느낌만 왔을 뿐 더 이상은 움직일 수가 없었다. 그때 오키에가 힐끗 박 신부 쪽을 돌아보더니 얼굴에 미소를 흘리며 천천히 박 신부에게 다가왔다.

"명도 길구나. 아직도 죽지 않았다니……."

오키에는 아라의 목소리를 흉내 내어 한국말로 말하고 있었다. 목소리를 흉내 낸 것은 그렇다 치더라도 도대체 어떤 주술을 썼기에 그리도 빨리 한국말을 할 수 있단 말인가?

박 신부는 어떻게든 몸을 움직여 보려고 했으나 몸은 여전히 꼼짝도 하지 않았다. 오키에는 코웃음을 치면서 팔목에 숨겨 놓은 기다란 바늘을 꺼냈다.

"더 이상 꿈틀거리지 말고 죽어. 알았지?"

오키에의 손이 서서히 움직이기 시작했고, 기다란 바늘은 박 신부의 심장 부근을 깊숙이 파고들어 갔다.

준후는 정신없이 달리는 중이었다. 거의 제정신이 아니었다. 아까 땅바닥에 떨어진 아라의 머리카락이 마치 아라의 머리가 떨어진 것처럼 느껴졌다. 어린아이에게 그따위 짓을 하다니! 어린아이를 납치하고 그런 끔찍한 짓을 저지른 놈들을 그냥 넘길 준후가 아니었다.

그러나 아무리 상황이 그렇다고 해도 준후는 다른 어느 때보다 더욱 흥분하고 있었다. 학교 다니기를 포기하고 난 후 지금까지 준후는 같은 또래의 여자아이들을 많이 보아 왔으나 특별한 감정이 든 적은 한 번도 없었다. 사실 그럴 만한 나이도 아니었다. 그러나 자신보다도 한참 어리고 귀여운 아라의 모습은 왠지 준후에게 따뜻한 느낌으로 다가왔었다.

'동생 같은 느낌이 드는 애였는데…… 아라야, 무사해라!'

달리던 준후가 우뚝 섰다. 뭔가 이상했다. 배 갑판이 이토록 넓을 리가 없었다. 준후는 가만히 사방을 둘러보았다. 이건 일종의 진법임이 분명했다. 자신이 제정신이 아닌 채 이곳에 마구 뛰어

들어왔다고 생각하니 내심 언짢아졌다.

"진법으로 홀리려고!"

준후는 코웃음을 치고는 눈을 감고 주문을 외웠다. 바닥이 쿵쿵 울리게 몇 걸음을 옮기면서 부적 하나를 태우자, 준후의 눈앞에 있던 안개가 흐려졌다. 바로 앞을 벽이 가로막고 있었다. 뒤를 돌아보자 미처 예상치 않았던 광경이 준후의 눈에 들어왔다.

약 십오 미터쯤 뒤에 현암이 있었고, 현암이 있는 곳으로부터 오 미터쯤 앞에는 월향검이 못 박힌 것처럼 허공에 떠 있었다. 연희와 승희, 도운은 보이지 않았다. 현암 형과 월향검이 왜 따로따로 떨어져 있는 걸까? 일단 준후는 정신을 차리고 현암이 있는 곳으로 종종걸음을 쳤다. 현암은 양손을 아래로 늘어뜨리고 허공을 멍한 눈으로 바라보고 있었다. 현암이 바라보는 쪽에는 보이지는 않았지만 대단히 음흉한 기운이 엉켜 있었다.

준후는 자신이 이곳에 오기 전 벳푸에서 겪었던 일이 생각났다. 어머니라고 자처하는 여인의 환상을 보고 멍하니 서서 괴로워했던 일. 그때는 연희가 자신을 불러 주어서 깨어날 수 있었다. 현암도 그런 상태일 거라는 생각이 들었다. 준후는 서둘러서 현암의 앞쪽에 뭉쳐 있는 영기가 어떤 것인지 알아보기 위해 정신을 모았다. 틀림없었다. 아까 자신이 겪었던, 자신의 어머니를 자처하던 영기의 기와 똑같은 성질의 기운이었다. 지금 그것은 현암의 마음속에 가장 큰 상처로 자리 잡고 있는 현암의 여동생 현아의 모습을 띠고 있었다.

"현암 형!"

준후가 소리를 지르면서 부적을 꺼내려고 소맷자락 속으로 손을 넣는 순간, 무언가가 휙 하고 준후의 몸을 낚아채는 것과 동시에 자신의 몸이 허공에 둥실 떠오르는 것을 느꼈다. 준후는 소리를 질렀다. 자신의 몸은 밧줄로 묶인 채 위로 끌려 올라가고 있었다. 준후의 몸이 허공에서 빙글빙글 돌자 하늘과 갑판과 안개가 마구 뒤엉킨 채 준후의 눈에 비쳤다. 배 갑판의 건물 꼭대기에서 두어 명의 괴한들이 줄을 낚아채고 있는 것도 보였다.

그러나 그것을 의식하는 것도 잠깐이었다. 준후의 몸은 허공을 크게 빙글 돌아 배 구조물의 강철 벽에 쾅 하고 부딪혔다. 준후는 눈앞이 가물가물해지면서 의식이 점점 희미해져 갔다.

오빠, 난······.

현암은 자신을 향해 다가오고 있는 현아의 모습을 얼이 빠진 듯 바라보고 있었다. 어둠의 장막을 가르고 나타난 현아의 모습은, 처음에는 멀쩡했지만 자신의 앞으로 다가오면서 온몸에 물을 뚝뚝 흘리고 있었다. 아니, 물을 흘리는 것이 아니라 온몸이 스르르 녹아내리고 있었다.

"너······."

현암이 멍해진 눈으로 더듬거리며 말을 꺼내자 현아의 목소리는 약간 일그러진 채 들려왔다.

난, 난······ 오빠는 없었지? 오빠는 날 구해 주지 않았지? 그리고······.

한 발짝씩 현암에게 다가올수록 현아의 몸은 점점 물로 변해 녹아내렸다. 동시에 현암의 주위를 둘러싸고 있는 안개는 마치 유리병인 양, 그 물들을 모아 차곡차곡 채우는 듯했다. 벌써 현암의 무릎까지 끈끈한 물이 출렁거렸다.

오빠, 난 외로워. 더 이상, 더 이상은…….

현아가 다시 현암 앞으로 한 발 다가서자 현아의 오른쪽 어깨부터 아랫부분이 쫘악 하고 물이 돼서 쏟아져 내렸다. 출렁거리던 물은 현암의 허벅지까지 차올랐다. 순간 현암의 멍해졌던 얼굴이 굳어지기 시작했다. 현암이 눈을 부릅뜨며 말했다.

"넌 현아가 아니야!"

다가오던 현아의 출렁거리며 녹아들던 모습이 잠시 멈추었다.

"현아는 내 기억 속에 있어. 그따위 몰골을 보여서 날 희롱하려고 들지 마!"

나도 현아야. 오빠의 가엾은 동생 현아. 오빠가 지켜 주지 못한 동생…….
이건 물속에서 내가 흘려 온 눈물이야. 내 눈물들…….

현암은 버럭 소리를 질렀다. 물은 현암의 허리띠 위에까지 차올랐다. 그러나 현암은 녹아서 흘러내리고 있는 참혹한 현아의 모습을 꿰뚫어 보기라도 하듯, 차가운 눈초리로 계속 노려보았다.

"너는 거짓 환영이야. 진짜 현아가 아니라고!"

오빠는 왜 그렇게 생각하는 거야? 만약 내가 진짜라면? 그러면 영원히 후회하게 될 거야.

현암은 그 말을 듣자 눈을 부릅뜬 채 더 이상 아무 말도 하지 않았다. 현아는 바로 현암의 앞에까지 다가와서 흐물흐물 녹아 물로 변해 가는 왼팔을 들어 현암의 얼굴을 만지려 했다.

지난번에 오빠도 같이 갔어야 했어. 그런데 왜 안 갔지? 지금이라도 나와 같이 가, 응?

말을 끝내자마자 현아의 모습은 완전히 녹아 물로 변해 버렸고, 그 순간 수면이 갑자기 높아지면서 현암의 머리 꼭대기까지 단번에 채워 버렸다. 현암을 삼킨 물줄기는 갑자기 위로 솟구치면서 한데 뭉치더니 무서운 속도로 소용돌이치기 시작했다.

도운이 철추를 휘두르자 창창 소리가 나면서 승희와 연희에게로 날아들던 물체 중 몇 개가 땅에 떨어져 내리다가 다시 위로 솟구쳐 올라갔다. 언뜻 보니 그것들은 검은색의 단검으로 손잡이 부분이 줄에 매달려 있었다. 줄들은 서로 연결돼 있는 것이 분명했다.

"그물!"

승희와 연희가 비명을 지르면서 몸이 출렁하고 허공으로 떠올랐다. 상대는 눈에 거의 보이지 않을 정도로 가는 줄로 짜인 그물로 세 사람을 뒤덮어 버리려는 수작이었다. 도운은 고함을 지르며 철추를 왼손에 옮겨 쥐고 품에서 슈리켄을 꺼내어 승희와 연희를 옭아맨 그물을 향해 힘껏 던졌다. 그러나 슈리켄은 뭔가에 부딪힌 듯 챙 하는 소리만 내고 땅에 떨어져 버렸다.

"쇠줄인가?"

도운이 혀를 차면서 다시 품을 뒤지는데 누군가 뒤를 덮쳤다. 도운은 어깻죽지를 세게 얻어맞고 비틀거렸으나 워낙 덩치가 크고 힘이 좋은 편이라 승희와 연희를 옭아맨 그물을 잡고 간신히 뒤로 돌아설 수 있었다. 도운을 기습한 것은 대위덕명왕이었다.

"네, 네가 어떻게 여기에!"

"하하하. 교주님은 무불통지한 분이시지."

대위덕명왕이 소리를 지르면서 예의 연검을 휘두르며 도운에게 덤벼들기 위해 자세를 취했다. 도운의 귓가에 나지막한 소리가 들렸다. 승희였다.

"저 사람을 이쪽으로 유인하세요. 그러면 칼을 빼앗을 수······."

승희의 말이 끝나기도 전에 대위덕명왕의 칼날이 도운을 향해 날카롭게 날아들었다. 도운은 철추로 대위덕명왕의 공격을 간신히 막아 냈다. 챙 하는 소리와 함께 두 개의 무기에서 불꽃이 튀었다. 도운은 재빨리 팔을 돌려 철추에 남아 있던 줄을 대위덕명왕의 연검에 얹고 힘껏 잡아당겼다. 그러나 대위덕명왕도 만만치가 않아서 쉽사리 끌려오지는 않았다. 연희는 그물에 얽매어져 있어서 경황이 없었지만 두 사람이 겨루면서 나누는 대화를 엿들을 수 있었다.

"네놈! 감히 밀교를 배반하고 사악한 자들의 주구가 되다니!"

"흥, 웃기는 소리. 밀교를 배반한 것이 아니라 밀교가 순리를 배반한 것이지."

"헛소리 마라!"

"세상은 여성적인 것이 주류가 돼야 한다. 그런데 남성들만의 전유물이 되다시피 한 밀교가 무슨 소용 있단 말이냐? 더 이상 거론할 가치조차 없다!"

연희는 그 와중에도 눈을 치켜뜨고 생각에 잠겼다.

'여성적인 것이 주류를 이루는 세상이라고?'

도운은 계속 연검을 엮어 맨 철추의 줄을 잡고 씨근거리고 있었으나 대위덕명왕은 힘으로는 절대 도운의 적수가 되지 못할 것처럼 보이는데도 불구하고 여유 있게 버티는 것이었다. 그러다가 도운이 갑자기 비명을 지르면서 철추의 줄을 놓고 뒤로 나자빠졌다.

"이런, 이런. 실력이 많이 줄었군그래."

대위덕명왕이 여유 있게 중얼거리면서 연검을 허공에 긋자 연검을 옭매고 있던 철추의 줄이 툭 하더니 멀리 떨어지는 소리가 들렸다. 도운은 겁을 먹은 듯 바닥을 기어서 대위덕명왕의 반대편 쪽으로 몸을 피하려 했다. 대위덕명왕은 자연스럽게 몸을 돌려서 연검의 끝을 도운에게 들이댔다.

"너를 이자나미 신의 제물로…… 으아아악!"

대위덕명왕이 말을 마치기도 전에 갑자기 소리를 지르면서 무릎을 풀썩 꺾으며 검을 떨어뜨렸다. 놀란 연희가 고개를 드니 승희가 눈을 감고 정신을 모으고 있었다. 승희는 영적 주파수가 맞지 않는 힘을 밀어 보냄으로써 대위덕명왕을 쓰러뜨린 것이었다.

대위덕명왕이 쓰러진 것을 보고 도운이 비호처럼 몸을 날려서 연검을 주워 들었다. 도운이 연검을 휘둘러 그물을 베었다. 승희와 연희의 몸이 털썩 바닥에 떨어졌고, 둘은 간신히 그물을 헤치고 나올 수 있었다.

"됐다!"

그물에서 풀려나오자마자 승희는 곧 정신을 집중해 현암과 준후가 있는 곳을 찾기 시작했다.

"으악! 큰일이야!"

"아니, 왜 그래?"

승희가 놀라는 것을 보며 연희가 묻자 승희는 앞에 뿌옇게 가려진 안개를 가리키면서 말했다.

"현암 군이 위험······."

그때였다. 안개를 꿰뚫고 눈부신 황금빛이 번쩍하며 뿜어져 나왔다. 세 명은 모두 눈부신 빛에 눈을 제대로 뜨지 못하고 두 손으로 눈을 가렸다. 승희가 그 와중에서도 큰 소리로 외쳤다.

"부동심결! 현암 군이야!"

눈부신 황금빛은 아주 잠깐 비추어졌을 뿐이지만 세 명은 강렬한 빛을 쐰 나머지 눈앞이 캄캄해져서 한동안 눈을 뜰 수가 없었다. 한참 만에 연희가 간신히 눈을 뜨고 보니 부동심결의 강한 기운 때문인지 뿌옇던 안개가 어느새 자취 없이 사라지고 없었다. 얼마 떨어지지 않은 곳에 누군가가 가부좌를 튼 자세로 조용히 앉아 있는 것이 보였다. 현암이었다.

"현암 군!"

승희가 소리치며 현암에게 다가가려는데 무언가가 획 하면서 무서운 기세로 날아들어 승희의 앞을 스치고 지나갔다. 승희가 놀라서 위를 쳐다보자 낯익은 은색 빛의 월향검이 무섭게 번쩍이고 있었다.

"어, 너 왜?"

승희가 뭐라고 말하려고 하는데 도운이 승희의 어깨를 잡았다. 굳은 얼굴이었다. 도운이 뭐라고 중얼거리는 것을 연희가 뒤따라와서는 승희에게 통역해 주었다.

"지금 건드리면 안 된대. 대단히 위험한 상태라서……."

승희는 놀란 눈으로 현암을 바라보았다. 현암의 몸에서는 무럭무럭 김 같은 것이 나고 있었고, 머리와 몸은 땀으로 흠뻑 젖어 있었다. 생각해 보니 현암은 부동심결을 쓸 때면 으레 승희 자신의 힘까지 끌어다 쓰고서도 탈진 상태가 되다시피 했었다. 그런데 승희의 도움도 없이 공력 소모가 엄청난 부동심결을 사용했으니 자칫 주화입마에 빠질 우려마저 있었다.

"아이고, 현암 군! 이 미련퉁이!"

연희가 흥분한 승희의 팔을 꽉 붙잡았다. 연희의 손이 가늘게 떨리고 있었다. 승희가 뒤를 돌아보자 연희의 커다란 눈 역시 파르르 떨리는 것이 보였다.

"그런데 준후는, 준후는 어디 있지?"

현암의 부동심결의 힘으로 눈앞의 안개는 거의 걷히고 다시 맑은 하늘이 보였다. 배의 거대한 철제 구조물도 하나둘 눈에 들어오기 시작했다. 그러나 준후의 모습은 어디에도 보이지 않았다.

"준후가 안 보여!"

연희가 소리를 치자 승희도 어쩔 줄을 몰라 하면서 사방을 두리번거렸고, 도운도 상황을 알아챈 듯 입술을 깨물고 사방을 둘러보더니 부서진 철추의 줄을 다시 감고 옆에 있는 큼지막한 쇠 파이프 한 개를 집어 들었다. 연희가 혼잣말로 중얼거렸다.

"준후 혼자 저 안으로 뛰어든 것일까?"

승희는 겁먹은 눈으로 녹이 슬어 있는 배 위의 커다란 철제 구조물을 바라보았다. 한쪽에 퀭하니 구멍처럼 뚫린 문이 조금 열려 있었다. 준후는 어디로 사라져 버린 것일까? 저 안으로 혼자 들어가 버린 게 아닐까?

"어떻게 하지, 연희 언니?"

연희는 가부좌를 틀고 앉아 있는 현암을 쳐다보았다. 현암의 얼굴은 고통스럽기보다는 싸늘하고 무표정한 모습이었으나, 이마에서 줄줄 흐르는 땀이며 몸에서 무럭무럭 피어오르는 김이 심상치 않았다. 지금 준후를 찾으러 안으로 들어가면 현암을 이대로 방치하는 꼴이 되고, 그렇다고 셋이 흩어지는 것도 그다지 좋은 방법 같지는 않았다.

셋 중에서 그나마 상대를 맞아 싸울 수 있는 사람은 도운 밖에 없으니……. 연희가 호신술을 좀 한다고는 하지만 상대는 총이나 장검 같은 것을 휘두르는 놈들이었다. 그런 그들과 맞서 대적한다는 것은 아무리 생각해도 위험한 일이었다. 또 승희가 연희에게 힘을 보태 주는 것도 거리가 가깝고 어느 정도 정신을 집중할 시간이 있어야만 가능했다. 한참을 생각한 연희가 입술을 지그시 깨물며 도운에게 말했다.

"도운 상께서 여기 현암 씨를 좀 지켜 주세요. 저희 둘은 준후를 찾아보겠어요."

"둘이서요? 위험할지도 모르는데……."

연희는 대답 대신 고개를 단호하게 저었다. 승희는 도대체 연희가 무슨 생각을 했기에 저렇게 확신을 가졌는지 궁금했다. 궁금한 듯 승희가 연희를 바라보자 연희가 간단히 말했다.

"명왕교도들은 준후와 현암 씨를 흥분시키려고 아라의 머리카락을 잘라 던졌어요. 그리고 짙은 안개의 진을 쳤고요. 그 진은 여자들은 들어갈 수 없게 만들어진 것이었어요. 그렇다면 승희와 나, 우리 둘이 안으로 들어가면 명왕교 측에서는 당황하지 않겠어요? 그들은 우리가 진을 부수고 들어올 것이라고는 미처 생각하지 못했을 테니까요. 더구나……."

승희가 연희의 말을 자르듯이 가로막았다.

"그래. 아무래도 들어오지 못할 사람이 들어온다면 저자들도 놀라겠지. 그렇지?"

연희가 고개를 끄덕이고는 빠르게 말을 이었다.

"현암 씨의 모습을 보니 뭔가 감이 잡혀. 준후도 그랬었지. 아마도 어떤 환영을 보고 몹시 괴로워하다가 부동심결로 잡념을 없애려 했을 거야. 스즈키 씨도 환영에 시달렸다고 했고 히로시도 그렇고 다른 죽은 모든 사람도……. 그리고 아까 대위덕명왕이 여성적인 것이 주류를 이루는 세상이 돼야 한다는 말을 한 걸로 보아 저들은 남성들에 대해 어떤 힘을 가하는 집단일 거라는 생각이 들어. 그러니 어쩌면 여자인 우리가 오히려 잘 대항할 수 있을지도……."

연희가 말을 잇는 사이 철제 구조물의 안쪽에서 무언가 길게 울부짖는 비명 같은 것과 요란하게 부서지는 듯한 소리, 그리고 사람들이 고래고래 지르는 고함이 뒤섞여 들려왔다.

"어, 저 소리는?"

승희가 눈을 날카롭게 뜨고 귀를 곤두세우더니 잠시 후 기쁜 듯이 외쳤다.

"리매의 울음소리야! 준후가 불러낸 것이 틀림없어!"

그때 뱃전 저쪽에서 한 무리의 남자들이 와르르 배 위로 올라왔다. 명왕교도들이 보트를 타고 왔거나 아니면 밑에 있던 다른 보트에서 올라온 모양이었다. 그것을 보고 도운이 소리를 질렀다.

"저놈들은 내가 맡겠습니다!"

도운이 현암의 앞을 막아섰고, 연희와 승희는 잠시 망설이다가 배 안으로 뛰어 들어갔다. 도운이 기합성을 내면서 달려드는 명왕교도들과 싸우는 사이, 허공에 떠 있던 월향검이 부르르 떨면서 갑자기 툭 하고 현암의 바로 앞에 떨어졌다. 그러나 그런 월향의 모습을 본 사람은 아무도 없었다.

악몽과 환영의 연속이었다. 머리를 산발한 채 음산한 분위기를 띤 파리한 얼굴의 여자. 온몸에 구더기가 들끓고 반쯤 썩은, 긴 옷

차림을 한 여자였다. 여자가 바로 코앞에서 박 신부를 바라보고 있었다. 그리고 계속해서 아이 우는 소리가 음산하게 들려왔다. 미라의 목소리일까? 허공에 둥둥 떠 있던 아이. 시트를 묶어 만든 길게 늘어진 올가미. 파리하고 가는 목, 음산한 목소리……

네가 대신 죽겠느냐?

사방에서 나타난 여러 얼굴들이 휙휙 몸을 돌리면서 박 신부의 얼굴을 들여다보고 있었다. 고통에 겨워 일그러진 현암의 얼굴이 다가오다가 펑 하고 폭죽처럼 터져 버렸고, 뒤에서는 준후가 아이스크림처럼 녹아서 흘러내리고 있었다. 동물의 내장 같은 것이 흐느적거리며 검디검은 하늘을 휘감아 돌고, 커다랗고 둥근 눈알들이 일그러진 채 둥실둥실 허공에 떠다니고 있었다.

현웅 화백이 박 신부의 멱살을 잡고 큰 소리로 말했다.

방해하지 마라!

승희와 승희의 언니 주희, 두 자매의 얼굴이 겹치다가 산산이 흩어져 버렸다. 땅바닥이 갈라지면서 밑으로 한없이 떨어져 내려갔다. 그 아래의 공간이 사라지고 바닥의 밑이 다시 쪼개져 흩어져 갔다. 수많은 손이 박 신부의 몸을 쥐어뜯으며 조각내 버리려는 듯 벌떼같이 달려들었다.

하늘에 피가 비처럼 내리더니 소용돌이가 돼 박 신부를 휘몰아 넣었다. 가슴! 가슴이 아팠다. 뭔가 커다란 벌레 같은 게 박 신부의 가슴 속으로 파고들어 와서 마구 몸속을 갉아먹고 있었다. 앙상한 해골이 나타나 박 신부의 양팔을 잡아당겼다.

'주여, 주여!'

박 신부는 하염없이 나락으로 떨어지고 있었다. 중간중간 간신히 입을 떼고 눈을 뜨려고 안간힘을 썼다. 희미하게 앞이 보였다. 축축한 기분. 지하실 같았다. 지금 자신은 양팔이 꽁꽁 묶인 채 천장에 매달려져 있는 듯했다.

숨을 쉴 수가 없었다. 아까 가슴을 찔렸었는데…… 심장이 찔리지는 않은 것 같았다. 요행히 비켜 지나간 것일까? 아무튼 박 신부는 아직 살아 있다. 그러나 가슴이 너무나도 아팠다. 폐를 다친 것일까? 가슴이 답답해지면서 기침이 날 것 같았으나 그럴 기운마저도 없었다. 박 신부는 시익시익 김빠지는 소리를 내며 간신히 숨을 쉬고 있었다. 정신을 잃으면 어떻게 될지 알 수 없었다. 또 그 악몽 속으로 빠져들지도 모른다. 아니 그대로 죽어 버릴지도 모른다. 그러나 이렇게 죽을 수는 없다. 명왕교도, 오키에…… 오키에가 바로 명왕교의 교주였다니. 그것도 엄청난 능력을 지닌…….

가슴이 쓰라려 왔다. 고통이 너무나도 심해 박 신부는 다른 곳의 고통은 거의 느낄 수 없었다. 눈을 떠 보려고 했지만 눈이 떠지지 않았다. 그러나 정신마저 잃어서는 안 된다. 참아야 했다. 그러면 무엇이든 생각을 계속해야 했다.

'오키에…….'

오키에는 아직 어린아이에 불과했다. 그런 아이가 이런 엄청난 음모를 꾸미고 그런 경천동지할 능력들을 지니고 있단 말인가?

'아니야, 아닐 거야. 그렇다면 그 목소리…….'

오키에의 목소리. 그것은 아이의 목소리가 아니었다. 빙의된 사람에게서 들려오는 독특한 억양의 쉰 목소리. 어느 정도 나이를 먹은 듯한 여자의 목소리였다. 그렇다. 오키에는 다른 사람의 영에 빙의된 것이 틀림없었다.

'여자? 혹시 이자나미? 아냐. 그 정도는 아닐 거야. 그렇다면 원래의 명왕교 교주?'

그 편이 더 맞을 것 같았다. 그러나 채 생각이 정리되기도 전에 가슴에 고통이 엄습해 왔다. 이번의 고통은 너무나 격심해서 박 신부는 몸을 비틀고 이를 악다문 채 신음을 냈다.

덜컹거리는 소리. 사람들의 발소리. 누가 다가오고 있었다.

"신부, 슬슬 네 차례가 돌아왔군. 어때, 재미있었어?"

여자아이의 목소리, 잠깐 들었던 아라라는 아이의 목소리. 그렇다면 오키에가 분명했다. 하지만 눈을 뜰 수가 없었다.

"아깐 문득 더 놀려 주고 싶은 생각이 들어서 손에 힘을 덜 주었었지. 어때, 고맙지 않아? 조금이나마 더 살 수 있게 해 줘서……."

박 신부는 말을 할 수가 없었다. 그러나 그 순간은 고통보다도 오키에가 가련하다는 생각이 더 먼저 들었다. 박 신부가 오키에의 몸을 점유하고 있는 명왕교 교주를 위해 마음속으로 기도를 올리려는 순간, 분노에 찬 오키에의 목소리가 쨍하고 들려왔다.

"빌어먹을 것! 주제넘게 나를 동정해? 너 스스로나 동정하란 말이야!"

아까 찔렸던 가슴에 퍽 하고 충격이 왔다. 박 신부는 크윽 하면서 자신도 모르게 허리가 꺾였다. 의식이 희미해지기 시작했다.

"아직 죽으면 안 돼. 네 역할이 남아 있어. 네 일행들하고 모두 같이 가야지. 안 그래?"

누군가가 머리채를 쥐고 고개를 위로 들어 올리자 박 신부는 약간 의식이 드는 것 같았다. 박 신부는 오키에가 무슨 말을 하는 것인지 눈치채고는 억눌린 듯한 신음을 냈다.

'나를 이용해서 모두를 유인하려 하고 있어. 안 돼!'

승희와 연희가 배의 구조물 안으로 뛰어들자마자 철로 된 방 안에서 소리가 울려서인지 리매의 날카로운 울부짖음은 더욱더 크게 들려왔다. 두 사람이 뛰어든 곳은 아마도 선내의 창고쯤 되는 곳이었던 듯 꽤 널찍했다. 한쪽 구석에서 희뿌연 기운으로 뭉쳐진 리매가 일단의 사람들에게 둘러싸여 있는 것이 보였다. 리매는 무엇을 지키려는 듯 허공에 팔을 휘둘러 대고 있었다. 이상하게도 리매는 그 사람들과 아무런 접촉이 없음에도 불구하고 뒤로 계속 물러서고 있었다. 리매의 앞으로 다가가는 사람들은 여자들이었는데 그들은 뭔가 널찍한 것을 들고 앞으로 나아가고 있었다. 승희는 언뜻 그 여자들과 소리를 지르며 물러서고 있는 리매와의 틈 사이로 뒤쪽에 꽁꽁 묶인 채 버둥거리는 조그마한 사람을 발견했다. 준후였다.

"준후야!"

승희가 소리를 지르자 고개를 돌린 사람은 정작 그 소리를 들어야 할 준후가 아니라 리매의 앞을 막아서고 있던 여자들이었다. 여자들은 머리를 길게 늘어뜨린 채 얼굴에는 모두 노의 흰 가면을 쓰고 있었다. 전혀 예기치 않은 기분 나쁜 얼굴들을 대한 승희와 연희가 잠시 움찔하는 사이에 그들 중 우두머리로 보이는 여자 한 명이 손짓하면서 뭐라고 크게 소리를 질렀다. 그 여자만은 가면을 쓰고 있지 않았는데 꽤나 나이가 들어 보였고 얼굴 생김새도 흉측해 보였다.

그 여자―라기보다는 노파―가 다른 사람들에게 뭐라고 명령하자 노파를 제외한 여자들이 고함을 지르면서 승희와 연희를 향해 달려들었다. 그사이 노파는 리매를 밀어 내던 널찍한 것을 휘두르며 협박하듯 손을 휘젓고 있는 리매에게로 뛰어들었다. 연희는 달려오는 명왕교의 여신도 한 명을 옆 차기로 차서 넘어뜨리면서도 곁눈으로 노파를 쳐다보았다. 엄청난 크기의 리매에게 노파가 단신으로 덤벼드는 것이 무모해 보여서였다.

그러나 실제의 결과는 연희의 예상과는 달랐다. 노파가 들고 있던 둥글고 널찍한, 마치 방패와 흡사한 물체를 리매의 몸에 대고 기합을 넣자 리매의 엄청난 몸뚱이는 바람이 빠져나가는 고무풍선처럼 쭈그러들면서 그 둥근 방패 속으로 휘리릭 빨려 들어갔다.

"아이고, 저런! 리매가……."

승희가 다급한 나머지 비명을 질렀다. 그러나 명왕교 여신도 한 명이 자신을 향해 달려드는 것을 보고는 재빨리 몸을 옆으로 틀면서 그 여신도의 팔을 잡고 힘을 불어 넣었다.

그러자 그 여신도는 전기에 감전이라도 된 듯 크게 비명을 지르다가 풀썩 쓰러져 버렸다. 쓰러지고 나서도 충격이 가시지 않는지 감전된 것처럼 몸을 부들부들 떨었다. 연희도 달려드는 다른 여신도의 아래턱을 주먹으로 후려갈겨 저만치로 쓰러뜨려 버렸다. 나머지 네 명의 여신도들은 기가 질려 버렸는지 일정한 거리를 유지하면서 두 사람의 눈치를 살피고 있었다.

리매를 없애 버린 노파는 묶여 있는 준후를 낚아채고 발로 걷어차서 한쪽 구석으로 굴려 버렸다. 그다음 널찍하고 둥근 모양의 물건을 손에 들고 연희와 승희가 있는 곳으로 전혀 서두르는 기색 없이 다가왔다.

그러자 네 명의 여신도들은 일제히 뒤로 한 걸음씩 물러섰다. 연희와 승희는 긴장을 풀지 않고 주변을 살피면서 노파를 바라보았다. 노파의 손에 들려 있는 것은 놀랍게도 실로 수를 놓는 틀에 불과했다. 둥글고 꽤 큰 틀이었는데 거기에는 바늘이 몇 개 꽂혀 있었고 알아보기 힘든 기이한 문자들이 붉은 실로 가득 수놓여 있었다. 노파는 연희와 승희의 앞으로 다가오더니 입을 열었다.

"너희도 저 꼬마와 같은 일행이냐? 감히 여기까지 겁 없이 뛰어들다니. 명왕교를 우습게 보아도 유분수가 있지. 어디 한번 맛 좀 볼 테냐?"

노파는 일본어로 지껄이고 있어서 연희만이 그 말을 알아들을 수 있었다. 연희와 승희는 자신들 앞으로 서서히 다가오는 노파를 두려운 눈으로 쳐다보았다. 노파는 굉장한 재주를 지닌 사람 같아 보였다. 가만히 연희를 쳐다보다가 승희에게로 시선을 옮기던 노파의 안색이 새파랗게 변했다.

"아, 아니. 이럴 수가! 어떻게……."

노파의 당황하는 얼굴을 보고 연희가 얼른 승희에게 눈짓했다. 노파는 승희가 명왕의 화신임을 알고 있는 게 틀림없었다. 승희가 인상을 쓰면서 앞으로 나섰다. 그러자 노파는 한 걸음 뒤로 물러서더니 손에 들고 있던 수틀을 황급히 허공에 휘둘렀다. 가느다랗게 씩씩거리는 소리가 나더니 노파에게 다가가던 승희가 놀란 얼굴을 한 채 갑자기 걸음을 멈추었다.

"어, 승희야!"

연희가 놀라서 승희를 쳐다보았다. 승희는 놀란 나머지 멍한 표정을 하고 몸이 휘청거리면서 한쪽 무릎이 꺾였다. 연희의 눈에 승희의 오른쪽 어깨에서 뭔가 가느다란 것이 전등의 빛을 반사하며 반짝이는 것이 보였다. 어느 사이에 노파가 수틀에 꽂혀 있던 바늘을 날린 것이다.

"어, 승……."

연희가 채 말을 더 잇기도 전에 승희는 표정 하나 바꾸지 못하고 쓰러져 버렸다. 혈도 부근에 바늘을 맞아서 몸이 마비돼 버린 것 같았다. 노파가 깔깔대며 쇳소리 나는 목소리로 웃었다.

"명왕의 화신이지만 힘을 쓸 줄 모르니 전혀 소용이 없군그래! 나, 귀자모신(鬼子母神)[4]의 단장침(斷腸針)[5] 하나도 피하지 못하다니. 깔깔깔."

연희가 쓰러진 승희의 안색을 살펴보니 승희는 석고상처럼 몸이 굳어 버렸는지 꼼짝하지 못했다. 연희는 어찌할 줄을 몰라 가쁜 숨을 몰아쉬면서 승희의 앞을 막고 섰다. 자칭 귀자모신이라는 노파는 계속 비웃음을 흘리면서 연희의 앞으로 서서히 다가왔다. 귀자모신의 손에 들려 있던 수틀이 연희를 공격하려는 듯 천천히 허공으로 올라갔다.

막 수틀을 휘두르려는 순간, 귀자모신의 발치에 번뜩이는 빛줄기 하나가 박혔고, 예기치 않은 공격에 놀란 귀자모신은 기겁해서 재빠른 동작으로 몸을 날려 옆으로 네다섯 걸음 물러섰다. 날아온 빛줄기는 매우 낯익은 것이었다. 준후의 뇌전이었다. 연희가 빛이 날아온 곳을 보니 몸이 꽁꽁 묶인 채 버둥대고 있던 준후가 급한 나머지 몸을 뒤로 굴러서 손만으로 수인을 짚고 되는대로 뇌전을 날려 보내고 있었다. 그러나 손뿐만 아니라 입까지 틀어막힌 채 고개를 틀어 뒤를 보고 공격하려다 보니 정확하게 겨냥이 되지 않았다.

---

4   유아를 보호하고 양육하는 신 또는 불법(佛法)을 수호하는 선녀 신(善女神)이다. 원래는 포악해 다른 사이를 잡아먹는 야차녀(夜叉女)였으나, 석가의 교화를 받아 불법 및 육아 양육의 신이 됐다.
5   소설상의 가상의 술수로 창자가 끊어질 정도의 고통을 주는 암기로 설정했다. 다만 귀자모신의 성격이 그다지 포악하지 않으므로 본문에서는 주로 혈도를 제압해 마비시키는 침으로 나온다.

준후가 서툴게나마 마구잡이로 뇌전을 몇 줄기 발사하자 놀란 명왕교도들은 우르르 벽 쪽에 붙어서 몸을 피했고, 귀자모신은 이를 갈았다. 연희는 준후를 풀어 주어야 저 귀자모신인지 뭔지 하는 노파와 대적할 수 있을 것 같아서 일단 마비된 승희를 내버려 둔 채 냅다 준후 쪽으로 달려갔다.

귀자모신은 큰 소리로 고함을 지르면서 손에 든 수틀을 다시 날렸고 그를 본 준후도 엉겁결에 뇌전 한 줄기를 발사했다. 달려오는 연희를 사이에 두고 서로 양쪽에서 뭔가를 날린 셈이었다. 연희는 준후가 뇌전을 날리자 엉겁결에 몸을 움츠렸으나 겨냥이 잘못됐는지 준후의 뇌전은 연희의 얼굴 쪽으로 똑바로 날아들었다.

"아앗!"

연희는 피할 사이도 없이 반사적으로 손으로 얼굴을 가렸고 준후의 눈도 경악으로 크게 부릅떠졌다. 준후의 뇌전이 정통으로 연희의 얼굴을 가린 손에 작렬해 들어가자 파지직 하는 불똥이 튀면서 연희는 충격을 받은 듯, 옆으로 튕겨 나가 쓰러졌다.

그사이에 귀자모신의 수틀은 무섭게 날아서 쓰러지는 연희의 어깨를 가볍게 스치고는 옆벽에 붙어 있던 책상 하나를 박살 내면서 그 안에 박혀 버렸다. 뇌전을 맞고 쓰러지는 연희의 모습이 준후의 눈에 슬로 모션처럼 들어왔다. 한동안 준후의 눈동자가 망연해졌으나 잠시 후 돌연 기쁨의 눈빛으로 변해 갔다. 준후가 쏜 뇌전이 연희의 손을 파고들어 간 것이 아니라 그대로 이글거리며 연희의 손에 맺혀 있는 것이었다. 연희는 옆으로 쓰러지기는 했지만 곧바로 몸을 일으켰다.

연희는 도대체 무슨 영문인지 몰라 어리둥절한 모양이었다. 연희의 오른손에는 뇌전이 이글거리고 있었다. 예전에 준후가 자신의 명을 담은 부적을 오른손에 새겨 주었던 일이 생각났다. 아마도 그 부적의 힘 때문에 준후가 쏘아 낸 뇌전을 그대로 받아 낼 수 있었으리라. 연희는 안도의 한숨을 내쉬었다.

그러나 그것도 잠시, 저쪽에서 귀자모신이 한쪽 손을 떨치는 게 보였다. 그러자 책상에 박혔던 수틀이 붕 소리를 내면서 허공을 날아 귀자모신의 손으로 되돌아갔다. 순간, 연희의 한쪽 어깨가 화끈해지며 통증이 느껴졌다. 연희가 왼손으로 어깨를 만지자 피가 묻어 나왔다.

귀자모신의 수틀은 보이지 않는 가느다란 실로 연결돼 있는지 실을 당겨서 수틀을 회수해 갈 때 그 실이 연희의 어깨를 베고 지나간 것 같았다. 어쨌거나 귀자모신의 다른 손에 수틀이 들어갔으니, 귀자모신이 연희에게 수틀을 날린다면 이번에는 아까와 같은 요행을 기대할 수 없을 터였다. 두꺼운 나무로 된 책상을 일격에 박살 낼 정도의 위력을 가진 수틀이니 그것에 한 대라도 맞는다면 아마도…….

연희는 있는 힘을 다해서 준후가 있는 쪽으로 몸을 날렸다. 그것을 보고 귀자모신은 싸늘한 웃음을 흘리면서 수틀을 날리려는 듯 자세를 취했다.

도운은 한참이나 고전하고 있었다. 자신의 무기인 철추는 다 잘려 나가 줄만 남았는데 그나마 싸움 중에 놓쳐 버렸고, 또 다른 장기인 슈리켄마저 다 써 버렸는지 하나도 남아 있지 않았다. 궁리 끝에 쇠 파이프 하나를 주워 들고 휘두르다가 그것마저도 놓쳐 버려 도운은 자신의 큰 체구를 무기 삼아 글자 그대로 육탄 공세를 벌이면서 힘겹게 싸우고 있었다. 그러나 총상을 입어 한쪽 다리를 절름거리는 상태에서 오래 버틸 수는 없었다.

　도운은 애타는 눈길로 가부좌를 틀고 앉아 있는 현암을 힐끔거리며 오기로 버티고 있었다. 상대는 모두 여섯 명이었다. 모두가 무술에 능한 자들로 왠지 이유는 알 수 없었지만 자신에게 치명적인 무기를 쓰지 않았고 살기가 강하게 느껴지지 않는 것으로 보아 자신을 생포하려는 것처럼 보였다. 한동안을 버티자 기력이 떨어진 탓인지 도운의 눈이 서서히 감겨 오기 시작했다. 그사이 도운을 상대하던 자들 중 한 명이 아까 승희와 도운이 잡아 묶어 두었던 대위덕명왕과 다른 사람들을 발견하고는 그들 모두를 풀어 주었다.

　대위덕명왕은 기세등등하게 도운을 상대하기 위해 달려왔다. 도운은 대위덕명왕 하나도 상대하기 힘든 처지였는데 그 외에 십수 명이나 되는 자들과 한꺼번에 맞서다 보니 결국 수없이 두들겨 맞고는 정신을 잃고 쓰러져 버렸다. 대위덕명왕은 쓰러진 도운을 묶으라고 손짓한 뒤 자신의 연검을 찾아들고 현암이 앉아 있는 쪽으로 다가갔다. 방금 배 위로 올라온 여섯 명의 부하가 그의 뒤를 따랐다.

 현암의 실력을 직접 접해 본 적이 있는 터라 대위덕명왕은 지금 현암의 기력이 쇠해서 운기행공을 하고 있는 것을 알았지만 그래도 경계심을 늦추지 않고 조심스럽게 현암 쪽으로 다가섰다. 현암의 실력도 실력이지만 현암이 지니고 있는 월향검의 위력이 더욱 더 무서웠다. 귀신이 들려서 저 혼자 날아다니고 검기를 맺는 칼. 현암이 제정신이 아니라고 할지라도 월향이 날아들지도 모른다는 생각에 대위덕명왕은 더더욱 조심해 천천히 다가섰다. 그런데 현암 가까이에 접근하고 보니 현암이 앉아 있는 뒤편에 월향검은 힘없이 떨어져 있었다. 그것을 보고는 대위덕명왕은 씨익 미소를 지었다.

 "무서워할 것이 없군. 단번에 덤벼서 저놈을……."

 대위덕명왕이 막 부하들에게 지시를 내리려는데 가만히 앉아 있던 현암이 푸우욱 하고 긴 한숨을 내쉬었다. 대위덕명왕의 얼굴색이 순식간에 바뀌었다.

 "아니! 저놈이 어느새……."

 대위덕명왕이 말을 마치지도 않고 현암에게로 달려들었다. 그때 현암이 감고 있던 눈을 번쩍 떴다. 그리고 대위덕명왕과 무술가들이 자신을 향해 미친 듯 달려오는 것을 보고는 급히 공력을 모아서 있는 힘을 다해 사자후를 질렀다.

 "어허허헝!"

 사자후의 엄청난 고함이 사방을 휩쓸며 퍼져 나가자 잡동사니

들은 휘말려서 어지러이 휘날렸고, 달려들던 무술가들과 대위덕명왕마저도 잠시 주춤하면서 걸음을 멈추거나 뒷걸음질을 쳤다. 그 틈을 이용해 현암은 몸을 벌떡 일으켰다.

운기행공을 끝내자마자 사자후의 수법을 사용해서인지 조금 아랫배가 허탈한 것이 오래 힘을 쓸 수 없을 것 같았다. 더구나 아까 현아의 모습을 한 환영과의 대면에서 너무 괴로웠기 때문에 정신적으로도 몹시 피곤해서 마음이 잘 집중되지 않았다. 부동심결을 쓰고 무아지경으로 들어가 운기행공을 할 때에는 잡념이 없었지만, 눈을 뜨고 명왕교와 대적하게 되자 아까의 기억이 되살아났던 것이다.

사자후 한 번만으로도 단전 부근이 허탈해짐을 느끼면서 현암은 재빨리 왼손을 내밀었다. 아까 날렸던 월향검이 되돌아오지 않았던 것과 같이 역시나 이번에도 월향검은 돌아오지 않았다. 현암은 당황해 반사적으로 주변을 둘러보았다. 저만치에 월향검이 번쩍이던 섬광을 잃은 채 떨어져 있는 것이 보였다. 그에 현암의 사자후 때문에 잠시 멈칫하던 대위덕명왕과 다른 무술가들은 고함을 치면서 현암에게로 달려들었다.

현암은 뒤로 몇 걸음을 물러서면서 왼손을 뻗어 월향검을 집으려고 했다. 그리고 오른손에 공력을 모아 자신의 몸을 방어하듯이 휘저었다. 한 놈이 발차기 공격을 가해 왔지만 현암이 휘두른 오른팔에 발이 부딪히자 현암의 팔에서 솟아나는 반탄력에 그자는 뒤로 떠밀려서 중심을 잃고 넘어져 버렸다. 그러나 현암의 팔에도 아릿하게 통증이 왔다. 공력으로 보호하고 있었는데도 통증을 느낄 정도라면 저자들은 상당한 고수임이 틀림없었다.

이번에는 두 명의 무술가가 현암을 공격했다. 한 명은 주먹으로, 한 명은 발로 날카롭게 현암의 앞을 찌르고 들어왔다. 현암이 내친김에 오른팔에 힘을 주어서 발로 찌르고 들어오는 자의 다리를 후려치자 우두둑하는 느낌이 전해져 왔다. 그사이 다른 한 명의 주먹은 현암의 가슴께를 그대로 치고 들어왔고 현암은 찌릿한 통증을 느끼면서 그 힘에 밀려 뒤로 주욱 물러섰다. 물러서면서 간신히 월향검을 집어 들자, 다른 자가 현암의 오른쪽 어깨를 감싸안았다. 자신의 몸이 허공을 돈다고 느끼는 순간 현암은 어깨에 공력을 실어 순간적으로 상대를 밀어붙였다. 현암의 오른쪽 어깨는 혈도가 통하던 곳이라 반탄력도 엄청난 듯, 현암을 집어 던지려던 자는 그 상태 그대로 주저앉았다.

우당탕 소리를 내며 쇠로 된 배 갑판에 나가떨어진 현암은 정신이 아찔해졌다. 그러나 숨 돌릴 틈이 없었다. 이번에는 또 다른 자가 몽둥이로 현암의 머리를 노리고 내리쳤다. 무거운 머리를 움직여 간신히 옆으로 피하자 몽둥이는 현암의 머리 바로 옆을 치고는 금속성의 긴 울림소리를 내며 뚝 하고 부러졌다.

그 틈을 이용해 현암은 몸을 튕겨 일으키면서 놈의 아래턱을 머리로 들이받았다. 악! 하는 비명과 함께 놈은 뒤로 나가떨어졌다. 현암은 휘청거리는 몸을 추스르려 안간힘을 썼다. 상대의 공격에 대비해 자세를 취하면서도 상대의 발놀림과 동작을 주시했다. 고도의 무술을 지닌 여러 명과 동시에 싸우자니 정신이 잘 집중되지 않았고, 또 공력을 제때 운용할 틈을 찾지 못해 어려움을 느꼈다.

'놈들의 수가 너무 많다. 이대로는 승산이……'

현암이 몸을 일으키려는데 등 뒤에 날카로운 일격이 가해졌다. 이번에는 버티지 못하고 신음을 내면서 몸을 데굴데굴 굴렸다. 현암의 몸 위로 다시 두세 차례나 강한 타격이 가해졌다. 놈들은 일사불란하게 움직이고 있어서 시간을 끈다면 결코 이길 수 없을 것 같았다.

'좋다. 죽기 아니면 살기다!'

현암은 몸을 보호하기 위해 최대한 둥글게 움츠리면서 속으로 공력을 끌어모았다. 공력을 끌어모을 시간이 필요했고 그러자면 이자들을 주춤거리게 만들어야 했다. 현암은 ㅡ배의 갑판이 철로 돼 있고 자신이 발을 세차게 구르면 바닥이 흔들릴 거라는 데에 생각이 미쳤다ㅡ 공력을 채 모으지도 못하고 이대로 정신을 잃어버리는 것이 아닌가 할 정도로 그 짧은 시간 사이에 우당탕거리면서 셀 수도 없이 많은 타격을 받았다. 그러나 이대로 정신을 잃을 수는 없었다. 어느새 공력이 오른팔에 터질 듯 모아지자 현암은 몸을 펴면서 우렁차게 고함을 질렀다.

"야아압!"

소리치던 현암은 오른손에 '흡' 자 결과 '발' 자 결의 힘을 동시에 운용하면서 자신이 딛고 있는 배의 갑판 위를 세차게 내려쳤다. 이렇게 서로 다른 구결의 힘을 미리 모아 두었다가 동시에 발산하는 것은 근래 고된 수련으로 얻어 낸 결과였다. 두 가지 상반된 힘이 철로 된 바닥에 가해지자 바닥이 출렁했다. 아주 짧은 사이에 당기고 미는 힘이 동시에 가해지자 바닥이 물결을 치는 것처럼 현암이 가한 힘이 바닥을 타고 사방으로 둥글게 퍼져 나갔다. 원래 현암이 수련한 기운은 검에 적합한 것이라 철로 된 물건에 가장 잘 번져 나가는 것 같았고 지금 그 판단이 적중한 것이다. 물론 그다지 멀리까지는 아니었지만 주위를 에워싸고 현암을 공격하고 있던 자들은 생각지도 못했던 일이었다.

끌었다가 튕겨 내는 힘이 바닥에 동시에 가해지자 지진이 난 것처럼 상대방들은 와르르 넘어져 버렸다. 짧은 틈을 이용해 현암은 재빨리 용수철을 튕기듯 몸을 일으켰다. 이제 전세가 역전됐다고 생각했다.

그러나 현암이 몸을 일으키자마자 누군가가 길게 고함을 지르면서 비호(飛虎)같이 현암을 향해 몸을 날렸다. 대위덕명왕이었다. 그는 현암이 쏟아 낸 힘의 파장이 번져 오기 전에 본능적으로 몸을 날려 현암이 몸을 일으키려는 순간의 허를 이용한 것이다. 대위덕명왕의 공중차기는 현암이 막 몸을 일으키고 있는 순간에 이루어지는 공격이라 피하는 것은 불가능에 가까웠다. 대위덕명왕의 눈이 자신감에 찬 빛으로 번쩍하고 빛났다.

현암의 눈이 매우 침착하게, 슬로 모션처럼 대위덕명왕의 동작을 바라보고 있었다. 대위덕명왕의 달려오던 몸은 허공에 떠오르면서 공중차기의 자세를 취하고 있었고 그 발끝은 현암의 얼굴을 노리고 있었다. 대위덕명왕 정도 되는 고수의 발차기를 맞으면 단번에 요절날 것이었다. 현암은 재빨리 —그러나 지금의 현암의 시각과 생각으로는 매우 느리게— 고개를 옆으로 틀면서 오른손을 치켜올렸다. 순간적으로 가장 화급한 위기를 맞이해 본능적인 잠재력이 극도로 발휘됐기 때문인지 현암의 마음은 대단히 평정한 상태였고 눈은 조금의 깜박거림도 없이 크게 뜬 채 냉정하게 상대를 주시하고 있었다. 주변의 다른 어떤 것도 눈에 보이지 않았다.

오직 하나, 날카로운 무기처럼 자신의 앞으로 다가오는 발끝이 보일 뿐이었다. 아이러니하게도 지금 이 순간이 현암에게는 무척이나 즐겁고 평화롭게 느껴졌다. 현암은 지금까지 수많은 싸움과 수련을 해 왔지만 한 번도 이런 기분을 느끼지 못했었다. 뭐라 표현할 수 없는 묘한 기분이 들었다. 그냥 고요한, 가장 치명적이고 결정적인 순간에 찾아온 조용하고 가라앉은 기분. 무념무상이라고도 할 수 있는 이런 감정은 무술을 하는 사람이라면 평생에 몇 번 오지 않을 달관과 몰입의 무아적인 경지라고 할 수 있었다.

이런 경지는 수련만으로 되는 것이 아니었다. 현암은 그런 것을 채 깨달을 사이도 없이 조용히 오른손을 들어 가볍게 앞을 향해 내밀었고, 그 짧은 시간 동안에 날아들고 있던 대위덕명왕의 눈이 경악으로 부릅떠졌다. 도저히 피하거나 막을 수 없는 상황에서의 공격이었는데 현암은 그것을 너무나 자연스럽게 피해 냈다.

대위덕명왕의 발은 살짝 젖힌 현암의 얼굴 옆을 머리카락 한 올 정도의 차이로 스치고 지나갔고 현암의 오른팔은 그런 대위덕명왕의 다리를 안쪽으로 밀어붙였다. 공격해 들어온 대위덕명왕의 다리는 현암의 목과 오른팔 사이에 끼고 말았다. 현암의 팔은 강철처럼 대위덕명왕의 다리를 조였다. 날아오던 대위덕명왕의 몸은 그 자세로 그대로 자신의 다리를 찍어 누르는 형국이 돼 버렸다.

"으아악!"

대위덕명왕의 비명이 울려 퍼지면서 무언가가 부서지는 소리가 울려왔다. 옆으로 꺾인 데다가 밀려드는 힘에 짓눌린 대위덕명왕의 다리가 부러져 버린 것이었다. 현암은 무심한 얼굴로 대위덕명왕을 허공에 던져 버린 다음 몸을 뒤로 뺐다. 대위덕명왕은 갑판 바닥에 나가떨어졌고 고통에 가득 찬 신음을 뱉어 냈다.

그렇다고 현암의 처지가 나아진 것은 아니었다. 현암의 공격에 의해 쓰러졌던 사람들이 몸을 일으키고 있었다. 참혹하게 쓰러져 있는 대위덕명왕의 모습을 본 그들의 눈에는 한결같이 살기가 어려 있었다. 아까 현암에게 당해 다리가 부러진 한 명을 빼고는 현암을 중심으로 둥글게 둘러서서 무기를 하나씩 꺼내어 들었다.

품 안에서 칼을 꺼내어 펴 드는 자도 있었고, 쇠 파이프며 스패너 같은 근처에 흩어져 있던 공구류를 주워 드는 자들도 있었다. 결단코 그냥은 보내지 않겠다는 눈치가 역력해 보였으나 현암은 아까의 몽롱한 기분에서 벗어나지 못한 채 눈을 가늘게 뜨며 사방을 둘러볼 뿐이었다.

귀자모신이 내던진 수틀이 허공을 날았다. 연희는 뒤에서 쌩하는 소리가 들려오자 반사적으로 달려가던 자세 그대로 땅에 풀썩 엎드리면서 슬라이딩을 하듯 준후에게 몸을 날렸다. 귀자모신의 수틀은 아슬아슬하게 연희의 머리 위를 스치면서 준후 쪽으로 날아들었다. 묶인 채 꼼짝하지 못하고 있던 준후로서는 절체절명의 위기에 빠진 셈이었다. 연희도 다급한 나머지 비명을 지를 뻔했으나 준후에게 날아들 것 같던 수틀이 가볍게 방향을 위로 틀어 준후를 건드리지 않고 허공을 빙글 돌아서 귀자모신의 손으로 되돌아갔다. 귀자모신이 수틀과 연결된 실로 조종해 도로 끌어당긴 것 같았다. 귀자모신이 무슨 이유로 준후를 해치려 하지 않는 것인지 알 수 없었지만 지금은 간신히 위기를 모면한 셈이었다.

연희는 엎드린 자세 그대로 몸을 몇 번 굴려 준후에게 다가갔다. 연희가 몸을 틀자마자 연희가 있던 자리에 귀자모신의 단장침이 날아들어 발치에 꽂혔다. 간신히 준후 곁으로 간 연희는 떨리는 손으로 준후의 손을 묶은 끈을 풀어 헤치기 시작했다. 그 모습을 본 귀자모신은 화가 치미는 듯, 얼굴을 흉하게 일그러뜨리면서 뒷전에 물러서 있던 명왕교 여신도들을 보고는 크게 소리를 질렀다.

명왕교 여신도들은 함성을 지르면서 연희에게로 뛰어들었다. 그들은 어느새 품 안에서 이상하게 구불구불한 단도를 하나씩 빼어 든 상태였다. 다급해진 연희가 정신없이 준후의 손에 묶인 끈을 푸는데 한 명의 여신도가 연희에게로 뛰어들었다. 연희는 반사적으로 여신도를 향해 몸을 날렸다. 연희의 어깨에 밀린 여신도는 칼을 휘저었으나 연희를 찌르지는 못하고 대자로 바닥에 넘어져 버렸다. 여신도가 넘어지는 와중에 휘두른 칼이 준후의 다리를 스쳐 피가 배어 나왔으나 그 바람에 다리를 묶은 줄이 같이 끊어져 버렸다. 다리가 화끈해지는 것을 느낀 준후는 무의식적으로 다리를 움츠렸다가 묶었던 끈이 느슨해진 것을 알고는 땅을 박차면서 오뚝이처럼 벌떡 일어났다. 손을 묶었던 줄은 아직 풀지 못한 상태였고 입에도 여전히 재갈이 물려 있었다.

연희와 넘어진 여신도가 엎치락뒤치락하는 사이 다른 세 명의 여신도가 준후에게 덤벼들었다. 준후는 크게 고함—이라기보다는 입에 물린 재갈 때문에 억눌린 듯한 소리가 새어 나왔을 뿐이지만—을 지르면서 발로 땅을 쾅쾅 굴렀다. 우보법의 방위를 밟은 것이다. 달려들던 나머지 세 명의 여신도들은 못 박힌 듯 우뚝 멈추어 서 버렸다. 그러나 이렇게 한 번에 여러 사람의 몸을 정지시킨 상태에서는 준후도 몸을 움직일 수 없었다. 승희는 땅에 쓰러진 채 움직이지 못하고 있었고, 연희는 간신히 여신도를 때려눕혀 가는 상태였다. 돌아가는 상황을 본 귀자모신이 기분 나쁜 미소를 띠고는 수틀을 만지작거리면서 서서히 그들 쪽으로 다가섰다.

간신히 한 명의 여신도를 때려눕히고 난 연희는 칼에 긁히고 상대의 주먹에 몇 대 맞아서 자그마한 상처들이 생겨 몸이 쑤셨지만 아픔을 느낄 틈도 없이 서둘러 고개를 들었다. 절체절명에 가까운 순간이었다. 준후는 손이 뒤로 묶이고 입이 막힌 채 일어나 있었지만 우보법의 기술로 여러 명의 여신도들을 붙잡아 두느라 꼼짝 못 하고 있었다. 저쪽에서는 귀자모신이 이쪽을 향해 다시 수틀을 던지려고 하는 것 같았다. 도대체 귀자모신의 힘이 어느 정도나 되는지 연희로서는 도통 알 수가 없었다. 이런 상황에선 현암이 오지 않는 한 도저히 귀자모신을 이길 수 없을 것 같았다. 그러나 어떻게든 버텨 보아야 했다.

겨우 몸을 추슬러 준후 쪽으로 가려던 연희의 눈에 묶여 있는 준후의 손이 보였다. 준후는 원래 수형도의 수법으로 손을 묶은 줄을 푸는 게 가능했지만 그건 줄이 손가락까지 같이 묶였을 경우이고 지금처럼 손목만 묶여 있었을 때는 손을 칼처럼 변하게 하는 수형도 술수로는 줄을 끊을 수 없는 듯했다. 하긴 손가락까지 묶여 있었다면 아까 수인을 맺어 뇌전을 날리는 일도 하지 못했을 터였다.

연희는 재빨리 땅에 떨어져 있던 구불구불한 단검 하나를 주워 들고는 준후 쪽으로 달려가려 했다. 그러나 연희의 눈앞을 위협하듯이 귀자모신의 수틀이 휙 하고 지나가는 바람에 기겁을 해서 걸음을 멈추어 섰다. 순간 연희는 이상한 느낌을 받았다. 저렇듯 맹렬하게 공격하는 귀자모신의 공격술이 목표에서 조금씩 벗어나고 있었던 것이다. 가만 생각해 보니 자신을 꼭 맞추려는 것 같지 않았고 준후 쪽으로 가까이 가지 못하도록 일종의 위협을 하는 것 같았다. 연희가 귀자모신을 돌아보자 귀자모신은 여전히 기분 나쁘게 웃고 있는 표정이었지만 그 얼굴에 살의는 별로 없어 보였다.

"이봐, 꼬마야. 그리고 머리 긴 아가씨. 잠깐 뭐 좀 물어보겠네."

귀자모신이 그다지 악의 없는 듯한 말투로 말을 꺼내자 연희는 의아했다. 준후는 귀자모신이 하는 말을 알아듣지 못해 연희와 귀자모신을 번갈아 쳐다보았다. 조금 전까지만 해도 모두 죽여 버릴 듯이 굴던 귀자모신이 왜 갑자기 악의를 감추고 이야기하자는 것인지 이해할 수 없었으나, 조금이나마 시간을 끌면 혹시나 현암이나 도운이 들어올지도 모른다는 생각에 연희는 또랑또랑하게 대답했다.

"뭘 묻겠다는 거지?"

"아무래도 궁금해서 그런다. 너희들 조선에서 왔지?"

"한국에서 왔다."

"아, 그래그래. 원 참 뻣뻣하기도 하다. 그런데 조선, 아니…… 한국에서는 이 꼬마를 당할 사람이 없겠지?"

　웬 뚱딴지같은 소리를 하는 것인가 싶어서 연희는 고개를 갸웃했다. 그러자 귀자모신은 킬킬거리며 말했다.

"이 꼬마, 보면 볼수록 대단하더구나. 혼백을 불러내는 술수도 그럴듯했는데 오행술의 뇌전을 쏘지를 않나, 사람의 발을 땅에 붙이는 술수를 쓰지를 않나……."

"그건 우보법이라는 술수지."

"아, 그래. 그렇군. 오늘 크게 견문을 넓혔다. 요렇게 어린 나이에 그런 대단한 주술들을 사용하다니 참 용하단 말이야. 그런데 눈 큰 아가씨. 한국에서는 이 꼬마가 최고겠지? 아마도 주술로는 가장 강할 것 같은데?"

"그렇지는 않을 거다."

"뭐?"

"준후의 재주가 놀랍기는 하지만 아직 어리고 미숙한 점이 많지. 장단점이 있지만 현암 씨나 박 신부님의 힘도……."

"뭐? 현암은 누구고 박 신부? 아니, 신부란 작자가 힘이 있으면 얼마나 있다는 게냐? 그자들도 주술을 쓴다는 말인가?"

"이 자리에 현암 씨나 신부님이 같이 있었다면 너도 이렇게 잘난 척은 못 했을 거다. 더군다나 현암 씨의 스승님이신 한빈 거사님 같은 분이 계셨다면 아마도……."

"남들이 알아주지도 않고, 믿어 주지도 않는 게 우리 같은 주술사들이다. 그런 사람들이 한국에 그렇게도 많단 말이냐?"

"이 사람들은 주술사가 아니다. 남과 다른 특이한 힘이 있다면 그것은 다른 힘없는 사람들을 위해 쓰라고 주어진 것이다. 결코 자기 자신이 잘나서 힘이 있는 것이 아니라는 얘길 들었다."

연희가 앙칼지게 소리치자 귀자모신은 묘한 표정을 지으면서 중얼거리듯이 말했다.

"나쁜 짓이라니, 누가 나쁜 짓을 한단 말이냐? 가만히 있는 배에 뛰어들어 난동을 부리고 내 부하들을 때려눕힌 것은 너희가 아니더냐?"

"하나만 알고 둘을 모르는군. 그렇다면 사람들을 납치하고 주술로 사람을 해치고, 우리를 총으로 저격하고 자신들의 비밀이 탄로날까 봐 같은 편마저도 총으로 쏘아 죽여 버리는 짓은 좋은 일이라고 할 수 있는 거냐?"

연희의 말이 끝나자마자 귀자모신은 펄쩍 뛰었다.

"그게 무슨 험담이냐? 우리 명왕교는 침묵과 은둔을 미덕으로 삼고 있는 종파다. 사람을 납치하고 죽이다니?"

"시치미 떼지 마라. 우리는 지금 후지코라는 여자를 찾아서 이곳까지 왔다. 그런데 오는 도중에 명왕교의 명왕이라고 자칭하는 작자들에게 아무 이유도 없이 습격을 받았다. 그것도 모자라 너희들은 무자비하게 너희 신도를 총으로 쏘아 죽였다. 명색이 명왕이라는 사람을 말이다."

연희는 애염명왕이라는 여자가 죽었을 때 옆에 있었던 것은 아니었지만 승희에게 세크메트의 눈을 통해 그런 사실들을 다 전해 들었기 때문에 기탄없이 이야기할 수 있었다. 말하는 도중 연희는 자신도 모르게 흥분한 듯 몸을 부르르 떨었다. 그런데 천만뜻밖에도 귀자모신은 그런 연희의 말을 듣고 펄쩍 뛸 듯이 놀랐다.

"뭐, 뭐라고? 누굴 죽였다고? 지금 죽은 자가 누구라고 했느냐?"

"애염명왕의 현신임을 자처하던 여자였다."

"저, 저런 거짓말. 그럴 리가!"

"더구나 너는 우리가 무턱대고 배에 뛰어들었다고 나무라지만, 너희는 한국에서 온 어린아이 한 명을 이유도 없이 납치했다. 그리고 배 위에 진을 벌여 놓고는 거기에 그 아이의 잘라 낸 머리카락까지 집어 던졌었지. 그 머리카락이 바로 이것이다."

연희는 아까 다른 사람들이 흥분해 안개 속으로 뛰어든 순간에도 냉정을 잃지 않고 아라의 잘린 머리카락을 주워 주머니에 넣어 두었던 것이다. 연희는 리본이 달린 머리카락 뭉치를 꺼내 보이면서 날카롭게 외쳤다.

"이걸 보란 말이다! 이 아이는 어디에 있지? 또 후지코라는 여자는 어디에 있는 것이지?"

"그, 그럴 리가 없다. 명왕교는 그런 사교(邪敎) 집단이 아니다. 우리의 목적이 비밀에 부쳐져 있기는 하지만 그런 것은 절대……. 아이, 어린아이라니? 그건……."

귀자모신은 얼굴이 하얗게 질린 채 중얼거리더니 눈을 부릅뜨면서 큰 소리로 외쳤다.

"그 머리카락을 이리 내놓아 보아라! 어서!"

연희는 어떻게 할까 망설이다가 머리카락 뭉치를 귀자모신에게 넘겨주었다. 그러고는 그 틈을 이용해 재빨리 준후의 손을 묶고 있던 끈과 입을 막았던 가리개를 풀어 주었다. 귀자모신은 얼이 빠진 듯, 떨리는 손으로 머리카락을 수틀에 문지르면서 뭔가 주문 같은 것을 중얼거리고 있었을 뿐, 그쪽은 못 본 척하고 있었다. 여러 명의 여신도들을 땅에 붙여 놓고 있던 참이라 달리 몸을 움직이지는 못하고 있던 준후가 입을 막고 있던 가리개가 풀리자 연희에게 자그만 소리로 물었다.

"도대체 뭐죠? 어떻게 돼 가는 건가요?"

"나도 잘은 몰라. 그러나 저 할머니는 그리 나쁜 사람은 아닌 것 같아. 물론 그렇다고 아직 방심해서는 안 되지만……."

연희도 생각이 복잡했다. 자신들은 이곳이 명왕교의 악행이 이루어지는 총본산인 것으로 생각하고는 밀어닥쳤다. 그리고 분명 승희의 투시에 의하면 이곳에 히로시의 딸인 후지코가 잡혀 있었다고 했고, 또 명왕들의 방해를 받았으며, 충격을 받았고, 아라의 잘린 머리카락이 내던져지기까지도 했었다. 그러나 귀자모신의 언행을 보아서는 그런 것만이 아닐 것 같았다. 귀자모신이 자신을 대하는 모습으로 보아 연극을 하고 있는 것 같지는 않았다. 귀자모신이 마음먹고 한 번만 손을 놀리면 모든 게 다 끝나는 판인데 이런 연극을 할 이유가 없는 것이었다.

준후를 풀어 준 연희는 승희에게 가려고 했으나 귀자모신이 크게 소리를 지르는 바람에 놀라서 멈추어 섰다.

"아악! 교주, 교주!"

현암은 배의 한 기둥에 등을 기댄 채 가쁜 숨을 몰아쉬고 있었다. 태극기공 중 한 구절인 '투' 자 결을 응용해 칼을 뽑아 든 두어 명의 무술가들을 쓰러뜨렸으나 현암 자신도 여러 곳을 맞아서 몸을 가누는 것조차 어려웠다. '투' 자 결을 응용하면 상대가 현암의 공격을 막아 내더라도 힘은 그대로 전달돼 방어와 상관없이 타격을 줄 수 있었다. 이런 방법을 이용해 현암은 위험한 칼을 빼든 상대부터 하나씩 쓰러뜨렸던 것인데, 적들도 현암이 쓰는 수법을 알아채고는 먼발치에서 한 대씩 돌아가면서 치고 빠지는 식의 전법으로 나오고 있었다.

숫자도 많았지만 상대는 모두 무술에 능통한 사람들이었다. 현암의 눈이 밝고 몸놀림이 빠르다지만 체계적으로 무술을 배운 바는 없었으니 고단자들의 몸놀림을 따라잡을 수 없었다. 더군다나 지금은 공력도 그리 충만한 상태가 아니었고, 또 그들을 하나 쓰러뜨리면 그사이 다른 자한테서 엄청난 강타가 날아오는 상황이라 아무리 공력으로 몸을 보호하고 있다고 해도 힘이 거의 다 빠져 버려 이제는 눈앞이 가물거리기까지 했다.

그러나 생각해 보면 놀라운 일도 없지 않았다. 예전의 현암 같았으면 이런 무술의 고수 여럿과 동시에 싸워서 이렇게까지 버틴 것은 생각도 못 할 일이었다. 아까 대위덕명왕과의 싸움 이후부터 뭔가 느껴지는 것이 있었다. 마음속을 비우고 물 흐르는 듯이 움직이면 거의 공격을 피하거나 상대의 허점을 잡아낼 수 있었기에 그나마 두어 명의 무술가를 쓰러뜨릴 수 있었던 것이다. 그러나 아쉽게도 그런 순간들은 매우 잠깐이었고, 그후에는 그런 기분을 의식하면 그런 상태가 되기는커녕 오히려 상대에게 허점만 노출돼 공격당했다.

'의식한다고 되는 것이 아니다. 무의식의 세계. 그러나……'

오늘의 싸움으로 현암은 무도(武道)의 깊은 일면을 엿보았다. 그러나 아직 그 상태에 완전히 익숙해지지 못해서 고전을 하고 있었다. 더군다나 그냥 손발도 아니고 쇠 파이프나 스패너 같은 흉기들로 인한 타격은 그야말로 심한 고통이었다. 특히 검도의 술법으로 쇠 파이프를 휘두르고 있는 자의 공격은 한결 매서워서 현암이 그의 공격을 받아 낼 때마다 느끼는 통증은 다른 자들의 것보다 갑절 이상이었다.

상대도 그렇게 무수히 강타를 당하고도 버텨 내는 현암이 질린다는 듯 진땀을 흘리고 있었다. 그들은 현암의 오른팔이 쇳덩이와 같아서 칼도 들어가지 않고 파이프로 공격해도 아무런 타격을 입히지 못한다는 것을 눈치채고 있었다.

그래서인지 그중 하나가 다시 기합 소리를 넣으면서 현암을 넘어뜨리기 위해 현암의 다리 쪽을 노리며 공격을 가해 왔다. 현암은 간신히 몸을 위로 껑충 뛰면서 그 공격을 피했고 그 순간 덮쳐드는 다른 한 명의 스패너를 오른팔로 막았지만, 몽둥이로 가슴팍을 내지르는 공격은 도저히 막아 낼 수 없었다.

"윽!"

가쁜 신음을 터뜨리며 공중에 몸을 띄웠던 현암이 한쪽 구석으로 나가떨어졌다. 놈들 셋이 자세를 고쳐 잡으면서 재빠른 동작으로 현암에게로 달려들었다.

'이대로는 안 되겠다, 도저히!'

현암은 넘어진 자세 그대로 단전에 힘을 주면서 공력을 끌어올렸다.

연희와 준후는 귀자모신이 비명을 지르자 놀라서 잠시 동안 멍하니 귀자모신을 바라보았다. 주름이 가득 잡힌 귀자모신의 얼굴이 일그러지다가 서서히 분노의 형상으로 변해 갔다. 그런 귀자모신의 변화를 지켜보다가 연희는 뭔지 불안한 느낌이 들어 재빨리 준후에게 속삭였다.

"내가 주었던 저 머리칼, 틀림없이 아라의 것 맞지?"

"맞아요. 연희 누나도 아라를 보았었잖아요. 그런데 왜요?"

준후는 잊어버리고 있던 아라의 일이 떠오르자 화가 치밀어 오르는 모양이었다. 준후는 아까 명왕교의 진을 깨고 먼저 뛰어들었다가 지금 여기 있는 명왕교의 여신도들의 덫에 걸려들어 구조물에 머리를 부딪혀서 잠시 정신을 잃은 사이 온몸이 묶인 채 안으로 끌려 들어오고 말았다. 그러다가 간신히 정신을 차려 리매를 불러내어 저항하고 있다가 연희와 승희의 구원을 받은 것이다.

그러나 애당초 준후가 이곳에 그렇게 무모하게 뛰어든 원인은 명왕교 측에서 아라를 납치하고, 또 머리카락까지 잘라서 던져 버렸던 것에 있었던 만큼, 아라 생각이 나자 준후가 흥분하는 것도 무리는 아니었다. 귀자모신은 무서운 눈매를 하고는 연희를 불타는 눈으로 노려보았다. 그 눈매가 얼마나 사나워 보였던지 연희는 온몸에 소름이 쭉 돋았다.

"거짓말도 유분수지. 그렇게 마구 둘러대는 거짓말로 명왕교의 최고 호법인 나 귀자모신을 속여 넘길 수 있을 것으로 보았느냐?"

귀자모신의 목소리가 음산하게 울려오자 연희는 깜짝 놀라서 자신도 모르는 사이에 고개를 저었다.

"거짓말이라니! 아니다! 그 머리카락은 틀림없이……."

"이 머리카락은 우리 교주님 것이다! 너희들은 우리 교주를 해치고도 뻔뻔하게도 거짓말로……."

 귀자모신의 말에 연희는 크게 놀랐다. 준후는 귀자모신이 하는 말을 전혀 알아듣지 못해 멀뚱하게 서 있었다. 그러나 곧 뭔가 분위기가 이상하다는 것을 눈치채고는 일단 우보법의 술수를 풀고 귀자모신의 공격에서 연희를 보호하려고 앞을 막아섰다. 몸이 꼭 붙어서 움직이지 못하던 여신도들은 우보법의 술수가 풀리자 온 몸에 힘을 주고 있었던 듯, 그 힘에 밀려 그 자리에 와르르 넘어졌다가 허둥지둥 몸을 일으켜 귀자모신의 뒤쪽으로 도망치듯 몸을 피했다.

 연희는 도대체 귀자모신이 무슨 소리를 하는 것인지 몰라 의아할 따름이었다. 머리카락이 명왕교 교주의 것이라니? 도대체 알 수 없는 노릇이었다. 연희가 해명할 기회도 주지 않고 귀자모신은 길게 기합을 넣었다. 주술력을 자신의 무기인 수틀에 집중시키는 모양이었다.

 귀자모신의 주변에서 뿜어져 나오는 영기는 대단했다. 평생을 수련해 왔던 것이리라. 준후마저도 그 엄청난 영기에 몸을 떨었다. 그러다가 입술을 깨물면서 소매에 손을 집어넣더니 뭔가를 꺼내 들었다. 이상한 예감이 들어서 이번에 특별히 가지고 왔다던 검은 부채, 벽조선이었다. 귀자모신과 준후, 둘의 모습을 지켜보고 있던 연희가 입을 열었다.

 "잠깐! 도대체 무슨 소리를 하는 것인지 모르겠다! 너희의 교주라니! 그럼 너희 명왕교도들이 스스로 너희 교주의 머리카락을 잘랐다는 말이냐?"

 연희가 빠르게 물었으나 대답 대신 귀자모신이 내쏜 수틀이 맹렬한 기세로 맴을 돌면서 연희와 준후를 향해 덮쳐들었다.

 "누나, 위험!"

 준후가 재빨리 연희 앞을 막아섰다. 준후는 왼발을 쿵 소리가 나게 짚으면서 왼손의 두 손가락을 세워 앞으로 쭉 뻗고 오른손에 들었던 벽조선을 활짝 펴 들었다. 그러자 준후가 편 벽조선의 가장자리에서 검은 기운이 삽시간에 주우욱 늘어나듯 맺혔다.

 "하앗!"

 준후가 앙칼지게 기합을 넣으면서 벽조선을 떨치자 거기에 맺혀 있던 검은 기운이 살아 있는 덩어리처럼 꿈틀거리면서 허공을 날아들어 오는 귀자모신의, 무섭게 회전하고 있는 수틀과 맞부딪쳤다.

 현암은 차츰 몸속으로 차오르는 공력을 느끼면서 상대의 공격을 버텨 내고 있었다. 지금 현암은 모험을 하려는 중이었다. 자신의 손발만으로는 저 무술 고수들을 물리칠 수 없었다. 그렇다고 '탄' 자 결이나 부동심결 같은 큰 수를 또 쓸 만한 공력도 없었다. 만일 그러한 공력이 있다 해도 부동심결이 악령도 아닌 이 사람들에게 과연 타격을 줄 수 있을지 미지수였고, '탄' 자 결로 사람을 해칠 수도 없는 노릇이었다. 그렇다면 지금 쓸 수 있는 방법은 한 가지뿐이었다.

'더 이상 시간을 끌 수는 없다. 준후와 승희, 연희 씨마저 보이지 않는 터에 계속 이자들을 상대하느라 시간을 끌 수는 없는 일……'

현암은 일단 끌어올릴 수 있을 만큼의 공력을 끌어올려 그 힘을 안에 단단히 갈무리한 다음, 고함을 지르면서 세 명의 고수들에게 덤벼들었다. 그들도 현암의 오른팔이 얼마나 무서운지 이미 잘 알고 있었기에 현암이 몸을 날리며 공격해 오자 날랜 동작으로 몸을 피했다. 크게 휘두른 오른팔이 빗나가자 현암은 일부러 몸을 조금 휘청하면서 오른쪽 어깨를 노출시켰다. 그 기회를 놓치지 않고 세 개의 무기가 나란히 현암의 오른쪽 어깨를 노리고 날아들었다.

'이때다!'

현암은 마음을 단단히 먹고는 있는 공력을 모조리 끌어올려 오른쪽 어깨 부위로 밀어붙였다. 현암의 혈도는 단전으로부터 오른쪽 팔에만 통해 있었고 오른쪽 어깨는 제대로 진기가 유통되는 곳은 아니었다. 현암의 몸은 흘러나오는 공력에 의해 보호는 되고 있었지만 그것은 어느 정도의 타격까지만 흡수할 수 있을 뿐, 휘둘러 대는 무기나 무술 고수의 날카로운 타격을 오른팔 외의 다른 부분이 견뎌 내는 것은 무리였다. 그러나 지금은 모험이 필요한 상황이었다. 오른팔로 공력을 모아 보아야 현암의 능력을 익히 알고 있는 저들이 피해 버릴 것임은 분명했고, 또 손에 든 무기의 끝조차 현암의 오른팔에 마주치게 하지 않을 것은 불 보듯 뻔했다. 따라서 현암은 어깨로 공력을 밀어 올리면서, 손 부근의 혈도 운용 방식을 어깨 부근의 혈도에 적용해 크게 '투' 자 결과 '발' 자

결을 시전한 것이다.

 현암이 전력을 다해 밀어 낸 진기는 그대로 현암의 막혔던 혈도를 밀어 터뜨리듯 지나가서 어깨 부근에 팽팽히 맺혀 갔고, 바로 그 순간 세 사람의 무기가 현암의 어깨에 작렬했다.

"으악!"

"헉!"

"크아악!"

 그들은 그들의 무기가 현암의 어깨를 내리쳤다고 느꼈다. 그러나 순간, 무언가에 의해 그들의 몸이 집어 던져지듯이 뒤로 튕겨 나갔다. '투' 자 결을 응용한 현암의 공력은 일단 현암의 어깨를 공격한 상대의 무기를 타고 그들의 팔과 전신을 순식간에 파고들어 갔고, 곧바로 '발' 자 결로 바뀌면서 그들의 몸을 안에서부터 밀어 내는 힘으로 작용했다. 현암이 내쏘는 공력에 맞은 그들은 고압 전류에 감전된 것처럼 발작을 일으키며 뒤쪽으로 나가떨어져서 바닥에 처박혀 버렸고 잠깐 단말마적인 경련을 보이다가 그대로 축 늘어졌다.

"우욱!"

 현암은 속이 뭉클해지면서 눈앞이 아릿해졌다. 오른팔이 떨어져 나간 듯 잘 움직여지지 않았다. 공력이 오른쪽 어깨의 혈도를 타고 흘러나가 상대를 쓰러뜨릴 수는 있었지만, 반면에 혈도를 그렇게 무리한 방법으로 뚫는 바람에 현암에게도 이상이 온 것이었다. 현암은 몸을 잠시 비틀거리면서 오른팔로 땅을 짚어 중심을 잡으려고 했으나 마음과 달리 현암의 오른팔은 움직여 주지 않았다.

우당탕 소리를 내며 현암의 몸이 바닥에 쓰러졌고 현암의 입에선 검붉은 피가 흘러나왔다. 별다른 감각이 느껴지지 않는데도 피는 계속해서 흘러나와 바닥에 얼굴을 박고 있는 현암의 뺨을 흥건하게 적시면서 주위로 번져 나가기 시작했다. 곧이어 현암의 몸속에서는 갑자기 펄펄 끓는 듯한 기운이 마치 고삐 풀린 망아지처럼 날뛰어 돌아다니기 시작했다.

'이, 이럴 수가! 주화입마······.'

현암은 눈앞이 캄캄해졌다. 안 그래도 무리한 공력을 썼고 너무 많은 타격을 당했는데 남은 공력을 너무 무리하게 혈도로 밀어붙이는 바람에 주화입마로 급속히 빠져들고 있었다. 예전에도 현암은 주화입마로 인해 두 번이나 죽을 고비를 넘긴 적이 있었다. 그러나 그때는 도혜 스님이나 한빈 거사 같은 분들이 구해 주기라도 했지만 지금 이곳은 일본, 그것도 바다 위에 떠 있는 명왕교 배의 갑판 위였다.

현암은 억지로라도 왼손을 뻗어 몸을 일으키려고 했으나 온몸에 진저리가 나면서 쓰러지고 말았다. 그 바람에 아까 간신히 왼팔 소매에 넣어 두었던 월향검이 쩽그랑하면서 땅바닥에 떨어지는 소리가 들렸다. 현암은 그쪽을 보려고 안간힘을 다하고 있었지만 이미 눈앞은 희미하게 흐려져 왔다.

'아, 월향. 너는, 너는 왜······.'

현암은 눈꺼풀만 아주 조금 움직이고 있을 뿐, 더 이상 몸은 움직이지 못했다. 저만치 떨어져 있는 월향의 언저리로 현암이 쏟아낸 붉은 선혈이 서서히 흘러가고 있었다.

우르릉 쾅!

준후가 쏘아 낸 검은 기운이 귀자모신의 수틀과 맞부딪히자 놀랍도록 커다란 굉음이 울려 퍼지면서 사방의 강철 벽들이 쩌렁쩌렁하게 울렸다. 귀자모신의 수틀과 준후의 벽조선이 뿜어낸 검은 기운은 서로 튕겨 뒤로 밀려 나가는 듯했다. 준후가 쏘아 낸 검은 기운에 귀자모신은 휘청하고 몸을 크게 갸우뚱거렸으나, 준후는 그 자리에 입술을 꼭 다물고 서 있을 뿐이었다. 공력으로만 따지면 준후는 귀자모신의 적수가 못됐다.

다만 준후는 일본어를 알아듣지 못했기 때문에 귀자모신의 정체를 알지 못했고 단순히 명왕교의 상위 직급의 인물 정도로만 여겼을 뿐이었다. 게다가 벽조선에 깃들어진 일종의 신력을 끌어내어 귀자모신의 힘과 부딪힌 것이지 자기 스스로의 힘을 사용한 것은 아니었기 때문에 저렇게 커다란 격돌에도 전혀 영향을 받지 않았던 것이다.

귀자모신을 처음 보았을 때부터 신력을 끌어내어 상대한 것은 자기 자신의 힘만으로는 귀자모신을 결코 이길 수 없을 것 같다는 느낌이 들어서였다. 실제로 귀자모신은 준후가 불러낸 리매를 단일격에 수틀 속으로 빨아들이는 대단한 힘을 지니고 있었고, 그 힘은 바로 밀교의 힘과 비슷한 파사의 기운이었기 때문에 정령에 가까운 리매가 힘을 쓰지 못한 것이었다. 아무리 명왕교가 밀교에서 가지를 쳐서 나온 사파라고 해도 귀자모신이 어째서 저런 정통 밀교에 가까운 술수를 쓸 수 있는 것인지 이해할 수 없었다.

여하튼 준후의 능력으로는 수십 년간이나 수련을 쌓은 귀자모신을 결코 이길 수 없을 것 같았고, 그러다 보니 신력을 빌리거나 도교의 술수를 응용해 귀자모신을 상대할 수밖에 없었다.

준후는 이렇게 벽조선의 힘을 응용하는 것이 자신에게 어떤 결과를 초래할지 잘 알고 있었다. 신계와 인간계의 관계와 인과율의 대법칙. 즉 얻는 것이 있으면 잃는 것도 있다는 대원칙에서 벗어날 수 없는 터에 자신의 힘이 아닌 신력을 이렇게 끌어다 씀으로써 준후가 치르게 되는 대가는 단 한 가지였다. 바로 자신의 생명이 단축되는 것. 준후는 누구보다도 그것을 잘 알고 있었다.

'이 세상에서 지낼 날이 또 며칠 줄어들겠구나.'

그러나 더 이상 그런 것을 고민할 겨를이 없었다. 귀자모신은 준후의 일격에서 밀렸으면서도 냉정을 잃지 않고 교묘하게 허공으로 튕겨 나가는 수틀을 실로 조종해 크게 호선을 그리게 한 다음 손에 잡아들었다. 준후는 속으로 북받쳐 오르는 생각을 털어버리고 벽조선을 힘 있게 쥐었다.

'아무리 내 생명이 단축된다고 해도 지금은 다른 방법이 없어. 연희 누나도, 승희 누나도, 그리고······.'

이번에는 귀자모신이 수틀을 빙글빙글 돌리면서 동시에 몸을 빠르게 회전시켰다. 옆에서 가슴을 졸이며 쳐다보고 있던 연희는 눈이 어지러웠지만, 준후는 눈을 부릅뜨고 그 모습을 지켜보고 있었다. 곧이어 귀자모신은 몸을 빠르게 회전시키던 그 자세 그대로 길게 소리를 쳤고 그와 더불어 보이지 않을 정도로 미세한 바늘들이 빛살처럼 날아들었다. 귀자모신이 승희를 쓰러뜨린 단장침이었다. 준후는 당황하지 않고 재빨리 벽조선을 편 다음 자신의 몸 앞을 향해 크게 벽조선을 부쳤다.

"바람!"

준후가 큰 소리로 외치자 부채에서 일어난 바람은 놀랄 만큼 거세어져 나가더니 눈 깜짝할 사이에 폭풍우와 같은 기세가 돼 귀자모신 쪽으로 향했다. 거대한 공기 덩어리가 해일처럼 뿜어져 나갔다. 순간 귀자모신이 날린 단장침은 기세를 잃고 허공에 산산이 흩어져 버렸고 놀란 귀자모신은 겨우 수틀을 앞으로 세워 바람을 막아 냈다. 귀자모신의 얼굴에 핏줄이 솟구치기 시작했다. 귀자모신은 있는 힘을 다해 바람을 버텨 보려 했지만, 발이 그대로 뒤로 주르륵 밀려 나갔다.

그때 연희와 준후는 귀자모신의 수틀에 새겨진 문양을 똑똑히 볼 수가 있었다. 붉은 글씨로 수놓아져 있는 야릇한 문자들―범자―이었다. 거기에는 섬뜩하게 수놓아진 어린 아기의 얼굴 모습도 보였다. 더욱 놀라운 것은 아기의 얼굴이 마치 살아 있는 것처럼 용을 쓰는 듯 보였고 실제로 조금씩 인상을 찌푸리며 준후가 일으킨 바람에 저항하려는 듯 실밥으로 된 얼굴을 움직이고 있다는 것이었다. 연희는 소스라칠 정도로 놀라서 헉하는 소리를 내었으나, 준후는 연희와는 다른 의미에서 깜짝 놀랐다. 그런 다음 누구에게 말하는 것인지 모르게 소리를 질렀다.

"귀자모신! 어째서 이런 곳에……."

놀란 준후는 벽조선에 쏟아붓던 힘을 거두었다. 귀자모신은 얼굴이 해쓱해진 채 머뭇거리다가 수틀을 내리고 노한 표정으로 준후를 노려보았다. 벽조선으로 일으킨 바람을 이토록 가까운 거리에서 그대로 버텨 낸 귀자모신은 준후가 이제껏 보아 왔던 일본의 어떤 사람들보다도 —스키노방이나 홍녀 등등— 공력 면에서 뛰어났다. 준후는 연희를 쳐다보며 말을 건넸다.

"누나, 저 할머니가 혹시 귀자모신을 자처하지는 않았나요?"

"으, 응? 그래. 맞아 바로 자신이 귀자모신이라고 그랬어."

연희가 놀란 듯 말하자 준후는 엄숙한 표정으로 귀자모신을 바라보았다. 귀자모신도 그에 지지 않고 불타는 듯한 눈길로 준후를 마주 쏘았다. 연희는 대체 준후와 귀자모신이 왜 저러고 있는지 이해할 수가 없었고, 또 당황스럽기도 해 두 사람의 얼굴을 번갈아 쳐다보고 있을 따름이었다. 그런데 그때 저만치에 쓰러져 있던 승희의 몸이 조금씩 움직이고 있는 것이 연희의 눈에 들어왔다. 연희의 눈에는 보이지 않았지만 승희의 온몸은 조금씩 붉게 변하고 있었다.

의식을 잃어 가는 현암의 머릿속에는 온갖 사념이 맴을 돌아 소용돌이치듯 뒤엉켜서 떠오르고 있었다. 준후, 박 신부님, 승희, 연희 씨…… 그리고 한빈 거사님, 도혜 스님, 현아, 그리고 누군가의 또 다른 모습도. 그것만으로 끝나는 것은 아니었다. 수많은 사람의 얼굴과 모습들이 솟구치듯 떠올라 한데 엉켰다가 한 사람의 모습으로 변해 갔다. 자신이 지켜 주지 못했던 동생 현아가 다정한 미소를 띠고서 현암에게 다가오고 있었다.

일어나, 오빠.

현아의 목소리가 귓전에 들려오는 듯했다. 그래, 일어나야지. 어서 일어나야지. 이대로 쓰러질 수는 없는 거야. 일어나야지. 그러나 몸은 조금도 움직여지지 않았다.

'안 돼. 안 돼. 미안하다. 미안하다, 현아야…….'

그래서는 안 돼. 오빠, 어서…….

현암은 다시 한번 힘을 모아 몸을 일으켜 보려고 했으나 몸은 고사하고 눈꺼풀 하나 제대로 움직여지지 않았다. 현암은 눈을 뜨고 있었지만 보이는 것은 아무것도 없었고 다만 앞이 무엇인가 새빨간 것으로 뒤덮여 가고 있었다. 현암은 평온한 기분이 들었다. 더 이상 고통은 느껴지지 않았다. 아늑했다. 그래, 이제야 현아의 곁으로 가는가 보다. 현아야, 우린 곧 만날 수 있겠지. 그래, 그러면 이 지긋지긋한 고통의 나날들에서 해방될 수 있겠지…….

'미안하다. 현아야. 그러나 이제는…….'

현암은 미소를 지었다. 아니, 미소를 지으려고 애를 썼다. 그 순간, 누군가가 현암의 몸을 잡아 위로 휙 하고 끌어 올리는 바람에 잠시나마 누렸던 현암의 안온한 기분은 깨어져 버렸다. 그리고 곧 어깨 부분에서 극심한 통증이 몰려왔다.

'이, 이건?'

현암은 위에서 자신을 내려다보고 있었다. 아니, 그것은 현암의 머릿속에서 잠시 비추어진 환영이었는지도 몰랐다. 자신을 일으켜 세우고 자신의 어깨 부분을 단호한 태도로 어루만지고 있는 사람이 보였다. 희고 깔끔한 한복, 그리고 곱게 빗은 머리를 한 그 모습은…… 낯익은 여인의 모습이었다. 얼굴은 보이지 않았으나 오래전에 잠시 본 듯한 어느 여인이 엄한 태도로 자신을 굽어보고 있었다. 굳게 입을 다문 채 싸늘하지만 한없이 마음에 와닿는 표정을 한 그 얼굴. 현암은 그 얼굴이 누구인지 알 수 있었다. 전에 보았던, 아주 잠시 보았었던 그 여인, 바로 월향의 모습이었다.

'월, 월향?'

격심한 아픔이 자신의 어깨를 도려내는 듯하더니 어깨로부터 시작해 온 전신에 삽시간에 시원하게 풀려 내려오는 듯한 느낌이 있었다. 무언가가 자신의 몸을 위로 치받쳐 올리는 듯한 느낌도 들었다. 윙윙거리는 듯한 소리를 귓속 가득히 듣고 있다가 현암은 반사적으로 눈을 꽉 감았다. 서서히 온몸에 전류 같은 것이 퍼져 나가더니 잃었던 감각이 하나둘 되살아나는 것을 느끼고 현암은 살며시 눈을 떴다.

자신의 눈앞은 온통 피바다였다. 자신은 땅에 쓰러져 있지 않고 잠시 전에 본 환영에서처럼 누가 치켜올리기라도 한 듯 반쯤 앉은 자세를 취하고 있었다. 고개를 움직일 수 있을까? 현암은 서서히 고개를 돌려 자신의 오른쪽 어깨를 보았다. 자신의 오른쪽 어깨는 피투성이가 돼 있었다. 그 속에서 낯익은 한 줄기의 빛이 보였다. 월향검의 광채였다.

"워, 월향. 네가!"

현암의 몸을 위로 치켜올린 것은 월향검이었다. 그러면서 월향검은 현암의 어깨 속을 깊숙이 파고들고 있었고 거기서 솟구치는 피가 월향의 검신을 타고 아래로 아래로 흘러내렸다. 그 모습을 보고 현암은 자신이 어떻게 해서 정신이 들었는지 알 수 있었다.

'혈도가 막혀 주화입마가 되려는 것을 월향이 어깨를 찔러 피를 내서 풀어 주었구나!'

너무 많은 피를 쏟은 탓일까? 비록 정신은 돌아왔지만 머리는 어지럽고 온몸에는 기운이 하나도 없었다. 현암은 이를 악물고 조금씩 몸을 움직여 간신히 균형을 잡아 앉은 자세를 취한 뒤, 가쁜 숨을 내쉬면서 왼손을 뻗어 어깨에 파고든 월향검을 꼭 쥐었다. 월향검의 파르르 떨리는 듯한 감촉이 현암의 손으로 전달됐다. 그 순간 현암의 머리엔 월향에게 어떤 일이 일어났었는지 파노라마처럼 지나갔다. 어떻게 해서 월향의 그런 모습이 떠올랐는지는 현암 자신도 모를 일이었다.

현암이 뛰어들었던 진은 강한 음기로 이루어진 것이라 승희나 연희가 지나가지 못했던 것처럼 여성은 들어갈 수가 없었다. 그것을 알지 못했던 현암은 월향검을 가지고 그 안으로 뛰어들었다. 월향검 자체는 생물체가 아닌 칼이었기 때문에 안으로는 들어갈 수 있었으나, 칼 안에 깃들어 있던 월향의 영은 큰 타격을 받았던 것이다. 월향은 현암의 명령에 따라 처음에는 무리를 하면서 움직이려 했지만 결국은 진의 강한 기운에 견디다 못해 힘을 잃고 그 자리에 못 박혀 있다가 땅에 떨어져 버렸다. 그러다가 진의 기운이 걷히고 우연히 현암의 입에서 흘러나온 피가 칼에 적셔지는 바람에 기운을 되찾은 것이었다. 귀검인 월향에게 피는 생명체의 힘을 전달받을 수 있는 유일한 통로였다. 현암도 그것을 알아 예전에 월향의 기운을 돋우는데 닭의 피를 사용하곤 했었다. 그런데 이번에는 우연이라고밖에 할 수 없는 일로 월향은 잃었던 기운을 차리게 된 것이고 주화입마에 빠져들 뻔한 현암을 구할 수 있었다.

한 가지 신기한 것은 그러한 내용들이 마치 자신이 직접 겪고 본 것처럼 생생하게 현암에게 전달돼 왔다는 점이다. 아직 확실하게 단정할 수는 없지만, 이번에 거의 생사의 갈림길을 넘으면서 뭔가 알 수 없는 변화가 현암에게 일어나 월향과 영적으로도 완전히 ―이제까지는 월향만이 현암의 의사를 알아들었다― 소통이 되는 것이 아닌가 싶어졌다.

현암은 월향검을 꼭 쥐었다. 월향검은 현암의 상처를 자신이 입은 것처럼 슬퍼하며 몸을 부르르 떨고 있는 것처럼 느껴졌다.

"괜찮아. 나는, 괜찮아."

현암은 조용히 눈을 감은 채 월향검을 향해 중얼거렸다.

"아무 염려 말아. 괜찮아."

현암은 월향에게 말하는 것인지 자기 자신에게 말하는 것인지 알 수 없는 말을 중얼거리고는 솟구치는 눈물을 억지로 참으면서 서서히 몸을 일으켰다. 현암은 피를 엄청나게 흘린 데다 쓰러진 채 피를 토했기 때문에 머리부터 발끝까지 온몸이 흠뻑 피에 젖어 있었다. 그러나 현암의 눈만은 광채를 빛내고 있었다. 눈을 뜬 현암은 자신의 상처나 아픔 따위는 염두에도 없었다. 오로지 다른 사람들에 대한 걱정만이 뇌리에 가득할 뿐이었다. 월향이 그랬던 것처럼.

"준후를 찾아봐야지. 그리고 승희도, 연희 씨도."

 기력이 빠진 현암은 몇 번이나 쓰러질 뻔하다가 간신히 몸을 일으켰다. 왼손에 쥔 월향을 습관적으로 왼 손목에 꽂혀 있는 칼집에 넣으려다가 오른손이 전혀 움직이지 않는 것을 알고는 그냥 왼손에 꽉 쥐었다. 그러자 월향검은 마치 현암에게 이쪽으로 가라는 듯, 한쪽 방향으로 현암의 손을 미는 듯했다. 거의 반은 정신이 나간 상태였던 현암은 월향이 이끄는 대로 조금씩 걸음을 떼기 시작했다.

"으으음!"

 박 신부는 긴 깊은 소리를 흘리면서 잠시 후 후 눈을 떴다. 어느 결엔가 고통을 이기지 못하고 정신을 잃었던 것일까? 비몽사몽 중에 현암과 준후가 자신을 구하려고 왔다가 명왕교도들에게 잡히는 환상을 본 것 같기도 했다.

"아아, 안 돼!"

박 신부는 고개를 저으려고 했으나 몸 깊숙한 곳에서부터 통증이 밀려오는 바람에 말조차 제대로 잇지 못하고 몸을 움츠리려 했다. 그러나 아직도 사지가 묶여 있는 것처럼, 몸은 꼼짝도 하지 않았다.

"움직이지 마시오. 상처가 심하오."

아래쪽에서 애써 감정을 삭인 듯한 목소리가 들려왔다. 박 신부는 소리 나는 쪽으로 고개를 돌리려 했으나 아까와 마찬가지로 몸은 마음먹은 대로 움직여지지 않았다. 그러나 격심하게 느껴지던 가슴의 통증은 조금 전보다 많이 가라앉아 있었다.

"누구요?"

"나요."

대답하면서 그 사람은 몸을 일으켰다. 박 신부가 가늘게 눈을 떠보니 그 사람은 다름 아닌 스즈키의 주치의 야마모토였다. 야마모토의 손에 들려 있는 가위가 번쩍하고 빛나자 박 신부는 잠시 몸을 흠칫했다. 그러나 야마모토는 가위로 손에 들고 있던 반창고를 잘라 내더니 박 신부의 다리에 갖다 붙였다.

"상처가 심합니다. 그런데도 정신을 차리시다니 대단한 정신력입니다. 다른 곳도 그렇지만 다리의 상처가 가장 심합니다. 어쩌면……."

야마모토의 목소리는 무언가를 숨기려는 듯 웅얼거리는 것 같기도 했고, 부끄러운 마음을 가지고 있는 것 같기도 했다. 박 신부는 자신의 상처에 대해 말하려는 것보다 야마모토가 어째서 자신을 치료해 주는지가 더 궁금했다.

"당신은, 왜 나를……."

박 신부가 힘겹게 말하자 야마모토는 애써 무표정한 얼굴을 짓는 듯했지만, 그의 얼굴엔 여러 가지 복잡한 감정이 얼비쳤다. 야마모토는 박 신부의 다리를 처매고는 몸을 일으켰다. 그의 얼굴은 땀에 흠뻑 젖어 있었다.

"나는 의사요. 교주님의 명령도 있고."

"무슨 명령?"

야마모토는 대답하지 않았다. 박 신부는 그의 표정이 밝지 않은 것을 보아 아마도 교주인 오키에가 현암이나 준후를 유인하는 미끼로 쓰기 위해 자신을 죽지 않을 정도로만 치료해 두라는 명령을 내렸을 것으로 짐작했다. 아직 몸을 제대로 가눌 수 없고 불편한 자세로 매달려 있는 것도 그대로이기는 하지만, 박 신부의 통증은 아까에 비하면 무척 많이 가라앉았고 호흡도 많이 편해졌다. 의사 출신이라 자신의 상처를 대강 짐작할 수 있는 박 신부는 진정으로 야마모토는 자신을 위해 지금의 처지에서 할 수 있는 최선의 치료를 했을 거라는 생각이 들었다. 야마모토도 박 신부가 그런 생각을 한 것을 눈치챈 듯 나직하게 말했다.

"명령이 없었다면 모르지만, 어쨌거나 나도 의사요. 최선을 다 했습니다만……."

야마모토가 자신을 치료해 준 이유를 알게 되자 박 신부의 관심은 어느새 다른 곳에 쏠렸다. 오키에와 같은 어린아이가 어떻게 해서 명왕교의 교주가 됐을까. 어떻게 아버지 모르게 이 모든 일들을 꾸민 것인지, 또 그 어린아이가 이토록 많은 사람들을 어떻게 수족같이 부릴 수 있는 것인지 의심이 가는 게 한두 가지가 아니었다.

"교주, 어째서 교주가 저토록 어린……."

야마모토는 씁쓸히 웃으며 중얼거리듯 말했다.

"나도 믿을 수 없는 일입니다. 그러나 믿을 수밖에 없었지요."

"그게 무슨 일이오?"

"오키에는 이전의 교주님께서 환생하신 겁니다."

"환생?"

박 신부는 의아했다. 아까 들은 오키에의 두 가지 상반된 목소리 중 나직한 여자의 음성은 오키에 본인의 것이 아님이 분명했다. 그러나 환생이라면 그런 두 가지의 음성을 동시에 가지고 있다는 것은 납득하기 어려웠다. 환생이라기보다는 오히려 교주의 영이 오키에의 몸에 빙의하고 있는 것이 아닐까 하는 생각이 들었다. 그편이 더 타당성이 있었다. 교주의 영이 오키에의 몸에 빙의했다면 지금까지의 상태로 보아 그가 오키에의 몸과 정신을 완전히 지배하고 있는 것이 분명했다. 그런 상태라면 다른 자들에게는 환생한 것처럼 보일 것이다. 살아생전의 기억을 바탕으로 해 언행을 하면 그 사람이 살아난 것처럼 보이게 하는 일도 그다지 어렵지 않을 테니까. 더군다나 평소에도 주술력을 많이 지니고 있던 명왕교의 교주었다면 신도들한테 여러 가지 이적을 많이 보여 주었을 것이고, 그런 능력 있는 교주라 환생한 것처럼 보이게 하는 것도 가능한 일이었다.

박 신부는 야마모토의 얼굴을 쳐다보았다. 지적으로 보이는 얼굴이었다. 박 신부는 자신의 추측이 맞을 것이라는 확신이 들었다. 야마모토를 비롯해 명왕교의 주변 인물들이 지적 능력이 모자라는 사람들은 아닐 것이다. 오히려 보통 사람들보다도 논리적이고 조직적인 사고를 하는 사람들일 터이고, 그런 사람들이니만큼 자신들 눈앞에서 믿지 못할 것들을 실제로 체험했다면 더욱더 현혹될 가능성이 높았을 것이라고 박 신부는 추리했다. 그런 타입의 사람들은 항상 옳다고만 여기던 이성적인 가치관이 허물어졌을 때, 오히려 보통 사람들보다도 훨씬 맹렬하게 그런 것에 복종하는 법이니까.

"믿을 수 없는 일이기 때문에 믿을 수밖에 없는 겁니다. 그런 이유로 우린 그분을 따르고 복종하지 않으면 안 되는 것이고……."

야마모토의 중얼거림은 박 신부의 추리를 더욱 뒷받침해 주었다. 박 신부는 야마모토에게 자신의 생각을 전해 주고 싶었다. 그래서 다소 무리를 하면서 간신히 몇 마디를 입 밖에 냈다.

"당신은 과연 지금 옳은 일을 하고 있다고 믿소?"

박 신부는 야마모토가 명왕교에 깊숙이 관계된 인물일 것이라고 추측했다. 스즈키의 다른 측근이 명왕교도였다면 아주 오래전부터 명왕교를 신봉하고 있었어야만 그 정도의 역할을 맡길 수 있었을 것이고 그러자면 자연히 명왕교가 하고 있는 일에 대해서도 마땅히 잘 알고 있는 인물일 거라는 생각이 들었다. 역시 박 신부의 판단이 맞은 듯했다. 야마모토는 그 말을 듣자 몸을 흠칫했다. 박 신부의 말이 평상시 야마모토가 가졌던 고민의 핵심을 찌른 것 같았다. 예전에 의사 생활을 해 보았던 박 신부였던지라 인명을 다루는 의사인 야마모토가 사람을 해치는 명왕교의 일에 누구보다도 강한 반발심을 가졌을지 모른다고 짚어 낸 것이다.

"우리는 복수를 하는 것뿐입니다. 그러나 그에 대해서는 자세히 알려 하지 마세요."

"복수?"

야마모토는 더 해 줄 말이 없다는 듯 밖으로 나가려고 뒤로 돌아섰다. 박 신부는 그런 야마모토의 뒷모습을 물끄러미 쳐다보며 생각에 잠겼다. 분명 야마모토는 복수라는 말을 썼다. 그렇다면 누구의 복수인가? 혹시 다카다가 아닐까? 다카다는 정말 칠인방이 살해한 것일까? 그래서 복수를 한다는 것일까?

"누구, 다카다?"

나가려는 야마모토의 등 뒤에다 대고 박 신부가 힘들게 입을 열었다. 그러자 야마모토는 고개를 획 돌려서 불타는 듯한 눈으로 박 신부를 쳐다보았다. 그러고는 내뱉듯 말했다.

"다카다? 그것도 그렇지. 그러나 그것보다는 교주의 복수요!"

"교, 교주?"

박 신부는 깜짝 놀랐다. 명왕교 교주는 지금 영으로 변해 빙의

돼 있건, 아니면 진짜 환생을 했건 간에 이 세상 사람이 아닌 것만은 분명했다. 그런데 교주의 복수라니? 교주도 누군가에 의해 억울하게 죽었다는 말인가? 혹시 교주가 육인방에 의해서? 박 신부는 충격이 꽤 컸던지 잠시 현기증이 났다. 잠시 후 숨을 크게 들이키고는 나직한 목소리로 차근차근 물어보았다.

"복수를 복수로 갚는 것, 피를 피로 흘리는 것은……."

"그만두시오. 나는 교주의 명을 따르고 피를 섬기는 단순한 신도에 불과할 뿐이오!"

"신도? 그렇다고 해도……."

야마모토는 더 이상 말하지 않고는 황급히 걸음을 옮겨 밖으로 나가 버렸다. 쾅 하고 문이 닫히는 소리가 들렸다. 박 신부는 그 소리를 뒤로하고 다시 눈을 지그시 감았다…….

'음, 저 사람은 일본인이지.'

박 신부는 야마모토의 태도에 곧 고개를 끄덕였다. 아무리 지척 관계에 있는 나라지만 한국인과 일본인은 가치관을 비롯해서 여러 가지 것에서 차이가 있었다. 일본인들은 다혈질이나 소극적인 사람이 많다. 또한 그들은 오랫동안 주종 관계에 대한 개념을 주축으로 살아왔기 때문에 아직도 그런 관념을 마음속 깊이 가지고 있는지도 몰랐다. 루스 베네딕트의 『국화와 칼』에서는 일본인의 그런 면을 중국인과 일본인 사이의 근본적인 차이로 분석하고 있는데 그것은 아마도 우리나라 사람과 일본 사람들을 크게 구별 짓는 것일 수도 있을 것이다. 우리나라 사람들이 과거에 급제해 선

비가 되기 위해 노력했다면, 일본인들은 사무라이가 돼 두 자루의 칼을 차기 위해 노력했다. 우리나라 사람들이 옳은 말이라면 죽음을 불사하고라도 직간하는 것을 충정의 근본으로 삼았다면, 일본인들은 어떤 명령이라도 주군의 말에 따르고 틀린 명령일지라도 목숨까지 바치는 것을 최선의 미덕으로 삼았다. 배반이 판을 치고 책략과 술수가 난무하기는 했지만 그 와중에도 최소한 '자신이 다스림을 받는다고 생각할 때만은' 명령 한마디에 불만 없이 죽어야 떳떳한 것으로 여기는 게 일본인들이었다.

오래전의 일이라고 해도 그런 가치관은 부모에서 자식으로 다시 자식에게서 자식에게로 전해지는 것이며, 결코 사라지는 것이 아니다. 일본의 정치가 한국의 정치보다도 엉망진창이고 공공연히 '정치 후진국'이라는 말을 들어도 일본인들은 다른 나라 사람들이 보면 놀랄 만큼 정치에는 거의 무관심하다. 또 일본인들은 혹독한 노동 조건과 박봉 속에서도 허리띠를 졸라매며 가난하고 근면하게 불평 없이 모든 어려운 일들을 해내는 것을 신조로 삼고 있다. 최근까지만 해도 '일본을 본받자' 등의 구호가 한국 사회에서 많이 나왔으나 일본을 그대로 본받는 것은 불가능하다는 게 박 신부가 평소에 생각해 오던 바였다. 그런 그들의 외형만을 보고 일본을 본받자는 건 섣부른 생각일지 몰랐다. 우리에게는 그런 식으로 윗사람의 의견을 무저항적으로 받아들이는 식의 가치관이 없었다. 그리고……

아니, 그런 생각은 그만하자고 박 신부는 마음을 돌렸다. 머리가 아파졌고 정신이 희미해지기 시작했다. 어쨌거나 여기는 일본이었고 그들은 그들의 방식대로 생각하고 있는 것이었다. 지금 박 신부에게는 이 위기에서 어떻게 빠져나갈 수 있을 것인가, 어떻게 오키에의 함정에 현암과 일행들이 걸려들지 않게 할 수 있을 것인가, 또 명왕교의 비밀은 무엇인지 속속들이 알아내는 것이 다른 어떤 일보다도 더욱더 중요했다.

박 신부는 잠시 눈을 감고 생각에 잠겼다. 기력이 빠져나가서인지 피를 너무 많이 쏟아서인지는 알 수 없었지만 가끔씩 머리가 어지러웠다. 그러나 아까처럼 극도의 고통이 느껴지지는 않는 것으로 보아 야마모토가 많은 양의 진통제를 주사한 것이 틀림없었다. 어지럼증도 진통제 때문인 것 같았다. 박 신부는 질끈 감았던 눈을 다시 떴다.

박 신부는 지하실로 보이는 방의 벽에 양손이 매어진 채 반쯤 허공에 매달려 있었고 불이 켜져 있어서 주변은 눈이 부실 정도로 밝았다. 손에 조금 힘을 주었지만 꼼짝도 하지 않았다. 이렇게 묶여서 허공에 매달려 있는다는 것은 여간 고통스러운 일이 아니었으나 박 신부는 그다지 통증을 느끼지 못했다.

박 신부는 기운을 조금 가다듬은 뒤 힘을 주어 바닥을 둘러보았다. 땅바닥엔 굴러다니는 빈 앰풀이 몇 개 보였다. 아마도 야마모토가 자신에게 주사하고 버린 빈 약병 같았다. 그중 한 개는 끝부분이 잘리지 않은 새것이었다. 약병의 레이블은 똑똑히 보이지 않았지만 의사였던 박 신부로서는 낯선 앰풀이 아니었다. 그것은 마취제 약병이었다. 박 신부는 다시 한번 바닥을 둘러보았다. 야마모토는 말끔히 가방을 정리해 갔는지 빈 앰풀들 몇 개를 제외하고는 비교적 바닥은 깨끗한 편이었다.

'야마모토는 저 마취제를 나에게 주사하려고 가지고 왔다가 깜박 잊고 그냥 간 것일까?'

박 신부는 고개를 갸웃했다. 박 신부가 상당히 강한 영력을 가지고 있다는 것은 명왕교의 인물들이라면 모두 알고 있을 터였다. 조금 전에 박 신부는 단신으로 오라의 기도력을 이용해 십여 명의 경호원들을 이겨 내지 않았었던가. 그렇다면 오키에가 자신을 인질로 이용하기 위해 붙잡아 놓더라도 마취시켜 놓는 편이 훨씬 수월할 것이다. 오히려 그 편이 훨씬 자연스럽다고 박 신부는 생각했다.

'야마모토는 약병을 흘린 데다가 나를 마취시키지도 않고 그냥 갔다. 다른 것을 다 치웠는데 유독 저 하나만은 그냥 바닥에, 그것도 내가 볼 수 있는 곳에 떨어뜨려 놓고 가다니…… 그렇다면?'

야마모토가 다른 것들은 다 챙기면서 약병을 떨구고 갔다는 것은 이해하기 힘들었다. 의사들은 항상 의료 기구를 철저히 챙기도록 교육받는다. 습관이 돼 있지 않다면 수술 시 환자의 몸속에 의료 기구를 넣어 둔 채 봉합하는 따위의 끔찍한 일이 생길 수도 있으니까. 더구나 야마모토는 퍽 노련하고 냉정한 의사였다. 그런 야마모토가 비록 작은 앰풀이라지만 그것을 떨구고 갔다는 것은 이해하기 어려운 일이었다.

또 한 가지 생기는 의문이 있었다. 야마모토는 분명 자신과 마지막까지 대화를 하다가 나갔다. 만약 오키에로부터 자신을 마취시키라는 명령을 받았다면, 그렇게 아무 생각 없이 자신과 많은 대화를 하지는 않았을 것이다.

'그렇다면 야마모토의 속셈은 뭘까? 자신이 나를 돕고 있다는 것을 알려 주려고? 아니면 나를 함정에 빠뜨리려고?'

두 가지 다 이해되지 않았다. 굳이 자신을 도우려면 묶인 끈부터 풀어 주었어야 했다. 그리고 박 신부를 이곳에서 도망치게 만들었어야 했다. 만약 일이 잘못돼 그 사실이 발각된다고 해도 치료를 하려면 끈을 풀어야만 했고, 그 와중에 박 신부에게 기습당해 놓치고 말았다고 하면 그만이었다.

박 신부는 끈으로 묶인 팔에 힘을 주어 보았다. 역시 꼼짝도 하지 않았다. 어차피 박 신부가 묶여 있는 상태라면 약병 하나 놓고 간 게 대수일 수는 없었다. 따라서 그것만으로 함정이 아니냐고 생각하는 것 또한 억지에 가까운 것이었다.

'도대체 알 수가 없군. 분명 단순한 실수 같지는 않은데⋯⋯.'

박 신부는 혹시 야마모토가 자신을 마취하기 위해 돌아오는 것은 아닐까 하고 귀를 기울여 보았으나 아무런 소리도 들리지 않았다. 박 신부는 희미하게 눈에 들어오는 그 앰풀을 바라보면서 야마모토의 진의가 어떤 것일까 고민하며 곰곰이 생각에 잠겼다.

연희가 어리둥절한 눈으로 준후와 귀자모신을 바라보는 동안,

준후와 귀자모신은 상대를 꿰뚫어 버리려는 듯 서로를 쏘아보고 있을 뿐 아무도 먼저 움직이려고 하지 않았다. 연희는 미처 모르고 있었지만 지금 이 두 사람은 서로 영능력을 이용해 대화를 나누고 있는 중이었다. 아까 귀자모신의 수틀과 준후의 벽조선이 부딪힌 순간, 서로 다른 두 개의 법기를 통해 어떤 교감 같은 것이 전해져 온 것을 준후와 귀자모신은 느끼고 있었다. 준후가 사용한 벽조선은 무가의 기술에 도교, 밀교의 것들을 융화해 만들어진 것이고, 귀자모신의 수틀은 밀교의 공력을 기본으로 만들어진 법기였다. 서로 비슷한 점은 있었지만 어째서 그런 법기를 통해 서로의 의사 전달까지 가능한지는 준후도 귀자모신도 알 수 없었다. 그러나 그런 사실보다 더 중요한 것이 서로에게 있었다.

귀자모신, 당신의 수틀 속에 깃든 영은 대체 누구지요?

네가 알 바 없다!

분명 아이의 영을 그 안에 담아 두고 있지요?

…….

귀자모신은 불법을 수호하는 천신 중의 하나예요! 비록 사악한 나찰이었지만 각성해서 호법이 됐고 특히 아이들을 지켜 주었는데…… 귀자모신의 힘을 이어받았다는 당신이 윤회해 환생해야 할 아기의 영을 수틀 속에 가두어 두고 힘을 불러내는 데에만 쓰다니!

귀자모신은 원래 나찰의 일종으로 사악한 마귀였다. 오백 명의 자식을 지니고 있던 여자 마귀는 다른 사람들의 자식을 잡아 자기 자식에게 먹여 자기 자식들을 길렀다. 이런 귀자모신의 행패를 본

석가세존은 친히 불력을 발휘해 귀자모신의 자식들을 빼앗아 감추어 버렸다. 오백 명이나 되던 자식들을 모조리 잃어버린 귀자모신은 크게 비탄해 비로소 남의 자식을 잃게 한 죄를 깨달았고, 다른 이들의 고통의 크기를 알게 되면서 걷잡을 수 없는 후회와 회한에 빠져들었다. 결국 귀자모신은 불타를 찾아 자발적으로 속죄를 청해 자식들을 돌려받은 뒤 사악한 마귀의 탈을 벗고 호법의 한 반열에 들게 됐다는 것이 귀자모신에 얽힌 이야기였다.

준후는 그런 까닭에 이 귀자모신에게 더욱 분노하고 있었던 것이다. 아무리 법력이 대단하다고는 해도 보통 수틀로는 그렇게 자유자재로 운신하는 신통력을 가질 수 없었다. 준후가 짚어 본 바로 그 안에는 ―마치 현암의 월향검과 비슷하게― 어떤 영이 깃들어 있을 거라는 생각이 들었고, 그 영의 힘이 수틀의 공력에 크게 좌우하는 것 같았다. 그러나 그 수틀 속에 갇혀 있는 영은 울부짖고 있는 듯했다. 월향의 경우에서와 같이 자발적으로 깃들어 있는 영은 아니라고 준후는 보았다. 그 때문에 준후는 귀자모신을 꾸짖고 있는 것이었다.

네가 상관할 일이 아니다!

귀자모신은 마음속으로 크게 대갈하고는 수틀을 허공에 던져 영력을 끌어올리면서 양 손바닥을 마주쳤다. 준후도 지지 않고 벽조선을 펴 들고 왼손의 검지와 중지를 꼿꼿이 세워 벽조선의 부챗살에 댄 다음 발을 크게 움직여 방위를 밟아 나갔다. 귀자모신의 수틀은 허공에 떠오르더니 미친 듯한 속도로 회전하다가 쏜살같이 무언가를 내뿜었다. 색실이었다. 영력을 받은 색실은 마치 가느다란 창처럼 사방으로 눈부시게 뻗어 나갔고 순식간에 허공에 오색의 선을 긋는 듯 여기저기 꺾이다가 준후를 향해 날카롭게 찔러 들어왔다.

"직녀루사공(織女漏絲功)[6]!"

준후가 입술을 깨물고 벽조선으로 얼굴을 가리면서 몸을 빠르게 회전시켰다. 회오리바람처럼 준후의 몸이 핑그르르 도는 것과 동시에 벽조선의 검붉은 기운이 준후의 몸을 감싸고 같이 돌았다. 사방에선 수십 개의 선이 허공에 그어지는 것처럼, 색실들이 일시에 준후의 몸이 있는 곳을 향해 날카롭게 찔러 들어갔다.

"이건 꿈일 거야. 말도 안 돼!"

그간 퇴마행에 여러 번 참여해서 믿지 못할 일들을 많이 본 연희로서도 두 사람의 엄청난 격돌을 보고는 도저히 자신의 눈을 믿을 수 없었다. 그러나 준후의 몸이 있는 곳으로 수십 가닥의 색실들이 찔러 들어가고 있었고 쇳소리와 같은 딩딩딩 팅기는 듯한 소리가 들려오자 연희는 자신도 모르게 긴장돼서 주먹을 입가로 가져가 깨물었다. 퍽 하면서 검붉은 기운이 사방에 폭발하듯 퍼져 나가자 꼿꼿하게 덮쳐들던 색실들이 힘을 잃었는지 사방으로 나풀거리며 휘날렸다. 잠시 후 검붉은 기운이 사라지자 준후의 모습이 나타났다. 준후의 안색은 몹시 파리했고 옷은 여기저기 찢겨

---

[6] 소설상의 가상의 술수로 직녀가 눈물로 실을 짠다는 고사에서 유래했다.

있었으며 약간씩 붉은 기운이 몸에 비쳤다.

"준후야!"

연희는 초췌한 준후의 모습을 보고 낭패를 당했다고 생각해서 큰 소리를 질렀다. 그러나 준후는 미간을 찡그리더니 연희를 향해 담담한 목소리로 말했다.

"괜찮아요, 저는."

저쪽에서는 수틀을 양손으로 받쳐 든 귀자모신이 멍한 얼굴로 조금씩 몸을 비틀거리고 있었다. 도저히 믿어지지 않는다는 듯한 얼굴이었다. 귀자모신이 중얼거리는 소리가 연희의 귀에 들려왔다.

"이, 이럴 수가! 직녀루사공을 알아볼 뿐만 아니라 막아 내기까지 하다니……."

연희는 준후와 귀자모신 양측을 번갈아 쳐다보았다. 준후도 상처를 입었지만 귀자모신도 큰 타격을 입었는지 얼굴이 하얗게 질려 있었다. 방금 쓴 주술은 기력 소모가 대단했던 것인 듯 탈진한 기색이 역력했지만 그렇다고 쓰러질 정도는 아닌 것 같았다.

'원 세상에. 사람들 같지도 않아.'

연희는 속으로 혀를 차면서 쓰러져 있는 승희 쪽으로 눈을 돌렸다. 승희의 몸은 조금 더 붉어진 듯했으나 아까와는 달리 몸을 움직이고 있지는 않았다. 연희는 준후의 뒤로 돌아 승희가 있는 쪽으로 서둘러 걸음을 옮겨갔다. 귀자모신은 그 모습을 보고 눈을 크게 뜨더니 곧 수틀을 오른손에 옮겨 쥐고 한 번 허공에 떨치자 단장침 몇 가닥이 연희를 향해 쏜살같이 날아들었다.

그러나 준후가 싸늘하게 외치면서 벽조선을 날리자 벽조선은 허공을 빙글빙글 돌면서 연희에게로 날아드는 귀자모신의 단장침을 모조리 막아 내고 준후의 손으로 되돌아왔다. 그러자 귀자모신이 크게 소리를 질렀다.

"이놈! 조그마한 재주가 있다고 감히 하늘 높은 줄 모르고 까불다니! 내가 정말로 너를 이길 힘이 없는 줄 아느냐? 내 본때를 보여 주마!"

준후는 대강 귀자모신의 말하는 투로 보아 무슨 소리를 한 것인지는 짐작할 수 있었다. 연희는 일단 귀자모신은 준후에게 맡겨 두고 승희에게로 달음질쳤다. 가까이 다가서서 보니 승희의 몸은 아까보다 조금 더 붉어졌고 숨 쉬는 소리가 무척 커진 것 같았다. 승희의 몸에는 아직도 단장침이 서너 개 꽂혀 있었다.

연희가 승희를 반쯤 안아 일으켜 세우고는 침들을 뽑아야 할까 말아야 할까 고민하고 있는데 문 쪽에서 뒤로 물러서 있던 명왕교의 여신도들이 비명을 내지르는 소리가 들렸다. 연희가 비명이 나는 쪽으로 눈을 돌리자 막 문을 통해 터벅거리며 천천히 걸어 들어오는 사람의 모습이 보였다.

그 사람은 온몸이 피로 물들어 있어 마치 핏덩어리가 걸어오는 것처럼 보였다. 연희는 소름이 끼쳤지만, 곧 반가움에 눈을 크게 떴다. 온몸에 피를 뒤집어쓴 채 터벅터벅 걸어 들어오고 있는 사람은 현암이었다. 귀자모신도 준후를 향해 뭔가 공격을 하려다가 눈을 돌려 현암을 보고는 흠칫 놀라는 것 같았고, 준후도 고개를 돌려 보고는 반가움과 안쓰러움이 섞인 소리로 현암을 불렀다.

노련한 귀자모신은 준후가 소리 지르는 그 짧은 순간을 놓치지 않았다. 귀자모신은 기합조차도 넣지 않은 채 온몸의 기를 모으는 듯 부르르 몸을 떨더니 수틀을 허공에 날렸다. 아까만큼 현란하게 날아드는 것은 아니었지만 속도는 훨씬 빠르게 몇 줄기의 색실이 수틀에서 뻗쳐 나갔다. 귀자모신이 선보인 직녀루사공이었다. 그러나 아까와는 달리 색실들은 모두 준후의 오른손에 쥐어져 있는 벽조선을 노리고 날아들었다.

채 손을 쓰기도 전에 준후의 손에 날카로운 통증이 파고들었고 준후는 손에 든 벽조선을 놓쳐 버리고 말았다. 허공에 떨어지던 벽조선은 귀자모신이 수틀을 또 한 번 흔들자 색실에 말려서 귀자모신의 손에 척 하고 들어가 버렸다. 눈 깜짝할 사이의 일이었다. 준후는 상처 입은 오른손을 왼손으로 감싸 쥔 채 이를 악물고 귀자모신을 노려보았다. 그때 천천히 걸어 들어오던 현암이 갑자기 서더니 쿵 소리를 내며 몸을 꼿꼿하게 한 채 앞으로 쓰러졌다. 놀란 연희의 입에서 비명이 터져 나왔다.

"혀, 현암 씨!"

현암이 쓰러지자 놀라서 뒤쪽 벽에 숨어 있던 명왕교의 여신도들이 슬금슬금 앞으로 다가오기 시작했다. 연희는 미처 승희의 몸에 박혀 있는 단장침을 빼 주지도 못한 채, 그들의 앞을 가로막고 성난 목소리로 외쳤다.

"더 이상 가까이 오지 마!"

여신도들은 잠시 주춤하는 듯싶더니 예의 구불구불한 단검을 빼 들고는 협박하듯 서서히 연희의 앞으로 다가왔다. 연희는 입술을 깨물었다.

"깔깔깔."

벽조선을 빼앗아 손에 쥔 귀자모신은 의기양양하게 큰 소리로 웃어 젖혔다. 그러고는 수틀을 거머쥐고 기분 나쁜 웃음을 한번 짓더니 수틀을 준후에게 내밀어 보였다. 준후는 입술을 깨물고 수인을 맺어 보려 했지만 다친 오른손에서는 피가 줄줄 흐르고 있었고, 벽조선이 없으면 주술을 쓰더라도 귀자모신의 직녀루사공을 막을 수는 없을 것 같았다. 현암과 승희는 쓰러져 있었고, 연희도 서서히 주위를 에워싸며 다가서고 있는 여신도들에게 밀리고 있었다. 그때 귀자모신이 여신도들에게 외치는 소리가 들렸다. 그런데 그 내용이 전혀 뜻밖이었다. 연희는 순간 자신의 귀를 의심했다.

"잠깐! 저 여자를 이리로 불러와라!"

"네?"

여신도들이 영문을 모르겠다는 듯 주춤거리자 귀자모신이 다시 소리를 질렀다.

"이리로 데리고 오란 말이다! 안 들리느냐?"

"아, 예."

여신도들은 귀자모신의 두 번째 호통 소리가 떨어지자 연희에게 길을 열어 주었다. 그러나 연희는 그 자리에서 꿈쩍하지 않았다.

"무슨 짓이냐?"

"하하하. 내 네게 할 말이 있다. 지금 내가 하는 말은 너희들에게도 해가 되지는 않을 것이다."

"무슨 할 말이냐? 하고 싶은 말이 있으면 거기서 해라!"

연희는 소리를 지르고는 그 자리에 무릎을 꿇고 앉아서 쓰러진 현암의 몸을 뒤집어 바로 눕힌 다음 손으로 대강이나마 얼굴에 묻은 피를 훔쳐 내었다. 그러면서도 연희는 평소와는 다른 사나운 눈으로 주변을 빈틈없이 경계하고 있었다.

"좋다, 좋아. 내 저 꼬마에게 물어볼 것이 있어서 그런다. 저 꼬마에게 내 말을 전해 다오. 직접 이야기할 수도 있지만, 어째 방법이 부드럽지가 못한 것 같아서 그렇다."

준후의 벽조선과 귀자모신의 수틀이 마주쳤을 때 둘은 마음속으로 대화를 나누었다. 둘의 법기가 마주친 순간 교감이 이루어진 것이라고나 할까? 그러나 벽조선이 귀자모신의 손에 들어가 있는 상태에선 아까처럼 의사소통할 수는 없었다. 연희는 그런 사실은 모르고 있었지만, 어쨌든 지금은 귀자모신에게 패한 것이나 마찬가지라 생각했고 어떻게든 현암이 정신 차릴 수 있는 시간을 벌어야겠다고 마음먹었다. 연희는 귀자모신에게 할 수 없다는 듯 고개를 끄덕여 보였다.

"너희들이 비록 다짜고짜로 뛰어들어 우리들의 의식을 엉망으로 만들어 놓았고, 또 우리 교주를 해쳤는지도 모르지만 그건 조금 있다가 시비를 가리기로 하고…….”

귀자모신은 능글맞게 웃으면서 뜸을 들였다. 그러고 나서 준후를 힐끗 쳐다보며 말했다.

"이 꼬마는 밀교의 비술부터 시작해서 여러 가지 술수에 정통한 것 같다. 비록 지금은 내가 이겼지만, 배울 점도 많은 게 사실이다. 내 이 아이에게서 한 가지 가르침을 받고 싶은 게 있구나."

"그게 뭐냐?"

"우선 이 아이에게 물어봐 다오. 이 아이가 이런 비술들을 알고 있다면 필경 상고(上古)의 고대 문자에 대해서도 알고 있을 게다. 우선 그걸 물어보거라."

연희는 귀자모신의 말뜻을 이해하기 힘들었다. 왜 갑자기 귀자모신은 고대 문자에 대한 이야기를 하는 것일까? 언어학이라면 자신의 전공 분야인데. 연희는 귀자모신의 말을 준후에게 일러 주었다. 그러나 준후는 고개를 끄덕해 보일 뿐, 별다른 대답이 없었다. 연희는 준후의 태도에서도 뭔가 좀 이상한 점을 느꼈지만 준후의 뜻을 그대로 귀자모신에게 전했다.

"알고 있다고 한다."

"음, 그렇군. 물론 내가 말한 것은 조선의 상고 문자를 말함이다. 정확한 이름은 잘 모르지만…….”

'우리나라의 상고 문자? 그럼 이두를 말하는 것인가?'

연희는 고개를 갸우뚱했다. 그 말을 준후에게 전하자 준후는 눈을 크게 뜨더니 말했다.

"지금 알려져 있는 이두나 향찰은 우리나라의 고대문이라고 할 수 없어요. 한자의 음과 뜻을 빌려서 쓴 하나의 방편에 불과할 뿐이지요."

연희도 고개를 끄덕였다. 한자 자체가 아닌 한자의 음과 뜻을 빌려서 글을 적었다는 것은 우리의 말이 중국의 말과는 고대부터 달랐다는 이야기가 된다. 그렇다면 필경 그 다른 말을 적도록 만들어진 문자도 있어야 한다는 게 언어학을 연구한 연희의 지론이기도 했다. 그러나 지금 우리나라에 그러한 고대 문자가 있었다는 것은 연희로서도 금시초문이었고, 설령 그런 고대 문자가 있었다고 해도 제대로 해석하기 위해서는 상당한 연구와 시간을 필요로 할 터였다. 연희는 자기 나라의 고대 문자도 모르면서 언어학을 한답시고 다닌 자신이 부끄러워 얼굴이 붉어졌다.

"단군왕검이 만드신 우리나라의 상고문은 신시 문자라고 해요. 그리고 그보다 조금 후에는 가림토 문자라는 것이 있었어요. 그것이 이두의 원형이자, 세종대왕이 만드신 한글 모양의 원형이 된 거예요."

"아!"

연희는 한숨을 내쉬었다.

"그러면 너는 그 글들을 읽을 줄 아니?"

"네."

준후는 고개를 끄덕였다. 그러나 그 이상은 말을 하지 않고 연희에게 의미 있는 듯한 눈짓을 하면서 입을 꼭 다물고 눈을 감았다. 연희는 왜 저러는가 싶어서 준후를 바라보다가 다시 귀자모신에게 소리쳤다.

"신시 문자나 가림토라면 여기 있는 준후가 읽을 수 있다고 한다. 그런데 그건 왜 갑자기 묻지?"

"오호라! 그래그래."

귀자모신은 고개를 서너 번 끄덕거리면서 아주 기쁜 표정을 지었다.

"이제껏 조선의 옛 글자를 아는 사람은 하나도 볼 수 없었는데 여기서 만나게 된 것도 인연이라면 인연이구나. 너희들이 소란을 부린 죄는 죽어 마땅하나 이것을 해석해 준다면 내 너희들을 해치지 않고 목숨만은 살려 줄 터이니 한번 해 보아라."

귀자모신은 벽조선을 자신의 허리띠에 끼우고는 품속을 뒤적여서 낡은 책자 한 권을 조심스럽게 꺼냈다. 겉에 쓰여 있는 글자는 전서체에 가까운 옛 한문 같았고 거리도 꽤 돼서 연희는 한참 눈을 깜박거리다가 간신히 제목을 읽을 수 있었다.

"해동감결?"

연희가 책 제목을 입에 올리자마자 준후의 눈이 번쩍 떠졌다. 잠시 침묵이 흐른 뒤 내뱉은 준후의 목소리는 평소와는 전혀 다른 중년 남자의 굵직하고 울림이 큰 목소리였다.

준후는 호통을 치면서 허리를 쭉 폈다. 평소의 조그맣고 야리야리하던 준후의 분위기가 아니었다. 몸도 쭉 늘어나 예전보다도 훨씬 커졌고 가느다란 팔다리며 조그마한 가슴도 터질 듯한 근육으로 넘쳐 나서 헐렁하던 한복이 꽉 끼일 정도였다. 또 얼굴도 많이 달라져 있었다. 얼굴에는 위엄과 분노가 가득 찼고, 어딘지 모르게 험상궂기까지 했다. 게다가 놀라운 것은 눈이었다. 준후의 눈을 꽉 채우던 귀여운 검은 눈동자가 모두 사라져 버렸고 온통 흰자위로 뒤덮인 준후의 눈에서는 푸른 안광이 철철 흐르는 듯했다. 연희는 놀란 나머지 비명을 지르며 그 자리에 주저앉았다. 준후는 커진 몸을 비호처럼 날려서 귀자모신을 향해 덤벼들었다.

"가, 강신술! 이 꼬마 녀석이 어느 틈에!"

귀자모신이 외치는 소리가 들려왔다. 연희에게 눈짓을 보낸 다음 준후는 속으로 은밀히 강신술의 주문을 외우고 있었던 것이다. 명이 줄어든다고 평소에 박 신부와 현암으로부터 강신술은커녕 소혼마저도 하지 못하게 했지만, 벽조선마저 빼앗겨 버린 후에는 이것 외에 달리 방법이 없다고 생각하던 차에, 연희가 '해동감결'이라고 중얼거리는 소리를 듣고 놀란 나머지 힘을 끌어모아서 귀자모신에게 덤벼든 것이었다.

『해동감결』. 준후는 그 책을 본 적이 있었다. 해동밀교의 최후가 적혀 있다던 그 책. 준후에게는 그것이 지금은 모조리 잃어버린 자신의 과거와 연결된 단 하나의 끈처럼 생각됐다. 그 책은 영원히 이 세상에 존재하지 않으리라 생각했는데 뜻밖에도 일본에 있다니……

준후가 달려들자 귀자모신의 수틀에서 색실들이 어지럽게 준후의 몸으로 날아들었고 삽시간에 준후의 몸은 색실들로 칭칭 감겨 버렸다. 준후는 사방이 쩌렁쩌렁해질 정도로 고함을 치면서 손을 길게 뻗어 귀자모신의 손에 들려 있는 『해동감결』을 움켜쥐었다. 귀자모신이 호통을 치며 수틀을 날리자 준후의 몸은 칭칭 감고 있던 색실에 끌려서 공중으로 휙 낚아채어졌지만, 손에는 어느새 『해동감결』이 쥐어져 있었다.

"이, 이놈이!"

귀자모신이 『해동감결』을 빼앗으려는 듯, 수틀을 조정하자 준후의 몸이 뒤로 원을 그리며 허공을 날았다. 강신술을 써서 힘을 늘리기는 했지만 전력을 다한 게 아니라서 귀자모신에게 대항하기에는 힘에 부치는 듯했다. 준후는 몸을 꼭 움츠린 채로 고통을 참으면서 죽어도 책을 놓지 않겠다는 듯 꽉 품에 끌어안았다. 이를 보고 귀자모신은 더더욱 분노에 떨었다.

"해석을 해 주면 살려 준다 했는데 오히려 책을 빼앗다니! 이제 더 이상 네놈의 사정을 봐주지 않겠다! 어서 내놓지 않으면 살계를 범하더라도 당장 죽이고야 말겠다!"

귀자모신은 무섭게 호통을 치더니 준후의 몸을 가벼운 종잇조각처럼 휘말아서 벽을 향해 던져 버렸다. 쾅 하는 소리와 함께 준후의 몸은 벽에 부딪혀서 튕겨 나왔고 다시 반대편 벽에 부딪혔다. 연희가 고개를 저으며 그만하라고 소리를 질러 댔지만 준후의 몸은 여전히 사방으로 내동댕이쳐지고 있었다.

"준후야, 책을 버려. 어서! 그게 뭐라고, 어서!"

연희가 울부짖으며 소리쳤지만 준후는 신음을 내면서도 여전히 몸을 꼭 움츠린 채 죽어도 책을 놓을 것 같지 않았다.

"준후야!"

연희가 악을 쓰다시피 울부짖고 있는데 누군가가 연희의 손을 덥석 잡았다. 놀란 연희가 자기 손을 내려다보았다. 피에 젖은 손, 정신을 차린 현암의 손이었다. 현암의 눈은 고통을 이기지 못해 일그러져 있었지만 입술은 조금씩 들썩거리고 있었다.

"여, 연희⋯⋯ 준후에게."

"뭐라고요?"

"이, 이⋯⋯ 어, 어서⋯⋯."

현암은 더 말을 잇지 못하고 힘겹게 연희의 손목을 잡고 있던 자신의 왼손을 풀어 위로 번쩍 치켜들었다. 월향검이 보였다.

"어서, 준후에게 던⋯⋯."

연희는 현암의 말뜻을 이해하고는 월향검을 빼 들었다. 그러자 불똥이 튀면서 바지직거리는 소리와 함께 연희의 손에 아찔할 정도로 충격이 느껴졌다. 그 충격이 어디서 비롯된 것인지 생각해 볼 겨를도 없이 월향검을 귀자모신에게 끌려다니고 있는 준후를 향해 집어 던졌다.

준후의 몸은 좌우의 벽에 사정없이 부딪히고 있었다. 준후는 숨조차도 제대로 쉴 수 없었고 몸에 끌어올렸던 강신술의 기운도 서서히 빠져나가고 있었다. 조금만 더 휘둘리다가는 그대로 정신을 잃을 것 같았지만 준후는 손에 쥔 『해동감결』만은 놓치지 않았다.

『해동감결』은 단지 준후의 과거와 현재를 이어 주는 끈이 아니었다. 『해동감결』에는 미래에 관한 정확한 예언들이 실려 있다는 것을 준후는 알고 있었다. 강신술을 사용하면 평소의 준후의 의식은 반 정도밖에 남아 있지 않기 마련이고 몸에 깃들인 영의 뜻대로 몸이 움직이지만, 준후가 너무도 간절히 『해동감결』을 바라고 있었기 때문에 고통스러운 와중에도 『해동감결』을 쥐고 있던 손은 결코 펴지지 않았다.

몸이 다시 한번 허공으로 휘말려 올라간다고 느끼는 순간, 준후는 자신의 몸을 끌어 올리고 있던 힘이 무언가에 의해 느슨해지는 것을 느꼈고 곧이어 몸이 땅바닥에 털썩 떨어졌다. 동시에 어디선가 낯익은 은빛 호선이 번쩍이는 게 보였고 곧이어 귀에 익은 귀곡성 소리가 들려왔다. 하지만 방금 들린 월향검의 울음소리는 평상시의 꺄아아악 하는 소리가 아닌, 왠지 모를 슬픔에 찬 울음소리처럼 들렸다. 준후는 반사적으로 벌떡 몸을 일으켰다. 이제 막 준후의 몸에서 빠져나가려던 강신력이, 준후가 기운을 되찾자 다시 몸속으로 밀려 들어와 더욱 큰 힘이 용솟음치는 것 같았다.

준후가 귀자모신에게 달려드는 순간, 준후는 아랫배에 시큰한 통증이 오는 것을 느낌과 동시에 쾅 하고 몸이 뒤로 날아가 벽에 부딪히는 것을 느꼈다. 어느새 귀자모신의 수틀이 준후의 배를 강타하고는 준후를 벽에 밀어붙였던 것이다. 강신술로 몸에 힘을 돌리고 있지 않았더라면 일격에 목숨을 잃었을 것이었다.

귀자모신이 수틀을 끌어당기자 극심한 통증이 몸속을 파고들었다. 한 번만 더 저 수틀로 얻어맞는다면 끝장이다. 준후가 일어서려고 버둥거리고 있는데 손으로 뭔가 싸늘한 것이 날아 들어와 쥐어졌다. 월향검이었다. 준후는 직접 검을 다루어 본 적은 없었다. 그러나 준후가 불러낸 신령은 검을 손에 잡자 힘을 내는 것 같았다. 손에 쥔 검에서 우웅 소리와 함께 현암이 사용할 때보다는 훨씬 짧은 한 자정도 길이였지만 검기가 솟구쳤다. 이제 준후가 더 생각할 일은 없었다.

월향검에서 쏟아지는 검기가 눈부시게 허공에 그어지고 있었다. 귀자모신이 쏘아 낸 단장침이 월향검의 검기에 휘말려서 그대로 부스러지더니 사라져 버렸다. 힘이 다해 가고 있었다. 미처 느끼지 못했던 통증도 갑자기 밀려오기 시작했다. 강신술을 쓴 이상 지금 준후의 몸은 준후의 것이 아니었다. 준후의 몸에 깃든 신령은 준후의 고통에는 아랑곳없다는 듯 오로지 적을 제압하는 데에만 열중하고 있었다.

준후의 몸은 엄청난 고통에도 주저 없이 크게 움직여 허공에 날아올랐다. 무리에 견디다 못한 몸이 삐걱거리는 것을 준후는 느낄 수 있었다. 가물가물한 준후의 눈에 귀자모신이 긴 머리카락을 무섭도록 꼿꼿이 곤두세운 채 수틀을 날리는 것이 보였다. 엄청난 소리와 충격, 몸의 모든 곳에서 삐걱거리는 듯한 소리가 고통과 함께 귓속에서 웅웅거리는 것을 느끼면서 준후는 정신을 잃고 말았다.

깜박 정신을 잃었나 보다. 박 신부가 눈을 떠 정신을 차린 건 문이 열리는 소리 때문이었다. 고개를 돌려 그쪽을 쳐다볼까 하려다 박 신부는 눈을 감고 잠든 척 가만있기로 마음먹었다. 박 신부의 귓전으로 두어 명의 남자 목소리와 오키에의 음성이 들려왔다. 일본어로 지껄이고 있어서 그들이 하는 말을 전부 알아들을 수 없다는 게 박 신부로서는 한없이 답답하게 느껴졌다. 박 신부는 슬며시 실눈을 뜨고 눈앞의 광경을 지켜보고 있었다. 오키에가 남자에게 무언가 지시하고는 밖으로 나갔다. 두 남자는 오키에가 나갈 때까지 꼼짝 않고 고개를 숙이고 있다가 박 신부가 있는 곳으로 다가왔다. 박 신부는 얼른 눈을 감고 계속 정신을 잃은 척했다.

두 남자는 한동안 박 신부를 살펴보다가 양팔에 묶인 끈을 풀고는 들것에 눕혔다. 박 신부는 몸이 움직여지자 온몸을 찌르는 통증을 참지 못하고 신음을 내뱉었다. 박 신부를 들것 위에 눕힌 두 남자는 박 신부가 내뱉는 신음 따위에는 별 신경을 쓰지 않는 듯, 들것의 앞뒤로 섰다. 박 신부는 두 사람이 눈치채지 못하게 힐끗 바닥을 보았다. 바닥에 있었던 마취제 앰풀은 사라지고 없었다. 박 신부는 이상해서 자세히 보려다가 남자들이 들것 앞뒤로 자리를 잡자 얼른 눈을 감았다.

'그 앰풀은 어떻게 된 것일까? 그사이 누가 들어온 것 같지는 않은데……'

박 신부는 몸에 기도력을 모으려고 하다가 생각을 바꾸었다. 지금 비록 자신을 옮기는 자들은 둘뿐이었지만 문밖과 이곳에서부터 멀지 않은 곳에서 다른 자들이 분명 경계를 서고 있을 터였다. 지금 섣불리 소란을 일으켜서는 승산이 없었다. 게다가 고통은 아까보다 덜하지만 심한 상처를 입은 몸으로 이들과 맞부딪쳐 싸울 수는 없을 것 같았다. 일단은 기회를 엿보는 것이 좋을 듯싶어서 박 신부는 마음을 가라앉히고 흔들리는 들것에 실려 지하실을 나갔다.

박 신부의 머리가 위쪽으로 들려지는 것으로 보아 그들은 위층으로 올라가는 것 같았다. 잠시 후 어느 방의 문을 열고 그들은 박 신부를 내려놓았다. 그런 다음 박 신부의 손발을 묶고는 방 밖으로 나가 버렸는지 쿵 하고 문이 닫히는 소리가 들렸고 뒤이어서 자물쇠 잠그는 소리가 들렸다. 지하실에서 무언가 하기 위해 박 신부를 옮겨 놓은 것 같았다.

박 신부는 문이 잠기는 소리를 들은 후로도 한참이나 더 조용히 방 안의 동정에 귀를 기울였다. 눈은 뜨지 않았다. 혹시라도 누군가 방 안에 남아 있을지도 모르는 일이기 때문이었다. 한참 귀를 기울이고 있자니 누군가의 숨소리가 들렸다. 더 신경을 집중해 보니 한 사람이 아닌 것 같았다. 박 신부는 실눈을 떠서 방 안의 동정을 살폈다. 방 안에는 자신만 있는 것이 아니었다. 두 사람이 밧줄에 묶인 채 구석에 처박혀 있었다. 그러나 그 모습이 워낙 희미해서 그들이 확실히 누군지는 식별하기가 힘들었다. 박 신부는 조금씩 몸을 꿈틀대면서 자세를 바꾸려고 했다. 간신히 몸을 틀어 그쪽을 보니 그 두 사람은 박 신부도 익히 알고 있던 사람들이었다. 스즈키와 사이토였다.

박 신부는 주기적으로 정신이 아득해지는 것을 느꼈다. 몸이 많이 상한 모양이었다. 탈출은커녕 몸을 뒤척이는 것조차 쉽지가 않았다. 아직은 진통제의 힘 때문인지 간신히 버텨 낼 수 있었지만 묶인 끈을 풀 수는 없었다.

'주여!'

박 신부는 눈을 감고 고요히 기도력을 모으려고 애쓰기 시작했다. 진통제를 맞았음에도 불구하고 힘을 모으자 터진 물탱크에서 물줄기가 뻗치듯, 힘이 새어 나가는 듯하면서 통증이 엄습했다. 박 신부는 입술을 깨문 채 계속 자신의 팔을 묶고 있는 끈에 생각을 집중했다.

'이 속박을 풀어 주시옵소서. 저 때문만이 아니라 저들도 구하기 위함입니다. 구해 주소서.'

한참을 기도를 올리면서 힘을 쓰던 박 신부는 어느덧 탁 소리와 함께 양손이 자유로워짐을 느꼈다. 기도력을 집중해 줄을 끊어 낸 것일까? 아니, 박 신부는 성령의 기운이 자신을 구해 준 것으로 생각했다. 박 신부는 성호를 한 번 그은 다음 양손을 서서히 움직여 보았다. 아까 가슴을 찔린 상처 때문인지 왼팔은 거의 움직여지지 않았다. 오른팔은 조금 움직일 수 있었지만 그나마도 형언할 수 없는 심한 통증이 엄습해 왔다. 박 신부는 간신히 줄을 치워 내고는 뒤로 뒤틀린, 남의 팔처럼 느껴지는 왼팔을 천천히 앞으로 돌렸다. 박 신부의 왼손에 베케트의 십자가가 꼭 쥐어져 있었다. 박 신부가 베케트의 십자가를 쥐고 있다기보다는 베케트의 십자가가 박 신부의 손에 매달려 있는 것 같은 느낌을 주었다. 베케트의 십자가 왼쪽 모퉁이에 짓눌린 줄의 가느다란 가닥이 매달려 있는 걸 보고 박 신부는 깜짝 놀랐다.

'아니, 베케트의 십자가가 이 줄을 끊었단 말인가? 나는 왼손을 움직일 수 없는데.'

돌이켜 생각해 보아도 박 신부가 마지막 순간까지 베케트의 십자가를 쥐고 있었던 것 같지는 않았다. 싸울 때는 베케트의 십자가를 왼손에 쥐는 것이 습관이었지만 자신이 잡히기 직전에 마지막 기억은 베케트의 십자가를 풀어 허리에 차고 오키에와 스즈키를 데리고 밖으로 나가려 한 것이었다. 그런데 왜 베케트의 십자가가 지금 자신의 왼손에 쥐어져 있는 것일까? 십자가로 줄을 끊은 것이 아니고 오직 기도만 했을 뿐인데 어떻게 손목을 묶고 있는 줄이 끊어졌을까? 의아했지만 박 신부는 일단 생각을 접어 두기로 했다. 그보다 더 중요한 일이 머리에 떠올랐기 때문이다.

박 신부는 베케트의 십자가를 왼손에서 풀어 허리에 넣고 오른 팔에 의지해서 스즈키와 사이토를 향해 엉금엉금 기어갔다. 고통도 고통이지만 정신이 가물거려 나락으로 떨어지는 듯한 기분이 들었고 그때마다 박 신부는 숨을 가다듬으며 억지로 정신을 바로 잡으려고 애쓰면서 몸을 끌었다. 간신히 사이토가 있는 곳까지 간 박 신부는 사이토의 몸을 툭툭 쳤다. 사이토는 꿈틀거리면서 몸을 움직였다. 사이토는 박 신부를 보자 반가운 기색이 역력했다. 그러나 곧 심한 중상을 입은 박 신부의 모습을 보고 걱정스러운 표정을 지었다. 박 신부의 사제복은 여기저기가 마구 찢긴 데다 흥건한 핏자국이 곳곳에 배어 나와 있었다. 박 신부가 손가락 하나를 입술에 대고 조용히 하라는 시늉을 해 보이자 사이토는 고개를 끄덕였다.

박 신부는 허물어질 듯한 정신을 가까스로 가다듬으면서 사이토의 손에 묶인 끈을 풀어 주었다. 사이토는 그리 다친 곳은 없었던 듯, 손이 자유롭게 되자 즉각 몸을 일으키며 재갈과 발을 묶고 있는 끈을 풀기 시작했다. 일을 마치고 난 사이토는 낮은 목소리로 중얼거렸다.

"감사합니다. 신부님."

박 신부는 그 소리를 듣자 긴장이 풀렸다. 간신히 미소를 지으면서 고개를 끄덕거리기는 했지만 온몸에 통증이 밀려와 스르르 의식이 사라졌다. 박 신부는 잠시 부탁한다는 듯한 표정을 지으면서 깊은 잠에 빠져들었다. 내일 일은 내일 걱정하라는 격언을 되뇌며······.

연희는 천천히 눈을 떴다. 연희는 눈을 감기 직전에 자신이 똑똑히 보았던 광경들을 떠올려 보았다. 준후의 손에 들린 월향검이 거센 귀곡성을 지르면서 허공을 날고 있었던 것, 그와 동시에 날아 들던 귀자모신의 수틀이 월향검에 의해 반으로 쩌억 갈라지면서 각각의 반쪽이 저절로 불길에 타올라 사라진 것, 그렇게 둘로 쪼개진 수틀에서 어린아이의 커다란 비명과 새빨간 기운 한줄기가 새어 나왔다가 허공에 흩어져 버린 것, 이 모든 것이 선명하게 떠올랐다. 그리고 한동안 어두운 적막이 흘렀다.

"내, 내 귀아반(鬼兒盤)[7]이!"

한참 동안의 적막을 깨고 귀자모신이 울부짖는 소리가 허공에 길게 울려 퍼졌다. 귀자모신이 이때까지 사용해 오던 수틀의 이름이 귀아반인 듯했다. 그런데 귀아반은 월향검과 격돌한 뒤 스스로 타들어 가며 재로 변해 버렸다.

준후는 힘겹게 눈을 떴다. 기운을 다 써서인지 몸에 깃들었던 대력검신(大力劍神)[8]의 기운은 어느새 모두 사라져 버렸고 온몸이 욱신거리고 쑤셔서 몸을 일으키지도 못할 지경이었다. 그때까지도 준후의 손에는 월향검이 꼭 쥐어져 있었다. 준후도 귀자모신이 질러 대는 비명을 듣긴 했지만 그 소리가 무슨 뜻인지는 알 수 없었다.

"내 평생의 노력으로 만든 귀아반이…… 죽여 버리겠다! 모조리 죽여 버릴 테다!"

귀자모신은 소리를 지르며 양팔을 크게 펼쳐서 만세를 부르듯이 위로 치켜올렸다. 안 그래도 흉측스러운 귀자모신의 헝클어진 반백의 머리카락들이 살아 있는 것처럼 하늘로 치솟아 곤두서더

---

7 소설상의 가상의 법기로 귀자모신이 들고 다니는 수틀이다.
8 큰 힘을 지녀 큰 칼을 휘두르는 신장이다.

니 뱀처럼 엉켜 가기 시작했다. 현암이 으윽 하는 소리를 내면서 몸을 일으키려다가 다시 풀썩 쓰러지는 것을 부축하면서 연희가 준후에게 소리쳤다.

"준후야, 위험!"

귀자모신은 미친 듯 기운을 끌어올리다가 갑자기 허리춤에서 준후에게 빼앗은 벽조선을 빼 들었다.

"이얏, 죽어라!"

귀자모신의 분노에 찬 고함이 사방에 울려 퍼졌다. 귀자모신이 벽조선을 사용하는 방법을 제대로 알 리는 없었다. 그러나 수십 년 수련으로 쌓아 올린 공력이 있었고, 공력을 벽조선에 주입하면 어떤 방식으로든 위력은 증폭될 수밖에 없었다. 귀자모신이 벽조선을 휘두르자 휘이이 하는 기분 나쁜 소리와 함께 강력한 바람이 바윗덩이처럼 뭉쳐서 준후가 있는 곳으로 덮쳐 들어갔다. 연희는 비명을 지르면서 그만 눈을 질끈 감아 버렸다.

"월향! 위로!"

연희의 귀에 현암이 월향검에게 명령하는 소리가 크게 들려왔다. 현암의 소리가 떨어지자 준후의 오른손에 쥐어져 있던 월향은 현암의 말에 대답이라도 하듯 꺄아아악 하는 귀곡성을 내고는 위로 힘차게 솟구쳐 올라갔고 준후의 몸도 월향에게 이끌려서 이 미터가량 허공으로 치솟았다. 준후의 몸이 올라가는 것과 동시에 아슬아슬하게 귀자모신의 강력한 바람이 준후가 있던 자리에 요란한 소리와 함께 들이닥쳐 얇은 강철로 된 뒷벽을 움푹하게 찌그러뜨렸다.

귀자모신은 소리를 지르며 다시 한번 벽조선에 공력을 한껏 끌어모았다가 내쏘았다. 덩어리진 바람이 아까보다도 더욱 빠른 속도로 허공에 매달려 있는 준후에게 덮쳐들었다. 그 찰나 반쯤 정신을 잃고 있는 준후는 힘이 빠져 손에 잡고 있던 월향검을 놓치며 아래로 쿵 떨어졌다. 귀자모신이 일으킨 바람은 그 사이로 빠져나가 버렸다. 귀자모신은 약이 올라서 견딜 수 없다는 듯 바닥에 떨어진 준후에게 벽조선을 휘둘러 일격을 가하려 했다. 기력을 잃은 채 바닥으로 굴러떨어진 준후는 속수무책이었다. 막 귀자모신이 벽조선을 부치려는데 현암이 소리쳤다.

"월향, 파사신검 제육초!"

파사신검의 여섯 번째 초식은 파사비선검(破邪飛旋劍)이었다. 현암이 몸을 움직여 귀자모신과 싸울 수만 있다면 지금 이 순간 그 수법을 사용했을 것이었다. 그러나 지금은 자신이 싸울 입장이 아니었다. 그럼에도 자신과 월향검의 마음이 통하고 있다는 아까의 기억이 떠올랐던 것이다. 현암의 말이 떨어지기가 무섭게 준후를 놓치고 어찌할 줄 모르는 듯 허공에 떠 있던 월향검은 매서운 기세로 빙글빙글 돌면서 무지갯빛의 원호를 만들었다. 원은 귀자모신을 향해 쏜살같이 날아들었다.

"흐억!"

그렇잖아도 귀자모신은 조종하는 사람도 없이 혼자서 움직이고 있는 칼을 보고 긴장하고 있었는데, 이번엔 칼이 자기를 향해 공격해 들어오자 무척이나 놀란 것 같았다. 위기라고 느낀 귀자모신은 준후를 향해 쏘아 내려던 바람의 기운을 돌려 급한 김에 자기를 향해 들이닥쳐 오는 월향검에게로 날려 보냈다. 강풍은 월향의 세찬 기세에 눌려 허공에 흩어졌다. 월향검도 그리던 원을 흐트러뜨리고는 뒤로 밀리다가 벽에 한 번 튕긴 뒤 땅에 떨어지고 말았다. 현암과 연희, 둘의 입에서 동시에 안타까운 탄성이 새어 나왔다. 특히 현암은 무의식중에 이까지 부드득 갈고 있었다. 방금 초식으로는 분명 귀자모신의 바람 정도는 문제없다고 생각했는데…….

그러나 자신이 공력을 월향에게 보내 준 것도 아니고 월향은 스스로의 염력만으로 검기를 맺고 또 초식을 전개한 것이니 아무래도 현암과 같이 초식을 썼을 때보다 위력이 훨씬 못 미치는 것은 어쩌면 당연한 일인지도 몰랐다.

세 번이나 공력을 쏘아 내고 나자 귀자모신도 힘이 드는 듯, 헉헉거리며 비지땀을 흘리고 있었다. 귀자모신은 한숨을 돌리고 이번에는 현암을 향해 큰 소리로 외쳤다.

"다 죽어 가는 놈이 웬 술수를 부리는 거냐! 정말 지독하기 짝이 없구나! 내 너부터 없애 버리고 나서 나머지를 지옥에 보내 주겠다!"

귀자모신이 한바탕 소리를 지르고는 호흡을 고르면서 공력을 가다듬었다. 귀자모신의 눈이 불꽃처럼 이글거리는 게 연희와 현암의 눈에 들어왔다. 귀자모신은 공력을 거의 끌어올렸는지 현암을 향해 두 팔을 뻗어 공격 자세를 취했다.

그 순간 누군가가 뒤로부터 천천히 걸어 나와서 현암과 연희의 앞을 가로막았다. 연희는 놀라서 소리를 질렀고 현암도 눈을 크게 떴다. 두 사람의 앞을 가로막은 사람은 승희였다. 승희의 온몸은 붉게 변해 있었고 몸에서는 가느다란 바늘이 주우욱 밀려 나오다가 승희가 한 발짝 옮길 때마다 몸 밖으로 완전히 밀려나 땅에 떨어졌다. 귀자모신에게 맞았던 단장침이었다.

 승희는 엄숙하고 알 수 없는 영기가 넘치는 표정을 하고 있었다. 귀자모신은 그런 승희의 모습을 보고 놀란 나머지 뒤로 몇 발짝 비틀거리면서 물러서다가 넘어질 뻔했다. 귀자모신의 얼굴에는 당혹과 놀라움이 가득했고 떨리는 입술로 혼잣말을 중얼거렸다. 연희는 귀자모신이 더듬는 소리를 알아들을 수 있었다.

 "며, 명왕 화신 구현. 그것도 명왕 스스로의 의지로······."

 박 신부는 살며시 눈을 떴다. 그리 오랜 시간 동안 정신을 잃고 있었던 것 같지는 않았으나 박 신부가 눈을 떴을 때는 사이토와 스즈키 두 사람 모두가 밧줄과 재갈을 다 풀고 박 신부를 걱정스러운 눈으로 지켜보고 있었다. 두 사람은 모두 얼굴이 백지장처럼 질려 있었고, 불안함에 짓눌려서인지 한 십 년씩은 더 늙어 버린 것처럼 보였다. 박 신부가 눈을 뜬 것을 보고는 얼굴에 화색이 돌면서 사이토가 입을 열었다.

 "신부님, 정신이 드셨습니까?"

 박 신부는 통증이 심하게 느껴졌지만 애써 내색하지 않았다. 아무리 이 두 사람이 멀쩡하다고 해도 명왕교와 맞서 대적할 힘이 있는 것은 자신뿐이었다. 두 사람을 불안하게 만들고 싶지 않은 마음에 박 신부는 미소까지 지어 보이면서 겨우 몸을 일으켰다. 스즈키가 뭐라고 말을 하자 사이토가 그 말을 옮겨 주었다.

"다친 데는 어떠시냐고 물으십니다."

"그럭저럭 버틸 만합니다. 그건 그렇고 나로서도 이번 사건의 전모를 알 수가 없군요."

사이토가 박 신부의 말을 전해 주자 스즈키는 땅이 꺼질 듯한 한숨을 내쉬면서 천천히 입을 열었다.

"명왕교의 일 말씀입니까? 저도 마찬가지입니다. 어떻게 십수 년이나 같이 지냈던 사람들이 모두 명왕교와 한통속이 돼 버린 건지……."

"아니, 제 말은 그런 뜻이 아닙니다."

박 신부는 망설이다가 사실대로 알려 주는 것이 좋겠다 싶어 입을 열었다.

"이런 말씀 드리기가 좀 그렇습니다만, 실은 스즈키 씨의 따님인 오키에 양도 명왕교도입니다."

사이토가 눈을 크게 떴다. 박 신부는 괴롭지만 냉정한 눈으로 사이토에게 눈짓해 보였다. 스즈키는 박 신부의 심각한 표정을 보고는 의아한 얼굴이 돼 사이토를 쳐다보았고 사이토는 더듬거리면서 박 신부의 말을 통역해 주었다. 박 신부는 잠깐 잠자코 있었다. 사이토에게서 박 신부의 말을 전해 들은 스즈키는 튀어 나갈 듯이 놀라며 소리를 지르려 했다. 박 신부가 재빨리 손가락 하나를 스즈키 입술에 갖다 댔다. 스즈키는 목소리는 낮추었지만 다급한 표정으로 박 신부에게 변명하듯 마구 떠들어 댔다. 박 신부가 일본어를 잘 알아듣지 못한다는 사실도 잊을 만큼 충격이 꽤 큰 듯했다. 박 신부는 스즈키가 주절대는 것을 가로막고는 담담한 표정으로 말했다.

"그것도 보통 인물이 아닙니다. 명왕교의 최고 인물인 교주입니다. 아직 확실한 것은 아니지만, 지금까지 벌어진 모든 사건들은 오키에 양이 꾸민 것으로 추측됩니다."

사이토마저도 질린 얼굴빛을 한 채 말했다.

"어떻게 그럴 수가 있습니까? 오키에 양은 이제 겨우…… 아니, 어린아이가 어떻게 명왕교의 교주가 될 수 있으며, 그런 무서운 계획을 세울 수 있다는 말입니까? 말도 안 됩니다!"

"그러면 조금 말을 바꾸지요. 오키에 양 자신이 원해서 한 것은 아닐 겁니다."

"그게 무슨 말씀이지요?"

박 신부는 한숨을 쉬면서 천천히, 그러나 단호한 어조로 이야기해 나갔다. 오키에는 분명 아이일 뿐이지만 지금은 틀림없이 명왕교 교주의 영에 의해 지배받고 있어, 교주 노릇을 하는 게 분명하다는 사실과 이것은 가정이 아님을 차근차근 설명해 주었다. 내심으로는 스즈키가 몹시 가여웠지만 사실을 숨길 수는 없었다.

사이토도 스즈키도 박 신부의 말을 믿을 수 없었는지 그들은 연신 고개를 가로저었다. 그들을 설득시키는 데에는 꽤 많은 시간이 소요됐다. 한참 후 스즈키가 울음을 터뜨렸다. 박 신부도 뭐라 할 말을 잃고 있었다. 그러나 이럴 때일수록 자신은 감정이 치우치면 안 된다는 생각이 문득문득 들었다.

"뭐라 드릴 말씀이 없습니다. 그러나 어쨌든 명왕교 교주의 영만 오키에 양에게서 떼어 놓으면 오키에 양은 평범한 어린아이로 돌아올 테니 희망을 잃어서는 안 됩니다. 그러기 위해서는 제가 묻는 것에 대해 모두 말씀해 주셔야 합니다."

스즈키는 박 신부의 말을 듣고도 한참이나 더 울먹이다가 결국은 포기한 듯, 고개를 끄덕였다. 사이토도 매우 긴장하고 있었다.

"제 생각으로는 칠인방과 명왕교는 분명 전에 말씀하신 것 이상의 관계가 있을 것 같습니다. 특히 지금 벌어지고 있는 일련의 사건들은 오키에 양의 몸속에 빙의된 명왕교 교주의 복수를 위해 저지르는 것이란 말을 직접 들은 적이 있습니다. 그러니 자세히 말씀해 주시기 바랍니다."

사이토가 박 신부의 말을 통역해 들려주자 스즈키의 얼굴은 파랗게 질렸으나 표정은 변하지 않았다. 한참 망설이던 스즈키는 박 신부의 얼굴을 슬픈 눈으로 바라보았다. 박 신부는 스즈키를 마주보며 고개를 조금 끄덕여 보였다. 스즈키는 한참 동안 생각에 잠기다가 결심한 듯 한숨을 내쉬면서 명왕교의 비밀을 털어놓기 시작했다.

땅에 쓰러졌다가 간신히 고개만 쳐든 준후, 숨 쉬는 것조차도 고통스러워 보이는 현암이나, 놀라서 눈을 동그랗게 뜬 연희는 지금 정확하게 무슨 일이 일어나고 있는지 알 수 없었다. 다만 알 수 있는 것은 귀자모신의 단장침에 혈도를 제압당해 쓰러져 있던 승희가 스스로 일어나서 귀자모신의 앞을 막아섰다는 것뿐이었다. 물론 승희가 애염명왕의 화신으로서의 모습을 나타낼 때면 으레 그렇듯 온몸이 붉게 변해 가고 알 수 없는 기운이 흘러넘친다는 건 그들 모두 익히 알고 있는 사실이었다. 그러나 승희의 신력은 원래 바깥으로 내보여지는 것이 아니었다. 승희의 몸 안에 내재해 있는 애염명왕의 힘은 어디까지나 승희의 몸을 경계로 삼고 있는 듯, 승희를 보호하거나 투시하거나 힘을 빌려주는 등 간접적으로 힘을 쓰는 것 말고는 그 힘을 밖으로 드러내 보인 적이 없었다. 그런데 지금 승희의 몸속에 있는 신력이 스스로 귀자모신의 앞을 막고 나선 것은 무슨 이유에서일까? 많은 영능력자나 술사들이 승희를 보고 정통적인 신의 화신이 아닌 뭔가 다른 형태 같다고 했다. 심지어 철기 옹은 신이 인간의 몸속으로 유배를 온 것이라고 말했다. 그러면 이제 유배가 풀리고 신력의 금기가 깨졌단 말인가? 승희, 아니 애염명왕의 마음속에서 직접 울려오는 소리가 방 안 가득히 흘러넘치기 시작했다.

싸우지 말지어다.

귀자모신은 그 목소리를 듣고는 무척이나 당황하는 것 같았다. 석가세존의 모습을 보는 것 같지는 않다고 하더라도 실제로 밀교에서, 게다가 자신이 숭배하는 명왕의 신력과 의지가 눈앞에 모습을 보이면 누구나 놀랄 것이다. 더군다나 승희, 아니 애염명왕의 몸에서는 이제껏 느낄 수 없었던 야릇한 기운을 일으키고 있었다. 언뜻 보아서는 승희의 몸 전체가 붉은 불꽃으로 이글이글 타오르는 것처럼 보였다. 그러나 귀자모신은 아까 승희가 자기의 공격에 무력하게 쓰러져서인지 지금 보이는 승희의 모습이 허세일지도 모른다는 생각을 하고 있는 듯, 얼굴은 하얗게 질리고 식은땀을 흘리고는 있었지만 벽조선을 든 손을 내리려 하지 않았고 싸울 태세를 풀려고 하지도 않았다.

귀자모신이 몸을 떨면서 땀을 흘리는 동안 현암은 뭔가 퍼뜩 떠올랐는지 냅다 소리쳤다.

"안 돼! 그래서는 안 돼!"

현암은 비명을 지르면서 반사적으로 몸을 벌떡 일으켰다. 무리를 해서인지 현암의 코에서 피가 주르르 흘러내렸고 상처를 입은 어깨에서도 핏줄기가 터져 나왔다. 현암은 몸을 부르르 떨며 천천히 몸을 펴기 시작했다. 보통 사람이라면 그런 상태로 도저히 일어날 수 없을 것이었다. 그러나 현암은 극도의 정신력으로 몸을 일으킨 것 같았다. 현암이 몸을 펴자 그 옷자락을 잡고 있던 연희는 돌아보지도 않고 훅 하고 숨을 깊이 들이마신 채 귀를 막았고, 그 뒤 현암이 재차 크게 소리쳤다.

"신력을 끌어내지 마시오! 우리들 스스로 해결하겠소!"

현암이 내지르는 소리가 메아리치듯 사방을 울렸다. 그 메아리가 사라질 무렵 땅에 떨어졌던 월향검이 꺄아아악 하는 귀곡성을 내면서 현암의 왼손으로 날아 들어왔다. 저쪽에서는 준후가 몸을 일으키려고 애를 쓰고 있었다. 연희는 긴장한 나머지 숨소리까지 죽이면서 몸을 움츠렸다. 현암의 행동을 이해하기가 어려웠다.

'애염명왕의 신력이 정말로 밖으로 발휘될 수만 있다면 귀자모신 따위는 문제가 아닐 텐데, 현암 씨는 도대체 왜 저럴까?'

그러나 지금 비장한 각오를 한 현암에게 그 이유를 물어볼 수도 없었다.

승희, 아니 애염명왕의 화신은 이제 완연히 새빨간 불꽃 같은 영기로 온몸이 뒤덮여 있었다. 겉모습은 승희와 다를 바가 없었지만 결코 승희는 아니었다. 훨씬 더 엄숙하고 위엄이 감도는 붉은 얼굴이 현암을 쳐다보았다. 현암은 부들부들 몸을 떨면서 간신히 몸을 지탱하고 서 있었지만 눈빛만은 번쩍거리며 광채를 뿜고 있었다. 귀자모신은 몸을 떨고 있다가 승희가 고개를 돌리자 기회는 이때라는 듯, 벽조선에 공력을 모아서 현암 쪽으로 떨쳐 내었다. 그러자 조금 전 월향검까지도 밀어 낸 엄청난 바람의 덩어리가 벽조선에서 뿜어져 나와 현암을 향해 빠른 속도로 밀려 나갔다. 연희는 그만 자신도 모르게 눈을 질끈 감았다. 그러나 현암은 똑똑히 그 모습을 쳐다보면서 미동도 하지 않았다.

순간 붉은 광채가 사방을 훤히 비쳤다. 귀자모신이 뿜어낸 엄청난 바람은 글자 그대로 광채의 위세에 눌려 흔적도 남기지 않고 사라져 버렸다. 너무나 기가 막히게 사라져 버려서 현암마저도 놀라 몸을 흠칫했다. 하지만 귀자모신이 받은 충격은 현암의 그것과는 비할 바가 못 됐다. 있는 힘을 다해 쏘아 낸 가공할 위력의 바람이 온데간데없이 사라져 버리자 귀자모신은 너무도 놀란 나머지 뒤로 두어 발짝 물러서다가 털썩하고 땅에 주저앉았다. 고개를 현암에게로 돌렸던 승희 속 애염명왕은 아무 일도 없었다는 듯 정면을 향해 고개를 돌리고는 우아한 동작으로 천천히 자리에 앉아 조용히 참선의 자세로 가부좌를 틀었다. 방 안에 있던 사람들은 아무도 움직이지 않고 그 모습을 홀린 듯 지켜보고 있었다. 일순간의 정적이 모두를 휩싸고 있었다. 어느새 승희의 몸에서 일던 불길은 자는 듯 가라앉았고 승희는 앉아 있는 자세 그대로 가는 미소를 머금고 있었다. 마지막 순간, 현암의 마음속으로 무언의 목소리가 크게 울려왔다.

스스로의 생각대로 해라. 그날이 올 때까지는. 이제 곧 그날이 올 것이다.

그날이라니요?

너희가 빌려 쓰는 힘의 주인들이 오는 날이 머지않았도다. 최선을 다하거라.

도대체 무슨?

현암은 흠칫하며 반문했지만 더 이상 아무 소리도 들려오지 않았다. 현암은 무언가에 홀렸다가 깨어난 것처럼 좌우를 두리번거리며 살펴보았다. 목소리를 듣자마자 자신이 어디서 왔으며 누구인지조차 잠시 잊어버린 듯한 몽롱한 상태가 된 것이다. 그 순간만큼은 고통마저도 없었다. 잠시 후 멍해졌던 주변의 상황을 기억해 내었지만 현암의 귓전에는 목소리가 채 가시지 않고 길게 여운처럼 남아 있었다.

'우리가 빌려 쓰는 힘의 주인들이 오는 날이 머지않았다고?'

현암이 채 생각을 정리하기도 전에 저쪽에서 누군가가 우는 소리를 내면서 쓰러지는 소리가 들렸다. 귀자모신이었다. 그러나 쓰러진 것은 아니었고 벽조선을 내던진 채 그 자리에서 무릎을 꿇고 땅바닥에 머리를 조아리고 있었다. 현암은 무슨 영문인지 몰라 연희 쪽을 돌아보았다. 멍한 표정을 짓고 있던 연희가 현암이 자기를 쳐다보자 더듬거리면서 상황을 설명해 주었다.

"귀자모신이 명왕의 화신을 뵙고도 대적하려 했던 자신이 부끄럽다며 저렇게 울고 있는 거예요."

"그렇다고 저렇게까지……."

연희는 잠시 머뭇거리다가 웃음을 띤 밝은 표정으로 말했다.

"귀자모신은 물론 명왕교도이긴 하지요. 그러나 명왕교도 따지고 보면 밀교의 한 분파에요. 자신이 숭배하는 신이 모습을 드러냈다고도 할 수 있으니 저럴 수도 있겠지요."

현암도 아, 하는 신음을 냈다. 지금 귀자모신이 겪은 일은 기독교도가 예언자나 성자를 보고 기적을 체험한 것과 흡사한 경우였다. 연희는 계속 말했다.

"잘됐어요. 귀자모신은 우리가 하자는 대로 따른다고 하는군요."

현암은 고개를 끄덕여 보이고는 비틀거리는 준후에게로 다가갔다. 준후는 돌아가는 상황을 이해한 듯했다. 현암이 가까이 가서 손을 내밀자 준후는 현암이 내민 손을 붙잡고는 끙 하는 소리를 내며 몸을 일으켰다.

"현암 형, 아까 소리친 것은……."

현암은 대답 대신 고개를 끄덕여 보였다. 준후는 귀자모신 쪽을 바라보고는 현암의 몸에 기대어 승희가 앉아 있는 쪽으로 걸음을 옮겼다. 연희는 유심히 승희를 쳐다보는 중이었다. 승희의 몸은 예전에 애염명왕에게 몸을 빌려주었을 때 그랬던 것처럼 빳빳하게 굳어 있었다. 귀자모신은 그런 승희 앞에 꿇어앉아 절을 올리고 울면서 바닥에 계속 머리를 찧었다. 현암은 비틀거리면서 승희의 옆에 앉았다. 이제 귀자모신이 마음을 돌린 이상 위험한 일은 없을 테니까.

"아무리 애염명왕의 화신이더라도 승희는 어디까지나 승희여야 해. 인간들이 치고받는 일이 위험하다지만 신력이 인간들의 일에 끼어들게 된다면, 그것이야말로 더 위험한 것일지도 몰라. 한빈 거사님의 말씀을 이제야 조금 이해할 수 있을 것 같다."

준후도 현암의 말이 수긍이 가는지 고개를 끄덕였다.

"준후야, 너도 애염명왕의 목소리를 들었니? 마지막에 했던 말을……."

"예……."

"지금까지 인간이 빌려 쓰고 있던 힘의 원주인들이 돌아온다고 했다. 그게 무슨 뜻이겠니?"

준후에게 질문을 던진 현암은 어두워진 얼굴로 눈을 감고 스스로 깊은 생각에 빠지는 듯했다. 고통 때문인지도 모르고 긴장이 풀려서인지도 몰랐다. 준후와 연희는 눈을 감은 현암을 편안히 눕혀 주었다. 그리고 나서 준후는 자신이 얻은 『해동감결』을 펼쳐 보았다. 귀자모신에게 뺏기지 않으려고 책을 움켜쥐는 바람에 구겨졌던 부분들을 펴면서 기쁜 얼굴로 찬찬히 훑어보았다. 연희가 준후의 그런 모습을 보고는 물었다.

"그 책이 무엇이기에 그렇게 난리를 쳤니?"

준후는 연희의 물음에 아무 말 없이 웃음을 지어 보이고는 다시 책 속으로 시선을 돌렸다. 연희가 『해동감결』이라는 책에 대해 모르는 것은 당연했다. 그것은 박 신부와 준후만 알 뿐, 현암도 거의 모르는 내용이었으니까. 준후는 주위를 한번 휙 돌아보더니 귀자모신이 떨어뜨린 벽조선을 집어 들고는 소매 속에 넣었다.

"정말 큰일 날 뻔했네."

그녀는 누구인가

"오래전의 일입니다. 전에도 한번 말씀드릴까 했었는데……."

스즈키는 머뭇거리면서 말문을 열었다. 주름 잡힌 얼굴엔 수심이 가득 차 있었고, 그 말을 옮겨 주는 사이토도 긴장된 표정이었다.

언뜻 보면 평범한 용모를 한 스즈키가 이런 상황에서도 평정을 유지하는 것, 그리고 이제까지 그토록 심한 공포에 시달려 왔으면서도 자신과 침착하게 마주한 것으로 볼 때 과연 관록 있는 정치가답다고 박 신부는 생각했다. 사이토는 스즈키의 분신이라도 되는 것처럼 그가 하는 말을 고스란히 옮겨 주었다.

"이왕 이렇게 된 것, 더 숨겨서 무엇하겠습니까. 만약 제가 죄가 있다면 신부님은 어쩌시렵니까? 절 그냥 내버려두실 건가요, 아니면……."

스즈키의 목소리는 주저하는 기색이 역력했다. 박 신부는 그 말을 듣고는 고개를 저었다.

"저는 법관이 아닙니다. 진정으로 속죄하고 뉘우치기만 한다면 야훼께서는 다 용서해 주실 것입니다. 카인도 동생을 죽였지만 참회했기 때문에 용서를 받지 않았습니까?"

스즈키는 다시 한번 깊이 뭔가를 생각하는지 고개를 푹 숙였다. 잠시 후 스즈키가 중얼거리듯 말했다.

"어디서부터 이야기해야 할지 알 수가 없군요."

"음……."

박 신부가 먼저 질문을 했다.

"당신들 육인방이 명왕교를 무서워하는 이유는 무엇입니까? 일전에 들은 이야기로는 명왕교와 칠인방의 관계는 단순한 후원 관계였는데, 명왕교에서 이자나미 신의 성역화 사업 등의 터무니없는 요구를 했기 때문에 관계를 끊었다고 하셨지요?"

스즈키는 말없이 고개를 끄덕였다. 박 신부가 되물었다.

"그건 사실이 아니지요? 그렇지 않습니까?"

"거짓말은 아니었습니다. 다만……."

"무엇입니까?"

"명왕교가 단순한 후원 단체만은 아니었습니다."

"어떤 면에서 그렇지요?"

"교주, 명왕교의 교주가 있었기 때문입니다."

교주라는 말을 듣고 박 신부는 눈을 빛냈다.

"혹시 교주의 이름을 알고 계십니까?"

"속명은 모르겠으나 법명은 묘렌이라 불렀습니다."

"그 교주는 여자였지요?"

"예, 맞습니다. 그것도 아주 신비한, 이루 말할 수 없는 힘을 지닌 여자였습니다."

"어떤 힘 말입니까? 주술력?"

"아닙니다. 그때는 그런 것인 줄 몰랐습니다."

"그렇다면?"

스즈키는 한숨을 내쉬면서 잠시 머뭇거렸다.

"우리는 모두 묘렌에게 빠져 있었습니다."

박 신부는 눈을 크게 떴다. 스즈키의 말이 박 신부의 예상과는 전혀 달랐던 것이다. 위협이나 협박한 게 아니라면 분명 주술력을 보였을 것이라 짐작하고 있었는데…….

"다시 한번 말씀해 주십시오. 그럼 칠인방의 사람들이 모두 그녀에게, 그러니까 묘렌 교주에게 인간적으로 매혹됐다는 것입니까?"

"글쎄요, 무어라 해야 할까요? 좌우간 그렇게밖에 표현할 수가 없겠네요. 결코 범상한 여자는 아니었습니다. 저 자신만 해도 그녀를 맨 처음 보았을 때 어떤 묘한 감정을 느꼈으니까요."

"묘한 감정이라뇨? 그게 어떤 것입니까?"

스즈키는 다소 얼굴이 붉어졌다.

"저도 젊은 시절이 있었습니다. 그리고 무척이나 사랑하던 여자가 있었지요. 카스미라고 불리던……. 그러나 그녀는 일찍 세상을 떠났습니다. 그러다가 우연한 기회에 명왕교를 소개받고 교주인 묘렌을 만나게 된 것입니다. 저는 묘렌 교주의 모습에서 오랫동안 잊고 있었던 카스미의 얼굴을 떠올렸죠. 정말 묘렌은 카스미와 놀랄 만큼 닮았었습니다."

"단지 그것 때문에?"

"그냥 닮은 정도가 아닙니다. 정말 놀랄 만큼……."

"외모나 행동까지 닮았었던가요?"

"글쎄요. 특별히 그런 것 같지는 않습니다. 그러나 뭐랄까 사람에게는 그 사람에게서만 느껴지는 독특한 무엇인가가 있지 않습니까? 음, 처음에는 그냥 느낌이 비슷한 사람이라고만 여겼는데 차차 지나면서 보니 일거수일투족이 카스미를 거의 빼다 박은 것 같더군요."

"좋습니다. 그런데 스즈키 씨는 그랬다고 치더라도 칠인방의 다른 사람들이 교주에게 매혹된 이유는 무엇이었나요?"

스즈키가 갑자기 눈을 크게 뜨더니 박 신부의 얼굴을 정면으로 바라보았다.

"모두 같은 이유에서였습니다."

"예?"

박 신부는 의아한 듯이 스즈키를 쳐다보았다.

"무슨 말씀입니까? 그럼, 칠인방의 다른 사람들도 카스미란 분을 알고 있었다는 것입니까?"

"아닙니다."

"그렇다면?"

"저희가 명왕교 교주를 멀리하게 된 까닭이 바로 그것입니다. 당시 우리들 모두는 서로 몰래 교주와 만나곤 했습니다. 그러나 시간이 흐르면서 그러한 사실을 어느 정도 눈치채고 있었기에 남모르는 질투심 같은 게 있었죠. 그래서 둘 이상 있을 때는 결코 교주에 대한 이야기를 사적으로 말하지 않았습니다. 우리만의 불문율이었죠. 그런데 그러다가……."

"그러다가?"

"아주 우연한 기회에 말이 나오게 된 것입니다. 그래요. 바로 그날이었죠."

"그날이요? 어떤 일이 있었습니까?"

"다카다가 주먹으로 데쓰오를 쳤습니다. 그것도 다른 사람들이 보는 앞에서 말입니다."

"치다니요? 싸웠단 말입니까?"

"예. 우리는 그때까지 무척이나 의가 좋은 친구들이었습니다. 그런데……."

연적을 놓고 싸우는 것은 세상에서 흔히 볼 수 있는 일이다. 그러나 박 신부는 이곳이 일본이라는 사실을 떠올렸다. 일본인들은 서로 간에 속마음이 어떻든지 대놓고 거친 말투를 쓰지 않는다고 한다. 한 번이라도 거친 말을 한다는 것은 곧 그 사람과의 관계를 영원히 끝내는 것이라고 했던가? 하물며 정치가들인 그들의 세계에서, 그것도 공식적인 자리에서 주먹으로 치고받는다는 것은 그들로서는 도저히 상상할 수도 없는 일이었을 것이다.

스즈키는 계속 더듬거리면서 이야기를 이어 갔다. 사이토도 무척이나 긴장된 듯 스즈키의 말이 자주 끊어지자 덩달아서 말을 더듬으며 통역했다.

"두 사람이 싸우는 것을 보고 우린 무척 놀랐습니다. 게다가 다카다가 그런 행동을 한 원인이 다름 아닌 묘렌 때문이라는 것, 그것 때문에 더더욱 놀랐습니다. 가장 연장자였던 요시다의 분노는 극에 달했고…… 우리는 그날 밤 당장 회의를 열었습니다."

"어떤 내용의 회의였습니까?"

"요시다도 묘렌에 대해 연정을 느끼고 있었습니다. 그러나 우리는 바로 그날에서야 둘의 싸움으로 인해 모두가 묘렌에 대해 같은 느낌을 지니고 있었다는 것을 알게 됐습니다."

"같은 느낌이라면?"

"제가 카스미의 모습을 묘렌에게서 보았던 것처럼 다른 사람들도 마찬가지였습니다. 요시다도, 이토도, 데쓰오도, 그리고 다카다, 히로시, 나카무라까지도 모두가 그녀에게서 자신들이 좋아했던 여인의 모습을 발견했던 것입니다."

박 신부는 뭔가로 뒤통수를 얻어맞은 기분이었다. 서로 다른 사람들이 한 여인에게서 각각 좋아했던 여인의 모습을 발견하다니! 한두 명이 그랬다면 이해할 수 있다. 그러나 일곱 명은 서로 취향도, 경력도, 과거사도 다 달랐을 것이다. 그런데도…….

"정말입니까?"

"믿어지지 않는 일이었습니다. 으음, 기억이 납니다. 요시다는 어려서 죽은 딸의 모습과 같다고 했습니다. 나카무라는 나이 든 어머님의 모습이 보인다고 했습니다. 다카다는 얌전하고 우울증에 빠져 있는 듯한 과거의 연인과 닮았다고 했고, 히로시는 수다스럽고 명랑한 성격을, 이토는 조숙하고 순진한 면을, 데쓰오는 활달하고 거리낌 없는 태도에서 그녀에게 매혹됐다고 말했었습니다. 같은 사람 하나를 놓고서도 이렇게 의견이 전혀 달랐던 것입니다."

"어떻게 그럴 수가!"

"사실입니다. 누구보다도 우리의 놀라움은 컸습니다. 그리고 두려움과 분노 또한 그에 비례했죠. 우리 모두가 그녀의 술수에 놀아났다고 생각했던 것입니다. 묘렌은 인간이 아니라 여우가 아닐까? 우리는 도저히 믿을 수가 없었어요."

박 신부는 한숨을 내쉬고 깊은 생각에 빠졌다. 한 사람이 아니라 일곱 사람에게 각각 다른 감정으로 느낄 수가 있는 걸까. 상상조차 할 수 없는 일이었다.

'주술이나 최면 같은 것을 쓴 것이 아닐까?'

그러나 그런 것 같지도 않았다. 일곱 사람이 모두 정상적으로 활동하고 있었을 때였고, 더군다나 최면이나 주술에 걸렸었다면 그런 사실을 그들 스스로 유추해 낼 수는 없었을 것이었다.

스즈키는 감정이 복받쳤는지 입술을 깨물며 고개를 푹 떨구었고, 사이토도 입을 다문 채 말이 없었다. 한참 후에 박 신부가 침묵을 깨고 입을 열었다.

"그래서 어떻게 됐습니까?"

스즈키도 감정을 추스르려는 듯 몸을 한참이나 떨더니 중얼거리기 시작했다. 스즈키의 눈에 물기가 어리고 있었다.

"우리는 그녀를 멀리하기로 했습니다. 마음이 아팠지만……. 그러나 그것은 조직의 결정이었습니다. 다른 사람들도 모두 가슴 아팠을 겁니다. 아무리 상대가 요물 같은 여자였다고 해도 자신의 마음속에 깊이 품고 있던 진정한 연인의 모습을 한 여인을 멀리한다는 게 어디 말처럼 쉬운 일이었겠습니까? 누구에게라도 힘든 일이었을 것입니다."

박 신부도 고개를 끄덕여 보였다.

"이해할 수 있습니다. 그런데 그 이후의 일은요?"

"그런데 한 사람이 그 결의에 불복했습니다. 교주와의 사이가 생각 이상으로 발전됐던 모양입니다."

"혹시 그 사람이 다카다 씨?"

스즈키는 말없이 고개를 끄덕였다. 박 신부의 입에서 부지불식간에 탄식 소리가 새어 나왔다. 이제 점점 무엇인가 해결되고 있는 것 같은 느낌이 들었다.

"다카다는 남몰래 명왕교를 돕기 시작했습니다. 좋지 않은 일도 떳떳하지 못한 일들도 서슴없이 했습니다. 자신을 위해서라면 그렇게까지 하지 않았을 것입니다. 처음엔 우리도 다카다가 왜 그렇게까지 하는지 몹시 의아했습니다. 그런데 알고 보니 그 배후에 명왕교가 있었던 거죠."

"어떤 일들이었습니까? 혹시 다카다 씨가 사직하게 된 원인이 됐던 그 독직 사건?"

스즈키는 고개를 저었다.

"그 사건은 우리들이 만들어 낸 일입니다."

"예?"

"실제로 다카다의 행동은 그런 독직의 범주를 훨씬 넘어서는 것이었습니다. 야쿠자들과 관계된 일이었죠."

"야쿠자?"

"예. 다카다와 묘렌은 야쿠자들을 포섭해 신도로 만들기 시작했습니다. 무술에 능한 자들, 혹은 교도소에 갇히거나 불우한 지경에 있는 자들을 다카다는 권력과 돈으로, 묘렌은 정신적으로 세뇌해 갔습니다. 그래서 명왕교의 세력이 급속도로 커질 수 있었던 것입니다. 묘렌은 그런 자들을 수련시키고 이상한 술법을 써서 권능을 부여했습니다. 그렇게 수련받은 자들은 점차 명왕교의 중심적인 인물들이 돼 갔고……."

"그러면 명왕교의 명왕들이 바로…….."

"맞습니다. 처음엔 야쿠자들로 시작됐고, 이후에는 다른 종교인이나 은둔자, 학자들까지 가세했습니다. 직접 이적을 보여 주는 것만큼 사람을 끌기 쉬운 방법은 없을 것입니다. 예수가 이적을 보여서 신앙심을 북돋고 자신이 하느님의 아들이라는 증거로 삼았던 것처럼 사람들도 역시 그런 식으로 명왕교의 노예가 돼 갔던 것입니다."

박 신부는 우울해졌다. 충분히 있을 법한 일이었다. 만약 누군가가 나타나서 '나야말로 예수의 재림이다'라고 하면서 물 위를 걷는다거나 죽은 자를 살린다면 사람들이 과연 그 사람이 흑마법사인지, 사기꾼인지 아니면 정말로 메시아인지를 구분할 수 있을까? 사기라고 치부하거나 아니면 열광적인 신도가 돼 버릴 것은 뻔한 일이었다. 대중의 논리는 흑백론적인 면이 짙다. 그런 권능을 보일 수 있었다면 명왕교의 세력이 급속도로 커지는 것도 무리는 아니었을 것이다.

한참 만에 스즈키가 중얼거리며 말하기 시작했다. 목소리가 몹시 떨렸다.

"그래서 우리는 마지막 수단을 쓰기로 했습니다. 다카다를……"
"몰아냈다는 말입니까?"
"예. 그대로 두면 다카다는 더더욱 일을 저지를 것이고, 그렇게 되면 칠인방 전체가 매장당할 우려가 있었습니다. 우리는 어떻게든 다카다를 설득해 보려고 했지만 매번 우리의 시도는 수포가 됐습니다. 우리는 그 모습을 보면서 묘렌에 대한 연정을 증오로 돌리기 시작했습니다. 그래서 내린 결정이 일단 다카다를 파멸시키자는 것이었습니다. 독직 사건을 만들어서 우리들 스스로가 그를 성토함으로써 명왕교의 노예가 돼 버린 다카다를 몰아내는 것은 물론이고, 우리에게 닥쳐올 주위의 비난까지도 미연에 방지할 수 있다고 판단했던 것입니다."

"그래서요?"

박 신부는 눈빛을 빛내면서 스즈키의 얼굴을 바라보았다. 스즈키는 극도의 흥분 상태에 접어든 것 같았다. 가련할 정도로 몸을 떨면서 손으로 주머니며 주변을 마구 더듬었다.

"스즈키 씨, 코카인을 자주 사용하십니까? 야마모토 씨가 권유했다고 하던데요?"

"……"

박 신부는 스즈키가 너무도 가련해 보여서 간신히 기운을 끌어올려 스즈키에게 약간의 기도력을 불어 넣어 주었다. 그러자 스즈키는 용기를 얻은 듯 몸을 추스르더니 입을 떼었다.

"다카다를 몰아냈습니다. 그리고 묘렌을……"

스즈키의 말이 끊어졌다. 박 신부는 스즈키에게 다그쳐 물었다.

"묘렌을 어떻게 했나요?"

"그냥 내버려둘 수는 없었습니다. 그런데……"

스즈키는 말을 하다 말고 두 손으로 얼굴을 감싸안았다. 그의 어깨가 몹시 떨리고 있었다.

"아니, 난 믿을 수가 없습니다. 죽은 사람이 어떻게 내 딸아이의 몸 안에 들어갈 수 있다는 말입니까?"

박 신부는 입술을 꼭 다물고 슬픈 듯한 눈초리로 스즈키를 바라보았다. 그러고는 고개를 설레설레 저으면서 말했다.

"빙의 현상이라고 하는 것입니다. 죽은 자의 영이 산 사람의 몸에 들어가서 기생하거나, 심한 경우에는 산 사람의 육체를 지배하기도 합니다. 오키에 양의 경우는 그 정도가 심한 것 같습니다. 그래서 나이 어린 오키에 양이 명왕교의 교주 노릇을 하는 겁니다. 우리 중 누구도 오키에 양이 교주 노릇을 한다고는 감히 생각하지 못했었지요. 그래서 지금 우리가 이 지경이 된 것입니다."

"믿을 수가 없어. 믿을 수가……."

스즈키는 몇 차례 눈물을 닦고는 박 신부에게 물었다.

"그렇다면 다른 다섯 명을 죽게 만든 것이 오키에의 짓이라는 말입니까?"

"오키에 양의 짓은 아닙니다. 명왕교 교주였던 묘렌의 소행임이 분명합니다. 저는 오키에 양이 나이 든 중년 여자의 목소리를 내는 것을 들었고, 마음대로 자신의 목소리를 바꾸는 것도 직접 보았습니다. 강한 영기도 느낄 수 있었고요."

"아아!"

스즈키는 애써 억눌렀던 감정이 폭발하는 듯, 이를 악문 채 흐느꼈다. 박 신부는 자기도 모르게 혀를 차고는 말했다.

"지금 우리에게 필요한 것은 정확한 판단입니다. 우리는 아직

명왕교에 잡혀 있는 상태입니다. 그들의 진정한 목적이 무엇인지, 또 그들의 정체가 무엇인지 아직 완벽하게 파악하고 있지 못합니다. 이렇게 영과 관련된 일에는 여기 계신 두 분보다 제가 조금 더 경험이 있지요. 그렇다 하더라도 제가 아직 모르고 있는 사실들이 너무나 많습니다. 그러니 다 말씀해 주셔야 합니다."

박 신부는 스즈키를 마주 보다가 힘 있게 한마디를 덧붙였다.

"오키에 양을 위해서라도 말입니다."

사이토가 박 신부의 말을 전해 주자 스즈키는 퀭한 눈으로 박 신부를 쳐다보았다. 스즈키의 말을 통역해 들려주는 사이토의 목소리가 떨리고 있었다.

"오키에…… 오키에를 없애 버릴 겁니까?"

"누구도 죽어서는 안 됩니다."

박 신부는 단호하게 말했다. 아까 경호원들과의 싸움에서만도 두 사람이 죽고 여럿이 중상을 입었다. 비록 오발에 의한 것이었지만 박 신부는 마음이 아파서 견딜 수가 없었다. 더 이상의 희생자를 내서는 안 됐다. 제아무리 위험에 빠져 있거나 상대가 악한 자라고 해도 박 신부는 생명을 희생시키면서까지 일을 마무리 짓는 것은 상상해 본 적도 없었다. 그런 박 신부의 속마음까지 알 수는 없었겠지만, 스즈키는 이토록 심한 상처를 입고서도 동요하는 빛 없이 자신의 의지를 단호하게 말하는 박 신부의 모습에 그 마음을 알아차린 듯했다.

"정말 오키에를 구해 줄 수 있습니까?"

"제 목숨과 바꾸어서라도 구할 수만 있다면 그러겠습니다."

스즈키는 한숨을 푸욱 내쉬었다. 그러고는 한참이나 미뤄 두었던 대답을 들려주었다.

"묘렌, 그리고 다카다도 우리가 죽인 것이나 마찬가지입니다. 아무도 모르는 비밀이었습니다만……."

"음, 역시!"

박 신부는 고개를 끄덕였다. 의심했던 것이 사실로 드러난 것이다. 그렇다면 묘렌이나 다카다가 복수를 하려고 하는 것도 이상한 일은 아닐 것이었다.

"그래서 묘렌은 복수를 하려는 것이군요."

"아닙니다. 그렇지는 않을 겁니다. 만약 복수하려 했다면……."

스즈키의 더듬거리는 말을 한마디도 놓치지 않고 옮겨 주느라 사이토는 무척이나 고생하는 것 같았다. 통역을 하는 사이토도 스즈키처럼 더듬거렸다.

"나부터 죽였을 겁니다. 요시다, 히로시, 이토…… 말이 되지 않습니다."

"왜 그렇지요?"

"내가 바로 진범이기 때문입니다."

박 신부는 눈을 크게 뜬 채 스즈키를 바라보았다. 스즈키는 박 신부와 눈이 마주치지 않도록 고개를 숙이고는 계속 말을 이었다.

"분명 묘렌이 바라는 것은 따로 있습니다. 틀림없습니다. 그녀는 위험한 인물입니다. 상상할 수 없을 만큼……."

"무슨 말씀이십니까?"

"묘렌이 바라는 것은 우리에게 복수를 하고자 하는, 그 정도의 일이 아닐 것이라는 말입니다. 더 크고 무서운…… 우리가 그녀를 해친 것도 바로 그것을 알아냈기 때문입니다."

"아!"

박 신부는 심각한 표정을 지었다. 하긴, 그 정도의 일이 아닐 거라는 생각은 박 신부도 막연하게나마 하고 있었다. 단순히 복수만을 위한 것이라면 힘들게 명왕교를 재건하거나 할 이유가 없었다. 남에게 빙의할 수 있는 묘렌이 뭔가 더 큰 것을 바라고 있다는 스즈키의 말은 사실일 것 같다는 생각이 들었다.

"아까 제게 말하려고 했던 비밀이 그것이었습니까?"

스즈키는 고개를 끄덕였다.

"맞습니다. 물론 제가 그들을 해친 진범이라는 것은 말하려고 하지 않았었습니다만. 이해해 주십시오."

"알겠습니다. 그 문제는 제가 판단하고 처리할 문제가 아닌 것 같군요."

스즈키는 생각을 정리하는 듯하더니 말을 이었다.

"다 말하겠습니다. 차근차근 들어 주십시오."

"좋습니다. 계속하세요."

"모두가 묘렌에게 홀려 있었다는 것을 깨닫게 된 이후로 묘렌이 진정으로 바라는 것이 무엇인가에 대해 연구를 시작했습니다. 그 결과 그것은…… 물론 우리가 잘 아는 성질의 것은 아닙니다."

박 신부는 긴장했다.

"어떤 것입니까?"

"묘렌은 세상을 근본적으로 바꿔야 한다고 믿는 듯했습니다. 여성적인 것, 여자의 힘으로…… 현재의 세상은 남성이 지배하고 있고, 이제 그 세상은 한계에 이르렀기 때문에 더 이상 지속돼서는 안 된다고 묘렌은 주장했습니다."

"남성적인 세상? 그리고 한계에 이르렀다고요?"

"묘렌은 수많은 신비주의 서적들과 예언서들을 수집해서 오랫동안 연구한 것으로 알고 있습니다. 그런 그녀가 내린 결론이었습니다."

"묘렌이 만든 명왕교는 밀교의 한 분파가 아니었던가요?"

"그렇습니다. 그러나 그 이외에 일본의 전래 종교인 신도의 사상과도 많이 결합돼 있습니다."

스즈키의 말 속에서 몇 번인가 이자나미라는 말이 되풀이됐다. 박 신부는 이자나미라는 말을 듣자 뭔가 감이 잡혔다. 명왕교에서 칠인방에게 요구했던 것이 이자나미 신의 성역화 작업이었다. 이자나미는 여신으로서 죽고 난 뒤 자신의 남매이자 남편이었던 이자나기 신에게 배신당해 깊은 원한을 갖게 된 신이라고 했다. 박 신부는 고개를 끄덕였다.

"이자나미 신의 성역화 문제, 그리고 명왕교의 신도들이 쓴다는 노의 흰 가면……. 그런 것 같군요."

"정확히 뭔지는 모르겠습니다. 그러나 이것만은 분명합니다. 묘렌은 뭔가 엄청난 힘을 얻으려 하고 있습니다. 그래서 세상을 혼란하게 하고 그 틈을 타서……."

스즈키가 더 말을 하려는데 문밖에서 발소리가 들렸다. 박 신부는 얼른 쉿 하는 소리와 함께 손가락을 입술에 갖다 댔고, 사이토와 스즈키도 재빨리 입을 다물었다.

박 신부는 정신을 잃은 것처럼 재빨리 땅바닥에 엎드렸고, 손도 뒤로 돌려 묶인 것처럼 보이게 꾸몄다. 이윽고 방문이 열리더니 누군가 들어오는 소리가 났다. 박 신부는 눈을 뜰 수가 없었다. 지금 당장 손이 자유롭다고 해서 도망칠 수 있을 것 같지도 않았다. 가슴의 부상은 어느 정도 견딜 수 있다고 해도 다리가 움직이지 않아 한 발짝도 뗄 수가 없는 상황이었다.

문을 열고 들어온 자들은 여럿인 듯했다. 그들은 박 신부를 들고 나가려는 것 같았다. 박 신부는 어떻게 할까 생각해 보았다. 지금 스즈키와 사이토에게서 떨어진다면 다시 그들을 만날 수 있다는 보장은 없다. 그러면 묘렌의 계획이 구체적으로 어떤 것이었는지도 들을 수 없게 된다. 지금 저항한다면 이길 확률이 얼마나 될까……. 박 신부는 포기하기로 마음먹었다. 안타까운 마음에 속에서 불이 날 지경이었지만 달리 방도가 없었다.

들것에 눕혀진 박 신부는 주머니에서 무언가 감촉을 느꼈다. 둥글고 단단한 조그마한 것. 그러나 그것이 무엇인지 생각할 틈도 없이 박 신부는 아까처럼 번쩍 들려졌다.

현암이 지쳐 한참 동안 누워 있는 사이에도 귀자모신은 석상처럼 몸이 굳어 버린 채 앉아 있는 승희의 앞을 떠날 줄 몰랐다. 쉴 사이 없이 중얼거리면서 독경을 하기도 하고 절을 하기도 하다가는 종내 승희처럼 가부좌를 틀고 깊은 명상에 빠져 버렸다. 다른 명왕교의 여신도들은 어느새 뺑소니를 쳤는지 하나도 보이지 않았다. 현재는 귀자모신이 이곳의 우두머리 격이었던 모양인데 그 우두머리가 저런 모습을 하고 있으니 달아나 버리는 것이 당연한 일인지도 몰랐다.

연희는 밖으로 나가 꽁꽁 묶인 채 갑판 바닥에 뒹굴고 있던 도운을 발견하고 풀어 주었다. 갑판에는 핏자국만이 흥건할 뿐, 대위덕명왕을 비롯한 무술가들도 모두 도망쳐 버렸는지 다른 사람의 흔적은 보이지 않았다. 도운은 기절한 채로 계속 정신을 차리지 못하고 헛소리까지 하고 있었다. 연희가 도운을 끌고 선실 안으로 들어왔을 때까지도 귀자모신과 승희는 서로 마주 보고 앉아 있었다. 현암은 누워 있었으며 준후는 그 옆에서 『해동감결』을 뒤적거리고 있었다.

"뭘 그렇게 재미있게 보니? 그것이 우리나라의 상고 문자로 돼 있다는 예언서니?"

"네. 파자로 돼 있어서 지금 당장 알아보기는 어려울 것 같네요. 그런데 부분적으로 해독한 것 중에 재미있는 구절이 하나 있어요."

"어떤 건데?"

"나중에 말해 줄게요. 그것보다 어서 아라에 대해 물어봐 주세요. 이곳에 갇혀 있는지, 그리고 머리카락마저 잘릴 지경이 됐다면 그건……."

연희도 아라의 일을 생각해 내고는 다급히 귀자모신에게 고개를 돌렸지만 꼼짝도 하지 않는 귀자모신을 보고는 머뭇거렸다. 승희가 애염명왕의 모습이 된 다음에 몸이 굳는 것은 자주 보아 왔던 일이지만 귀자모신도 그렇게 돼 버린 것은 아닐까 싶을 정도였다. 한참이나 주저하던 끝에 몸을 조금 건드리자 귀자모신은 후 하고 한숨을 내쉬고는 눈을 떴다.

"왜 건드리는 건가? 한참 삼매경에 빠져 있는 터에…… 명왕 화신의 진신(眞身)을 직접 뵈옵게 된 이 기회를 어찌해 방해하는 것인가?"

연희는 귀자모신의 급작스러운 태도 변화가 기가 막혔다. 그러나 일단은 귀자모신의 협조를 얻어야만 했다.

"이제, 우리를 믿고 도와주시는 거죠?"

"자네들이 여기서 멍하니 있는 동안 나는 애염명왕과 교감을 나누고 있었다네. 자네들은 의인들이라는 계시가 있었어. 아까 무례하게 손찌검한 것은 미안하네. 나로서는 자네들을 무단 침입자로 생각했던 것이니 이해하게나."

"하지만 우리는 명왕교로부터 총격을 받았고, 당신들은 같은 편마저도 사살해 버렸어요. 게다가 아라라는 어린아이까지 납치했어요."

"그럴 리가 없네. 명왕교가 제아무리 세력이 미약한 종파라고는 하지만 범죄 단체나 사교는 아닐세. 오히려 자네들이야말로 왜 우리 교주를 해쳤는가?"

"교주를 해치다니요? 아까 당신들이 던진 머리카락이 교주의 것이라고 생각했나 보죠? 어째서?"

"그렇다네. 교주의 머리카락처럼 보였으니까."

"어떻게 알았지요? 당신에게도 초능력이나 투시력 같은 것이 있나요?"

"그런 것은 아니지만 이 머리카락은 어린 여자아이의 것이 분명하다네. 그리고 그것에서 풍기는 느낌 정도는 나도 희미하게나마 읽을 줄 안다네."

"그게 무슨 소리입니까? 그렇다면 명왕교의 교주가 어린아이란 말입니까?"

귀자모신이 고개를 끄덕이자 연희는 눈을 동그랗게 떴다. 준후는 무슨 말인지 알아들을 수가 없어서 잠자코 있었지만. 귀자모신은 고개를 갸우뚱하며 말했다.

"정말로 그대들이 우리 교주님을 해치지 않았다는 말인가?"

"우리는 명왕교의 교주가 누구인지도 몰랐어요. 다만 키가 작은 여자라는 것만 알고 있었습니다."

"그런가? 이상한 일이군. 머리카락에선 분명 교주님의 체취가 느껴졌는데……."

귀자모신은 자신의 실수를 인정하는 것 같았다. 연희는 그런 귀자모신을 반쯤은 다그치고 반쯤은 어르면서 계속 말했다.

"그건 명왕교 측에서 던진 겁니다. 우리가 처음 배 위에 올라왔을 땐 이상한 진법이 쳐져 있었어요. 또 우리를 흥분시켜서 안개 속으로 뛰어들게 만들려고 누군가가 그 머리카락을 집어 던졌고요."

"그럴 리가! 진법을 친 것은 내가 맞네. 그러나 어떻게 진 밖으로 물건을 집어 던져서 남을 도발하는 짓을 할 수 있다는 말인가?"

"더군다나 우리는 이 배에서 총격을 받았습니다. 오는 도중에도 총격을 받고 보트가 폭파되기까지 했어요."

연희의 말에 귀자모신은 고개를 설레설레 저었다.

"우리는 총 같은 무기를 사용하지 않아. 명왕교는 종교 단체이지 테러 집단은 아니란 말일세."

"그러나 분명한 사실입니다. 애염명왕의 현신이라던 여자는 그 총을 맞고 죽기까지 했으니까요. 그리고 배 안에서도 여러 번 총격이 가해졌었습니다."

"우리는 지금 모종의 의식을 진행 중이라 그 의식을 방해하려고 무단으로 침입해 들어온 자라면 두들겨 패서라도 쫓아내긴 하네만 총을 쏘아 사람을 죽이다니 그런 일은 있을 수 없다네. 명왕교도 불가의 한 분파로 자비를 중요시하는데 그런 일은 결코 있을 수 없지."

연희는 더 할 말이 없었다. 연희는 막 정신을 차린 현암과 눈만 멀거니 뜨고 쳐다보고 있던 준후에게 귀자모신의 이야기를 일러주고 한참이나 의견을 나누었다. 그러나 현암과 준후도 고개를 갸웃했을 뿐이었다. 조금 있다가 현암이 말했다.

"뭐가 뭔지 잘 모르겠군요. 배 밖에서 총격받은 것도 사실이고 애염명왕의 현신이라던 여자가 죽은 것도 사실인데. 그리고 배 안에서도 총질을 해 대는 누군가에게 월향검을 날린 일도 있었어요. 그리고…… 가만있자……."

"뭐죠?"

"곰곰이 생각해 보니 대위덕명왕은 우리를 죽이려 한 것 같지가 않아요. 그가 무술가들을 거느리고 나타난 것은 우리가 모두 배 위로 올라오고 난 다음이었어요. 만약 그가 먼저 왔다면 준후와 내가 진에 갇혀서 허우적거리는 동안 도운이나 승희, 연희 씨 모두를 잡고도 남았을 겁니다. 대위덕명왕도 대위덕명왕이었지만 그와 같이 왔던 무술가들은 정말 대단한 자들이었어요."

그러면서 현암은 부동심결을 쓰고 운기행공을 한 뒤에 혼자 남았을 때 벌어진 일들을 연희에게 이야기해 주었다.

"그랬군요. 그래서 현암 씨 상처가 그토록……."

"지금 귀자모신의 이야기를 듣고 보니 한 가지 이상한 것이 있어요. 그들은 내가 대위덕명왕의 다리를 부러뜨리기 전까지는 흉기를 사용하지 않았었어요. 진작부터 흉기를 사용해서 대위덕명왕과 함께 살초를 썼다면 내가 이길 수 없었는지도 모르거든요."

"그건 그래요. 귀자모신도 처음에 우리와 싸우면서는 전력을 다하지 않았고, 중간중간 질문도 하고 대답도 하고 그랬었지요."

"연희 씨, 귀자모신에게 왜 준후를 잡아 가두었느냐고 물어봐 줘요."

연희가 묻자 귀자모신은 답했다.

"우리는 의식을 거행하려고 했다. 그런데 처음 보는 꼬마가 잡혀 왔지. 진을 뚫고 결계를 부수려 했다고 해서 잡아 온 것이네. 우리는 그냥 나중에 왜 그랬는지 이유를 물어본 뒤에 풀어 주려고 했었지."

"왜 나중에 이유를 물어보려 했지요?"

"당연하지! 조선, 아니 한국말을 할 줄 아는 사람이 하나도 없었으니까."

"그런데 왜 꽁꽁 묶고 그토록 험하게 싸웠지요?"

"저 꼬마가 묶여 있으면서도 비전의 술수를 마구 사용해서 우리를 놀라게 했기 때문이야. 소환술을 써서 괴물 같은 것을 불러내기까지 했으니. 너 같으면 멍청히 당하고만 있었겠느냐? 나는 그래도 공연히 다치게 할까 봐 호의를 가지고 많이 봐준 것이었다네."

설명을 듣고 보니 그 또한 그럴 만했다. 그러나 현암은 그 말을 전해 듣고 나서 토를 달았다.

"연희 씨, 네 가지만 더 물어봐 줘요. 첫째, 아라와 후지코가 정말 잡혀 있느냐는 것. 둘째, 지금 치르려고 했던 의식이 어떤 것이었냐는 것. 셋째, 명왕교의 정체와 목적은 무엇인지. 그리고 넷째, 명왕교 교주는 누구인지……."

"차근차근히 물어보도록 하지요."

현암이 고개를 끄덕이자 연희는 일단 귀자모신에게 첫 번째 질문을 했다. 그러자 귀자모신은 짧게 답했다.

"사람들을 납치한 일은 없다네. 전혀 몰라. 그러나 이 배의 아래쪽 선실은 신도들의 참선장으로 쓰이고 있는데 장기간 기도를 올리고 있는 외부의 신도들도 몇몇 있는 것으로 아니까 직접 찾아보도록 하세. 내가 안내해 주겠네."

연희가 그 말을 통역해 주자 현암과 준후는 고개를 끄덕였다. 준후는 마음이 급했지만 혼자 서두른다고 되는 일이 아니었다. 그리고 귀자모신이 잘려진 머리카락을 교주의 것이라고 말한 이후에는 준후도 설마 했지만 일단 좋은 쪽으로 생각하자고 마음먹었다. 명왕교 교주가 어떻게 됐든지 간에 그것보다는 아라가 중요했다. 자기 자신도 잘 설명할 수 없는 어떤 느낌이 들었지만……

연희는 귀자모신에게 두 번째 질문을 던졌다. 그러나 귀자모신은 고개를 저었다.

"본교의 의식을 함부로 이야기해 줄 수는 없다네. 그러나 이 한 가지만은 분명히 말해 주겠네. 당신들은 우리를 무슨 사교로 여기는 듯한데 우리는 결코 폭력적이거나 사악한 술수를 쓰는 종교가 아니네. 우리가 행하던 의식은 우리가 믿는 신에게 경배드리는 것에 불과한 것이라네."

"그러면 명왕교의 목적은?"

귀자모신은 낄낄대며 웃었다.

"당연하지 않은가. 수도해 깨달음을 얻고 득도해 널리 중생을 구원하는 것이네."

"그런 것 말고 뭔가 구체적으로 정해 놓은 목표 같은 것 말이에요."

"음, 그건 차차 이야기해 보아야 할 것 같군. 꽤 시간이 걸릴 테니까. 그건 그렇고 나도 물어볼 것이 있다."

"뭐지요?"

"자네들이 배 위에서 총격을 받은 것이 분명한가?"

"틀림없습니다. 현암 씨의 말로는 검은 옷을 입은 남자였다고 합니다."

"검은 옷? 어떤 복장이었나?"

연희는 현암에게 다시 몇 마디를 물어보고 말했다.

"검은 양복 차림이었다고 하는군요."

그 말을 듣고는 귀자모신의 얼굴빛이 해쓱해지는 것 같았다.

"그럴 리가. 그렇다면……."

연희는 대답을 기다렸지만 귀자모신은 아무런 말도 하지 않았다. 할 수 없이 연희는 네 번째의 질문을 했다.

"그러면 또 묻겠습니다. 명왕교의 교주는 누구입니까?"

"묘렌."

"묘렌이 명왕교 교주의 이름입니까?"

"그렇다네. 세상에서는 부동명왕이 교주라고 착각들을 하고 있지만 그는 대리인일 뿐이고 실제의 교주님은 근래에는 대중들에게 모습을 보이지 않는다네. 이미 산 사람이 아니기 때문이지."

연희가 고개를 갸웃하면서 그 말을 전해 주자 현암이 한마디

했다.

"그래서 경찰 측의 파일에는 교주가 부동명왕 이라고 나와 있었군. 그런데 실제의 교주가 산 사람이 아니라니요?"

연희도 그것이 궁금하던 참이라 다시 귀자모신에게 물었다.

"이미 산 사람이 아니라니요? 아까는 명왕교의 교주가 작은 여자아이라고 하지 않았습니까?"

"교주님은 돌아가셨다네. 그러나 교주님의 신비한 힘으로 환생한 것이라네."

"그랬군요. 그러면 현재 교주의 이름은 무엇이지요?"

"오키에, 오키에라고 하지."

연희가 그 말을 현암에게 일러 주자 현암의 얼굴이 잠시 흠칫하면서 흔들리더니 긴장으로 파리하게 질려 갔다. 현암은 칠인방 사건의 희생자들 파일에서 오키에라는 이름을 본 적이 있었다. 현암은 설마 동명이인이겠지 하는 생각이 들어서 무언가 말을 하려다가 입을 다물었다. 연희는 계속해서 물었다.

"그럼 오키에, 아니 묘렌 교주의 현재 나이는요?"

"오키에는 아홉 살로 알고 있다. 그러나 묘렌 님이 살아 계셨다면 아마 쉰 살쯤 되셨을 것이라네. 그리고 현재의 교주님에 대해서는 우리도 말 못할 것들이 많으니 너무 깊이 묻지는 말기 바라네."

"묘렌은 언제 죽었나요?"

"1985년이었지."

"오키에의 나이가 아홉 살이니 그렇다면 오키에는 묘렌이 죽은 다음 해에 환생한 셈이군요. 정말 오키에가 환생한 것이 틀림없다고 한다면 말이죠."

귀자모신은 고개를 끄덕였다.

"그렇지. 그러나 실제로 오키에가 묘렌 님이라는 것을 알게 된 것은 지금으로부터 삼 년 전, 그러니까 1992년이었다네."

"그때까지는 왜 몰랐지요?"

"생각해 보게나. 아무리 환생했다고 해도 말을 하고 어느 정도의 지각은 갖추어야 의사소통을 할 것이 아니겠나? 여섯 살이 된 해에 교주님은 어린 몸을 이끌고 우리를 찾아와서 자신을 밝히셨다네. 교주님이 돌아온 사실을 알고 나는 너무도 기뻤지. 교주님이 돌아가신 이후로 명왕교는 몹시 버티기 어려웠어. 교주님이 없었던 칠 년 동안 나와 명왕들이 얼마나 힘들게 지냈는지 모를 거야. 교주님이 환생하지 않았으면 이 정도의 재건도 불가능했을 것이라네."

"칠 년이라…… 그동안 새 교주를 뽑지 않았었나요?"

"교주님은 유서를 남기셨네. 자신은 죽더라도 반드시 환생해서 돌아올 것이라고. 그리고 자신의 죽음에 대해 더 이상 뒤를 캐려하지 말라고도……."

"뒤를 캐다니요?"

"교주님의 죽음은 여러 모로 이상한 면이 많았지. 내 생각엔 누군가가 교주님을 노리고 있는 것임이 틀림없었는데도 교주님은 우리들이 보호하겠다는 것을 거부하고 그냥 은둔해 버리셨네. 그

후 얼마 안 있어 유서를 담은 편지가 배달돼 왔지."

"죽었는데 어떻게 편지를 보낼 수 있나요?"

귀자모신은 웃었다.

"교주님이 어떤 분이신데 그러는가? 교주님은 자신의 신변이 위험하다는 것을 알고는 우리와 약속하셨다네. 즉 어느 대리인에게 편지를 맡겨 두고 정기적으로 연락을 취하다가 정해진 약속 시간에 연락이 오지 않으면 유서를 보내도록 조치해 두셨지. 빈틈없는 분이셨어."

"그러면 정말로 교주, 그러니까 묘렌의 죽음을 목격한 사람은 없었군요."

"직접 목격하지 않아도 다 아는 수가 있네. 우리의 주술력이 그 정도로 무능한 것은 아니니까. 내가 점을 쳐 보았지. 틀림없이 묘렌 님의 혼백은 몸에서 빠져나갔고, 몸은 땅속 깊이 잠들어 계시다네."

연희는 고개를 끄덕였다. 하긴 이 정도의 능력을 지닌 술법자가 교주의 생사를 짚어 보지 않았을 리 없었다. 그런 점괘가 나왔다면 묘렌이 죽은 것은 틀림없는 것 같았다.

귀자모신은 주변을 둘러본 다음 굳어 있는 승희를 향해 정중히 합장하며 절을 하고는 몸을 일으켰다.

"명왕의 진신을 보게 돼 이나마 알려 준 걸세. 질문은 그만하고 일단 자네들이 찾으러 왔다던 그 여자아이와 아가씨가 있는지 직접 확인하러 가세. 내가 안내하겠네. 이 배는 아주 넓고 사람들도 꽤 많네."

 물어보고 싶은 것이 더 있었지만 일단 후지코와 아라를 찾는 것이 더 급했다. 연희와 준후는 몸을 일으켰다. 현암은 상처가 중했고 승희는 몸이 굳어 있었기 때문에 둘은 이곳에 그냥 남아 있기로 했다.

 귀자모신은 도망쳤던 명왕교의 여신도들을 불러 현암의 상처를 보살펴 주라고 일렀다. 그러고는 이 방에 자신이 돌아올 때까지 아무도, 다른 명왕들까지도 들어오지 못하게 하라고 엄명을 내리고는 몸을 일으켰다. 연희와 준후는 조금 걱정이 됐지만 귀자모신이 거짓말로 사람을 속일 것 같지는 않았다. 귀자모신도 뭔가 명왕교 내부에 대해 의문을 가지기 시작한 모양이었다. 귀자모신은 총질하고 습격한 자를 자신이 직접 찾아내기 위해 같이 나가는 것이 분명했다. 연희와 준후는 현암과 승희를 방 안에 남겨 둔 채 귀자모신의 뒤를 따라 밖으로 걸음을 옮겼다.

 들것에 옮겨진 박 신부는 몸이 흔들리면서 계단을 따라 내려가고 있는 듯한 느낌을 받았다. 낯익은 문소리. 아까 자신이 있었던 지하실이 틀림없었다.

 '도대체 왜 이러는 걸까? 공연히 올려 보냈다, 내려보냈다 하고.'
 지하실로 들어서자 누군가가 야단을 치는 소리가 들렸다. 오키에의 목소리였다. 쩔쩔매면서 변명하는 사람은 야마모토였다.
 '또 무엇이지? 왜 오키에가 야마모토를 야단치는 것일까?'

박 신부는 아까처럼 대롱대롱 매달리게 됐다. 극심한 고통이 엄습해 왔지만 박 신부는 억지로 고통을 참고 계속 정신을 잃은 척했다. 손을 묶었던 끈이 끊어져 있는 것이 마음에 걸렸지만 다행히 박 신부를 묶고 있는 자들은 별로 개의치 않고 박 신부의 몸을 밧줄로 둘둘 말아 묶어 버렸다. 간신히 풀어낸 포박을 다시 쓰게 된 것이 영 불쾌했지만 오키에가 바로 앞에 있는 터라 어쩔 수가 없었다. 대신 박 신부는 야마모토가 오키에에게 야단맞는 틈을 이용해 미약한 능력이지만 몰래 오키에를 영사해 보기로 작정했다. 제령이나 엑소시즘의 의식으로 영을 몰아내는 것은 부상을 입은 박 신부로서는 힘도 부족했고 그럴 시간도 없었으니 영사라도 해 볼 수밖에 없었다. 과연 박 신부의 짐작대로 오키에의 몸속에는 다른 영의 기운이 느껴졌다.

'어? 묘렌의 영에 빙의돼 있는 것은 틀림없지만 또 다른 그림자도 숨어 있는 듯한 느낌이다. 이건 뭘까?'

그러나 오키에는 박 신부가 다시 영사를 할 틈을 주지 않고, 야마모토에게 뭐라고 하면서 밖으로 나가 버리고 말았다. 박 신부를 들고 온 자들도 같이 따라 나가는 것 같았다. 박 신부는 혹시나 하는 마음에 계속 눈을 감고 있었다. 잠시 후 누군가가 박 신부의 어깨를 가볍게 톡 치면서 말을 걸었다.

"이제 다 나갔습니다. 눈을 뜨셔도 됩니다."

박 신부는 의아하게 여기면서 서서히 눈을 떴다. 해쓱하게 질린 야마모토의 얼굴이 보였다.

"왜 도망치지 않았습니까?"

"무슨 말입니까?"

"저는 교주가 당신을 마취시키라고 했는데도 그렇게 하지 않았습니다. 그리고 치료하는 데에 필요하니 당신을 위층으로 올려 보내라고 말했습니다. 당신에게 도망칠 기회를 주기 위해서였습니다. 그런데 왜……."

박 신부는 이제야 모든 게 이해가 됐다. 야마모토는 자신을 일부러 마취시키지 않고 치료에 필요하다는 거짓말로 위층에 올려 보내 도망치게 할 심산이었던 것이다. 그런데 오키에가 자신을 위층으로 옮겼다는 말을 듣고는 다시 아래로 내려오게 한 것이 분명했다. 아마도 야마모토는 박 신부가 그 틈을 타서 도망쳤기를 바랐을 것이다. 그러나 박 신부는 어차피 여기 스즈키나 사이토를 남겨 두고 도망치고 싶은 생각은 없었다.

"도망치지는 않을 겁니다."

"정신이 있는 겁니까, 없는 겁니까? 당신, 그런 몸을 해서 혼자서 뭘 하겠다고 그러는 겁니까? 묘렌 교주의 능력이 얼마나 강한데 당신 혼자 어쩌겠다고."

"나는 여기 있는 사람들에게 도움을 주려고 온 것이오. 지금 그 사람들이 위험에 빠져 있어요."

야마모토는 이해가 되지 않는다는 듯 고개를 설레설레 젓고는 박 신부에게 등을 돌리고 뒤로 돌아섰다. 박 신부는 나직하게 야마모토에게 물었다.

"그런데 왜 나를 풀어 줄 생각을 한 겁니까?"

"교주는 변했습니다. 교주는 전부터 인간 이상의 능력을 보여 왔고 나는 그런 교주를 신처럼 믿었죠."

"교주에게 실망했나요?"

야마모토는 등을 돌려 박 신부를 바라보았다.

"나는 인명을 구하는 의사입니다. 아무리 그 목적이 높은 데 있다고 해도 복수라는 명목 때문에 사람들을 다치게 하거나 죽이는 것에는 찬성할 수 없습니다. 직업 때문만이 아니라 내 자신의 양심에 비추어도 그렇습니다. 그리고 지금의 교주는……."

박 신부는 고개를 끄덕였다. 지금껏 얼마나 많은 잔학한 일들이 '대의명분'이나 '모두를 위해서'라는 미명 아래 행해져 왔던 것일까? 모두를 위한다는 허울을 쓰고 있더라도 그것이 생명을 경시하는 사상이라면 진정으로 모두를 위한 것이 아니었다. 야마모토가 그런 생각을 하고 있다는 것에 박 신부는 감동받았다.

"그러나 나는 교주를 믿고 따르기로 맹세한 몸입니다. 교주를 버릴 수는 없어요. 그리고 스즈키는……."

야마모토의 얼굴이 일그러지는 것을 보고는 박 신부는 고개를 갸웃했다. 야마모토는 뭔가 마음속으로 깊은 번민을 하는 것처럼 보였다.

"스즈키는 교주를 죽였습니다. 그리고 다카다도. 그는 용서받을 수 없습니다. 절대로!"

"알고 있습니다! 그렇다고 피를 피로 갚는 것은 바보짓입니다."

"바보짓이라도 할 수 없어요! 다카다는 내 친구였습니다. 그 사실은 스즈키도 모를 겁니다."

"당신과 다카다 씨가 친구였다고요?"

"스즈키의 전속 의사로 고용된 이후에 나는 다카다를 알게 됐습니다. 그리고 묘렌 교주도. 그러나 그때는 스즈키와 다카다의 사이가 좋지 않은 때였죠. 그래서 나는 다카다와 친분이 생긴 사실을 감출 수밖에 없었습니다. ……다카다는 정말 좋은 사람이었습니다."

'그랬구나.'

박 신부는 야마모토의 말에 고개를 끄덕이긴 했지만 미심쩍은 부분이 있었다. 다카다는 십 년 전에 죽었다. 야마모토가 스즈키 밑에서 일하게 된 것이 십오 년 전이라 했으니 오 년 정도 교제를 한 셈이다. 야마모토의 모든 행동이 다카다의 복수만을 위한 것이었다면 십 년이라는 세월 동안 명왕교를 위해 일을 하면서도 복수하지 않았다는 말인가? 의사인 야마모토는 마음만 먹으면 얼마든지 스즈키를 해칠 수도 있었을 텐데……. 문득 한 가지 생각이 박 신부의 뇌리를 스쳤다. 스즈키에게 코카인을 권한 것은 야마모토였다. 그리고 스즈키가 그토록 고통받는 것은 명왕교에서 보낸 환영 때문이었다. 그렇다면 야마모토는 장기적으로 스즈키에게 고통을 주면서 파멸시키려고 했다는 말인가?

"그리고 묘렌 그녀는……."

야마모토는 말을 하다 말고 감정이 복받치는지 고개를 숙였다.

박 신부는 그런 야마모토의 표정을 보고 느껴지는 게 있었다. 야마모토도 역시 묘렌에게 호감을 가지고 있었던 것이었다.

'그렇구나! 모든 이들에게 자신이 궁극적으로 생각하고 있는 여인의 모습으로 비추어 지는 여자. 그것이 묘렌이다!'

정말 무서운 능력이라고 생각하며 박 신부는 몸을 떨었다. 스즈키도 다른 칠인방의 사람들도, 그리고 야마모토까지도…… 어쩌면 명왕교와 관련이 있는 명왕들이나 야쿠자들도 그러한 힘 때문에 설복당하고 명왕교의 충복이 됐는지도 모른다.

'모든 자들의 연인. 아니, 꼭 연애 감정만은 아닐 것이다. 그렇다면 묘렌의 궁극적인 힘은 무엇일까? 여자, 모두를 끌어들일 수 있는 힘, 미모나 사랑도 아닌…… 그렇다면?'

이자나미! 박 신부는 갑자기 등골이 오싹했다. 대모신 이자나미! 사랑과 미를 갖추고 있었으나 공포와 증오로 변형된 대모신. 틀림없었다. 지금의 묘렌은 틀림없이 이자나미의 면모를 갖추고 있는 것이었다. 그것이 묘렌, 그녀의 정체였다.

'전설에 의하면 이자나미는 황천에 갇혀 버렸다고 했다. 그런데 그 힘이 다시 세상에 나왔다는 것은…….'

전설이 전부 진실이라고 할 수는 없었다. 그러나 그러한 전설이 구체화되는 경우는 두 가지가 있다. 한 가지는 그 전설이 은유나 비유로 위장된, 글자 그대로의 진실일 경우였고, 또 한 가지는 전설을 믿는 자들에 의해서 실제의 일들이 비슷하게 흘러가게끔 인력으로 유도되는 것이었다.

우리나라만 해도 『정감록』의 사상이 진실이다 허위다 말이 많지만 『정감록』의 예언대로 신라 이후에는 왕씨의 고려가, 고려 이후에는 이씨의 조선이 들어서서 오백 년씩을 이은 것은 틀림없는 사실이었다. 우연이라는 조건을 제외하고 말한다면 그것 역시 『정감록』의 말이 글자 그대로 맞는 예언일 경우와 그 사상을 바탕으로 해 당시의 왕씨나 이씨가 왕조 건국의 꿈을 갖게 하고 그것을 바탕으로 민심을 돌려서 결국은 개국에 성공하게 됐다는 해석도 가능하다. 그러나 후자의 경우일지라도 그 예언은 성립되는 것이다. 그럴 경우의 예언은 결정적인 운명이 아니라 개척적인, 아니 미래 지향적인 예언이라고나 할까?

 지금까지의 신력은 인간들이 신의 이름을 빌어서 힘을 꺼내어 쓰는 것에 불과했다. 그러나 지금 묘렌의 경우에는 그 정도가 아닌 것 같았다. 물론 묘렌이 이자나미의 힘을 빌려 쓰는 것이라고 생각할 수도 있지만 자꾸만 박 신부는 그것만이 아닐지도 모른다는 불안감이 들었다. 인간이 신의 양상을 직접 나타낸다는 것은 인간 세상에 대해 좋건 나쁘건 인간 이외의 영이나 신적인 존재들의 영향력이 증대되고 그 힘이 직접적으로 미쳐진다고 생각할 수 있었다. 그렇다면 이 세상은 더 이상 인간들의 세상이 아니게 될 수도 있다.

 박 신부는 승희가 떠올랐다. 승희가 악인이 될 수는 없을 테지만 승희의 몸속에도 신이 봉인돼 있는 것이 아닌가. 그렇다면 그런 일들은 사람들이 미처 알지 못했을 뿐 이미 예고돼 있고 그렇게 되리라고 예정된 대로 흘러가고 있는 것은 아닐까?

일본으로 떠나오기 전 한빈 거사가 일행에게 했던 말이 떠올랐다. 세상이 흔들리고 천지의 조화가 흔들린다고, 그리고 잊혔던 악의 힘들이 곳곳에서 일어난다는 말. 지금 명왕교와 묘렌, 이자나미의 경우도 그것에 해당하는 것일까?

'문제가 심각하다!'

박 신부는 암담해졌다. 그 누구도 느끼지 못하는 사이에 이미 세상은 혼란해지고 있는지도 모르는 일이었다. 전쟁이나 파괴와 같은 그런 물리적인 것이 문제가 아니라 궁극적인 인간 세상이 흔들리는 그런 혼돈! 물질과 이성과 인간의 마음에 의해 움직이던 세상에 그런 미지의 힘들이 끼어들게 됨으로써 오는 혼란은 도대체 어떤 양상을 띨 것인가? 전쟁이나 파괴, 살육 같은 것이 아니고라도 얼마든지 세상을 뒤집을 수 있다. 지금의 세상은 어떠한가? 가치관의 부재, 인간성 상실, 소외, 생명의 경시, 종교와 신앙의 쇠퇴, 그나마 가지고 있었던 과학과 이성과 기술에 대한 믿음의 몰락, 미래에 대한 불안, 생각해 보면 혼세가 시작됐다는 조짐은 어디에서나 찾아볼 수 있었다.

"앰풀 안에 든 것은 마취제가 아닙니다."

야마모토의 말에 박 신부는 정신을 차렸다. 야마모토는 박 신부를 걱정스럽게 쳐다보며 말하고 있었다. 그러고 보니 암담한 생각에 빠져서 자신의 안색이 몹시 파리해진 모양이었다. 야마모토의 얼굴도 딱딱하게 굳어 있었고, 몹시 감정에 치우쳐 있는 듯 다른 사람의 얼굴 같아 보였다.

"전 느낄 수 있습니다. 최후의 선택은 신부님이 해 주십시오. 앰풀 안에 든 것을 이용하시든 이용하지 않으시든……."

그 말만 남기고 야마모토는 몸을 돌려 밖으로 나가 버렸다. 박 신부는 야마모토의 갑작스러운 행동에 어리둥절해졌다. 앰풀이라니? 아까 야마모토가 일부러 떨어뜨리고 간 듯한 앰풀을 자신도 보기는 했었다. 내가 집지는 않았는데…… 그러나 그보다 박 신부는 야마모토의 모습에서 뭔가 이상한 점을 느꼈다. 그전까지는 미처 신경을 쓰지 못했지만 야마모토의 몸에서 희미한 영기가 읽혀졌다. 방금 야마모토가 앰풀에 대한 이야기를 하면서 감정이 풀리자 희미하게나마 영기가 드러난 것이었다. 그런데 그 순간 야마모토의 얼굴이 다른 사람처럼 보였고…….

"앗!"

박 신부는 자신도 모르는 사이에 짧게 신음을 냈다. 방금 야마모토의 얼굴에 비친 또 다른 얼굴은 박 신부도 본 적이 있는 사람과 많이 닮아 있었다. 흥분한 박 신부가 몸을 움찔하자 매달려 있던 줄이 저절로 투툭 하고 끊어지면서 박 신부는 쿵 하고 땅바닥으로 떨어졌다. 박 신부의 주머니에서 무언가가 또르르 굴렀다. 아까 보았던 앰풀이었다. 그것이 언제 주머니에 들어가 있었는지는 박 신부 자신도 모르는 일이었다. 그러나 떨어진 충격으로 더욱 심해진 통증에 쥐도 새도 모르게 주머니에 들어 있던 앰풀에는 관심을 돌릴 겨를조차 없었다. 이를 악물고 박 신부는 아까 스쳐 지나가듯 보았던 야마모토의 얼굴을 되새겨 보았다. 틀림없었다.

그것은 다카다의 얼굴이었다.

준후와 연희는 귀자모신을 따라 좁은 배 안의 통로를 통해 아래로 내려갔다. 가는 도중에 귀자모신은 품에서 좀 흉측하게 보이지만 정교하게 만든 가면 하나를 꺼내어 얼굴에 쓰고, 옆에 있는 선반에서 두 개의 흰 가면을 집어 들어 두 사람에게 주었다.

"이걸 얼굴에 쓰게나."

준후가 볼멘 표정으로 징그럽다는 듯 가면을 쳐다보았다. 연희가 물었다.

"이걸 꼭 써야 하나요?"

귀자모신이 고개를 끄덕거렸다.

"이 배는 명왕교의 총본산이니만큼 이 안에서는 자네들도 명왕교의 격식을 존중해 주어야 하네. 안 그러면 돌아다닐 수 없어."

연희가 되물었다.

"가면은 왜 쓰는 거죠?"

귀자모신은 엄숙한 목소리로 대답했다.

"속세의 모습을 버리고 그것에 얽매이지 않기 위해서지."

그러나 연희는 속으로 다른 생각을 하고 있었다.

'말은 그럴듯하지만 실제로는 그게 아니겠지. 가면을 쓰면 당사자의 사회적 신분이나 정체를 밝히지 않아도 되고 비밀 유지에도 적당하니……'

그렇지만 대놓고 그런 말을 할 수는 없었다. 곰곰 생각해 보니 귀자모신은 용모는 추악해 보여도 마음이 그리 못되지는 않은 것 같았고 신앙심도 퍽 깊어 보였다. 한마디로 좀 단순해 보였다. 지금도 엄숙한 목소리로 경의를 갖추는 게 꾸며서 그러는 것 같지는 않았다. 첫인상과는 달리 상대를 의심하는 성격은 아닌 것 같았다.

가면을 쓰기는 했으나 두 사람의 복장은 눈에 띄는 평상복 그대로였다. 아까 보니 여신도들은 모두 가운 비슷한 것을 입고 있었는데 귀자모신은 두 사람의 복장에 대해서는 아무 말도 하지 않고 앞으로 나섰다. 길을 가면서 준후는 연희에게 『해동감결』을 어떻게 얻게 됐는지 물어봐 달라고 했다. 귀자모신은 지나가는 듯한 말투로 중얼거렸다.

"우리 명왕교는 예언서에 대해 관심이 많다네. 교주님의 명도 있었고 나 자신도 점복술을 좋아하는 편이라 여러 책자를 수집했지. 그러다가 구 총독부 소관의 문서를 조사한 적이 있었는데 이 『해동감결』도 끼어 있기에 구해 온 것이지. 그러나 해독할 방법이 없어서 그런 사람을 찾던 중에 자네들을 만나게 된 걸세. 아까 무작정 손찌검한 것에 대한 사과의 뜻으로 책은 꼬마 신동에게 줌세."

귀자모신은 그러면서 자신이 아까 화를 낸 것은 책 때문이 아니라 다짜고짜로 책을 빼앗은 행동 때문에 그런 것이었다며 준후의 머리를 쓰다듬어 주었다. 귀자모신은 준후가 몹시 귀여운 모양이었다. 나이가 든 사람이 느끼는 감정에서였을까? 아까 서로 죽기 살기로 싸울 때와는 또 다른 귀자모신의 면모를 보는 것 같았다.

준후는 신동이라고까지 칭찬을 하자 마음이 풀렸는지 씨익 하고 겸연쩍게 웃었다.

"대신 책을 다 해독하게 되면 내게도 좀 가르쳐 주게나. 내가 아끼던 귀아반마저 부서졌으니 나도 뭔가는 좀 얻어야 덜 허탈할 것 아닌가? 대충 보니까 한문도 조금 있지만 대개는 파자로 쓰여 있어서 조선의 옛 글자를 모르고서는 해독할 수도 없겠더군. 그것만 해 준다면 내 귀아반에 대한 것은 기분 좋게 잊어버림세."

준후는 그 수를 생각을 하자 좀 기분이 언짢았다. 분명 그것도 영을 담고 있었던 것인데……. 그러나 현암이 월향검을 갖고 있는 것처럼 귀자모신에게도 그와 비슷한 사연이 있으리라 여기고는 그냥 고개를 끄덕였다. 그동안 연희는 다른 생각을 하고 있었다.

'『삼국사기』이전의 우리나라의 고서는 발견된 것이 하나도 없다고 들었는데, 저건 그냥 고서가 아니라 충분히 문화재로 지정돼도 될 만한 가치가 있을 것 같아. 그런데 예언서라면…… 세상에 공개되지 않는 편이 더 나을지도 모르겠네.'

이런저런 이야기를 하다 보니 어느덧 그들은 배의 깊숙한 곳에까지 들어서게 됐다. 명왕교의 신도들이 많이 드나드는 곳은 계단으로 개조돼 길이 난 곳도 있었지만 대부분의 통로는 사다리를 타고 오르내려야 했다. 몇 개의 계단을 오르내리자 귀자모신은 꽤 길게 뻗어 있는 복도로 일행을 인도했다. 복도의 입구에는 노의 가면을 쓴 명왕교 신도가 지키고 있었는데 그들은 귀자모신이 다가서자 얼른 인사를 했다. 그러나 길을 열어 주지는 않았다. 귀자모신이 불쾌한 듯 그들에게 호통치는 소리를 연희는 귀 기울여서 들었다.

"볼일이 있어서 그러니 냉큼 물러서라."

"예? 아, 예. 하지만 이곳은 외부인 출입이 금지된……."

"볼일이 있어서 그런다고 하지 않았느냐? 여기가 정숙해야 하는 곳임은 나도 안다. 그러나 긴한 일이 생겨서 그러니 물러서도록 해라."

"귀자모신님은 이곳의 책임자가 아니지 않습니까? 이곳은 부동명왕님과……."

"어허!"

귀자모신이 크게 눈을 부릅떴다. 그러나 그들은 쭈뼛거리면서도 끝까지 양보할 기색이 아니었다.

"더군다나 이 사람들은 옷차림으로 보아 우리 교인이 아닌 것 같습니다."

"이분들은 내 손님이다. 정말 길을 못 비키겠다는 말이냐? 명왕교 최고 호법인 내가 못 가는 곳도 있다더냐?"

"그러나 교주님의 엄명이 있어서……."

"허허허. 원 참!"

귀자모신은 가소롭다는 듯 코웃음을 치더니 노기 어린 목소리로 말했다.

"내 묻겠다. 명왕교에서 팔대 호법 중의 하나인 부동명왕이 직위가 높으냐, 아니면 최고 호법인 나 귀자모신의 위계가 높으냐?

어서 대답해 보아라."

귀자모신의 다그치는 말에 그들은 다소 움츠러든 모습이었다.

"그러나……."

"그러나는 뭐 말라비틀어진 그러나냐? 도대체 나를 제쳐 놓고 무슨 짓들을 하고 있는 것인지 내 한번 보아야 하겠다."

"그런 것은 없습니다. 다만……."

"손님들 앞에서 나를 망신 주려고 작정했구나. 너희들 혼 좀 나볼 테냐?"

그제야 두 신도는 머쓱해하며 물러섰다. 귀자모신의 표정은 매우 어두워 보였다. 자신도 모르는 사이 필시 무슨 일이 벌어지고 있다는 예감이 드는 모양이었다.

귀자모신은 연희와 준후를 데리고 복도 안으로 들어섰다. 그 복도 양옆으로는 많은 방이 주욱 있었는데, 각 방문마다 작은 창문들이 달려 있었다. 전부 검은 페인트로 칠해져 있어서 안이 전혀 보이지 않았다. 귀자모신이 당황한 듯 중얼거렸다.

"이상하군. 참선장이 언제 이렇게 음침하게 변해 버렸나?"

귀자모신은 문 하나를 슬며시 잡아당겼지만 문은 꿈쩍도 하지 않았다. 힘을 주어 더 세게 잡아당겨 보았으나 결과는 마찬가지였다. 귀자모신은 입구를 지키고 있던 두 신도들이 서 있는 쪽을 돌아보았으나 어느새 두 사람은 자취를 감춰 버렸다.

"어허, 이상하다. 이럴 수가!"

귀자모신이 의아한 듯 몇 차례 고개를 흔들었다. 귀자모신이 사람들을 부르려고 몸을 돌렸는데 저편에서 붉은 가면을 쓴 덩치 큰 사람 하나가 나타났다. 그 뒤에는 아까 복도 입구를 지키고 있던 두 사람이 서 있었다. 귀자모신이 고집을 피우자 자신들의 우두머리인 부동명왕에게 일러바친 모양이었다.

현암에게서 부동명왕과 싸웠다는 이야기를 전해 들은 준후와 연희는 흠칫 놀랐지만 부동명왕은 가면을 쓰고 있는 연희와 준후를 알아보지 못한 듯했다. 잠시 후 부동명왕과 귀자모신 간에는 들어가서 보겠다느니 안 된다느니 하는 입씨름이 벌어졌다.

"자네가 언제부터 그렇게 중요한 위치가 됐나? 어째서 나의 행동에 사사건건 간섭할 수가 있는 것이지?"

"이곳은 교주님의 명에 의해 제가 관할하는 곳입니다. 간섭하지 마시오. 그건 월권입니다. 교주님께 직접 말하든 말든 알아서 하십시오!"

"좋다. 내 교주님께 직접 말씀드리겠다. 그러나 일단은 둘러보고 난 연후에 하겠다. 내가 책임을 질 것이니 참견하지 마라!"

"안 됩니다. 절대 문을 열어 줄 수는 없습니다!"

"자네, 참 많이 컸군그래! 야쿠자 생활할 때도 이런 식이었나?"

가면을 쓰고 있었지만 부동명왕은 그 말을 듣자 화가 나는지 씩씩거리며 몸을 부르르 떨었다.

"왜? 내 말이 뭐 잘못됐나? 지금 분명 무슨 일들을 꾸미고 있지? 배 안에서 아까 큰 난동이 있었다는 것을 아는가?"

부동명왕은 대답하지 않았다. 아니, 당장 할 말을 찾지 못해서 우물쭈물하는 것 같았다.

"자네들, 혹시 나 모르게 사람들을 납치한 적은 없었나? 내 듣기로 그런 일이 있었다는 소리가……."

"닥치시오! 그게 무슨 말입니까? 우리는 그런 적 없습니다!"

"정말 없다면 뭐가 켕겨서 나의 행동을 간섭하는 것이지?"

"난 맡은 바 임무를 다할 뿐입니다! 당신이야말로 출입이 금지된 장소에, 그것도 외부인을 데리고 들어가려 하다니요!"

부동명왕은 거의 악을 쓰다시피 했지만 귀자모신은 예의 비꼬는 듯한 말투로 대꾸했다.

"내 직접 교주님께 따질 것이네. 교주님을 모시는 몸으로 잘못된 일은 간언해 바로잡을 수 있도록 해야지. 자네의 잘못도 모조리 고하겠네!"

"알아서 하십시오. 난들 혼자서 이 일을 했을 것 같습니까? 나도 교주님의 명을 받고 그런 것입니다! 누군 그런 여자 따위를 잡고 싶어서 잡은 줄 아십……."

말을 하다가 말고 부동명왕은 아차 싶은 모양이었다. 실언한 것이 틀림없었다. 실언이라고 해도 엄청난 실언이었다. 귀자모신의 몸이 파르르 떨리기 시작했다. 머리카락들이 살아 있는 것처럼 스르르 곤두서고 있었다.

"자네, 지금 뭐라고 했나?"

"아, 아닙니다. 그런 뜻이 아닙니다. 교주님은 그런 적이 없습니다. 절대로……."

귀자모신은 눈을 부릅뜨고 아무 말 없이 부동명왕 쪽으로 다가섰고 부동명왕은 주눅이 든 듯 어깨를 쪼그리며 고개를 푹 숙였다. 귀자모신은 부동명왕의 바로 앞까지 다가서더니 음침할 정도로 낮은 목소리로 말했다.

"정말 그런 일이 있었는가? 이 명왕교 내에서…… 응?"

부동명왕은 더더욱 고개를 숙일 뿐 대답하지 않았다. 그러자 귀자모신이 크게 소리를 지르면서 악을 썼다.

"이런 교를 말아먹을 놈들! 악당의 본성을 저버리지 못하고 어째서 그런 짓들을 하는 거냐! 내, 교의 이름을 더럽히고 악행을 일삼은 네놈들을 모조리……."

귀자모신이 분노에 떨면서 악을 쓰고 있는데 부동명왕도 냅다 소리를 지르면서 가운 안에 가리고 있던 양팔을 뻗어 귀자모신의 아랫배 부분을 힘껏 후려갈겼다. 미처 상상도 못 할 만큼 빠른 기습이었다. 부동명왕이 몸을 움츠린 것은 주눅이 들어서가 아니라 남몰래 공력을 끌어올리기 위해서인 모양이었다. 부동명왕의 공격에 귀자모신의 몸은 뒤로 붕 날아서 연희의 몸에 부딪히며 그 자리에 데구르르 굴렀고, 그 모습을 보고 놀란 준후가 큰 소리로 연희를 불렀다.

"연희 누나!"

막 손을 거둬들이고 있는 부동명왕의 모습이 준후의 눈에 들어왔다. 그 손은 보통 사람의 두 배는 될 정도로 크게 부풀어 있었고 손바닥은 보라색으로 흉하게 물들어 있었다. 전에 현암과 대적할 때 썼던 대수인의 수법에 독까지 사용한 것이다. 준후는 그 수법이 무엇인지 채 알지는 못했지만 화가 머리끝까지 치밀어 올랐다.

"에잇! 흉악한 놈! 비겁하고 더러운 놈!"

연희는 간신히 몸을 일으키고는 옆에 쓰러진 귀자모신을 부축해서 가면을 벗겨 냈다. 무방비 상태에서 난데없는 기습을 받은 귀자모신은 가면을 벗기자 헉하는 신음과 함께 피를 울컥 뱉어 냈다. 부동명왕은 귀자모신이 죽지 않은 것을 보고는 걸음을 옮기려 했는데 준후가 발을 탕탕 굴렀다. 우보법의 방위를 밟은 것이다. 부동명왕은 몸이 잘 움직여지지 않자 잠시 놀란 듯했다. 그러나 곧이어 이얍 하는 기합 소리와 함께 발 한쪽을 떼어 냈다. 실로 놀라운 괴력이었다. 부동명왕도 나름의 술법자라 꽤 깊은 공력이 있었기 때문에 준후의 우보법으로도 완전히 통제하기는 어려웠다. 준후는 부동명왕이 힘으로 발을 떼자 자신도 튕기듯 한쪽 방위를 뗄 수밖에 없었다. 준후는 비틀거리면서 뗀 발의 방위를 고쳐 밟고는 소리를 쳤다.

"바람!"

고함과 동시에 준후가 몸을 팽그르르 팽이처럼 돌리자 강한 바람이 부동명왕 쪽으로 날아갔다. 부동명왕의 뒤에 섰던 두 명의 신도가 바람에 밀려 우당탕거리며 뒤로 쓰러져 버렸다. 부동명왕은 쓰러지지는 않았지만 대여섯 발짝 뒤로 밀렸다. 부동명왕은 현암에게 일격을 당해 참패한 데다 자기 허리밖에 오지 않는 꼬마에게 당해서 자존심이 몹시도 상했는지 분노의 고함을 질렀다. 그사이 연희는 귀자모신을 일으켜 세운 다음 등에 업었다. 업고 보니 귀자모신은 그저 깡마르고 가냘픈 노파에 불과했다. 그리고 준후에게 소리쳤다.

"준후야, 어서 물러나! 위층으로!"

준후는 소리를 듣자 재빨리 돌던 몸을 멈추고는 수인을 짚어서 한 줄기 뇌전을 부동명왕의 발 앞에다 내쏘았다. 부동명왕은 그저 작은 아이에 불과해 보이는 준후가 이토록 신기한 수법을 쓰는 것을 보고 놀랐는지 뇌전의 기운을 보고는 껑충 뛰어 뒤로 한참을 물러섰고 그 틈을 타서 연희는 귀자모신을 업은 채 사다리를 기어올라 갔다. 준후도 재빨리 그 뒤를 따라 엄호하는 자세로 뒷걸음질을 쳐서 올라갔다. 그들은 복도를 마구 달렸다. 그러자 연희의 등에 업혀 있던 귀자모신이 정신이 든 듯, 가냘픈 소리로 말했다.

"의무실로…… 이건 반란이야. 일단 의무실로……."

"의무실이 어느 쪽이지요?"

"쭉 가서 왼쪽으로 그리고 사, 사다리를……."

연희는 계속 달음질쳤고 준후는 그 뒤를 따라가다가 뒤에서 무슨 소리가 들리자 옆에 쌓여 있던 나무 상자 뭉치를 밀었다. 그러자 빈 상자들이 우르르 소리를 내면서 무너져 내려 복도는 거의 막혀 버렸다. 준후는 계속 상자들을 무너뜨리면서 달려갔고 그 덕분에 그들은 무사히 의무실까지 도착할 수 있었다.

의무실에 도착해 보니 많은 사람이 끙끙거리며 누워 있었다. 모두 다 건장한 남자들이었는데 압박 붕대를 감고 부목을 댄 사람들도 있는 것으로 보아 타박상을 심하게 입은 사람들 같았다. 그 사람들을 보고는 귀자모신이 놀라며 간신히 말했다.

"대, 대위덕…… 그리고 팔야차장! 왜 모두가 이렇게……."

그러자 다리를 완전히 붕대로 칭칭 감은 남자 하나가 역시 다 죽어 가는 목소리로 간신히 대답했다.

"어느 조선인 침입자를 막으려다가 그만 이렇게 됐습니다. 엄청난 놈이었어요. 그런데 귀자모신님, 놈들이 안까지 들어왔나요? 왜 이리 소란스럽지요?"

연희는 찔끔했다. 아까 현암, 도운과 난투극을 벌였다는 대위덕명왕이 전혀 자취도 없이 사라졌다 했더니 이곳에서 치료받고 있을 줄이야. 오해가 생기면 안 되겠다 싶어서 연희는 재빨리 귀자모신에게 말했다.

"현암 씨를 말하는 것 같습니다. 아까 대위덕명왕을 비롯해 여러 무술가들과 겨뤘다고 했어요. 그러니 오해가 없도록 해 주세요."

귀자모신은 알았다는 듯 고개를 끄덕거렸으나 안타깝게도 연신 밭은기침을 해 댈 뿐 말은 하지 못했다. 귀자모신의 입에서 피가 튀어나왔다. 할 수 없이 연희가 일본어로 대신 말했다.

"그 한국 청년과 일본인 승려는 우리와 같은 일행입니다. 그들은 적이 아닙니다. 단지 오해가 있었던 것입니다."

"뭐라고? 너희가 도운 땡초와 그놈과 한 패거리라고?"

팔야차장이라고 불린, 팔에 깁스를 한 청년 하나가 험상궂은 얼굴로 소리쳤다. 금방이라도 달려들 것 같은 기세였다. 귀자모신이 피범벅이 된 입으로 간신히 부르짖듯 말했다.

"나중에 내가 설, 설명하겠다. 그들은 손님들이다. 오해가……오해가 있었으니 일단은 안으로 모셔라. 그리고 모반자들을……."

"모반자라뇨? 대체 누가?"

"나를 암습…… 부, 부동……."

귀자모신은 안간힘을 써서 말했지만 말을 다 끝내기도 전에 그만 푹 쓰러져 버렸다. 그제야 팔야차장들은 깜짝 놀라면서 연희의 등에서 귀자모신을 끌어 내려 침대에 눕혔다. 연희는 안도의 한숨을 내쉬었다. 아마도 팔야차장들은 귀자모신처럼 명왕교의 정통 교도 같았다. 그러나 대위덕명왕에 대한 의구심은 풀리지 않았다. 대위덕명왕은 부동명왕과 함께 현암과 싸웠었다고 들었다.

연희가 두근거리는 심정으로 대위덕명왕을 향해 고개를 돌린 순간, 가슴이 철렁 내려앉았다. 대위덕명왕은 딱딱한 얼굴로 연희를 노려보고 있었던 것이었다. 대위덕명왕이 큰 소리로 외쳤다.

"귀자모신님은 속고 계신 거다! 저자들은 우리의 크나큰 적이다! 어서 모두 잡아 묶어라!"

그러자 팔야차장의 하나로 보이는 젊은이가 더듬거리며 말했다.

"그러나 귀자모신님께서는……."

"귀자모신님은 지금 제정신이 아니시다!"

"그렇지 않습니다! 귀자모신님의 술법이 어떤 것인데 이렇게 당하신단 말입니까! 부동명왕의 모반이라고 분명히 말씀하시지 않았습니까?"

"부동명왕의 모반인지는 몰라도 어쨌든 저자들도 같은 편은 아니다! 일단 잡아 묶어라!"

연희와 준후는 말 한마디도 못 하고 와르르 달려드는 그들에 의해 금세 묶였다. 처음에 재갈까지 물린 것은 아니었는데 대위덕명왕이 다시 뭐라 명령하는 바람에 연희는 악을 써 가며 저항하다가 그만 입까지 틀어막혀 버렸다. 연희가 항변하려고 했지만 팔야차장들은 연희보다는 자기들의 상관인 대위덕명왕의 말이 우선이었다. 준후도 미처 대처할 사이가 없었다. 둘을 다 묶고 난 팔야차장들이 조심스럽게 대위덕명왕에게 물었다.

"그런데 모반이라니…… 그게 무슨 말일까요?"

"그것도 귀자모신님이 잘못 아신 걸 게다. 부동명왕은 그럴 사람이 아니다. 내 직접 이야기해 보겠다."

연희는 바보 같은 팔야차장들이 너무도 답답해 발을 동동 굴렀다. 지금이라도 귀자모신이 정신을 차리기만 한다면……. 그런데 팔야차장 중의 한 사람이 대위덕명왕에게 따지고 들었다.

"귀자모신님은 허언을 하실 분이 아닙니다. 더구나 그분은 암습을 받으셨다고 하지 않았습니까? 일단 부동명왕에 대해서는 경계하는 것이 좋을 것 같습니다."

그 사람이 강경하게 나가자 대위덕명왕도 할 말이 없는지 잠시 주저하는 것 같았다. 그는 재빨리 머리를 굴려서 그 사람에게 말했다.

"좋다. 그러면 일단 여기로 오는 통로를 막고 아무도 들어오지 못하게 하라! 그런 다음 교주님께 연락을 드려서 지금 벌어진 일을 자세히 말씀드리고 명령을 받도록 하자. 그리고 너는 지금 당장 올라가서 우리를 쓰러뜨린 그놈을 이리로 데리고 와라. 그놈이 아직 여기에 남아 있는 것이 분명하다."

"예? 우리 모두가 덤벼도 안 됐는데 어떻게 저 혼자서⋯⋯."

"바보 같으니! 귀자모신님의 명이라 이야기하고 데리고 와라. 그리고 그 땡초와 여자도 함께. 여자 한 명도 아마 같이 있을 것이다. 그놈이 들어오는 순간 머리통이라도 내려치면 일은 간단해진다. 절대 겁먹지 마라. 놈들은 틀림없이 방심하고 있을 테니까."

"그러나 귀자모신님은⋯⋯."

"이 바보야! 그놈들은 용서할 수 없다! 그놈들이 애염명왕을 죽였단 말이다!"

그 말을 듣고 팔야차장들은 모두가 경악을 금치 못하는 듯했다. 연희는 대위덕명왕의 엉큼한 속셈을 밝히고 싶었지만 입이 막혀 있어 뭐라고 할 수가 없었다. 대위덕명왕의 말을 듣고는 야차장 한 명이 밖으로 나갔다. 대위덕명왕은 다친 몸을 이끌고 귀자모신에게 손을 뻗쳐서 맥을 짚더니 말했다.

"상태가 별로 좋지 않으시다. 어서 병원으로 옮겨야겠다. 만약 부동명왕의 모반이더라도 너희를 쫓지는 않을 테니 들것을 천으로 가리고 일단 빠져나가라. 시비는 뒤에 가리기로 하고 지금은 귀자모신님의 안위가 걱정이다."

그 소리를 듣자 야차장들은 대경실색하더니 우르르 달려들어서 귀자모신을 떼메고 재빨리 밖으로 나갔다. 연희는 암담했다. 귀자모신까지 나가 버렸으니 이제는 대위덕명왕이 마음대로 술수를 부릴 수 있을 것이었다. 연희는 더 심하게 몸부림을 쳤지만 거들떠보는 사람은 아무도 없었다. 연희가 몸부림치는 통에 뭔가가 툭 하고 떨어지는 소리가 조그맣게 들려왔다. 연희의 호주머니에 있던 세크메트의 눈이 떨어지는 소리였다. 세크메트의 눈은 승희가 가지고 있는 터라 서로 간에 제대로 연락이 될지는 알 수 없었지만, 어쨌든 간에 지금 상황에서는 이것만이 현암에게 상황을 알리는 유일한 방법이었다.

현암은 서서히 눈을 떴다. 현암의 옆에서는 승희가 여전히 돌처럼 굳은 자세로 앉아 있었다. 도운은 신음을 내지 않는 것으로 보아 잠든 듯했다. 도운의 발목엔 새 붕대가 감겨 있었다. 다행이 귀자모신의 말대로 명왕교의 여신도들은 그들을 힐끗거리며 쳐다보기만 할 뿐 더 이상 적대적인 태도는 취하지 않았고, 도운도 치료해 준 것 같았다. 그들 중 한 사람이 현암에게 다가와 물수건을 건네주었다. 현암은 얼굴과 머리에 엉긴 피를 닦아 냈다. 다른 여신도 하나가 붕대까지 가지고 와서 현암의 눈치를 조심스럽게 살폈다. 안 그래도 상처가 쑤셔 오는 판이라 현암은 명왕교의 여신도들이 하자는 대로 웃통을 벗고 상처를 소독한 후에 붕대를 감았다. 그러자 한결 고통은 덜했으나 공력이 빠져나간 허탈감은 여전했다.

일단 안심할 수 있는 상황이긴 했지만 그래도 공력이 탈진한 상태로 있는 것은 왠지 불안해서 현암은 가부좌를 틀고 운기행공을 하기 시작했다. 그러나 완전히 삼매경에 빠져들어서 정식으로 운기 하는 것이 아니라 귀를 열어 두고 수상한 낌새가 있으면 언제든지 움직일 수 있는 태세였다. 어느 정도 시간이 지나자 약간의 공력이 회복된 것 같아서 현암은 눈을 떴다. 이번에는 월향검을 꺼내어 정성스럽게 닦기 시작했다. 떨리는 느낌을 보아 월향검도 이제는 많이 안정된 것 같았다. 현암이 그렇게 많은 피를 흘렸는데도 월향검의 날에는 아무런 흔적이 없이 깨끗했고 손잡이에만 약간 피 얼룩이 남아 있었다. 과연 명검은 명검이었다.

현암은 월향검의 손잡이 부분까지 정성스럽게 문질러 닦고 나서 왼손의 칼집에 집어넣은 다음 천천히 몸을 일으켰다. 조금 쉬고 나자 기력은 어느 정도 회복됐지만 어지럼증은 여전했고 몹시 목이 말랐다. 현암이 여신도에게 서툰 영어로 물을 달라고 하자 여신도 중 하나가 그 말을 알아듣고 시원한 물을 한 컵 가져다주었다. 그런데 바깥이 소란스러워지며 발소리가 들려왔다. 곧 문이 열리면서 아까 현암과 대적했던 무술가 중 한 사람이 들어왔다. 현암도 깜짝 놀랐지만 그 무술가도 몹시 당황하는 눈치였다. 그가 들어오자 명왕교 여신도들은 그에게 무어라고 떠들었다. 그는 손가락으로 현암 쪽을 가리키며 여신도들을 향해 큰 소리로 떠들어 댔다. 여신도가 한참 동안 뭐라고 이야기를 하자 그는 고개를 갸웃거리더니 잠시 생각하는 눈치였다. 그러나 곧 강경한 어조로 무어라 말했고 이번에는 여신도들이 화들짝 놀라며 고개를 푹 숙었다.

잠시 후 그자는 현암에게 따라오라는 듯한 손짓을 해 보였다. 현암은 귀자모신의 말도 있고 해서 그냥 고개만 갸웃해 보였다. 그자는 몹시 서툰 영어로 여자와 어린아이가 밑에서 기다린다고 말하는 것이었다. 그 말을 듣고서야 현암도 아까의 일은 유감이라는 말을 덧붙였다. 그자는 건성으로 고개를 한번 끄덕해 보이고는 어서 서두르라고 말했다.

현암이 서서히 몸을 일으켜 나가려고 하자 그자는 도운과 승희도 손가락질해 보였다. 현암은 좀 의아했지만 그가 시키는 대로 도운을 가리켜 보였다. 그러자 그자는 한쪽 팔로 현암의 부축을 받아 도운을 업었고 현암은 승희를 업었다. 승희는 몸이 뻣뻣해져 있었지만 현암이 간신히 마디를 풀어 들쳐 업고서 그자의 뒤를 따라 걸음을 옮기기 시작했다. 더 무거운 도운을 자신이 업을까도 생각했지만 나중에라도 승희가 알면 성질을 부릴 것 같아 그만두었다. 그런 생각이 들자 현암은 자기도 모르게 피식, 코웃음이 나왔다. 현암은 무술가의 뒤를 따라 선실을 나서며 복잡한 통로로 접어들었다.

박 신부는 마음을 추스른 다음 골똘히 생각에 빠졌다. 방금 본 야마모토의 얼굴 모습은 다카다와 닮았었고 그의 몸에서는 영기도 느껴졌다. 지금의 모습을 볼 때 분명 다카다의 영이 야마모토의 몸속에 빙의한 것이 틀림없었다. 그런데 왜 그 사실을 진작에 알지 못했을까? 스즈키가 환영을 보고 난 다음에 박 신부는 매우 긴장해서 야마모토에게 영적인 기미가 일어난다면 하나도 놓치지 않으려고 애썼었다. 그런 생각으로 야마모토와 오랜 시간 이야기를 나누기까지 했었는데…… 그때 다카다의 영이 야마모토의 몸속에 들어 있었다면 자신이 알아내지 못할 이유가 없었다.

'그때는 다카다의 영이 야마모토의 몸속에 없었던 걸까? 그렇다면 영이 이곳저곳을 옮겨 다닌단 말인가?'

박 신부가 고민에 빠져 있는 것도 이 때문이었다. 생각해 보면 불가능한 일은 아니었다. 보통의 빙의 상태는 오갈 곳 없는 부유령이나 원한령이 사람의 몸속으로 파고들기 때문에 한번 몸속에 파고든 영은 바깥으로 나가지 않고 그 사람의 몸을 가지려 한다고 알고들 있다. 그러나 다카다와 같이 특수한 목적을 가지고 승천하지 않은 경우라면 여러 사람의 몸을 옮겨 다닌다고 해도 하등 이상해할 것은 없었다. 박 신부는 미처 자신이 이해하지 못한 사건 하나를 기억해 냈다. 자신을 묶고 있다가 저절로 풀어진 줄과 자신이 분명 집어넣은 적이 없는데도 자신의 주머니 속에 들어 있던 앰풀을 생각했다. 그것도 다카다의 영이 한 짓이 분명했다. 어느 정도의 사념을 물리적으로 구체화한다면 줄을 조금씩 갉아서 끊어지게 만든다거나, 조그마한 앰풀을 집어넣는 일 따위는 가능할지도 몰랐다.

'그 정도라도 물리력을 행사한다는 것은 보통 영이 행하기는 어려운 일, 혹시 다카다도 명왕교에서 모종의 술법을 익혔거나 그런

힘의 일부를 나누어 받았던 것이 아닐까?'

박 신부는 앰풀을 꺼내어 살펴보았다. 자세히 관찰하니 앰풀에 든 내용물은 단순한 마취제 같지가 않았다. 끝부분을 정성 들여서 아주 조금만 꺾었다가 다시 꼼꼼히 밀랍으로 봉해 놓은 것이 보였다. 앰풀에 주사기 같은 것으로 내용물을 빼낸 뒤 다른 것을 채웠음이 분명했다.

'이것을 사용하든 말든 내 판단대로 하라고 말했는데 그건 무슨 뜻일까? 그리고 이 내용물은 무엇일까?'

박 신부는 여러 가지 각도에서 생각해 보려고 애썼지만 안의 내용물에 대해선 명확한 판단을 내리지 못했다. 아니, 어쩌면 결론은 단 한 가지밖에 없을지도 몰랐다. 영양제나 치료제일리는 만무했고 마취제도 아니라면…… 혹시 독약이 아닐까? 순간 박 신부의 눈이 빛났다.

'그럼, 오키에를 죽여 달라는 뜻인가?'

박 신부는 깊은 생각에 잠겼다.

'다카다도 묘렌의 야심이 단지 개인의 복수심이 아니라 더 큰 데 있다는 것을 알아차린 모양이군. 그래서 묘렌이 하는 일을 저지하려고 하는 걸 거야. 가만있자. 그러나 이 약을 쓴다고 혼령이 돼 버린 묘렌이 죽는 것은 아니지 않는가? 만일 죽는다고 하더라도 그건 오키에일 테고, 오키에가 죽더라도 묘렌은 또 다른 여자의 몸에 빙의돼서 또 얼마든지 일을 저지를 수도 있는 것 아닌가! 그렇다면 오키에를 죽여 달라는 것도 아닌데? 그럼, 이것은 독약

이 아니라 다른 것일까?'

박 신부는 답답했다. 어째서 다카다의 영은 속 시원히 밝혀 주지 않고 그냥 가 버렸을까? 박 신부는 잠시 궁리 끝에 달리 생각해 보기로 마음먹었다.

'하나씩 정리해 보자. 먼저 다카다는 묘렌에게 깊이 빠졌었다. 그리고 아직도 묘렌에게서 벗어난 것 같지는 않다. 그래서 스스로 판단을 내리지 못하는 것이고 내게 도움을 청해 어떤 식으로든 결말을 내리려 한다. 그러나 다카다의 영이 하는 모습으로 보아 반드시 그런 것 같지도 않아. 이렇게 애매모호한 간접적인 도움만 줄 뿐이고. 그래! 그래서 아까 스즈키에게 나를 데려간 걸지도 몰라. 사건의 전말을 알게 해 주어서 나 스스로 판단하게 하려고……'

만일 지금 박 신부의 추론이 맞다면 일단 스스로의 힘으로 난국을 헤쳐 나가는 것 외에는 달리 방법이 없었다. 박 신부는 현암과 준후, 그리고 승희와 연희의 안위가 걱정됐다. 아까 오키에는 자신을 미끼로 이용해 그들까지 이곳으로 끌어들일 생각을 하고 있지 않던가? 물론 현암이나 준후가 믿음직한 것은 사실이지만 그들이 어떤 함정을 어떻게 파 놓았을지는 알 수 없는 일이니 무슨 일이 벌어진다면 자신의 힘으로 스즈키와 사이토를 구해 내든지, 아니면 혼자만이라도 탈출해서 일행과 합류한 연후에 다시 들어오는 방법밖에 없었다. 그러나 혼자서 모두를 구해 내기에는 상처가 너무 심했고, 일행과 합류한 뒤에 다시 오기에는 시간이 너무 걸렸다. 그사이 명왕교 측에서 도망치거나 인질들을 해칠 우려도 있었다.

'무리를 하더라도 일단 해 보자. 그 수밖에 없다. 나잇살이나 먹어서 인질이나 되는 못난 꼴은 보일 수 없지.'

박 신부는 마음을 다잡으며 앰풀을 주머니에 집어넣고 몇 번 심호흡을 했다. 아라라고 했던가? 아까 오키에의 앞에서 울며 발버둥 치던 한국 소녀의 애처로운 모습이 떠올랐다.

'그래, 그 아이도 구해 내야지. 그리고 스즈키도 사이토도 오키에도……'

박 신부는 베케트의 십자가를 꺼내어 손에 쥐고는 기도를 올렸다. 그러고는 천천히, 상처가 너무 심해 온몸이 저릴 정도로 통증이 왔지만 입술을 깨물고 발걸음을 옮기기 시작했다. 절룩거리며 한 걸음 한 걸음 계단 위쪽으로 올라간 박 신부는 지하실 바깥쪽의 동정을 조심스럽게 살피기 시작했다.

대위덕명왕은 부상 정도가 심하지 않은 야차장들을 일단 문 주위에 배치해 놓았다. 그들은 저마다 흉기를 들고 매복한 채로 한참을 기다렸으나 현암은 나타나지 않았다. 대위덕명왕은 초조했는지 교주에게 전화하는 것 같았다.

준후는 돌아가는 상황을 자세히 알 수 없었지만 또다시 이렇게 묶인 채 당하고 싶지는 않았다. 수형도의 술수라도 써서 줄을 끊어 볼까 했지만 하루 종일 싸워서 몸이 너무 지쳐서인지 그것마저도 잘되지 않아 속으로 울상을 짓고 있던 참이었다.

대위덕명왕이 전화를 하는 도중 야차장 중의 한 명이 문 쪽을 가리키며 뭐라고 소리를 치자 다른 야차장들이 흉기를 들고 우르르 문 주위로 몰려들었다. 그러나 그들이 문 근처에 닿기도 전에 문이 왈칵 열리면서 피로 범벅이 된 옷을 입은 현암이 우당탕 뛰어들었다. 다리가 부러져서 움직일 수 없는 대위덕명왕은 전화도 끊지 못한 채 급히 품속에서 날카롭고 기다란 바늘 몇 개를 꺼내어 현암에게 날렸다. 준후는 너무 놀라서 소리를 지르려 했지만 재갈 물린 입에서는 신음만 새어 나왔다. 삽시간에 현암의 뒤통수에 야차장들의 몽둥이가 퍽퍽 소리를 내며 작렬했고 현암은 아무런 저항도 하지 못한 채 땅바닥에 푹 쓰러져 버리고 말았다. 준후는 어쩔 줄을 몰라서 미친 듯 기운을 끌어올리려고 몸에 힘을 주었다. 그때 마주 묶인 채 쓰러져 있던 연희가 준후에게 현암 쪽을 가리키며 눈짓을 해 보였다.

준후가 의아해서 쓰러진 현암을 보니 그것은 현암이 아니라 현암의 피 묻은 재킷을 걸친 야차장 중의 한 명이었다. 다른 야차장들도 놀랐는지 어어, 하고 뒤로 한 발짝씩 물러서고 있는데 꺄아아악 하는 귀곡성 소리가 찢어질 듯이 들리면서 월향검이 쏜살같이 날아들어 왔다. 그 기세에 야차장들은 놀라서 눈만 동그랗게 뜰 뿐이었다. 월향검은 무서운 기세로 침대에 걸터앉아 있는 대위덕명왕을 향해 똑바로 날아들었다. 대위덕명왕은 도망치지도 못하고 한 손에는 수화기, 다른 한 손에는 던지다 만 바늘을 든 채 항복하는 듯한 자세로 기겁하며 벽에 붙어 섰다. 신통하게도 월향검은 대위덕명왕의 목 바로 앞까지 날아와서는 허공에서 덜컥 멈춰 섰다. 그러나 여전히 귀곡성을 울리고 있어서 여차하면 목에 구멍을 내 버리겠다는 협박처럼 들렸다. 월향의 서늘한 기세에 야차장들은 기가 죽어서 몸을 덜덜 떨었다. 그제야 현암은 굳은 얼굴로 선실 안으로 들어왔다. 준후는 현암이 어떻게 알고 왔을까 궁금했으나 현암은 혼자 온 것이 아니었다. 현암의 뒤에는 안색이 해쓱하게 질려 있고 골치가 아픈 듯 이마를 비비고 서 있는 승희가 있었다.

현암은 뚜벅뚜벅 거침없이 방 안으로 걸어 들어왔다. 덜덜 떨고 있는 야차장들을 뒤로하고 연희와 준후에게로 다가와 묶고 있던 줄을 풀어 주었다. 준후는 빙긋 미소 짓는 연희를 보고는 세크메트의 눈으로 승희와 통신했다고 생각했다.

대위덕명왕은 여전히 안색이 파랗게 질린 채 사시나무 떨듯 하고 목 바로 앞에 협박하듯이 떠 있는 월향검을 바라보았다. 연희가 대위덕명왕의 손에 들려 있는 수화기를 현암에게 가리켰다. 현암이 고개를 끄덕하면서 월향검에게 손을 뻗자 월향검은 현암의 손으로 되돌아왔다. 그러나 대위덕은 너무 질려서인지 꼼짝할 생각도 하지 못했다. 연희는 대위덕명왕이 들고 있는 수화기를 빼앗다시피 해서 그냥 끊어 버렸다. 그제야 준후가 반가운 듯이 현암에게 물었다.

"저 아래 부동명왕인가 하는 자도 있었는데 어찌 됐죠?"

"그자를 만나는 바람에 조금 시간이 걸렸지. 그러나 덕분에 승희도 깨어났으니…… 그자는 지금쯤 아마 푹 자고 있을 거야."

"히야!"

준후는 활짝 입을 벌리고 웃었다. 현암은 야차장의 말에 속아 의무실로 내려오고 있었는데 도중에 예상치도 않은 부동명왕과 마주치게 됐다. 부동명왕은 준후의 뒤를 쫓아 여기저기를 뒤지다가 의무실로 가는 중이었다. 현암은 부동명왕과 대적하기 위해 승희를 던지듯 내려놓을 수밖에 없었고 그 바람에 승희가 충격을 받아 깨어난 것이었다. 월향검이 있는 마당에 부동명왕쯤은 현암의 상대가 될 수 없었다. 월향검이 몸 주위를 빙빙 돌자 부동명왕은 그만 꼼짝도 하지 못한 채 기겁해 버렸고 현암은 부들부들 떨고 있는 그를 간단히 한 방에 쓰러뜨려 버릴 수 있었다. 정신이 든 승희는 투덜거리면서 연희와 준후는 어디에 있느냐고 물었는데 무심코 세크메트의 눈을 꺼내어 들다 연희가 부르는 소리를 들었다. 저간의 사정을 간략하게 이야기하고 나서 현암은 연희에게 말했다.

"후지코는 찾아보셨나요?"

"아뇨, 아직. 부동명왕인가 하는 자가 들어가지 못하게 하는 바람에……."

"연희 씨가 저와 함께 가 봅시다. 승희하고 준후는 아저씨들을 잘 감시하고 있어라. 밖에 쓰러져 있는 도운 스님도 좀 간호해 드리고."

승희와 준후는 알았다는 듯 고개를 끄덕였고 연희와 현암은 선실로 내려가기 시작했다.

  생각과는 달리 지하실의 문은 잠겨 있지 않았다. 문을 조금 열고 보니 밖을 지키는 사람은 한 명밖에 없었다. 아마도 중상을 입고 마취까지 된 박 신부를 엄중히 지켜야 한다고 생각하지 않은 모양이었다. 박 신부는 계단을 올라온 것만으로도 벌써 정신이 가물거렸다. 숨이 찬 것을 애써 참으며 베케트의 십자가를 꺼내어 손에 쥔 박 신부는 근처에 굴러다니던 막대기 하나를 집어 들고 조심스럽게 문을 열었다. 경비를 서고 있던 그 남자는 마침 담뱃불을 붙이고 있는 참이어서 박 신부의 한 방에 라이터와 담배를 떨어뜨리고는 조용히 기절해 버렸다. 박 신부는 지하실 방에 남자를 끌어와 넣고 바닥의 라이터와 담배를 집어 주머니에 쑤셔 넣었다. 그러다 갑자기 생각이 났다는 듯 남자에게 돌아가서 몸을 뒤져 보았다. 다행히도 소음기가 달린 권총 한 자루가 나왔다. 총 따위는 사용하고 싶지 않았지만 상황이 상황이니만큼 할 수 없었다. 탄창을 살펴보니 총알은 네 발뿐이었다. 박 신부는 아파 오는 상처를 감싸 쥐고 조심스럽게, 그러나 최대한 빨리 걸음을 옮겨서 계단 쪽을 살펴보았다. 계단 위에도 인기척은 느껴지지 않았다. 박 신부는 아까 자신이 옮겨졌던 방으로 걸음을 옮겼다. 스즈키와 사이토를 구하기 위해서였다. 방에도 복도에도 경호원들은 보이지 않았다.

  일이 너무 쉽게 풀리는 것이 좀 의아했지만 어쨌든 지금이 기회였다. 박 신부는 조심스럽게 문을 열고 안을 보았지만 이미 사이토와 스즈키도 어디론가 옮겨진 듯 보이지 않았다. 아까 결박을 풀어낸 것이 들통나서 다른 곳으로 옮겨진 것 같았다. 박 신부는 한숨을 쉬고 조심스럽게 다른 방문 앞으로 가서 기색을 살피다가 조용히 문을 열었다. 그러나 그 층은 이상하게 텅텅 비어 있었다. 그 많던 경호원들이 모두 어디로 갔는지 궁금한 생각이 들었지만 왜 그런지 알 수는 없었다. 위층으로 올라가자 안쪽에서 누군가의 목소리가 들려왔다. 얼른 벽에 몸을 붙인 박 신부는 조용히 귀를 기울여 보았다. 바로 오키에, 아니 묘렌이었다. 묘렌은 좀 낮은 톤의, 중년 여자의 음성으로 깔깔거리며 전화하는 듯했다. 박 신부는 묘렌과 대적할 생각은 없어서 조심스럽게 옆에 있던 방의 문을 열고 들어갔다. 그곳은 창고인 듯 너저분하게 물건들이 쌓여 있어서 몸을 숨기기에는 아주 좋았다. 박 신부가 그곳에 웅크리고 있는데 사람들이 지나가는 소리가 들렸다. 박 신부는 혹시나 하고 문틈으로 밖을 내다보았다. 보니 오키에가 경호원들과 함께 사이토와 스즈키를 데리고 아래층으로 내려가고 있었다. 스즈키는 떨리는 눈으로 경호원들을 바라보고 있었지만 경호원들은 스즈키가 분명 자신들이 지키던 사람이었음에도 불구하고 기계처럼 뻣뻣하기만 했다.

그들이 계단으로 내려가자 박 신부도 조심스럽게 계단으로 갔다. 그들은 다행히 일 층에서 오른쪽으로 가는 것 같았다. 일단 그들이 지하실 계단 쪽을 보지는 못한 것 같아서 안심이었지만, 지금 박 신부 자신의 상태로 보아 정상적인 방법으로는 저들을 구할 수 없었다. 오키에가 직접 저들을 데리고 갔는데 분위기가 심상치 않았다. 더구나 오키에나 다른 경호원이 자신이 도망친 것을 알고 자신을 찾기라도 한다면…… 비상수단이라도 사용해야만 했다.

박 신부는 주머니 안에 들어 있던 라이터를 손에 꼭 쥐었다. 눈을 딱 감고 주변에 불에 탈 만한 것들을 모은 뒤, 바깥을 살펴보고는 아무도 없는 것을 확인하고 불을 붙인 다음 밖으로 나왔다. 그러고는 숨 가쁘게 일 층까지 내려가서 지하실 입구로 들어섰다. 한 십여 분 있으니 매캐한 냄새가 났고 몇 분 더 있으니 여기저기서 웅성거리는 소리가 들려왔다. 경호원들이 빠르게 왁자지껄하면서 계단 위로 올라가는 모습을 문틈으로 보고 있던 박 신부는, 일 층의 오른쪽 복도에서 몇 명의 경호원이 불이 난 곳으로 올라가는지 세어 보았다. 두 명. 아까는 네 명이 오키에와 함께 갔으니 아마도 그 이상의 인원만 없다면 그곳에는 오키에와 스즈키, 사이토 그리고 두 명의 경호원만이 남아 있을 것이었다. 박 신부는 심호흡을 하고 잠시 기운을 모으면서 이후의 일을 마음속으로 정리해 보았다.

"이쪽이에요."

연희는 현암에게 손짓해 가면서 아까의 밀폐된 선실에 다다랐다. 중간에 두어 번 명왕교도들과 마주친 적은 있었지만 그들은 현암의 험상궂은 몰골과 마주하자 꽁무니를 빼면서 어디론가 순식간에 사라져 버렸기 때문에 수월하게 목적지까지 갈 수 있었다. 현암이 선실의 손잡이를 당겨 보았다. 문은 덜컹거릴 뿐 열리지 않았다. 연희가 말했다.

"문은 잠겨 있어요. 여기 서 있던 보초가 열쇠를 가지고 있던 모양이던데."

현암은 대답 대신 월향검을 꺼내어 약간의 검기를 주입했다. 현암이 전혀 힘도 들이지 않고 종잇장을 자르듯 철문을 주욱 긋자 철컹하고 쇳덩이 같은 것이 떨어지는 듯한 소리가 났다. 문은 수월하게 열렸으나 방엔 아무도 없었다. 반대쪽의 문을 열자 희미하게 신음이 들렸다. 현암은 조심스럽게 다가가서 그 사람을 보고는 그만 찔끔했다. 사람이라기보다는 미라와 같은 몰골이었다. 퀭한 두 눈에 쑥 꺼진 뺨과 마구 흐트러진 머리카락, 그리고 나뭇가지처럼 바싹 마른, 가는 팔과 다리. 여자였다. 현암은 이제껏 흉한 꼴을 많이 보아 왔지만 지금 눈앞에 보이는 이 여자의 모습은 너무도 비참해 보였다. 너무 바싹 말라서 얼굴조차 알아볼 수가 없었다. 여자는 현암이 들어왔는데도 전혀 신경도 쓰지 않고 가만히 벽에 등을 기댄 채 앉아 있었다. 숨이 끊어진 것 같지는 않았고 너무나도 쇠약해져서 의식이 없는 것 같았다.

'오랫동안 굶겨서 이렇게 만든 것일까? 잔혹한 놈들!'

현암은 주위를 둘러보았다. 그러나 예상 밖으로 그곳에는 식사하고 난 빈 그릇들이 보였다. 그릇들에는 음식물들이 꽤 남아 있었는데 그다지 오래된 것 같지는 않았다.

'어? 그렇다면 굶긴 것이 아닌데, 그러면 왜…….'

현암은 생각하면서 다시 방 안을 둘러보았다. 여자의 맞은편 벽에는 단상이 있었고 그곳에는 청동으로 만든 묘한 형태의 조각상이 하나 보였다.

"현암 씨, 뭐 하세요?"

밖에서 걱정되는 듯 연희가 말했다. 현암은 할 수 없이 뼈와 가죽만 남은 여자를 달랑 들어 밖에 내놓았다. 여자는 저항도 하지 않았다. 현암이 들어 옮길 때마다 가냘픈 신음만 냈을 뿐, 아무 말도 하지 않았다. 여자의 모습을 보고 연희는 흑 하면서 눈물을 글썽거렸다.

현암은 굳게 입을 다물고 침중한 얼굴로 방들을 돌아다니면서 문을 부수고 안을 살펴보았다. 그 많은 방마다 똑같이 바싹 마른 여자 한 명씩이 있었고 현암은 그 사람들을 계속 업어서 밖으로 내놓았다. 누가 후지코인지 살펴볼 여유도 없었다. 여자들은 모두가 하나같이 말 한마디 하지 못하고 있었지만 밖으로 실려 나간 다음에는 조금씩 원기를 되찾는 것 같았다. 연희는 여자들에게 어떻게 해서 그곳에 갇히게 됐느냐고 물었다. 그들은 하나같이 말하길, 자신들은 명왕교를 신봉하던 신도들인데 치성을 드리기 위해 들어와 있는 것이라고 했다. 연희는 의아하게 여겨서 여기 후지코라는 사람도 있느냐고 물었고 저쪽에서 한 여자가 고개를 까닥하는 것을 보았다.

"후지코 양, 당신도 치성을 드리기 위해 이곳에 온 것인가요?"

후지코는 고개를 힘없이 가로저었다. 현암은 방을 다 살펴보고는 연희 옆으로 다가왔다.

"그럼, 왜 이곳에 왔지요? 언제부터?"

후지코는 말할 기력도 없는 것 같았다. 연희는 고심한 끝에 세크메트의 눈을 생각해 내고는 승희에게 후지코의 마음속을 읽어 달라고 부탁했다. 승희가 읽어 낸 투시는 삽시간에 연희에게 영상처럼 전달됐다.

"아!"

연희의 입에서 비명이 터져 나왔다. 현암은 연희의 안색이 변하는 것을 보고 물었다.

"연희 씨, 왜……."

"끔찍한 일이에요. 승희가 방금 후지코 양이 겪은 일들을 보여 주었어요. 이리로 잡혀 오고 나서 갇힌 채로 매일 힘과 정기를 빼앗기고……."

"정기를 빼앗긴다고요?"

"틀림없이 그런 것 같아요. 방 안에 있는 청동 조각상…… 그것을 볼 때마다 얼이 빠지고 정신이 몽롱해지고 힘이 빠져나가고, 그런 식으로 지금까지 고통을 겪었나 봐요. 그러면서도 명왕교를 위해 몸을 바치는 것을 영광으로 알라고 하고, 또 음기의 발동을 위한다고 밤이면 가면을 쓴 남자 신도들이……."

연희는 얼굴이 새하얗게 질리며 말을 끊었지만 현암은 그 내용을 알아들을 수 있었다. 현암은 저절로 양미간이 찌푸려졌다. 다른 사람의 정기나 기운을 모아 힘을 내는 술법은 이미 많이 보아 왔다. 현암은 끝없이 계속해서 나타나는 이런 미친 짓들이 지긋지긋하게 느껴졌다. 계속해서 이런 일들이 벌어지는 세상, 이게 과연 올바른 것이란 말인가? 이유가 어떻든 간에 자신의 복적을 이루기 위해 다른 사람의 존엄성과 생명마저도 짓밟을 수 있다는 근거는 도대체 어디서 나오는 것일까? 명왕교를 위해 몸을 바치는 것을 영광으로 알라고? 사람에게 가장 소중한 목숨을 헌신짝 내버리듯 강요하고도 태연할 수 있는 종교나 교리라는 것은 얼마나 무서운 괴물인가. 대를 위해 소가 희생될 수 있다는 말, 사람의 목숨이나 가치를 그러한 정량적인 것으로 판단하는 기준은 도대체 어디서 비롯된단 말인가.

"명왕교는…… 그리고 교주는 이것 한 가지만으로도 절대 용서받을 수 없습니다."

현암은 무겁게 말했다. 그러자 연희가 한마디 말을 덧붙였다.

"잠시만요. 명왕교에서는 후지코의 모습을 면밀하게 사진으로 찍고 음성도 녹음해 간 적이 있었다는군요."

"말씀 안 하셔도 이제 알 듯합니다. 적어도 그들이 무엇 때문에 그랬는지는……."

"무엇 때문이죠?"

"명왕교의 인물들은 독심술을 쓸 줄 압니다. 아마도 교주가 그렇겠지요. 그리고 환영술을 쓸 줄도 알지요. 나는 갑판 위에서 그들이 보낸 환영과 싸웠습니다. 내가 개인적으로 마음에 가장 사무처 하는 일은 동생 현아에 대한 것이었습니다. 그것까지도 그들은 알고 있었어요. 그리고 그 환영을 보내서 나를 무력하게 만들려고 했습니다."

연희는 그 이야기를 듣고는 눈을 크게 뜨며 말했다.

"준후도 그랬었어요. 준후도 태어나서 한 번도 본 적도 없는 자신의 어머니를 자처하는 여자의 환영을 보았다고 했어요. 아, 그렇다면……."

"칠인방 중 다섯 사람의 죽음을 생각해 보세요. 그들은 모두 뭔가에 놀라서 죽임을 당한 것이 분명합니다. 그들의 죽음은 환영과 깊게 관계돼 있을 겁니다. 만일 그 환영이 우리의 경우와 흡사했다면 그들이 마음속으로 가장 아끼고 사랑했던 여인들의 모습이 보였겠죠."

"사랑하는 사람의 환영이라고요? 그러나 그렇다면 어째서……."

"가장 사랑하고 좋아하는 사람에게서 참혹한 말을 듣고 참혹한 모습을 본다는 것, 그것이 얼마나 무섭고 견디기 힘든 일일까요. 더군다나 그 환영들은 단순한 환영만이 아니라 물리력을 행사했을지도 모릅니다. 저나 준후에게는 통하지 않았겠지만 경동맥이나 심장에 물리력을 가하지 말라는 법도 없으니까요."

연희는 비통한 얼굴이 됐다. 그러다 곧 고개를 갸웃하더니 물었다.

"그런데 그들은 왜 후지코를 잡아 왔을까요? 현암 씨나 준후의 경우처럼 그냥 읽어 낼 수도 있었을 텐데……."

"처음부터 모든 능력이 다 갖춰졌던 건 아니었을 겁니다. 그러니 처음에는 환영을 보낼 수 있는 모델이 필요했겠지요. 칠인방의 다섯 명이 죽임을 당하기 전에는 꼭 여인들이 한 사람씩 실종되거나 죽임을 당했습니다. 그것도 분명 명왕교의 소행이었을 것입니다. 그러다가 차차 힘을……."

현암은 잠시 말을 끊고 바싹 마른 주위의 여인들을 슬픈 눈으로 돌아보았다.

"이렇게 여인들의 정기와 힘을 끌어모아서 그 힘을 완성한 것이 분명합니다. 맞아요! 그것이 교주의 정체일 겁니다. 아까 분명히 대위덕명왕도 세상은 여성적인 것에 의해 지배돼야 한다는 말을 했었다지요? 누구에게나 환영을 보낼 수 있고 여성의 음의 기운을 모아들이는 것이 바로 그 교주……."

현암이 나직하게 긴장된 소리로 말을 맺었다.

"무서운 힘입니다. 그냥 사용되는 주술력이나 물리력보다도 더욱 무서운 힘일지도 몰라요. 명왕교의 교주, 오키에라고 했던가요? 그녀가 이 모든 사태의 핵입니다. 반드시 막아야 하겠지요. 단연코!"

현암은 긴장하고 있었다. 연희는 현암의 모습을 바라보았다. 부상을 당하고 이제는 말라 버린 검붉은 피 얼룩으로 뒤덮인 옷을 걸친 파리한 얼굴. 저런 상태로도 싸우겠다는 생각을 가질 수 있는 것일까? 연희는 오랫동안 현암을 보아 왔지만 현암이 가진 의지의 힘은 도대체 얼마나 강한가 이해할 수 없었다. 현암의 월향검이나 내력, 태극기공도 대단한 것이기는 했지만 정말로 현암을 강한 자로 만들어 주는 것은 바로 저런 의지가 아닌가 하는 생각이 드는 것이었다.

"일단 돌아갑시다."

현암의 말에 연희는 고개를 끄덕이고 쓰러져 있는 여자들을 대강이나마 달래 준 뒤 간신히 몸을 일으키게 된 사람은 부축하고, 그렇지 못한 사람은 조금 기다리라고 하고는 후지코를 자신의 등에 업었다. 현암도 한 명을 업고 서너 명의 여자와 함께 걸음을 옮겼다.

이자나미의 사제

'일단 두 발로는 위협사격을 하자.'

권총이라면 군의관 시절에 취미로 많이 쏘아 보았기 때문에 어느 정도 자신이 있었다. 적어도 조준을 잘못해서 사람을 맞추는 일은 없을 것이었다. 박 신부는 조심스럽게 인기척이 들리는 방을 확인해서는 방문을 왈칵 발로 차면서 총을 겨누었다. 역시 예상대로 그곳에는 두 명의 경호원과 오키에, 그리고 얼굴에 복면을 씌워 놓은 두 사람이 있었다. 박 신부는 그들이 스즈키와 사이토라고 생각했다. 경호원이 주춤하면서 손을 품에 가져가는 순간 박 신부는 침착하게 총알 한 방씩을 두 경호원의 발 바로 앞에 쏘았다. 소음기가 달려서 큰 소리는 나지 않았지만 두 경호원은 발 바로 앞에 총알이 떨어지는 것을 보고 아연해서 천천히 두 손을 들었다. 박 신부는 고갯짓으로 경호원 한 명에게 무기를 버리라고 했고 그자가 권총을 버리자 다른 자에게도 똑같은 신호를 보냈다.

그렇게 하면서도 박 신부는 그들보다도 오키에 쪽을 유심히 지켜보고 있었는데 오키에는 놀란 듯한 얼굴이다가 갑자기 이상하게도 표정이 밝아졌다. 두 사람이 무기를 버리자 박 신부는 두 사람을 엎드리게 하고는 구석으로 얼굴을 돌리라고 지시했다.

"신부님! 누구세요? 와! 저를 구하러 와 주셨군요!"

난데없이 오키에가 한국말로 소리치는 것이 들렸다. 박 신부는 놀라서 몸이 섬뜩했다. 오키에는 아까 아라라는 아이의 모습과 똑같이 변했었고 목소리마저도 바꾸지 않았던가? 지금 여기 있는 애가 정말 아라라고 한다면 묶여 있지 않을 턱이 없었다. 박 신부는 고개를 저으면서 말했다.

"술수를 부려도 소용없어, 오키에. 네가 아까 모습을 바꾼 것을 나는 다 알고 있다. 그리고 말투와 목소리까지 똑같이 흉내 낸다는 것까지도."

"아니에요! 신부님!"

"그리고 또 있지. 아까 아라는 많이 울었다. 그런데 지금 네 얼굴에는 부은 기색이 없어. 또 진짜 아라는 기절해 있어 내 모습만 보았을 뿐, 내가 한국 사람이라는 것을 알지 못한단 말이야."

그러면서 박 신부는 일단 경호원들이 떨어뜨린 권총을 줍기 위해 서서히 앞으로 다가갔다. 그러자 오키에가 울음을 터뜨렸다.

"아냐! 난 아니란 말아야! 으아앙! 난 일본어도 몰라요. 이 사람들이 방금 풀어 주고 억지로 나를 씻기고 그랬단 말예요. 으앙! 왜 날 안 믿어 주는 거야. 으아앙! 내가 아라야! 내가 아라란 말이야!"

박 신부는 긴장을 늦추지 않고 조심스레 바닥에 놓여 있는 권총 쪽으로 손을 가져갔다. 그런데 오키에의 모습을 자세히 보니 눈물을 닦고 있는 팔에 긁히고 부은 자국이 선명하게 보였다. 분명 무언가에 묶인 자국 같았다. 그리고 어린아이가 반가운 김에 일본 사람 한국 사람을 구분해 말을 했을까? 자꾸 마음속으로 그런 의문들이 떠오르면서 오키에의 모습이 가엾게 느껴졌다.

'만약 정말 오키에라면 저항을 하거나 술수를 부리거나 흥정을 하려고 했을 것이다. 그리고 일부러 팔에 긁힌 자국을 만들었을 리는 없는 것 아닌가?'

그렇게 생각하고 보니 저 아이가 아라인 것처럼 느껴지기도 했다. 그러나 또 한편 이런 의심도 떠올랐다.

'오키에는 분명 나를 인질로 삼아 현암과 준후도 잡으려고 했었다. 아라의 모습으로 변장한 것은 그들을 속이기 위해서였을 것이고…… 그렇다면 미리 위장을 해 두었을 수도 있지 않은가?'

박 신부는 생각하면 할수록 갈피를 잡을 수 없었다. 그러나 점점 눈앞에 보이는 오키에의 모습이 측은하고 꾸밈이 없는 것처럼 생각됐다. 어린 것이 난데없이 납치당하고 다른 사람이 자신의 모습으로 변해 가는 악몽 같은 모습을 코앞에서 보기까지 했으니,

얼마나 놀랐을까?

오키에, 아니 아라는 거의 숨에 막힐 듯이 흑흑거리며 흐느끼다가 돌연 헉하면서 얼굴이 흙빛이 되더니 풀썩 쓰러져 버렸다. 박 신부는 갈피를 못 잡고 있다가 놀란 나머지 반사적으로 쓰러지는 아라를 부축했다. 아라는 헉헉거리면서 몸을 조금씩 떨고 있었다. 경기가 들린 것 같았다. 그런 모습을 보고 박 신부는 완전히 마음을 놓았다.

'내가 너무 의심했나 보다. 오키에였다면 지금 이런 순간을 놓치지 않았겠지.'

박 신부는 아라를 다독거려 준 다음 몸을 일으켜 경호원들을 처리하기 위해 몸을 돌리려 했다. 그 순간 박 신부의 품 안에 안겨 있던 아라가 눈을 번쩍 떴다. 그 눈에는 조금의 아픈 기색도 없었다.

"이…… 이런!"

박 신부는 너무도 놀라서 엉겁결에 품 안에 있는 오키에를 와락 밀쳐 내 버렸다. 그러나 오키에는 밀리면서도 잔인하게 박 신부의 어깨 상처를 손끝으로 콱 움켜잡았고 박 신부는 고통을 이기지 못해 길게 비명을 질렀다. 오키에는 몸을 고양이처럼 재빠르게 한 바퀴 굴려서 권총 한 자루를 집어 들었다. 오키에의 손톱은 눈 깜짝할 사이에 길게 늘어나 있었고 손톱에는 박 신부의 어깨 부분 옷자락과 붕대, 그리고 살점까지도 뜯긴 채 묻어 있어서 섬뜩했다.

박 신부는 오키에가 권총을 집어 드는 것을 보았지만 너무나도 극심한 고통 때문에 어떻게 손을 쓸 수조차 없었다. 오키에는 금방까지의 슬픈 얼굴은 다 어디로 갔는지, 잔인한 미소를 띠면서 박 신부를 금방이라도 쏠 것처럼 총을 겨누다가 씨익 웃으며 다가가서 총을 거꾸로 쥐고 다시 한번 박 신부의 상처를 후려갈겼다. 박 신부는 고통을 견디지 못하고 뒤로 몸을 젖히면서 숨 막히는 소리를 냈다. 오키에는 박 신부의 다리 상처까지 발로 한 번 더 걸어차고 나서야 권총을 빼앗고 깔깔거리면서 웃었다.

"바보 같은 신부. 쓸데없는 자비심을 가지고 방심하면 이런 꼴이 되는 거다. 들어오자마자 나부터 쏴 버렸어야 하는 건데. 너는 마지막 기회를 놓쳤어."

박 신부는 너무나도 고통이 심해서 움직이지도 못했다. 오키에는 계속 깔깔거리면서 그런 박 신부를 걸어찼다.

"너 정도를 상대하지 못해서 연기한 것이 아니다. 얼마나 제대로 변장했는가를 알아보려고 그런 것인데, 역시 잘됐나 보구나. 깔깔깔. 너도 별수 없어. 내가 바라는 대로 생각할 수밖에 없지. 남자들은 다 그런 거니까. 나는 이자나미의 사도이며 계승자인 묘렌이다. 여성에 대해 일말의 관심이라도 있는 자들은 누구라도 나에게서 벗어날 수 없어. 호호호."

박 신부는 고통 속에서도 치를 떨었다. 그렇다면 방금 오키에를 아라라고 여기고 자꾸 가련하게 생각됐던 것도 오키에의 술수에 의한 것이었단 말인가? 지금에서야 생각해 보니 자신이 왜 스즈키나 사이토의 두건을 벗겨서 먼저 진위를 물어보지 않았는가 후회가 됐다. 아니, 그것도 오키에의 술수 때문이었다면……

"그나저나 마취가 된 줄 알고 있었는데 멀쩡하군. 불을 낸 다음 쳐들어올 줄도 알고. 용기도 있고 머리도 제법 잘 돌아가. 혼자서 마취를 풀고 줄을 끊고 오지는 못했을 텐데. 이유가 있겠지? 호호호."

그러더니 오키에는 두 명의 경호원에게 소리를 쳤다. 야마모토를 데리고 오라는 말 같았다. 정말 묘렌의 머리 회전은 무섭도록 빨랐다. 그리고 잔인함이나 교활함도……. 야마모토를 데려오라고 한 후 오키에는 웃으면서 박 신부에게 말했다.

"내가 왜 이렇게 공들여서 연극하는지 궁금하겠지? 아직 그것도 생각해 보지 않았나? 바보 같군그래. 호호호. 내 지금부터 자세히 얘기해 주지. 너희들 중에 나에게 필요한 녀석이 한 명 있다. 그래서 그렇지. 호호호."

박 신부는 고통에 숨이 넘어갈 지경이었으나 오키에의 말을 듣고는 눈에서 불이 날 것 같았다. 박 신부는 간신히 입을 열었다.

"그, 그게 도대체 무슨……."

"나는 처음부터 너희가 온다는 사실을 알고 있었다. 귀찮은 일이 생기기 전에 너희를 해치워 버리려고 했었지. 그래서 너희가 가는 근처를 어슬렁거리면서 배회했다. 그런데 너희 중 쓸 만한 녀석 하나가 있었단 말이다. 내가 가지고 있는 궁금증을 풀어 줄 수 있는……."

"그, 그건……."

"때마침 나와 아주 흡사한 모습을 지닌 한국 여자아이 하나도 그때 보았지. 꽤 잠재력이 있는 아이였어. 그래서 일이 더 잘 풀릴 수 있을 것 같다 생각하고 너희를 해치우려던 생각을 바꿔 계획을 꾸미게 됐지."

박 신부는 고개를 들려고 했으나 마음처럼 되지 않았다. 그런 박 신부를 보고 묘렌은 웃으면서 말했다.

"너희들의 일거수일투족은 내가 다 짚어 알고 있었거든. 너희 중에 남의 마음속을 읽는 재주를 가진 여자가 하나 있더군. 그러나 나도 비슷한 능력이 있지."

박 신부는 아, 하는 신음을 냈다. 승희와 같은 투시력을 묘렌이 가지고 있다면 정말 만사는 끝이라고 생각했다. 묘렌은 승리감에 도취된 듯 계속 말했다.

"너희 중에 미련한 남자 놈 하나가 있지? 그놈의 마음속은 내가 훤히 알고 있었지. 최근엔 고약한 재주를 부려 잘 알 수 없게 됐지만. 그러나 내 손에서 벗어나지는 못해. 그들은 지금 명왕교 교단을 발견하고 다 쳐부순 모양이다. 꽤 힘이 있기는 하더군. 저항도 했고. 여자아이를 거기서 없앴어야 했는데 그건 실패했으니…… 그 여자애가 있으면 귀찮아지거든. 좌우간 다 예정대로 된 것 같아. 하긴, 벗어날 수는 없었겠지만."

묘렌은 흥얼거리듯 말하고 있었으나 박 신부는 한없이 이를 갈고 있었다. 그러나 그것은 마음속에서였을 뿐, 이제 몸은 정말 조금도 움직여지지 않았다. 그리고 의식이 점점 사라져 가기 시작했다. 정신을 차려야 하는데…….

"그들은 내가 너를 잡고 있다는 것을 알게 될 거야. 눈에 불을 켜고 이리로 달려오겠지. 그러고는 호호호, 모두 죽는다. 빠져나갈 방법은 없을 거야. 한 명만 남게 되지. 내가 필요로 하는 단 한 명만. 그 애가 오키에를 없애 버린다. 물론 내가 아니야. 한국 계집아이가 대신 죽어 주겠지. 그리고 시체가 된 너를 발견할 것이고, 눈물을 흘리면서 아라 대신 나를 데리고 한국으로 가는 거야. 그리고 내가 바라는 일을 해 줄 것이다. 그 애는 그러고 나서 죽어야 해. 호호호. 너 같은 바보는 꿈에도 생각하지 못하겠지?"

박 신부는 최후의 힘을 짜내어서 입을 열었다.

"도, 도대체 그 일은…… 무슨……."

"궁금하냐? 호호호. 너희 중에 한 녀석은 지금은 아무도 모르는 기술 한 가지를 가지고 있지. 조선의 옛 글자를 알고 있단 말이야. 난 오래전에 너희 나라말로 된 이상한 책 한 권을 손에 넣었지. 그 책에는 미래가 쓰여 있어. 절대적인 힘의 예고에 대해서 말이야. 난 그 힘을 가지고 싶고, 내가 그 힘을 가질 수 있는지 확인해 보고 싶어. 그러나 불행히도 내가 대강이나마 풀어낼 수 있었던 내용은 그것뿐이지. 그 책은 서문만 한문으로 돼 있어서 해독할 수 있었거든. 너도 알고 있나?『해동감결』이라는……."

박 신부는 너무나도 놀라서 아주 잠깐 고통마저 잊은 채 망연한 얼굴이 됐다.『해동감결』이라면 자신이 준후를 해동밀교에서 구해 올 때 이야기 들었던 예언서가 아닌가! 그것이 아직도 남아 있다니, 더군다나 그것이 오키에의 손에 있다니! 그렇다면 오키에가 노리는 것은 준후였다.

그때 두 명의 경호원이 야마모토를 끌고 돌아왔다. 박 신부는 간신히 눈을 돌려 야마모토의 얼굴을 보았으나 야마모토의 얼굴에서 다카다의 느낌은 전혀 들지 않았다. 야마모토는 몹시 겁을 먹은 듯 뭐라고 소리쳐 댔으나 오키에는 흥얼거리면서 야마모토의 말은 듣지도 않고 중얼거렸다.

"난 그것을 아무것도 모르는 내 부하한테 주었고, 너희 일행은 그걸 애써서 얻었으니 시간만 난다면 무슨 수를 써서라도 풀어낼 것이다. 그리고 나는 그 옆에 있을 테니 다 알아낼 수 있겠지. 그 녀석을 위협해서는 결코 내가 바라는 일을 제대로 해 줄 것 같지 않거든. 그래서 이렇게 지긋지긋하게 수고로운 일을 만들어 낸 것이다. 알았니?"

말을 마침과 동시에 오키에는 야마모토를 향해 들고 있던 권총을 겨누고 쏘아 댔다. 두 방을 쏘고 총알이 떨어지는 소리가 들리자 오키에는 권총을 휙 집어 던졌다. 야마모토는 푹 하고 쓰러져 버렸다. 박 신부는 치를 떨었지만 별수가 없었다.

"저놈은 너에게 기대를 건 모양인데 내 말을 안 들으면 저렇게 되는 거야. 할 수 없지 않니? 여러 사람을 다스리는 것은 힘들어."

박 신부는 이제 최후의 힘을 모으고 있었다. 다른 것은 필요 없었다. 정신만 차리고 있다면, 자신이 위험하다는 것을 알면 승희가 자신을 반드시 투시해 볼 것이다. 그때 자신이 들은 모든 것을 승희가 투시해 주기만 한다면 그들을 구할 수 있을지도 모른다.

"바보 같은 생각은 하지 마. 네 마음속을 그 여자애가 읽으리라고는 생각하지 마라. 저런, 저런. 내가 방금 나도 마음속을 읽는 정도는 할 수 있다고 말하지 않았나? 내 앞에서 그렇게 노골적으로 생각을 하면 어떻게 해. 좀 미안해지잖아? 호호호. 지금 그들은 몰라. 그 여자애는 아직 투시를 안 하고 있어. 그러니 시간은 충분하지. 자, 이제 슬슬 막을 준비해야겠지?"

그러더니 오키에는 박 신부의 귀에 대고 속삭이듯 말했다.

"잘 자. 넌 지금 죽으면 안 돼. 그러면 너희 일행이 이리 안 올지도 모르거든. 숨은 조금 더 쉬고 있어야겠지만, 아마 다시는 깨어나지 못할 거야. 그럼, 안녕."

박 신부는 머리에 둔탁한 통증을 느끼면서 아득한 낭떠러지로 한없이 떨어져 내리는 기분에 휩싸였다. 곧 모든 것이 어두워졌다.

어느새 날은 어두워졌다. 현암 일행은 지친 몸을 이끌고 호텔로 돌아가는 길이었다. 연희는 경찰에 전화를 걸어 명왕교 본부인 배로 경찰들을 불러 모두 처리하게 하고는 자신들은 쏙 빠져나가는 데 성공했다. 연희도 차차 이런 문제에 능수능란해지는 것 같았다. 이제 명왕교는 큰 타격을 입을 것이고, 그들의 에너지원인 희생물로 잡힌 여인들도 풀려났으니 환영 따위를 마구잡이로 보내지는 못할 것이다. 그러나 일행의 마음은 그리 유쾌하지 못했다.

지난번 승희가 후지코를 투시했을 때는 이상한 느낌이 들었지만, 지금 후지코는 일종의 쇼크 상태에 빠져 있으니 그다지 걱정할 것 없다고 승희는 말했다. 도운은 병원에 입원시키고 일본 밀교 쪽에 연락을 취했으니 그쪽도 별일은 없을 것 같았다. 그러나 아직도 가장 큰 문제들은 남아 있었다.

현암과 승희는 돌아오는 길에 오랫동안 명왕교의 교주에 대해 이야기를 나누었다. 마음속을 투시하고 저격을 시킨 것은 교주의 직접적인 지시에 의한 것이 분명했다. 현암의 마음속이 일일이 읽혔던 것도 그랬다. 승희가 말했다.

"이제 교주도 현암 군 마음은 읽지 못하겠지? 준후의 부적을 가지고 있으니……."

현암은 고개를 끄덕였다. 원래대로라면 병원에 가야 했지만 현암은 낯선 병원에서 또 이상한 체질의 환자가 왔네, 어쩌네 하고 난리를 떠는 꼴을 보고 싶지 않아 치료받길 거절했다. 자신의 상처는 그리 크지 않으니 좀 쉬면 곧 공력이 회복될 거라고 말했지만, 승희의 눈에는 그런 현암이 왠지 모르게 슬프고 가련하게만 보였다.

'맨날 목숨이 달랑달랑하고 성한 몸일 때가 거의 없고…… 그런데도 이렇게 지겨운 생활을 싫은 기색 한번 없이 용케도 참고 버티는구나. 나도 저럴 수 있을까? 나 혼자였다면 현암 군처럼 저런 식으로 계속 버텨 나갈 수 있을까?'

현암이 입을 열었다.

"명왕교에는 팔대 명왕이 있다고 해. 그중 네 명은 이미 무력화됐지. 귀자모신, 애염명왕, 대위덕명왕, 부동명왕…… 그들 중에서는 귀자모신이 최강이었다고 하니, 나머지 남은 네 명은 대위덕명왕과 비슷한 수준일 거야. 그러면 큰 문제는 없지. 문제는 교주야."

"지금쯤 교주는 자기의 교단이 쑥밭이 된 것을 알고 있을까?"

"훨씬 빨리 알았을걸?"

"어떻게? 그 여자는 더 이상 우리의 마음속을 읽을 수 없잖아."

"우리 마음은 못 읽어도 부하들 마음속을 읽는 것은 간단하게 되겠지. 지금쯤 다 알고 무슨 대책을 세워 놨을 거야."

"그러면 어떻게 하지?"

"어떻게 하긴 어떻게 해? 교주가 무슨 일을 꾸미고 있는 건 분명해. 아까 저격이 실패한 것도, 본부가 쑥밭이 되는 것도 분명 알고 있었을 텐데 교주는 아무런 지원도 없었고 힘도 보태 주지 않았어. 그렇다고 놀고 있었을 리도 만무하고……. 교주는 이미 명왕교의 교단은 포기하고 다른 음모를 꾸미고 있는 거 같아."

"그러면 우린 뭘 해야 하지?"

"일단은 좀 쉬자. 돌아가서 신부님과 의논을 좀 해 보고. 난 돌아가면 확인할 일이 하나 있어."

"뭔데?"

"글쎄, 설마 그럴 리야 싶지만 아무래도 마음에 걸려서……."

현암은 걱정스러운 표정을 짓다가 눈을 감아 버렸다. 승희는 그런 현암을 어떻게 할 수도 없고 해서 내버려두었다. 앞자리에 앉은 준후는 매우 시무룩한 얼굴이었다. 차를 운전하고 있던 연희가 물었다.

"준후야, 너 왜 그래?"

"아라는 결국 못 찾았잖아요."

"아라는 그곳에 없었으니 교주가 직접 잡아간 모양이지? 너무 염려하지 마."

"네."

대답이야 그렇게 했지만 준후는 속으로 무척 걱정되는지 안쓰러워 보일 정도로 풀이 죽은 모습을 하고 있었다. 연희는 눈을 돌려 운전을 하면서 연신 고개를 갸웃거렸다.

'이상하다. 겨우 한두 번 본 것 가지고 왜 저렇게까지 마음을 쏠까?'

어느덧 일행이 탄 차는 호텔에 도착했다. 코를 골고 있던 현암은 차가 도착하자마자 눈을 번쩍 뜨더니 부리나케 호텔 방으로 먼저 올라가 버렸다. 나머지 사람들은 그런 현암이 의아한 듯 서로의 얼굴을 마주 보았다. 사람들이 모두 호텔 방에 올라왔을 때, 현암은 전에 사이토에게서 받은 서류 뭉치를 사방에 꺼내어 어질러 놓고는 그중 사진 한 장을 들고 창백한 얼굴로 서 있었다. 현암의 꽉 쥔 주먹이 파르르 떨고 있었다. 승희가 이상해서 현암에게 물었다.

"현암 군, 대체 왜……."

"이 사진 좀 봐."

현암은 입술을 깨문 채 승희에게 사진 한 장을 보여 주었다. 나이 든 남자와 꼬마 아이가 찍힌 사진이었다.

"어? 이건!"

승희도 덩달아 놀라자 연희와 준후도 매달리다시피 해서 그 사진을 쳐다보았다. 준후가 놀란 듯이 소리쳤다.

"이건 아라잖아요!"

승희가 보기에도 그 아이는 분명 아라로 보였다. 그러나 연희는 중얼거리듯이 사진 아래에 적힌 글귀를 읽어 주었다.

"아라. 내가 보기에도 아라 같아. 그러나 사진 밑에는 이렇게 쓰여 있어. 스즈키의 가족 상황. 요시모토 스즈키, 65세. 요시모토 오키에, 9세."

조금 자세히 보니 호텔 로비에서 보았던 아라의 모습과는 약간 다른 면도 있었지만, 그래도 처음 보는 사람으로서는 거의 분간이 되지 않을 정도로 희한하게 닮아 있었다.

"참, 이상한 일이네. 그러면, 그때 로비에서 보았던 애가 혹시 스즈키 씨의 딸 오키에가 아니었을까? 아니야, 그럴 리가 없지. 한국에서부터 같은 비행기를 타고 왔었으니까."

연희가 중얼거리자, 승희도 고개를 끄덕이면서 말했다.

"그래, 내가 슬쩍 그 애의 마음속을 읽어 보았는데 스즈키 씨의 딸은 아니었어. 모 대학교 국사학과 교수 딸이던걸. 일본에는 아버지를 따라온 것뿐이고……."

연희가 다시 말했다.

"준후와 난 최 교수도 만나 보았어. 그 아이는 아라가 분명해."

"그러나 그게 문제가 아닙니다."

현암이 무겁게 입을 열었다.

"귀자모신이 명왕교 교주의 이름이 뭐라고 말했었지요? 연희 씨?"

연희가 헉하고 짧은 신음을 냈다. 승희와 준후도 순간 얼굴이 창백하게 질려 버렸다. 준후가 곧 소리를 질렀다.

"아니에요! 그럼, 아라가 명왕교의 교주란 말이에요?"

"아라가 아니야, 오키에지. 아, 세상에."

승희도 큰 소리로 말했다.

"그럼, 이게 뭐야! 우리를 이곳에 오게 한 사람은 스즈키 씨잖아! 그런데 그 딸이…… 말도 안 돼! 이런 꼬마가 어떻게 그런 흉악한 짓을……."

"오키에는 묘렌 교주의 환생이라고 귀자모신이 말했어. 정말 환생인지 아닌지는 모르지만 빙의일 가능성이 많아. 빙의 상태에서 악령이 몸을 지배하게 되면 그 사람은 무슨 짓이나 할 수 있지."

"그럼, 아라는?"

"모르겠어. 나도 잘 모르겠어!"

현암은 머리를 감싸 쥐었다. 그러고는 중얼거리듯 물었다.

"신부님은 아직 돌아오시지 않았어? 맙소사! 신부님은……."

연희가 망연한 표정을 지었다.

"스즈키 씨를 만나러 가셨잖아요."

승희의 얼굴은 아예 파랗게 질려 버렸다. 승희가 눈을 감고 아랫입술을 꽉 깨물었다. 그러다가 휘청하더니 눈을 떴다.

"신부님이……."

현암은 딱딱하고 무표정한 얼굴이 돼 있었다. 현암이 나지막한 목소리로 말했다.

"이야기해, 승희야."

승희는 처음에는 중얼거리듯 말하다가 점점 목소리를 높여 갔다.

"의식이 없으셔. 아냐, 아냐. 주무시고 계신 걸 거야. 그렇지? 신부님에게 무슨 일이 생겼을 리가 없어. 신부님이 어떤 분이신데. 그렇지 않아, 응?"

승희가 마지막에는 거의 대들듯 현암의 멱살까지 잡으면서 소리를 쳐 댔다. 그러나 현암은 여전히 굳은 표정을 지은 채 꼼짝도 하지 않았다.

"설마 돌아가신 것은…… 아니겠지?"

현암이 묻는 말에 승희는 흐흑 울음을 터뜨렸다.

"그런 것은 아니지만 지금 몹시 중태…… 의식이 거의 없으셔. 언제 돌아가실지 모를 정도로…… 흐흐흑."

현암이 급하게 연희에게 말했다.

"연희 씨, 아까 서로 연락하기로 한 사이토 씨의 휴대 전화번호가 있지요?"

연희는 곧 현암의 말을 알아듣고는 수화기를 집어 들었다. 승희는 계속 울고 있었고 준후는 그 자리에 주저앉아 얼굴이 하얗게 질려서 천장만 쳐다보고 있었다. 현암은 침대 옆으로 가서 뭔가 길쭉한 물건을 하나 들고 왔다.

"울지 마, 승희야. 돌아가시지 않았다면 희망이 있어. 마음 단단히 먹고. 자, 준비하자."

현암이 천으로 둘둘 말았던 것을 허공에 와락 떨치자 눈부신 광채가 뻗어 나면서 저르렁하고 사방이 울렸다. 무련 비구니에게서 받은 청홍검이었다. 현암은 눈을 가늘게 떠서 청홍검의 검신을 훑어보고는 승희에게 말했다.

"승희야, 울지 마. 지금은 울 때가 아니야. 그럴 틈이 없어."

"신부님이 어떻게……."

현암은 그 말을 듣고 몸을 부르르 떨었으나 표정은 변하지 않은 채 계속 청홍검을 훑어보고 있었다. 현암이 이를 악물고 말했다.

"신부님에게 무슨 일이 생기면 나도 더 이상 참지 않겠다!"

준후는 애써 침착을 찾으려는 듯 큰 숨을 내쉬었고 승희도 두어 번 더 어깨를 들먹거리더니 고개를 번쩍 치켜들었다. 승희의 눈빛이 무섭게 빛났다. 그때 연희가 일행을 향해 쉿, 소리를 내며 조용히 해 달라는 손짓을 보냈다. 계속 신호만 가고 받지 않던 휴대 전화를 누군가가 받았기 때문이었다. 연희는 다급하게 외쳤다.

"사이토 씨? 신부, 신부님은요?"

[신부는 내가 손 한 번만 놀리면 세상에서 사라진다.]

"너, 너는 오키에! 그렇지?"

준후가 앙칼진 소리를 질렀다.

"신부님을 건드리면 절대 가만두지 않겠다!"

[호호호. 구하고 싶다면 와 봐라. 목숨이 아깝지 않다면 말이야.]

현암이 수화기를 낚아챘다. 그리고는 사자후의 공력을 섞어서 무시무시한 크기로 고함을 질렀다.

"곧 간다! 만일 신부님에게 무슨 일이 있으면 죽을 줄 알아!"

현암이 마지막으로 소리를 치는 순간, 휴대 전화의 상태가 이상해졌는지 고의로 그런 것인지 통화가 끊어져 버렸다. 현암이 이를 부드득 갈면서 휴대 전화를 잡은 손에 자신도 모르게 힘을 주자 휴대 전화는 가루가 돼 부서져 버렸다. 현암은 한숨을 내쉬고는 청홍검을 그대로 등에 두르고 바닥에서 종이 한 장을 집어 들었다. 현암이 주위를 둘러보며 말했다.

"스즈키 씨 별장의 약도가 있어. 가자."

더 이상의 말은 필요 없었다. 넷은 누가 먼저라고 할 것도 없이 복도로 나갔다. 호텔 밖을 나서니 현암이 메고 있는 눈부신 장검을 보고 기겁하며 물러서는 사람들도 있었지만 그들은 사람들의 눈초리를 신경 쓰지 않았다. 넷은 방금 타고 왔던 차에 올라타고는 거친 엔진 소리를 내며 출발했다.

오키에, 아니 묘렌이 그들을 맞이할 준비를 하고 있는 스즈키의 별장을 향해.

돌입

"슬슬 시작이로군. 녀석들이 무슨 덫을 파 놓았을지 모르니까 주위를 잘 살펴 주렴, 승희야."

앞자리에 앉아 있던 현암이 차에서 내리면서 한 말이었다. 기세 좋게 별장의 부근까지 오기는 했지만 길이 외길로 변하면서부터 통나무와 빈 상자들로 꽉 막혀 있어서 차가 지나갈 수 없게 돼 있었다. 할 수 없이 걸어서 올라가야 했는데, 주위도 어두워지기 시작했고, 저들도 퇴마사들이 온다는 것을 잘 알고 있기 때문에 모두의 마음속에는 불안감이 짙게 드리워져 있었다.

마음을 읽히는 것을 막기 위해 준후는 연희와 현암에게 새로 부적을 만들어 주었다. 그 바람에 승희도 그들의 마음을 읽을 수 없게 됐다. 이제는 세크메트의 눈에 의존할 수밖에 없었다. 또 아까처럼 총질을 해 댈지도 모르니 눈에 띄게 불을 켤 수도 없었다. 이래저래 힘들기는 마찬가지였다.

처음에는 아무런 저항이 없었다. 선두에 서서 가던 현암이 중얼거렸다.

"이상하군. 우리를 별장 안까지 들어오게 하려는 속셈인가?"

준후가 고개를 갸웃거리면서 말했다.

"무슨 뜻이에요? 현암 형?"

"나 같으면 말이다. 이럴 때 화약이나 하다못해 기름통이라도 사방에 늘어놓고 그냥 우리가 오자마자 쾅! 하고 날려 버렸을 것 같아. 그런데도 교주는 그런 방법은 쓰지 않는군. 게임을 하자는 걸까, 아니면 다른 함정을 파 놓고 있는 것일까?"

현암의 말을 듣자 모두 등골이 쭈뼛했지만 그 말이 맞겠다는 생각이 들었다. 현암의 말대로 하는 것이 가장 간단하고 확실하며 빠른 방법일지도 몰랐다. 그런데 정말 왜 그러지 않은 것일까? 아무도 그 이유를 알 수 없었다.

"아무 기척도 없으니 더 찜찜하군. 내가 먼저 돌아보고 올게."

현암은 앞으로 정찰을 나가려고 했으나 승희가 잡았다.

"같이 가. 살아도 같이 살고 죽어도 같이 죽어야지."

"죽긴 왜 죽어. 난 불사신이니 염려 마라. 최소한 신부님을 구하기 전까지는 말이야."

현암의 목소리는 전에 없이 엄숙했지만 낯이 어두워 표정은 보이지 않았다. 그래도 승희는 계속 매달렸다.

"떨어져 있으면 더 난처해질지도 몰라. 한데 모여서 같이 가자고."

승희가 고집을 부리자 현암은 일행과 같이 움직이기로 했다. 준후도 언제든지 주술을 쓸 수 있도록 눈을 크게 뜨고 주문을 외우고 있었으며 오른손에는 벽조선을 들고 있었다. 현암도 월향검과 청홍검을 양손에 쥐었다. 현암은 공력이 많이 회복되긴 했지만 예기치 않게 저들이 공격해 온다면 승희나 연희까지 지켜 주기에는 역부족이라는 생각이 들었다. 박 신부가 있었다면 기도력으로 웬만한 것들은 물리치며 지나갈 수 있었을 텐데…….

한참을 걸어 올라가자 저만치 불빛이 보였고 불빛 주위로 안개가 서서히 몰려들고 있었다. 준후가 중얼거렸다.

"주술력이 느껴져요."

승희도 준후의 말을 바로 받아 일행에게 안의 상황을 이야기해 주었다.

"놈들이 있어. 앞에 네 명. 생각보다는 수가 적은데. 어? 그게 아니네? 주변에 사람들이 점점 늘어나고 있어. 우리가 오는 것을 알고서 모여들고 있는 것 같아."

현암은 알았다는 듯 고개만 끄덕하고는 계속 발걸음을 옮겼다. 주위의 안개가 점점 짙어져 긴장감을 자아내고 있었다. 그러다가 급기야는 안개 때문에 사방이 보이지 않는 지경까지 이르렀다. 현암과 준후가 덜컥 멈춰 섰다.

"어?"

승희는 계속 주변에 사람이 얼마나 있는지에만 신경을 쓰다가 두 사람이 걸음을 멈추자 함께 걸음을 멈추었다. 연희와 승희가 의아해하자 준후가 말했다.

"아까 배에서 본 것과 똑같은 진법이에요. 그런데 훨씬 더 강해요."

승희가 짜증 난다는 듯 중얼댔다.

"아까와 똑같은 진법이라면 우리는 또 못 들어간다는 소리야?"

현암은 잠시 무슨 생각을 하더니 입을 열었다.

"승희가 모처럼 죽어도 같이 죽고 살아도 같이 살자고 했는데 같이 못 간 데서야 말이 되나? 자, 내가 앞장설게."

"어? 현암 형!"

"현암 군! 아까는 그 때문에 하마터면……."

현암은 준후와 승희의 만류에도 아랑곳없이 뒤를 돌아다보고 웃으며 말했다.

"준후야, 너 여기서 저 진을 부술 수 있겠니?"

"아뇨. 안으로 더 들어가야……."

"이 진은 자신이 생각하는 약점을 찌르는 진법인 것 같아. 준후,

너는 들어가서는 안 돼."

"네? 왜요?"

"넌 누군가를 깊이 생각하고 있잖니? 하하하."

현암은 좀 멋쩍은 듯이 웃다가 말을 덧붙였다.

"승희나 연희 씨는 들어갈 수 없을 거고. 따로 생각해 둔 게 있어. 그러니 너무 염려 말거라."

그 말만 남겨 두고 현암은 휙 하니 가타부타 말도 없이 진 안으로 뛰어 들어갔다. 준후도 그 뒤를 따라 들어가려고 했으나 승희가 팔을 붙잡았다.

"가지 마. 비록 미련통이지만 뭔가 꿍꿍이가 있겠지. 믿어 보자고."

승희가 준후를 잡은 것은 이유가 있었다. 현암의 말을 듣고 승희도 눈치를 챈 것이다. 아까부터 준후가 아라의 걱정을 이상할 정도로 많이 하는 것이 염려스러웠다. 승희는 차마 겉으로는 말하지 못했지만, 준후의 그런 태도가 어딘지 모르게 이상하다는 생각은 하고 있었다.

안개 속으로 뛰어든 현암은 곧 심호흡하고 눈을 감은 채 걸음을 옮기기 시작했다. 몇 걸음을 옮기지 않아서 자신의 앞에 무언가가 서서히 나타나는 것을 느끼고 걸음을 멈춘 다음 눈을 떴다. 앞에는 장막처럼 짙은 안개가 서려 있었다. 그 앞을 막고 서 있는 여자가 한 명 있었다. 나이 어린 소녀였다.

"가짜 환영! 나타났군. 그러나 소용없는 일이야."

환영은 몸부림치면서 애원하듯 소리를 쳤으나 현암은 무시해 버렸다. 그러자 이번에는 무언가가 현암의 왼쪽 어깨를 잡았다. 천천히 돌아보니 그곳에는 소복을 입은 여인이 눈이 시릴 정도로 싸늘한 표정을 하고 서 있었고, 현암의 앞에서는 현아의 모습을 한 망령들이 삽시간에 수십, 수백 명으로 나누어져서 양손을 앞으로 뻗은 채 현암의 앞으로 다가오고 있었다. 모두가 물에 젖은 머리카락에 흠뻑 젖은 옷을 입고 있었다. 현암의 양쪽 옆으로는 원통한 듯한 귀곡성을 내면서 수십 개의 월향이 날아다니고 있었다. 현암은 눈을 꼭 감았다가 서서히 오른손을 내밀었다.

주먹 쥔 현암의 오른손에서는 조금씩 선혈이 흘러내렸다. 현암은 월향검을 날째로 꼭 쥐고 이곳까지 올라온 것이다. 월향이 진의 기운 때문에 또 충격을 입지 않도록 자신의 피를 먹이고, 자신도 통증을 느낌으로써 정신을 잃고 흘리지 않도록 하기 위함에서였다.

"내가 진정으로 생각하는 것은 여기에, 바로 내 옆에 있다. 눈으로 나를 홀리려 하지 마라, 이 더러운 허깨비들아!"

현암은 중얼거리다가 일갈성을 지르고는 월향검을 회전시키듯이 던졌다. 월향검은 현암의 목소리에 답하듯 길게 귀곡성을 내면서 검기를 머금고 허공을 돌아 환영들의 한가운데로 쏘아져 나갔다. 환영들이 허공에서 마구 베어지고 허물어지면서 고함들을 질렀다. 현암은 다시 한번 길게 소리를 지른 다음 청홍검을 자신의 앞에 푹 꽂고는 청홍검 손잡이에 양 손바닥을 붙인 채 몸을 움츠렸다. 부동심결의 환한 빛이 어둠을 대낮처럼 물들이면서 사방으로 퍼져 나갔다.

"부동심결!"

위에서 환한 빛이 퍼져 나오자 눈을 감고 있던 준후가 소리쳤다. 곧 빛이 사그라짐과 동시에 준후는 주문을 외우며 크게 기합을 지른 다음 왼손을 떨쳐 냈다. 그러자 한두 마리도 아닌 자그마치 다섯 마리의 리매가 허공에서 모습을 드러내며 포효하기 시작했다.

"어서들 가라! 어서 현암 형을!"

준후는 소리치고는 리매들의 뒤를 따라 달렸다. 승희와 연희도 달리기 시작했다. 승희는 달리면서도 정신을 집중해 현암에게로 힘을 퍼부어 주고 있었다. 현암은 부동심결을 발하면서도 승희에게서 전혀 힘을 빌려 가지 않았지만, 승희는 현암의 그런 행동이 더 야속했다.

'이제 나는 도움이 안 되나 보지? 나 없어도 된다고 자랑이라도 하는 거냐? 어디 두고 봐라. 나 없어도 되나.'

승희는 그렇게 중얼거리면서도 있는 힘껏 힘을 밀어 보내고 있었다. 자신이 여기서 쭈그렁 할머니가 되는 한이 있어도 있는 대로 힘을 보내 주고 싶었다. 왠지 눈물이 눈가에 가득 고였다.

언덕 위의 별장에서 네 대의 승용차가 미친 듯 아래로 내려오고 있었다. 안개가 걷히자 명왕교도들이 현암 일행을 저지하기 위해 달려온 것이다. 부동심결의 광채가 가시자 주변의 안개도 덧없이 사라져 갔다. 현암은 부동심결을 발한 후라 잠시 정신을 잃고 앞에 박은 청홍검에 기대며 앉아 있었고, 월향검은 그런 현암의 머리 위를 빙빙 돌고 있었다.

두 대의 차가 현암을 그대로 깔아뭉개려는 듯 덮쳐들었다. 그러나 준후가 보낸 리매들이 우르르 달려와서 현암의 앞을 막고는 차에 달라붙었다. 두 대의 차에 각각 두 마리씩 네 마리의 리매들이 차를 밀어 내자 차는 더 이상 앞으로 나아가지 못하고 뒷바퀴만 요란한 소리를 내면서 공회전을 할 뿐이었다. 잠시 후 차 문이 열리면서 사람들이 우르르 내렸다. 그들은 일본도 비슷한 무기와 권총을 들고 있었다. 그중 한 명이 리매를 향해 총을 쏘았다. 그러나 리매는 꿈쩍도 하지 않았다. 다른 리매 하나가 괴성을 지르면서 덤벼들자 그자는 비명을 지르며 달아났다.

뒤에 오던 차는 앞의 상황을 보고 조금 먼 거리에 멈추어 섰다. 문이 열리고 네 명의 사람들이 내렸다. 앞차에 탔던 명왕교도들은 흰 노의 가면을 쓰고 있었지만, 뒤의 네 명은 붉은 명왕의 가면을 쓰고 있었다. 그제야 헐떡거리면서 올라온 준후가 현암의 앞을 막아서고 벽조선을 꺼내 들었다. 승희는 가부좌를 틀고 앉아 현암의 등에다 양손을 짚었고, 연희도 준후의 옆에 버티고 섰다. 앞차의 명왕교도들은 리매에 밀려 땅바닥에 내동댕이쳐지거나 뒤로 도망을 쳤지만, 저만치에 있는 네 명의 명왕들은 조금도 당황하는 기색 없이 서서히 앞으로 걸어 나오고 있었다.

"명왕교에 남아 있는 사대 명왕들이에요. 현암 형이 정신이 들 때까지는 조심……."

준후가 말하는데 주위에서 사각사각 소리와 함께 뭔가 날개 치는 듯한 이상한 소리가 들려왔다.

"아앗!"

연희가 비명을 지르면서 몸을 틀었다. 어디서 날아왔는지 메뚜기며 풀무치 같은 벌레들이 마구 날아와 일행을 공격했다. 현암은 그것도 모른 채 무아지경에 빠져 있었지만, 승희는 이상한 느낌이 들어 기겁하고 몸을 일으켰다. 준후와 연희는 손을 휘저으며 벌레들을 떨치려고 애쓰고 있었다.

그런 참에 허공으로부터 무언가가 떨어져 내리면서 먼저 키가 큰 연희를 할퀴려 들었다. 새 떼였다. 별장 쪽에는 개들이 짖으며 달려오고 있었고 숲에서는 바스락거리면서 이름 모를 들짐승들이 몰려오고 있었다. 승희와 연희는 계속 비명을 질러 대며 벌써 반쯤은 까맣게 몸을 덮은 벌레들을 떼어 내려 난리를 쳤다. 새들이 쪼아 대는 것보다 달라붙은 벌레들이 더 징그러워 견딜 수가 없었다. 월향검은 귀곡성을 지르면서 새 떼를 어지럽게 떨어뜨리고 있었지만, 새들은 아랑곳없이 계속해서 덮쳐 들어왔다.

"동물들을 부리는 술수예요! 에에잇!"

준후가 기합 소리와 함께 벽조선을 펼치면서 몸을 획 돌렸다. 그러자 준후의 몸에서 강한 바람이 일어나 주변을 휩쓸기 시작했다. 승희와 연희는 바람에 밀리지 않으려고 서로 부둥켜안았고, 앉아 있는 현암의 옷자락과 머리카락이 마구 휘날렸다.

바람에 밀려서 벌레 떼들은 저만치로 와르르 날렸다. 몸에 붙은 벌레들과 월향검을 맞고 땅바닥에 떨어졌던 새들의 시체들도 회오리바람에 밀려서 어디론가 사라져 버리고 없었다. 새 떼들도 그 기세에 놀랐는지 공중으로 날아올랐다.

준후가 빙글빙글 돌던 몸을 멈추어 세웠다. 몹시 힘이 드는지 잠시 몸을 휘청했지만, 곧 벽조선을 옆에 끼고는 양손으로 수인을 맺고 원을 그렸다. 준후의 앞에서부터 느닷없이 불길이 일어나더니 삽시간에 일행의 주위로 둥글게 번져 가면서 맹렬하게 타올랐다. 예전에 준후가 말한 적이 있던 화염진의 술수였다. 준후의 키를 넘어 한참 위까지 솟아오른 불길의 기세에 눌려서 새 떼는 더 이상 달려들지 않고 숲으로 날아갔고, 마구 달려오던 개들도 저만치서 짖어 댈 뿐 덤벼들지 않았다. 숲속에서도 바스락거리는 소리가 멀어져 갔다.

승희는 벌레가 다 날아갔는데도 아직도 히스테리적인 소리를 지르면서 몸을 문질렀다. 리매술에, 회오리바람에, 화염진까지 일으킨 준후는 그만 탈진해 버렸는지 비틀하면서 넘어지려고 했다. 재빨리 연희가 준후의 등을 받쳐 주었다.

"준후야, 괜찮니?"

"네, 그보다 현암 형을······."

승희는 그제야 정신을 차리고 일단 준후에게 힘을 밀어 보냈다.

네 명의 명왕들은 계속해서 이쪽을 향해 걸음을 옮기고 있었다. 준후가 외치는 소리가 들렸다.

"승희 누나! 어서 현암 형을…… 저 네 명은 저 혼자는 도저히 안 돼요!"

승희는 준후가 외치는 소리에 몸을 돌려 네 명의 명왕을 쳐다보았다. 그러고는 곧 현암의 등 뒤에 양손을 붙이고 힘을 넣어 주기 시작했다. 연희는 현암 앞에 꽂혀 있는 청홍검을 일단 뽑아 들었다. 준후는 정신을 차리려는 듯 몇 번 고개를 설레설레 젓고 나서 발을 붙이며 똑바로 버티고 섰다. 일행과 일행을 둘러싸고 있는 화염진으로부터 십 미터가량 떨어진 곳에서 네 명의 명왕은 걸음을 멈추고 이쪽을 노려보았다.

준후의 기운이 약해지자 다섯 마리의 리매 중 두 마리가 희미해지더니 곧 사라져 버렸다. 나머지 세 마리의 리매 중 두 마리가 희미해지기는 했어도 그런대로 형체를 갖추고 있었다. 준후는 주문을 외워 리매들에게 손을 뻗어서 명왕들을 가리켜 보였다. 그러자 리매들은 그르렁거리는 소리를 내며 명왕들한테로 달려갔다.

그들은 재빨리 마주 서더니 한 명이 다른 사람의 어깨 위로 껑충 뛰어 올라탔다. 그러고는 달려오는 리매 하나를 향해 마주 달려가며 네 개의 팔을 후다닥 휘두르니 덩치 큰 리매가 뒤로 흠칫 물러섰다. 다른 한 명이 주문을 외우자 또다시 벌레며 새 떼, 개들이 두려워하는 기색도 없이 리매에게 덤벼들었다. 그리고 나머지 한 명의 명왕은 천천히 등에서 무엇인가를 빼 들고 다른 리매에게로 다가갔다.

그들은 리매를 하나도 두려워하는 것 같지 않았지만 준후는 지금 더 이상의 술수를 부릴 만한 기운이 없었다. 승희에게 힘을 얻는다고 해도 준후의 힘은 현암처럼 공력에 의한 것이 아니고 주문에 의한 것이었으므로 정신력과 깊은 관련이 있었다. 즉 주문을 시전할 때 승희의 힘을 끌어내면 많은 도움이 되지만, 막상 준후가 탈진했을 때는 승희가 회복시켜 주거나 도와주는 것이 쉽지 않았다. 심하게 주술을 썼을 때는 자주 정신을 잃고 졸도하기도 했다. 지금도 그런 상황이었다. 연희가 그런 준후를 보고 있다가 무슨 생각이 들었는지 오른손을 펴서 준후의 등에 대었다. 준후는 그러자 흠칫하면서 연희를 쳐다보았다.

"네가 준 힘이잖아. 도로 가져가렴."

연희는 준후가 예전에 자신의 몸에 심어 준 힘에 대해 이야기하고 있었다. 삼천 장의 부적을 그릴 수 있는 공력이 담긴 힘. 준후의 삼 년의 명이 들어 있는 힘을 연희는 지금 도로 가져가라고 하고 있었다. 그러나 준후는 고개를 저었다.

"아직은 버틸 만해요. 연희 누나도 자신의 몸은 지켜야죠."

두 마리의 리매는 자꾸 뒤로 밀리고 있었다. 나머지 한 마리의 리매는 기가 죽은 듯, 한 명의 명왕을 노려본 채로 움직이지 않고 있었다. 명왕이 등에서 꺼낸 것은 묘하게 생긴 선장(禪杖)이었는데, 그 끝에는 보통 일본 밀교에서 쓰이는 선장들처럼 쇠고리가 달린 것이 아니라 방울이 달려 있었다. 그것을 흔들자 맑은 소리가 났다. 그러고 나서 그자가 소리를 쳤다.

"나는 명왕교의 항삼세명왕이다. 너희들이 무엇을 믿고 여기로 난입하려 드는지는 모르겠으나, 다들 각오하라!"

연희는 대꾸를 해서 조금이라도 시간을 벌려고 했다. 그러나 항삼세명왕은 손에 든 선장을 부르르 떨었다. 선장에서 맑은 소리가 울려 퍼지더니 사방에 검은 그림자가 나타났다. 준후가 입술을 깨물며 말했다.

"저자도 뭔가를 불러내는 술법을 아는군요."

검은 그림자들은 획획 소리를 내면서 몇 마리는 리매에게로 덤벼들고 두어 마리는 이쪽으로 다가왔다. 항삼세명왕이 크게 웃는 소리가 들렸다.

"나의 덴구(天狗)들하고 먼저 놀아 보거라."

준후는 연희를 끌고 화염진의 안쪽으로 조금 물러서서 현암과 승희를 막아섰다. 진 안에 있으면 덴구라는 괴물들도 쉽게 들어오지 못할 거란 생각에서였다. 그러나 덴구들은 진 안으로 들어오려고 하는 대신 눈에 보이지도 않을 정도의 빠르기로 진 바깥쪽을 획획 스치듯 지나갔다. 덴구들이 지나갈 때마다 화염진의 불길은 조금씩 꺼져 갔다. 준후는 이를 악물고 수인을 짚으면서 화염진의 불길을 세우려고 했지만, 덴구들이 계속 어지럽게 돌아다니며 화염진의 불길을 꺼뜨렸다.

그 자리에 커다란 울음소리가 들리면서 두 명왕의 협공을 받은 리매가 서서히 사그라져 가는 것이 보였다. 벌레 떼와 새들의 습격을 받고 있던 리매는 한 발짝씩 명왕을 향해 나아가고 있었고, 항삼세명왕의 앞에 있던 가장 큰 리매는 세 마리의 덴구들과 치열하게 싸우고 있었다. 둘이 한 몸이 된 명왕은 리매를 쓰러뜨리고 나자 이제 동물을 조종하는 명왕에게로 다가갔다. 항삼세명왕은 천천히 화염진 쪽으로 내려오기 시작했다. 준후가 기력만 있었다면 어떻게든 했겠지만 지금 준후는 정신을 잃고 있는 현암과 승희를 너무 의식한 나머지, 연달아 큰 술수들을 써서 거의 탈진한 상태였다.

연희는 신경을 곤두세우고 덴구가 스쳐 지나갈 때마다 청홍검을 휘둘렀지만 번번이 빗나갔다. 항삼세명왕이 미소를 지으면서 화염진을 향해 무슨 술수를 부릴 듯한 표정으로 선장을 내밀려는 순간, 꺄아아악 하는 귀곡성과 함께 월향이 검기를 번뜩이며 날아왔다. 놀란 항삼세명왕은 얼른 고개를 숙였고 월향검은 허공을 날아서 덴구 한 마리를 그대로 뚫고는 다시 허공으로 떠올랐다. 월향에게 관통당한 덴구는 자지러지는 듯한 비명을 지르더니 서서히 사라져 갔다. 그것을 보고 항삼세명왕은 분노한 듯 소리를 지르면서 선장을 허공에 마구 휘둘러 댔다.

이제 싸움은 걷잡을 수 없는 혼전으로 변해 갔다. 영과 영이 싸우는 난리판이 된 틈에서도, 승희는 땀을 뻘뻘 흘리면서 현암에게 힘을 주었다. 또다시 리매의 울부짖는 소리가 들렸다. 벌레와 새 떼들에게 뜯기고 있던 리매가 새와 벌레를 조종하던 명왕의 앞으로 다가서는 순간, 둘이 한 몸이 된 명왕의 공격을 받고는 사라져 갔다. 월향검이 다시 그들 쪽으로 날아들자 동물을 부리던 명왕은 등에서 그물을 꺼내더니 월향을 노리고는 휙 하고 그것을 흩뿌렸다. 월향은 아슬아슬하게 그물을 피했다. 이인 일조가 된 명왕이 월향검을 향해 뭐라고 소리를 치면서 묘한 자세를 취하자 월향은 갑자기 뒤에서 뭔가가 잡아끄는 것처럼 현저히 속도가 떨어져 버렸다.

월향의 애처로운 소리가 허공을 울리자 준후는 더 이상 못 참겠다는 듯, 수인을 풀어 버렸다. 그러자 준후의 주위를 둘러싸고 있던 화염진의 기운은 순식간에 사그라져 버렸고 그사이 두 마리의 덴구가 쏜살같이 날아들었다. 연희가 얼핏 청홍검을 휘두르는데 요행히도 덴구 한 놈이 청홍검에 맞은 것 같았다. 원래 형체도 없는 그림자 같은 놈들이지만 청홍검이 워낙 명검이고 정순한 기운을 지니고 있어서 일격을 당한 덴구는 데굴데굴 구르다가 길게 소리를 지르고는 사라져 버렸다.

세 마리의 덴구에게 포위돼 있던 리매도 사방이 울릴 정도로 큰 소리를 지르면서 계속 헛손질만 하다가 덴구 한 마리를 손에 잡는 데 성공했다. 그러자 리매는 무서운 힘으로 덴구를 휘둘러서 마주쳐 오던 또 한 마리의 덴구를 후려갈겨 버렸다. 캑 소리와 함께 두 마리의 덴구는 사라져 버렸고, 또 한 마리의 덴구는 멈칫거리다가 날아들던 월향검에 꿰뚫려서 캭 소리를 지르며 사라져 버렸다. 그러나 저쪽에서 내던진 그물이 마지막 남은 리매를 포박했다. 월향은 안간힘을 쓰면서 리매를 구하려고 날아가려 했으나 저쪽에서는 이인 일조의 명왕이 주술력으로 월향검을 계속 끌어당기고 있는 듯, 월향검의 속도는 현저히 줄어든 상태였다. 항삼세명왕은 월향검에 정신이 팔린 듯했다. 월향검이 둘도 없는 명검이라 빼앗으려는 욕심이 들었는지도 모를 일이었다. 그사이를 이용해 준후는 덮쳐 오는 마지막 남은 덴구의 면상에 인드라의 뇌전을 적중시켰고 덴구는 파란 불꽃에 휩싸여 경련을 일으키면서 사라져 갔다.

그물에 쓴 리매는 점점 몸이 찌부러져 갔다. 아까 귀자모신의 수틀이 리매를 흡수했듯 저 그물도 항마의 기운이 있는 것 같았다. 준후가 리매를 보고 안타까워서 수인을 맺으려는 순간, 월향검이 찢어지는 비명을 지르면서 뒤로 끌려가 땅에 푹 박혀 버렸다. 그러자 항삼세명왕은 날듯이 월향검 쪽으로 달려가서 선장으로 월향검을 꽉 찍어 눌렀고, 준후가 주춤하는 사이에 마지막 남은 리매도 어헝 하는 소리를 지르고는 서서히 사라졌다.

준후는 월향검이 잡힌 것에 놀라서 그쪽을 향해 뇌전 한 방을 날렸다. 그러나 명왕이 보이지 않는 힘을 발하자 뇌전은 공중에서 폭발해 없어지고 말았다. 명왕은 휘청하면서 뒤로 서너 발짝 물러섰지만 준후는 멀쩡했다. 그 틈에 다른 명왕의 그물이 월향검에게 씌워졌고 그물에 걸린 월향은, 애처로운 비명을 내면서 그물째로 몸을 흔들어 보았으나 월향의 반짝이던 기운은 거의 빛을 잃고 있었다. 월향검도 엄밀하게 말하면 정파의 물건이라고는 할 수 없는 귀검이었기 때문에 일단 항마의 기운을 지닌 그물 안에 들어가자 힘을 쓰지 못하는 것 같았다. 준후와 연희는 안타까워서 발을 구르고 있었지만 달리 손쓸 방법이 없었다.

몇 분도 채 되지 않은 사이에 난투극은 끝나고 일순 사방은 고요 속에 잠겼다. 이제는 사람들만 남았다. 네 명의 명왕들은 천천히 준후와 연희를 향해 다가서고 있었다. 그중에 그물을 들고 있던 명왕이 연희를 가리키며 말했다.

"저 여자가 가지고 있는 칼도 기막힌 명검입니다! 저것을 나에게 주시오, 항삼세명왕."

"그러면 나는요?"

이인 일조의 명왕이 이구동성으로 내는 소리였다. 일단 몸이 합쳐지자 두 사람은 마치 한 사람 같았다.

"금강야차명왕은 네 팔로 칼을 쓰기는 좀 그렇지 않겠소?"

"군다리명왕은 이미 천라지망[9]이라는 무기가 있는데 저 칼까지 또 바라는 것은 좀 그렇지 않소?"

그들은 준후와 연희는 안중에도 없는 듯 우스갯소리까지 하면서 떠들어 댔다. 하도 그 꼴이 눈 사나워서 연희가 소리를 쳤다.

"너희들이 이 칼을 가질 수 있을 것 같으냐! 헛소리 그만하시지!"

연희가 유창한 일본어로 대들듯 말하자 항삼세명왕이 씩 웃었다.

"우리 말을 할 줄 아시는구먼. 그러나 과연 그럴 수 있을까? 우리는 당신들을 죽여도 좋다는 교주의 명을 받았다. 저 꼬마를 믿

---

9   아무것도 빠져나갈 수 없다는 뜻으로 포위망을 뜻한다. 본문에서는 같은 이름을 지닌 그물 형태의 법기이다.

는 모양인데, 아무리 재주가 좋아도 저 꼬마 혼자서는 우리 넷을 당해 내지 못해. 그리고 뒤에 있는 저자는 공력이 탈진한 모양이니 빨라도 삼십 분 내에는 정신을 차리지 못할 것이고. 그 정도 시간이면 충분하지."

항삼세명왕이 능글능글하게 말하는 중에 군다리명왕의 천라지망 속에 갇혀 있던 월향검이 애처로운 울음소리를 냈다. 그것을 보고 항삼세명왕은 웃으며 말했다.

"오늘은 아주 좋은 귀검을 선물 받았으니 지금이라도 순순히 돌아간다면 목숨만은……."

항삼세명왕은 말하다가 말고 흠칫 놀랐다. 놀란 건 준후와 연희도 마찬가지였다. 어느새 현암이 벌떡 몸을 일으켜서 활활 타는 듯한 눈으로 항삼세명왕을 바라보고 있었던 것이다. 뒤에서 승희도 피로한 기색으로 몸을 일으켜 세웠다. 항삼세명왕이 현암이 깨어나는 데 삼십 분을 생각한 것은 현암을 과소평가한 것이었다. 승희가 현암을 회복시켜 주고 있다는 것을 눈치채지 못한 모양이었다. 연희와 준후도 현암이 이렇게 빨리 회복될 수는 없을 텐데 하는 생각이 들었다. 예전 경험으로는 이보다 두 배는 걸려야 현암이 깨어날 수 있었기 때문이다.

"누가 월향을 건드렸지?"

명왕들은 현암이 하는 말을 알아듣지 못했다. 그러나 그들은 현암의 눈이 월향검에서 떨어지지 않는 것을 보고는 곧 눈치를 챘다. 항삼세명왕이 비웃듯 무어라 말하려 하는데, 현암이 연희에게 손을 내밀었다. 연희는 청홍검을 현암에게 넘겨주었다. 현암은 청홍검을 받자마자 뚜벅뚜벅 명왕들을 향해 걸어갔다. 승희가 볼멘소리로 중얼거렸다.

"저 바보는 다 회복되지도 않았는데 월향검이 위험하다고 눈을 뜬 거야. 우리가 위험할 때는 꼼짝도 안 하면서 그 칼이 잡혔을 때는 눈이 자동으로 떠지나, 원. 준후야, 너도 힘내라! 내가 팍팍 밀어줄게!"

현암이 다가들자 항삼세명왕은 냉소를 지으면서 선장을 바람개비처럼 휘둘렀다. 바람 한 점 새어 들어갈 수 없는 무서운 수법이었다. 그러나 현암은 눈 하나 깜짝하지 않고 청홍검을 높이 쳐들었다. 청홍검에 공력이 주입되자 우웅 소리와 함께 검기가 검신에 맺히기 시작했다. 그러나 현암의 공력이 채 회복되지 않아서인지, 아니면 월향과는 달리 스스로 내는 힘이 없어서인지 청홍검에 맺힌 검기의 길이는 두 자 정도밖에 되지 않았다. 그러나 그것만으로도 명왕들은 대경실색하며 뒤로 한 걸음씩 물러섰다.

현암은 재빠르게 달려들면서 풍차처럼 돌아가고 있는 항삼세명왕의 선장 사이로 청홍검을 찔러 넣었다. 순간 챙 하는 소리와 함께 현암의 어깨가 움찔했고, 항삼세명왕도 헉하는 비명을 질렀다. 회전하고 있던 선장이 청홍검에 걸려서 멈추었다. 현암이 공력을 끌어올려서 무서운 힘으로 돌아가던 선장을 멈추게 하자, 항삼세명왕은 얼굴이 파랗게 돼 선장을 비틀어 보았으나 꼼짝도 하지 않았다. 아무리 회복이 덜 됐다지만 칠십 년 이상의 공력을 지닌 현암은 오른팔만으로도 보통 사람의 열 배 정도의 힘은 쉽게 낼 수 있었고, 그런 힘을 항삼세명왕이 막아 내기에는 역부족이었다. 더구나 지금 현암은 무슨 초식에 의거한 것도 아니고 그냥 내키는 대로 검을 휘두른 것이니, 현암이 검을 쥐는 것을 보고 무슨 겁법의 초식을 쓸 것이라 예상했던 항삼세명왕은 자기 꾀에 자기가 빠진 셈이었다.

현암이 항삼세명왕의 당황한 표정을 보고는 코웃음을 치면서 청홍검의 날을 옆으로 돌려 선장의 자루 쪽으로 갖다 댔다. 사삭하는 소리와 함께 대번에 선장은 무처럼 베어져서 두 토막 나 버렸고, 항삼세명왕은 둘로 잘린 선장을 들고는 한참이나 뒤로 물러섰다.

그의 얼굴은 울상이 돼 있었다. 그 광경을 보고 군다리명왕과 금강야차명왕도 안색이 굳어지면서 싸울 준비를 갖추기 시작했다. 금강야차명왕이 힘을 주어 묘한 자세를 취하자 현암의 손에 들린 청홍검이 휘청하면서 금강야차명왕 쪽으로 끌려 가려고 했다. 현암은 힘을 주어 청홍검을 잡아당겼으나, 이인 일조인 금강야차명왕도 악착같이 버티고 있었다. 그때 항삼세명왕이 소리를 지르면서 부러진 선장을 들고는 현암에게 덮쳐들었고, 군다리명왕도 월향검이 걸려 있는 채로 천라지망을 등에 메고는 계도[10]를 뽑아 들고 덤벼들었다. 그러나 그가 두어 발짝도 떼기 전에 검은

---

10 승려들이 항마(降魔)나 의식 때 사용하는 날이 없는 칼이다.

바람이 덮쳤다. 준후가 보낸 벽조선의 기운이었다. 군다리명왕은 비명과 함께 뒤로 나가떨어졌다.

항삼세명왕이 부러진 선장 자루로 현암을 공격해 왔다. 현암은 순간 혼신의 공력을 다해 청홍검을 잡아끌었다. 그러자 금강야차명왕은 허공을 날아 항삼세명왕과 정통으로 부딪혀 우당탕 소리를 내며 쓰러졌다. 그들의 술수는 귀자모신보다는 약했지만 부동명왕이나 대위덕명왕보다는 훨씬 높은 경지였다. 대위덕명왕이나 부동명왕은 외문기공을 주로 연마했고, 이들은 주술적인 면을 주로 수련한 것 같았는데, 현암을 너무 얕잡아 본 나머지 현암의 공력에 당한 것이다.

항삼세명왕은 힘으로는 현암을 상대할 수 없다는 것을 알고 재빨리 몸을 돌려서 군다리명왕의 천라지망을 빼앗듯이 잡아챘다. 그런 다음 잇단 동작으로 수인을 맺고 월향검을 가리키며 소리를 질렀다.

"이봐! 더 가까이 오면 이 칼을 부숴 버리겠다!"

연희가 소리를 질러서 무슨 말인지 현암에게 말해 주자 현암도 맞받아 외쳤다.

"할 수 있다면 해 봐라! 네깟 놈이 감히 그 칼에 흠집 하나 낼 수 있을 것 같으냐?"

"파사의 기운으로 그 정도는 가능하다. 봐라! 지금도 이 칼은 힘을 쓰지 못하고 잡혀 있지 않느냐!"

항삼세명왕은 소리치면서 수인 맺은 손을 월향검 가까이 가져

갔다. 그러자 우우웅 하고 월향검의 떨리는 소리가 났다. 현암은 일순 안색이 변했다. 그사이 금강야차명왕과 군다리명왕은 항삼세명왕의 뒤로 허둥지둥 숨어 버렸다. 현암은 잠시 입술을 깨물고 있다가 말했다.

"그러면 어쩌라는 말이냐?"

항삼세명왕은 말 대신 손가락으로 청홍검을 가리켰다. 그러자 현암은 획 하고 청홍검을 저만치에 내던졌다. 준후와 연희, 승희는 안 된다고 소리쳤지만 현암은 담담히 말했다.

"내가 책임지겠어. 통역이나 해 주세요, 연희 씨. 이제는 어떻게 해야 하느냐고."

"이젠 됐느냐?"

연희가 외치자 항삼세는 손짓을 해 보이며 다시 말했다.

"꼼짝 말고 거기에 무릎을 꿇어라. 그리고……."

항삼세명왕이 말을 더듬거렸다. 현암은 항삼세명의 말대로 무릎은 꿇지 않았지만 그대로 털썩 주저앉았다. 그런데 먼발치에서 땀을 쥐고 그 광경을 보고 있던 승희의 눈에 이상한 것이 보였다. 군다리명왕이 품에 손을 집어넣고 있었다. 그러고는 뭔가를 꺼내 들었다.

"총!"

승희는 고함을 지르면서 현암을 향해 뛰어 올라갔다. 현암도 놀라 반사적으로 몸을 굴렸다. 군다리명왕은 급하게 총을 꺼내어 현암을 향해 쏘았지만 빗나가 버렸다. 놀란 준후도 뇌전 한 방을 급하게 날렸으나 금강야차명왕이 뇌전의 기운을 도중에서 막아 버렸다. 군다리명왕은 이번엔 준후에게 총부리를 돌렸다. 준후는 이를 악물고 그대로 군다리명왕에게 뇌전을 날리려고 했지만, 연희가 준후에게 뛰어들면서 준후를 넘어뜨려 총알을 피할 수 있었다. 저만치 청홍검이 몸을 굴리고 있던 현암의 눈에 들어왔다. 팔만 뻗으면 닿는 지척의 거리였다. 이번에는 군다리명왕의 총부리가 청홍검을 집어 들려는 현암을 겨냥했다. 그 순간 막 달려온 승희가 양팔을 크게 벌리고는 현암의 앞을 막고 서서 외쳤다.

"쏘지 마! 쏘면 안 돼! 현암 군! 어서!"

그러나 총부리에서는 작은 불꽃과 함께 연속되는 두 발의 총성이 울려 퍼졌다. 현암이 청홍검을 집어 들고 무의식중에 파사신검의 검초를 발휘해 청홍검을 집어 던졌다. 동시에 승희의 몸이 움찔했다. 청홍검은 파사신검의 수법대로 방아쇠를 다시 당기려 하고 있던 군다리명왕의 팔을 향해 무서운 기세로 날아들었다.

"으아악!"

군다리명왕의 처절한 비명이 사방에 울려 퍼졌다. 동시에 현암의 바로 앞에서는 승희가 서서히 무너져 내렸다. 현암은 재빨리 팔을 뻗어서 뒤로 넘어지려는 승희를 받쳐 주며 얼굴을 보았다. 총알이 한 발은 승희의 어깨에, 또 한 발은 배를 관통한 모양이었다. 승희의 웃옷은 금세 피범벅이 됐다. 현암의 얼굴이 일그러지더니 울먹이는 목소리로 말했다.

"승, 승희야…… 너…….”

승희가 감고 있던 눈을 뜨고는 조금 고개를 돌리면서 피식 웃었다.

"이 바보, 미련퉁이야."

갑자기 무언가가 번쩍거렸다. 현암의 바로 코앞에서 항삼세명왕이 비명을 지르며 나가떨어졌다. 비겁하게도 그 틈을 이용해 현암을 치려다가 준후가 쏘는 뇌전에 정통으로 맞았던 것이다. 준후는 울음 섞인 소리를 질러 대고 있었다.

"나쁜 놈! 이 나쁜 놈들아! 덤벼! 덤벼!"

준후는 울먹이는 소리를 치면서 다시 한번 뇌전을 날렸고, 쓰러진 항삼세명왕은 온몸에 푸른 불꽃을 일으키며 한동안 자지러지는 비명을 질러 대다가 축 늘어져 버렸다.

군다리명왕도 권총을 쥔 채 땅에 굴러떨어진 자신의 두 팔을 보면서 비명을 질러 대고 있었다. 금강야차명왕은 더 이상 싸울 생각을 잃은 듯, 팔이 떨어져 나간 군다리명왕을 번쩍 둘러메고는 별장 쪽으로 달음질쳤다.

준후와 연희가 달려와서 현암의 주위를 둘러쌌을 때, 현암은 승희를 안은 채 흑흑거리며 울고 있었다. 그 모습을 보고 준후는 얼굴이 파래지면서 더듬거리듯 말했다.

"현암 형. 승, 승희 누나가 죽······."

현암이 승희를 꼭 끌어안고 있는 틈 사이로 승희의 목소리가 들려왔다.

"좀 놔줘. 답답······ 윽! 이 미련······ 난 아직 안 죽었······."

연희가 현암을 달래어 간신히 승희와 떼어 놓았다. 준후도 승희의 목소리를 듣고는 눈물을 글썽거리면서도 헤헤하고 웃어 보였다. 승희는 몹시 고통스러운 듯 캑캑거렸지만 그래도 여전히 떠들어 대고 있었다.

"정말로 죽이려고 그러냐? 엉? 아이고."

현암은 눈에 눈물이 가득한 채 승희를 바라보았다. 그 표정을 보고 연희는 무심코 고개를 두어 번 끄덕였다.

"승희야, 죽지 마. 응? 죽으면 안 돼."

현암이 눈물 섞인 목소리로 이렇게 애타게 이야기하는 것을 준후나 연희는 처음 들었다. 승희는 파리한 얼굴에 미소를 띠며 말없이 고개를 끄덕였다. 현암은 무슨 말인가를 하려다가 입술을 굳게 다물더니 다시 냉정한 얼굴로 돌아갔다. 승희는 그런 현암의 얼굴을 보자 오히려 마음이 편해진 듯, 눈을 감고 차분하게 말했다.

"신부님을 꼭 구해. 그러면 안 죽는다고 약속할게."

현암은 입술을 꼭 깨문 채 승희의 손을 잡고 고개를 끄덕였다. 준후도 훌쩍거리면서 덩달아 고개를 끄덕이고 있었다. 연희는 눈물을 훔치고는 어두운 밤하늘을 쳐다보았다.

'승희는 현암 씨가 월향검만을 생각한다고 불평하곤 했었지. 승희는 현암 씨를 깊이 마음에 두고 있었던 것 같아. 그런데 현암 씨는 늘 무뚝뚝하게 승희를 대했지. 현암 씨는 과연 승희가 정말로 마음에 없어서 그랬었을까? 오히려 그 반대일지도…….'

연희는 고개를 젓고는 조심스럽게 승희를 안아 일으켰다. 준후가 자신의 흰 옷자락을 찢어 냈고 현암과 연희가 승희의 상처를 대강이나마 동여매고 지혈을 했다. 승희는 곧 혼수상태에 빠져들었다. 현암이 말했다.

"연희 씨가 승희를 데려가 주세요. 뒷일은 우리에게 맡기고……."

연희는 그러면 누가 말을 전해 주나 하고 잠시 망설였으나 별수가 없었다. 그 대신 연희는 자신의 것과 승희의 세크메트의 눈을 둘 다 꺼내어 현암과 준후에게 하나씩 주었다.

"필요할 거예요."

"우리 걱정은 말고 어서 가요."

준후도 안타까워 어쩔 줄을 모르겠다는 표정으로 말했다.

현암은 별장 쪽을 바라보았다. 그쪽에서는 네 명의 명왕들이 자신들을 이기지 못한 것을 알고, 아까 도망친 신도들과 안에 있던 자들이 모두 몰려나오고 있었다. 최후의 결전을 치르기라도 하듯 살기등등했다.

"돌아보지 말고 계속 달리세요. 그리고 경찰에 연락하세요. 만약 우리가 실패한다 해도 이들은 꼭 잡아야만 합니다."

"실패 안 할 거예요. 전 믿어요."

연희는 눈을 깜박하고 살짝 윙크해 보이고는 급히 승희를 들쳐업고 오던 길을 달려 내려갔다.

현암은 군다리명왕이 떨구고 간 천라지망을 풀고 월향검을 꺼낸 뒤 나무에 박혀 있던 청홍검도 빼내 들었다.

준후는 쓰러져 있는 항삼세명왕을 보고는 이를 악다물었다. 항삼세명왕은 온몸이 시커멓게 그을린 채 숨을 헐떡이고 있었다. 당분간 일어나기는 어려울 것 같았다. 준후는 잘려 나간 군다리명왕의 두 팔, 아직도 권총을 꼭 쥐고 있는 두 팔을 보고 치를 떨었다. 그러다가 준후는 그 옆에 묘한 모양을 한 구슬 목걸이가 떨어져 있는 것을 보았다. 준후는 눈을 빛내면서 그것을 재빨리 주워 들고 현암의 뒤를 따라 별장으로 달려가기 시작했다.

그곳에 그녀가 있었다

현암은 청홍검을 휘두르면서 별장의 문 가까이 다가갔다. 그러나 명왕교의 남은 신도들이 담장 위로 고개만 내밀고는 돌 같은 것을 던지기도 하고 더러는 총을 쏘아 대는 바람에 현암은 더 가까이 접근하지 못하고 근처에 있는 굵직한 나뭇등걸 뒤로 몸을 숨겼다.

시커먼 밤중에 총성이 울릴 때마다 사방이 조금씩 번쩍이며 빛났고 빛에 비추어져서 번득번득하게 빛나는 명왕교도들의 흉기들이 을씨년스럽게 보였다. 준후도 헉헉거리며 달려와서 현암이 몸을 숨긴 나뭇등걸 뒤로 숨었다. 이건 조금 스케일만 작았다 뿐이지 영락없이 고대의 공성전 양상 그대로였다. 스즈키의 별장은 담장도 높고 철조망까지 쳐져 있어서 꽤 많은 숫자의 명왕교도들이 안에 모여 싸움을 하자 하나의 요새처럼 돼 버린 것이다. 그 모습을 보고 준후가 한숨을 쉬었다.

"이게 뭐예요. 미친 짓이잖아요."

현암도 고개를 끄덕였다. 아무리 교주를 받든다고 해도 교주의 명 하나로 이런 식으로 저항한다는 것은 납득하기 어려웠다. 이것도 일본인들이기 때문에 가능한 것일까? 현암은 얼마 전 독가스 살포로 문제가 됐던 모 사이비 종교의 본거지에 경찰이 습격을 하자 독가스를 뿌리고 전원이 옥쇄를 시도했다는 기사를 떠올렸다. 현암은 어떻게든 저들을 다치게 하지 않고 들어갈 수는 없을까 속으로 궁리했다. 방금 군다리명왕의 두 팔을 잘라 낸 것 때문에 현암은 속으로 적잖은 충격을 받았다.

준후는 현암의 뒤에 바짝 붙어서 간간이 날아오는 총알을 피하다가 재빨리 옆으로 나아가 뇌전의 기운을 내쏘았다. 준후가 쏜 뇌전이 명왕교도 한 명을 정통으로 명중시키자 그자는 처참한 비명을 지르면서 그대로 뒤로 굴러떨어져 보이지 않게 됐다. 준후는 예전과 달리 사람을 맞추고서도 안색이 침착했다. 현암이 그 모습을 보고 눈을 크게 떴다.

"준후야, 너……."

"그런 것 따지지 않기로 했어요. 신부님이 위험하다고요!"

"준후야, 아무리 그래도……."

현암은 말을 이으려고 했지만 준후는 재빨리 몸을 돌리면서 또 뇌전을 내쏘았다. 저쪽에서 또 한 명의 명왕교도가 비명을 지르며 쓰러졌다. 보다 못한 현암이 준후의 손목을 끌어당겼다.

"준후야, 너 왜 그래! 아무리 다급해도 너는 절대로 사람에게 주술을 쓴 적이 없었잖아. 그런데 왜……."

"……."

준후의 얼굴이 조금씩 일그러지면서 울먹이는 표정을 지었다. 준후의 입에서 중얼대는 소리가 조금씩 흘러나왔다.

"진작부터 우리가 전력을 다했으면 승희 누나도, 신부님도. 이렇게 되지는 않았을 거예요!"

준후의 목소리가 커지고 있었다. 현암은 눈앞이 캄캄해졌다. 물론 준후가 지금 사람을 직접 죽이는 술수를 쓴 것은 아니었다. 그러나 사람에게는 절대 주술을 쓰지 않던 준후가 마음이 바뀌었다는 사실은 앞으로 점점 그 정도가 심해질 수도 있다는 것을 의미했다. 현암은 암담한 느낌이 들었다.

"왜 우리는 항상 당하고 참고만 있어야 하죠? 우리가 저들보다 힘이 약한가요? 악한 자들은 항상 우리를 이용하고 죽이려 들고. 그런 그들에게 우리가 가진 힘조차도 써서는 안 되는 건가요? 네?"

"준후야, 그건……."

"이제야 깨달은 것 같아요. 힘을 쓰는 악한 자들에게 아무리 참을성을 가지고 대해 줘 봐야 소용없다는 걸요. 이기지 못한다면 우리가 아무리 좋은 의도를 가지고 있다 하더라도 그게 무슨 소용이 있겠어요? 신부님은 붙잡히셔서 고생하고 계시고, 승희 누나는 총에 맞아 쓰러지고……."

"준후야, 힘으로 이기는 것은 영원히 이기는 게 아니야!"

"영원히 이기는 것도 중요하지만, 당장 지지 않는게 더 급해요."
"그러나 지금 너는 지지 않으려고 술수를 쓰는 것이 아니잖아!"
"아니에요!"

준후는 누구에게 들으라는 것인지 알 수 없는 고함을 지르면서 이번에는 벽조선의 광풍을 일으켜서 땅바닥을 후려쳤다. 그러자 미친 듯한 바람이 바닥에 튕겨지면서 낙엽이며 잔돌 부스러기를 잔뜩 싣고 벽 쪽으로 몰아쳐 갔다. 난데없는 자갈 벼락을 맞은 명왕교도들은 비명을 지르면서 고개를 움츠렸다. 준후는 다시 고함을 치면서 마구 벽 쪽으로 달려갔다. 그런 준후의 눈에서 무언가가 번쩍하는 것을 보고 현암도 마음이 숙연해졌다.

'결국 준후의 선한 심성이 흔들리는 것인가?'

현암은 준후를 탓하거나 원망하고 싶지 않았다. 어떻게 준후를 탓할 수가 있단 말인가? 사실 그 의문은 예전부터 현암의 마음속에도 앙금처럼 끼어 가시지 않는 문제이기도 했다. 성격이 급한 현암은 불의를 보면 물불을 가리지 않고 뛰어들곤 했었다. 그러다 보니 선택의 기로에 설 때마다 그런 문제로 번민했었다. 그렇게 고뇌하면서까지 피해를 주지 않도록 결정을 한다고 해도 항상 백 퍼센트 성공하는 것은 아니었다. 선한 사람이 다치거나 죽음을 당하는 경우도 있었고, 구제받기를 거부하고 사라지는 악령이나 악인들도 많았다. 또 원래의 의도와는 전혀 다른 방향으로 일이 끝나 버리는 경우도 있었다. 그럴 때마다 자신은 깊은 번뇌에 빠져들었던 것이다.

현암은 지금 준후의 모습에서 자신의 과거를 보는 것 같았다. 동생 현아를 앗아 간 물귀신을 잡기 위해 복수심에 불타고 있던 때의 자신, 그러나 도혜 스님 덕분에 그 일의 진상을 알게 됐고 결국 살심을 버릴 수 있었다. 준후는 어떨까? 지금 상대하는 묘렌 같은 자에게 자기와 같은 사연을 기대할 수 있을까?

"준후야!"

현암은 소리치면서 앞서가고 있는 준후의 뒤를 따라 달려갔다. 아니, 더욱 속도를 내어 준후를 앞질렀다. 준후는 더욱더 힘을 내서 거센 바람을 일으키고 있었다. 현암은 그 앞을 가로질러 청홍검으로 벽을 그었다. 벽은 아무 저항 없이 종잇장처럼 잘려 나갔고, 현암은 다시 세로로 두 번 더 검을 그었다. 그런 다음 청홍검을 왼손에 옮겨 쥐고 오른손에 '발' 자 결의 공력을 모아 벽을 후려쳤다. 와르릉 흙먼지를 날리면서 담벼락은 무너져 버렸다. 담이 무너지자 준후가 일으킨 바람에 휩쓸려 돌 부스러기와 모래 먼지는 더욱 거세게 안쪽으로 밀려갔고, 몸을 담장 밑으로 움츠렸던 명왕교도들은 바람을 정통으로 맞게 되자 더욱 바싹 바닥에 엎드렸다. 더러는 고개를 들었다가 바람에 밀려서 데굴데굴 굴러가는 자들도 있었다.

현암은 먼지에 눈을 찌푸리면서 담장 안으로 손쉽게 뛰어들었다. 현암이 준후에게 이제는 그만해도 된다고 소리쳤지만, 준후는 상기된 얼굴을 하고 담벼락 안으로 뛰어들더니 별장 건물의 현관을 향해 벽조선을 밀어붙였다. 그러자 날카로운 굉음을 내며 별장

일 층의 유리창들이 깨어져 사방으로 날렸고, 현관의 나무 문도 박살이 나 버렸다. 현암도 나름대로 통쾌하기는 했지만 갑자기 준후의 손이 너무 매워진 것 같아서 조금 씁쓸한 생각도 들었다. 그런데 준후는 한술 더 떠서 막 몸을 일으키려는 명왕교도들에게도 벽조선을 부쳐서 데굴데굴 굴러가게 했다. 현암이 준후의 어깨를 잡았다.

"준후야, 됐어! 저들은 이제 힘을 쓰지 못해!"

그러나 준후는 계속 상기된 얼굴로 벽조선을 들고 사방을 둘러보았다. 준후의 중얼거리는 소리가 현암의 귀에 들려왔다.

"나는 키가 자라지 않으면 크지 않는 거라고 그렇게 착각하고 있었나 봐요."

현암은 눈썹을 찡그리며 준후의 얼굴을 보려고 했으나 준후는 현암에게서 등을 돌려 버렸다. 준후의 목소리는 떨리다 못해 흐느끼고 있었다.

"이젠 알겠어요. 나도 커야 하고…… 그건 막을 수 없어요. 그리고 다 큰 후에는 저세상으로……."

"준후야!"

"괜찮아요. 형 마음 다 알아요. 이젠 할 수 없나 봐요. 귀염둥이 어린아이로 있기에 이 세상은 더 이상…… 전 이제 착하게 살려고 저 혼자만 돌보고 있을 수는 없을 것 같아요. 저도 제 몫은 해야죠."

현암은 준후의 말투에서 어딘지 모르게 어른스러운 분위기가 풍기자 소스라치게 놀랐다. 준후의 명. 준후는 단명의 운세인 데다 그나마 술수를 쓰느라 많이 단축되고 있다는 말을 들은 바 있었다. 준후 자신도 그 사실을 알고 있었단 말인가? 현암은 준후의 뒷모습을 물끄러미 바라보았다. 지금 준후의 말대로라면 준후가 그 나이가 되면서까지 키도 크지 않고 앳된 모습으로 있었던 것이 원래 준후의 모습이 아닐 수도 있다는 얘기였다. 준후는 그러한 고민을 이때까지 해 오면서 순수한 아이의 모습을 원하고 있었던 것은 아닐까? 그러다가 지금 이 사건으로 인해 마음을 바꾸고 있고. 준후는 이제부터 몸이 자라고 어른이 될 것인가? 아무리 준후라고 하지만 그것이 마음먹은 대로 될 수 있는 것일까? 현암은 입을 꼭 다물고 준후에게 하고 싶었던 말을 속으로만 들려주었다.

'준후야, 이제 장차 너도 알게 될 거야. 힘을 써서 이긴다는 게, 그리고 그런 힘을 가지고 있다는 게 실은 얼마나 불행한 일인지를. 지금보다도 더 힘들고 고통스러워질지도 모른다. 그것을 이기려면 힘을 쓴다는 것이 어떤 것인지를 배워야만 한단다. 그래, 네 스스로 깨달아야 할 거야. 네가 원하는 대로 하려무나. 그리고 깨닫기를 바란다.'

현암은 눈물이 아른거렸다. 그때 앞에 있는 준후가 애써 마음을 가다듬으며 말했다.

"형, 어서 가요."

평소보다 조금 굵은 듯한, 조금은 성숙해진 어조가 섞여 있는 준후의 목소리를 듣자 현암은 마음 한구석이 무겁게 가라앉는 것을 느꼈다.

준후가 먼저 별장의 안으로 들어가자 현암은 할 수 없다는 생각을 하며 그 뒤를 따라 별장 안으로 걸음을 옮겼다. 지금 자신의 생각대로 준후가 크기 시작한다면 그것을 막을 도리는 없었다. 아니, 오히려 준후가 이제껏 크지 않고 자신이 처음 보았을 때의 체구와 마음을 그대로 유지해 왔던 것이 비정상적인 일인지도 몰랐다. 현암은 준후를 믿었다. 곧 스스로 깨달을 것이고, 스스로 깨달은 이후에는 어떤 일이 있어도 흔들리지 않을 것이라고.

별장 안으로 들어서서 마루 저쪽에 계단이 보였다. 하나는 위로 올라가는 계단이었고 하나는 아래로 내려가는 계단이었다. 현암과 준후는 아무 말 없이 그 계단 앞까지 갔다. 위층과 아래층에서 모두 인기척이 느껴졌다.

그러자 준후가 말했다.

"형은 아래층을 찾아보세요. 저는 위층으로 가 볼게요."

"같이 가는 게 낫지 않겠니?"

"시간이 없어요. 대신 형도 나도 세크메트의 눈으로 연락하도록 해요. 먼저 신부님을 발견한 사람이 연락하면 되잖아요."

그 말을 듣고 현암은 고개를 끄덕였다. 현암은 주머니에서 세크메트의 눈을 꺼내어 준후에게 보여 주고 고개를 끄덕였다.

"조심해라."

준후도 세크메트의 눈을 보여 주고는 날쌔게 위층 계단을 올라갔다. 현암은 세크메트의 눈을 왼손에 옮겨 쥐고 오른손에는 청홍검을 든 채 아래층 계단으로 내려가기 시작했다.

승희를 차에 태우고 미친 듯이 언덕길을 내려간 연희는 길가에 병원의 간판이 반짝거리는 것을 보았다. 승희는 얼굴이 하얗게 질린 채 헛소리를 하고 있었고, 상처를 동여맨 준후의 옷자락은 빨갛게 물들어 있었다. 연희는 서둘러 병원 문 앞에 바짝 차를 세우고는 승희를 응급실로 옮겼다. 웬 총상을 입었느냐는 의사의 말에 강도의 짓이라고 둘러댔다. 의사는 다급히 간호사들에게 응급 수술 준비를 지시하고는 천만다행으로 총탄이 급소는 피해 갔으니 생명에는 지장이 없을 것이라며 연희를 안심시켰다.

연희는 의사가 경찰을 부르려고 수화기를 들자 다급히 제지하며 한국 대사관에 연락을 취해 달라고 말하려다 의사로부터 수화기를 뺏다시피 해서 자신이 직접 한국 대사관에 전화를 걸었다. 일본으로 오기 전에 백호가 알려 준 비밀 코드를 대자 전화는 백호의 사무실로 연결됐고, 연희는 수화기에서 백호의 낯익은 목소리가 들려오자 자기도 모르게 긴 한숨을 내쉬었다. 숨을 가다듬은 연희는 다시 다급한 어조로 말을 꺼냈다.

"길게 설명할 시간이 없어요. 승희는 총상을 입었고 신부님은 매우 위험해요. 현암 씨와 준후가 신부님을 구하러 그들의 본거지로 들어갔는데 나도 빨리 가 봐야 할 것 같아요."

[지원이 필요하십니까? 여기서 출발하더라도 세 시간이면 도착할 수 있습니다. 정 급하다면 일본 경찰에라도…….]

"일단 저부터 가 봐야 할 것 같아요. 그러니 뒷일을 부탁합니다."

연희는 백호에게 병원과 별장의 위치를 설명해 준 다음 전화를 끊었다. 연희는 수술실로 들어가는 승희의 손을 한 번 꼭 잡아 주고는 병원을 나섰다.

위층으로 올라간 준후는 자신을 보고 달려드는 명왕교도 몇 명을 마치 검불을 떨어뜨리듯 벽조선의 검은 기운으로 날려 버리면서 날듯이 복도를 달려갔다. 현암이 아래쪽 지하실을 조심스럽게 걸어가고 있는 게 세크메트의 눈을 통해 전해졌다. 준후는 몹시 흥분한 상태였다. 박 신부가 위독한 지경에 빠져 있다고 생각하니 시간이 없었고, 시간이 없다고 생각하니 마음이 더더욱 급해지고 흥분됐던 것이다.

준후는 복도에 주욱 늘어선 방문을 일일이 하나씩 열어 보는 대신 마음속으로 염원하면서 벽조선에 신력을 끌어들였다.

'내 며칠의 수명을 또 쓰는군. 그러나 할 수 없지.'

준후가 와락 소리를 지르면서 벽조선을 떨치자 검은 기운이 폭풍처럼 휩쓸고 지나가면서 닫혀 있던 방문을 주욱 훑었다. 검은 기운을 맞은 방문들은 흡사 폭발되는 것처럼 산산이 부서지기도 하고 문짝째 떨어져 나가기도 하면서 모조리 부서져 버렸다.

준후는 폐허가 돼 버린 복도 좌우를 살피면서 걸음을 옮겼다. 몇몇 방에는 명왕교도들이 큰 충격을 받은 듯, 신음을 내며 쓰러져 있었지만 준후는 눈길 한 번 주지 않았다. 일단 마음을 독하게 먹고 나자 냉정해졌는지도 몰랐다. 그중 한 방의 구석에는 꽁꽁 묶인 채 두건을 뒤집어쓴 두 사람이 있었다. 준후가 달려가 두건을 벗겨 보니 한 명은 전에 잠시 보았던 사이토였고 한 명은 늙은 노인이었다. 두 사람은 마취된 상태인지 준후가 두건을 벗기는 데도 꼼짝도 하지 않고 숨소리만 가늘게 내고 있었다. 준후는 어떻게 할까 하다가 일단 그들을 내버려두고 복도로 나섰다. 그런데 그때 손에 쥐고 있던 세크메트의 눈으로부터 현암의 생각이 전달돼 왔다.

준후야, 신부님을 찾았다!

준후는 느낌이 오자마자 아래층으로 내려가기 위해 몸을 돌렸다. 그런데 준후의 뒷전에서 무언가 음산한 영기가 느껴지는 것 같았다. 준후는 달려가다 말고 재빨리 몸을 획 돌려서 수인을 맺었다. 저쪽에서 중년의 남자 하나가 초췌한 모습을 한 채 서 있었다.

아이야, 주사 병을······.

준후는 영이 난데없이 이상한 말을 전해 오자 눈을 찡그렸다. 그러나 그 남자 영은 계속 중얼거렸다.

묘렌에게······ 그래야 묘렌은······.

그러나 영은 말을 채 맺지 못하고 사라져 버렸다. 준후는 그 영이 도대체 무슨 말을 하는 것인지 알 수 없어서 일단 그냥 고개만 갸웃해 보고는 다시 계단을 내려갔다.

현암은 천천히 청홍검을 들어 올린 채 손을 뻗어 월향검을 왼손으로 받아 들었다. 현암의 뒤에는 날카롭게 잘려 나간 지하실의 문이 넘어져 있었고 두 명의 명왕교도가 그 옆에 쓰러져 있었다. 문을 부수자마자 총을 들고 달려드는 명왕교도를 향해 월향이 날아가 총을 깨끗하게 반으로 잘라 버렸고, 연달아 현암이 청홍검의 칼집으로 한 방씩 먹여 보기 좋게 둘을 녹다운을 시켰다.

현암의 눈에 팔목을 묶인 채 공중에 매달려 있는 사람의 모습이 보였다. 피로 얼룩진 검은 사제복을 입고 고개를 푹 떨구고 있는 그 사람은 다름 아닌 박 신부였다.

"신부님!"

현암이 소리치면서 박 신부에게 성큼 달려가려는 순간, 박 신부의 뒤편에서 누군가가 휙 하고 달려 나왔다. 현암은 그 모습을 보고 긴장해서 재빠르게 청홍검을 겨누었다.

"오키에!"

박 신부의 뒤에서 달려 나온 아이는 훌쩍훌쩍 울면서 가련한 눈으로 현암의 얼굴을 쳐다보았다.

"아저씨, 아저씨는 누구세요? 무서워요."

'아니! 그럼, 저 아인 오키에가 아니라 아라?'

현암은 순간 머릿속이 혼란해지는 것 같았다. 그러고 보니 자신의 눈앞에 있는 아이는 분명 아라였다. 오키에와 아라는 애당초 거의 구별하기 어려울 만큼 닮은 데다가 아이가 한국말로 이야기를 하자 현암은 마음이 풀어졌다.

'이 아이가 오키에라면 설마 우리말까지 하지는…….'

그러나 현암은 신중하게 다시 한번 말을 건넸다.

"너 누구지? 오키에, 아니 명왕교의 교주인 묘렌이 아니냐?"

"오키에가 누구예요? 무서워요. 아이고! 칼 좀……. 무서워 죽겠단 말이야. 어엉엉엉."

오키에, 아니 아라, 아니 오키에는 현암이 칼끝을 치우지 않자 더욱더 큰 소리로 울었다. 우는 아이의 모습을 보고 현암은 측은한 마음이 들어서 좀 더 자세히 그 아이를 들여다보았다. 아이는 머리를 두 갈래로 땋고 있었는데 한쪽이 무참하게 잘리고 없었다.

'아라가 맞구나.'

현암은 한숨을 내쉬면서 청홍검을 아래로 내렸다. 그런 다음 아이에게 다가가서 번쩍 안아 올리고는 말했다.

"이젠 울지 마라. 무서웠지?"

"으응, 흑흑흑."

아라는 몹시도 무서웠는지 현암의 품으로 파고들면서 계속 어깨를 들먹거렸다. 좌우간 현암은 다행이라고 생각하고 아라를 안은 채 박 신부에게 다가가서 조심스럽게 박 신부의 가슴에 손을 얹어 보았다. 박 신부는 마취가 된 것인지 기절해 있는 것인지 정신을 차리지 못하고 있었지만, 다행히 심장은 뛰고 있었다.

"아아! 다행이다. 감사합니다! 감사합니다!"

현암은 자신도 모르게 눈물을 주르륵 흘렸다. 현암은 청홍검을 저어서 박 신부의 팔을 묶고 있던 줄을 끊어 냈다. 그러고는 쓰러지려는 박 신부의 몸을 오른쪽 어깨로 받았다. 아라와 박 신부를 둘 다 안고 갈 수는 없었기 때문에 현암은 아라에게 조용히 말했다.

"아라야, 잠시만 내려와 주겠니?"

그러나 아라는 계속 흐느끼면서 더욱더 현암의 품으로 파고들었다. 현암은 아라와 박 신부를 양쪽 팔로 감싸안을 수가 없어서 청홍검마저 바닥에 떨어뜨리고는 둘 모두를 추스르려고 애쓰고 있는데, 갑자기 박 신부의 등 쪽 사제복이 불룩하게 솟아올랐다. 놀란 현암이 비명을 채 지르기도 전에 박 신부의 사제복을 뚫고 날카로운 바늘 같은 것이 갑자기 솟아오르더니 사방에 선혈이 튀었다.

"으아악! 신, 신부님!"

현암이 비명을 지르는 순간, 이번에는 현암의 가슴이 뜨끔해지면서 갑자기 온몸의 맥이 풀렸다. 천장과 벽이 빙빙 돌았다. 현암은 박 신부와 아라를 안은 채 그대로 넘어져 버리고 말았다. 원체 부상을 심하게 입고 있던 현암은 가슴의 통증이 너무나도 심해서 자신도 모르게 깊은 신음을 냈다. 그런 현암의 눈앞에서 누군가 서서히 몸을 일으키고 있었다. 그 사람은 아직 선혈이 떨어지고 있는 기다란 바늘을 손에 든 채 키득키득 웃고 있었다. 아라, 아니 오키에, 그보다는 오키에의 몸을 점령하고 있는 이자나미의 사제이자 명왕교의 교주인 묘렌이었다.

"너, 너는 오키에……."

"너도 역시 똑같은 바보로군. 깔깔깔."

현암이 쓰러진 채 자신의 상처보다도 먼저 박 신부 쪽으로 간신히 더듬거리며 손을 뻗자 박 신부의 목덜미가 잡혔다. 박 신부의 맥박은 이미 정지해 있었다. 현암은 컥컥거리며 숨이 끊어질 듯한 소리와 비명을 동시에 질렀다.

"이, 이런…… 이럴 수가…… 안 돼, 안 돼!"

"호호호. 이제 신부는 죽었다. 이번엔 네 차례지."

오키에가 다시 손에 든 기다란 바늘을 치켜올리는 순간, 갑자기 귀곡성과 함께 월향검이 스스로 쏘아져 나갔고, 월향검이 번득하자 오키에의 손에 들렸던 바늘은 두 동강 나 버렸다. 오키에는 의외의 사태에 놀라 뒤로 한 발짝 물러섰고 월향검은 오키에를 죽여 버릴 듯이 무서운 기세로 방 저편으로 날다가 방향을 돌리며 아름다운 호선을 그었다. 그 순간 부서진 문을 박차고 준후가 지하실로 뛰어들었다.

"신부님! 현암 형!"

준후는 들어서자마자 뇌전 한 방을 오키에에게 날렸다. 그러자 오키에는 고양이처럼 몸을 빙글 돌리면서 뇌전을 피하려 했다. 그러나 그때 월향검이 오키에의 정수리를 노리고 날아들었다. 그 순간 바닥에 쓰러져 있던 현암이 길게 소리를 쳤다. 현암의 입에서는 말과 함께 피거품이 울컥 튀어나왔다.

"월향! 안 돼!"

월향검은 현암의 외치는 소리를 들었는지 아니면 놀라서인지 꺄아아악 소리를 내면서 조금 방향을 틀어 오키에의 움츠린 머리 위를 스치고 지나갔다. 오키에의 잘려진 머리카락 부근이 월향검이 일으킨 바람에 흩날렸다. 다시 준후가 소리를 지르면서 달려들자 오키에는 불리하다고 생각됐는지 지하실의 한쪽 벽을 향해 몸을 날렸다. 그러자 그 벽은 한 바퀴 빙글 돌았고, 오키에는 벽 저편으로 사라져 버렸다. 월향검은 찢어지는 소리로 길게 울면서 날아와 현암의 옆에 떨어졌다. 월향검이 이토록 비통하게 우는 소리를 준후는 처음 들었다. 아마도 그것은…….

준후는 현암과 박 신부가 둘 다 쓰러져 있는 것을 보고는 정신이 나가 버린 듯 비틀거렸다.

연희는 서둘러 차를 몰고 별장의 오르막길을 미친 듯이 올라갔다. 밖은 소나기가 오려는지 가끔 번쩍하면서 뇌성이 울려왔다. 연희는 혼자서 다시 별장으로 가는 것이 두렵기도 했지만 지금은 가야만 했다.

환영의 진이 펼쳐졌던 곳까지 차를 타고 올라간 연희는 주변을 살펴보았다. 여기저기 명왕교도들이 쓰러진 채 신음을 내고 있었다. 차들은 이곳저곳에 버려진 것처럼 널려 있었고 개중엔 뒤집힌 차도 있었다. 연희는 조심스럽게 차를 몰고 좀 더 위쪽으로 올라갔다. 곧 별장의 모습이 눈에 들어왔다. 별장은 전쟁터를 방불케 했다. 무너져 버린 담장과 부서진 문들, 모조리 깨어져 버린 유리창들. 연희가 입구에 다다를 때까지도 그곳에 쓰러져 뒹굴고 있는 명왕교도들은 꼼짝도 못 하고 계속 신음만 내고 있었다.

'현암 씨와 준후는 무사할까? 이런 난리를 치르다니…….'

연희는 두려운 마음으로 조심스럽게 부서진 현관문을 통해서 별장 안으로 걸음을 옮기기 시작했다.

"형! 현암 형! 신부님!"

준후는 주저앉은 채 미친 듯이 울부짖고 있었다. 이미 현암은 의식을 잃었고 박 신부는 숨이 끊어진 상태였다. 현암의 숨소리도 점점 희미해지고 있었다.

"현암 형! 일어나! 형이라도 정신을 차리란 말이야!"

준후는 미친 듯 현암의 옷자락을 부여잡고 흔들고 있었으나 현암의 입에서는 피거품이 흘러나오면서 가느다란 신음만 새어 나올 뿐이었다.

"왜, 왜 바보 같이! 죽였어야 하는데! 오키에를 죽였어야 하는데!"

준후는 미친 듯이 고개를 젖히고는 큰 소리로 울부짖었다. 마지막 순간까지 현암이 오키에를 죽이려 하지 않았던 것을 준후는 알고 있었다. 오키에는 신부님의 원수였다. 그리고 현암 자신도 그토록 처참하게 당했으면서도 마지막 순간까지 오키에를 죽이지 않고 월향검을 도로 불러들였다.

"왜 그랬어! 바보 같이!"

"준, 준……."

현암은 거의 알아들을 수 없는 소리로 준후를 불렀다. 준후가 현암의 얼굴에 귀를 갖다 댔다.

"오키에는 죄가 없…… 그건 묘렌…… 네가……."

준후는 현암의 말뜻을 알아들을 수 있었다. 현암이 말해 주지 않아도 그건 준후도 잘 알고 있는 일이었다. 오키에는 평범한 여자아이일 뿐 실제로 사악한 술수를 부린 것은 오키에에게 빙의한 묘렌이라는 것을. 그래서 현암은 오키에를 쓰러뜨리지 않은 것이었다. 그러나 준후는 그런 생각마저도 떨쳐 버렸다.

"아냐, 아냐. 누구라도 상관없어. 내가, 내가……."

준후의 눈에는 불길 같은 것이 이글이글 타올랐다. 준후는 찢어지는 듯한 소리를 지르면서 손에 든 벽조선을 거칠게 휘저었다. 그러자 오키에가 달아났던 지하실의 비밀 벽이 벽조선의 검은 기운에 부딪혀서 와르르 무너져 버렸다. 현암은 준후에게 무어라고 말을 하려는 것 같았으나 말을 하지 못하고 축 늘어져 버렸다. 월향검이 슬픈 소리를 내며 쓰러져 있는 현암 주변을 맴돌았다.

박 신부의 귀에는 모든 소리가 들려왔다. 현암이 쓰러지며 내지르는 소리, 준후가 악을 쓰면서 울부짖는 소리, 월향의 귀곡성까지도. 그러나 이상하게도 자신의 몸은 붕 떠 있었다. 조금도 움직일 수가 없었고, 마치 몸이 어디론가 빨려 들어가고 있는 것 같았다.

'저런, 내가 지금 이래서는 안 되는데, 안 되는데…….'

이번엔 박 신부의 귀에서 윙윙거리는 듯한 기분 나쁜 소음이 들려오기 시작했다. 점점 커지더니 마침내 모든 소리를 삼켜 버릴 정도로 울려 퍼졌다. 그 소리 사이사이로 월향검의 귀곡성이 처량하게 사방을 울리는 것이 간신히 들려왔다. 그리고 무언가가 터지는 듯한 굉음도 들려왔다.

갑자기 웅웅거리는 소리가 사그라지기 시작하면서 모든 것이 희미하게 의식 속에서 빠져나가고 있었다. 박 신부의 의식은 저쪽, 피안과도 같은 무의식 너머로 떨어져 내려가기 시작했다. 막 사라져 가는 의식 속에서 모든 소리가 잦아들고 눈앞에 펼쳐진 암흑이 어느새 일렁거리며 신비로운 색채로 변했다.

좁고도 끝이 보이지 않는 길. 말로 형용할 수 없는 긴 터널 속으로 박 신부는 쏜살같이 빨려 들어가고 있었다. 고통은 느껴지지 않았다. 감정도 느껴지지 않았다. 잘게 쪼개진 기억들이 갑자기 하나로 모이듯 또렷해져서 한순간에 별 무리처럼 무수하게 일어났고, 아는 사람들의 얼굴들과 자신이 겪었던 수많은 일들이 일순간에 폭발하듯 떠올랐다. 그러나 조금도 혼란스럽지 않았다. 오히려 명료했고 차분했고 고요했다. 그러자 곧이어 주변도 환하게 밝아졌다.

'그래. 모든 것이 이렇게, 이렇게······.'

박 신부의 마음속을 가득 채우고 있던 의문들, 그리고 세상에서 자신이 걸어야 할 길, 아무도 믿어 주지 않는 영과 인간의 관계들. 꼬리에 꼬리를 물고 되풀이되던 그 많은 숙제들이 한꺼번에 모였다가 터져 나가는 듯했다.

'이렇게, 이렇게 모든 것이······.'

알 것 같았다, 모든 것을. 아물아물하며 잡힐 듯 잡히지 않던 수많은 의문들에 대한 답을. 지금 자신을 향해 팔을 벌리고 있는 절대자의 모습. 자신은 그분을 향해 나아가고 있었다. 이제 더 이상의 분노도 의문도 슬픔도 없었다.

지난날의 일들이 주마등처럼 머릿속을 와르르 스치고 지나갔다. 일부러 기억해 내려고 애쓰지도 않았다. 그저 자연스럽게, 아주 자연스럽게 지금까지 잊고 지냈던 모든 일들이 망각의 속으로 빠져들지 않고 한꺼번에 폭발된 것처럼, 그러나 온화하게 물결쳐 오고 있었다. 어릴 때의 일들, 학창 시절, 젊었을 때 단 한 번 있었던 이제는 잊은 지 오래된 그녀와의 추억. 그리고 미라, 현암, 준후, 승희, 연희. 도움을 준 수많은 사람들. 퇴마사들의 노력으로 안식을 찾은 얼굴들, 애썼지만 결국은 구원하지 못한 사람들의 얼굴들.

그대, 원하던 바를 이루었는가?

조용하나 세상 만물을 채우고도 넘칠 것 같은 준엄한 목소리가 들려왔다. 박 신부는 허공에 둥둥 뜬 채 어디에서 들려오는지 모르는, 아니 어느 곳에서나 똑같은 울림으로 번져 나오고 있는 그 소리에 희열이 가득 찬 마음으로 고개를 숙였다. 아니, 저절로 고개가 숙여졌다. 까닭 없이 기분은 유쾌했다. 즐겁다고나 할까? 모든 짐을 다 벗어 버린 듯한 기분이었다.

박 신부는 허공에 서서 두 손을 모은 채 조용히 고개를 들었다. 눈앞에 뭐라 형언할 수 없는 휘황한 빛으로 둘러싸여진 어떤 모습이 보이는 듯했다. 그러나 그 빛 앞에서 박 신부는 눈을 뜰 수 없었다. 마음속이 맑아졌다. 지금까지 겪은 적이 없는, 그 어느 때보다도 경건한 마음으로 그 앞에 머리를 숙였다. 목소리가 다시 은은하게 울려왔다.

원하던 바를 다 이루었느냐?

평온하고 아늑한 기분이었다. 자신이 원하던 바는…… 그랬다. 지금의 자신은 이제까지와 비교할 수 없는 안도감에 젖어 있었다. 지금까지 자신이 바라던 바가 무엇이었던가. 박 신부는 조용히 답했다.

이루지 못했습니다. 그러나 제 뜻 말고 주의 뜻대로 하옵소서.

준후는 비밀 벽 아래에 장치돼 있던 계단을 성큼성큼 걸어 내려갔다. 준후의 눈에서는 까닭 모를 눈물이 하염없이 흘러내리고 있었다. 어느덧 준후는 어둡고 조금 큰 방에 도착했다.

"나와라!"

준후는 주위를 둘러보면서 나직하게 말했다. 준후의 눈에서는 또다시 한 줄기 굵은 눈물이 주르르 흘러내렸다.

"나와!"

준후는 다시 버럭 소리를 질렀다. 그러자 저쪽 모퉁이에서 조그마한 그림자 하나가 힐끗하더니 조심스럽게 어둠 속에서 걸어 나오기 시작했다.

"준후, 준후 오빠."

준후는 그 목소리를 듣고는 자신도 모르게 몸을 흠칫하며 고개를 들었다. 그 방의 어둠 속. 그곳에 그녀가 있었다. 아라. 아니면 오키에. 아이는 천천히 고개를 들어 준후의 얼굴을 보더니 와앙 울음을 터뜨렸다.

"오빠야. 무서웠어! 으아앙."

준후는 견딜 수가 없었다. 아니, 도저히 더 듣고 있을 수가 없었다. 머리가 산산이 조각나서 터져 나가는 것 같았다. 아라일까? 아니면 오키에일까? 지금 이 아이는 정말 천진난만한 아라 같아 보였다. 그러나 오키에는 술수에 능한 여자였다. 준후는 세크메트의 눈을 통해 현암의 마음을 생생하게 읽을 수 있었던 것이다. 그리고 오키에가 어떻게 해서 현암을 해쳤는지도 똑똑히 알고 있었다.

"조용히 해!"

준후는 커다랗게 고함을 쳤다. 아라, 아니 오키에는 막 준후에게 안겨서 응석을 부리려고 다가오다가 준후의 목소리에 질린 듯 울음마저도 멈춘 채 새하얀 얼굴로 준후를 바라보았다.

"오빠, 왜 그런 무서운 얼굴을……."

준후는 그런 오키에, 아니 아라의 얼굴을 보고는 가슴이 미어졌다. 왠지 모르게 마음이 끌리던 아이였다. 장난꾸러기에 응석받이였지만 왠지 정이 갔다.

'만약 정말 아라라면 어떻게 하지?'

그런 생각이 들자 준후는 자신도 모르게 몸이 덜덜 떨려서 들고 있던 벽조선을 떨어뜨릴 뻔했다. 그러나 그 순간, 아라의 잘려진 한쪽 머리카락이 준후의 눈에 들어왔다. 아라는 준후의 태도가 조금 변한 것 같자 다시 울음을 터뜨리면서 다가오려고 했다. 준후는 날카롭게 소리쳤다.

"거기 서! 다가오면 죽여 버린다!"

아라는 그만 충격을 받은 듯 그 자리에 덜컥 멈추어 섰다. 아라의 얼굴이 믿을 수 없다는 듯이 일그러져 가는 것이 준후의 눈에 똑똑히 비쳤다. 피를 흥건히 흘리고 쓰러진 박 신부의 모습, 그리고 피를 계속 토해 내던 현암의 얼굴이 아라의 얼굴에 겹쳐서 떠올랐다. 준후는 몸을 부들부들 떨면서 억지로 눈을 매섭게 뜨고 아라를 노려보았다.

연희가 지하실로 들어서니 쓰러져 있는 현암과 박 신부가 보였다. 연희는 둘에게로 다가갔다. 현암은 의식을 잃은 상태였지만 다행히도 고른 숨을 내쉬고 있었고, 박 신부도 약한 맥박이 뛰고 있었다. 연희는 안도의 숨을 내쉬었다. 그러나 도움을 청할 사람이 없었고, 또 그럴 장소도 못 됐다. 연희는 주위를 한번 살펴보았다.

'그런데 준후는?'

연희는 마침 옆에 떨어져 있던 세크메트의 눈을 집어 들었고 준후의 상황이 단숨에 연희의 마음속에 비추어졌다. 연희는 급하게 몸을 일으켜 비밀 벽 안으로 달려 들어갔다.

잠시 후 박 신부가 갑자기 숨을 내쉬며 눈을 떴다. 박 신부의 눈은 황홀감으로 가득 차 있었다. 박 신부가 눈을 뜨자 현암의 옆에 있던 월향검이 놀란 듯 나직한 소리를 냈다. 박 신부는 그런 월향검을 보고 중얼거렸다.

"나를, 나를 아래로……."

박 신부의 말이 떨어지기가 무섭게 월향검은 허공으로 튀며 날아올랐다.

"나, 나를 죽여? 오, 오빠."
"울지 마! 너는 묘렌, 오키에의 몸을 뒤집어쓴 악마야! 더 이상, 더 이상 울지 마!"

아라, 아니 오키에는 몸을 떨면서 동시에 입술도 덜덜 떨고 있었다. 그러면서 그 얼굴에는 차차 분노의 기색이 떠오르는 것이었다.

"오빠. 오빠는 아라가 미운 거지? 오빠도 날 미워하는 거지. 그렇지?"
"너는 아라가 아니야! 네 머리카락은 어찌 된 거지?"
"그 여자아이가…… 무서운 그 아이가 잘라 버렸어."

그 말을 하면서 아라는 무서운 기억이 떠오르는지 얼굴이 새파랗게 질린 채 그만 자리에 주저앉아 버렸다. 준후는 잠시 당황했다. 저 아이가 한 말이 정말일까? 물론 그럴 가능성도 충분히 있었다. 오키에, 아니 묘렌은 악마였다. 그런 준비 정도는 충분히 해 두었을 것이다. 만일 그렇다면 어찌되는 것일까? 준후는 다시 한번 무섭게 몸을 떨었다. 지금 자신의 앞에 있는 것은 아라일 수도 있고 오키에일 수도 있다. 그러나 지금 이 상황에서 확인할 수 있는 방법은 없었다. 준후는 한숨을 푸욱 내쉬었다. 그러자 아라는 설움에 복받친 듯 커다란 울음을 터뜨렸다.

"오빠! 그렇게 무섭게 하지 마, 제발! 나는 아라란 말이야. 으아앙."
"울지 마!"

준후는 폭발하듯 큰 소리를 질렀다. 준후의 눈에서도 뜨거운 눈물이 흘러나오고 있었다.

"오빠가 나한테 어떻게 그렇게…… 흐흐흑."

"더 이상은, 더 이상은 속지 않아! 더 이상은 절대로!"

"오빠는 그럼……."

"나는, 나는 말이야."

준후가 다시 눈물을 주르륵 쏟으면서도 매서운 눈매로 자신의 앞에서 애처롭게 떨면서 울고 있는 아라, 아니 오키에를 바라보며 서서히 손에 쥐고 있던 벽조선을 쳐들었다.

"나는 날 길러 준 사람을, 비록 악인이었지만 아버지라고 부르던 사람을 주술로 죽게 만들었어. 그리고 다시는 사람에게 주술을 써서 공격하지 않겠다고 마음먹었어. 그런데……."

아라, 아니 오키에, 아니 아라는 흑흑 흐느끼며 눈물에 젖은 눈으로 준후를 올려다보았다. 준후에게는 지금 자신을 올려다보고 있는 저 눈매가 여태껏 보아 왔던 그 어떤 징그러운 괴물이나 악령보다도 더 무서워 보였다. 준후는 피를 흥건하게 흘리고 쓰러져 있던 박 신부와 현암, 그리고 총을 맞고 쓰러지던 승희의 모습을 떠올렸다.

"네가 아라라고 해도 어쩔 수 없어. 나는 나 자신을 이젠 알아. 나도 얼마 살지 못할 거야. 잘해야 십 년? 아니, 칠팔 년도 안 남았어. 나는 내가 크지 않으면 모든 것이 잘될 거라고 생각했지. 그런데 그게 아냐. 아니었어. 나도 가고 모두가 가고. 하하하, 내가 몇 살인데? 그래. 그래도 너보다는 내가 크지? 너는 몇 살인데?"

준후는 계속해서 눈물을 흘리는 것과는 달리 아주 맑은 목소리로 웃음까지 보이면서 아라를 향한 것인지 자신을 향한 것인지 모르게 중얼거리듯이 말을 이어 갔다. 공포에 질린, 그러면서도 계속해서 눈물을 쏟아 내고 있는 아라의 눈을 준후는 더 이상 피하지 않고 마주 보았다.

"우리가 왜 이래야 하지? 하하하. 나도 놀고 싶고 학교도 다녀 보고 싶고 친구도 사귀어 보고 싶었는데. 너도, 너도 그랬지? 네가 아라든 오키에든 간에 말이야. 우리가 왜 이래야 하지? 왜 우리가 서로 죽이지 않으면 안 되게 된 거지? 이제 모르겠어. 더 이상은 생각하고 싶지도 않고."

"오, 오빠."

"난 이제 더 이상 준후 오빠가 아니야. 네가 아는 준후 오빠는 죽었어. 이젠 세상에 없어."

준후는 벽조선을 와락 펴 들었다. 순간 뭉클하는 검은 기운이 부채에 엉기면서 주변에 갑자기 차가운 바람이 휘몰아치기 시작했다. 준후는 머릿속이 터져 나갈 것 같았다. 무거운 소리가 준후의 입에서 흘러나왔다.

"넌 이제 가야 해······."

준후가 고통스러운 듯 떨리는 목소리로 서서히 기합을 넣자 준후가 펼쳐 든 벽조선에서 검은 기운이 일어나며 커다란 칼과도 같고 화살과도 같은 기운이 아라를 향해서 날아갔다.

"안 돼! 준후야!"

그 순간, 누군가가 아라와 준후의 사이로 뛰어들었다. 연희였다.

"아앗!"

놀란 준후가 소리를 질렀지만 이미 연희는 아라의 앞을 막고 있었고 준후는 있는 힘을 다해 발휘된 주술의 기운을 마지막 순간에 누그러뜨렸지만 그 기운은 연희의 몸에 적중했다.

"아아악!"

연희의 기다란 비명이 사방에 메아리쳤고, 연희는 곧 픽 소리를 내며 바닥에 쓰러져 버렸다. 준후는 갑자기 십 년은 늙은 것 같은 표정으로 얼굴빛이 하얗게 질렸다.

"연, 연……."

준후의 온몸이 마비된 듯 무어라 말하려 했지만 제대로 입이 떨어지지 않았다. 벽조선이 준후의 손에서 빠져나와 바닥에 털썩하고 떨어졌다. 준후는 두 손을 조금씩 떨기 시작하더니 경련이 일어난 것처럼 온몸을 부들부들 떨기 시작했다.

"연희 누……."

"주, 준후야. 안 돼. 네가 사, 사람을…… 그리고 저 아인 오키에가 아니라 정말 아라……."

연희는 몸을 꿈틀거리며 안간힘을 썼지만 더 이상 버티지 못하고 고개를 떨구었다. 그때 어둠 속에서도 찬란하게 빛나는 듯한 연희의 부릅뜬 눈, 뭔가 더 준후에게 말하려고 하는 듯한 연희의 눈이 준후에게 보였다. 연희가 가지고 있는 심연의 눈이었다. 연희는 '심연의 눈'으로 아라와 오키에를 정확하게 구분해 내고 준후가 아라를 죽이려는 것을 몸을 던져서 막은 것이었다. 그러나 곧 커다랗고 맑은 눈이 스르르 감겨 버리고 말았다.

준후는 아래턱과 온몸을 덜덜 떨면서 잠시 비틀하는 듯싶더니 그 자리에 주저앉고 말았다. 준후의 눈은 이미 초점이 없었고, 덜덜 떨리는 아랫입술 사이로는 침이 흘러내려 눈물과 뒤엉켰다.

"내가…… 연희 누나를……."

준후의 눈에는 더 이상 아무것도 보이지 않았다. 쓰러져 있는 연희의 모습과 연희의 긴 머리카락, 그리고 울고 있는 아라. 그때 건너편에서 또 하나의 작은 그림자가 나타났다. 그 그림자는 거의 넋이 나가 버린 준후의 뒤편으로 기척도 없이 서서히 다가오고 있었다. 오키에였다. 그녀는 바로 그곳에, 준후의 뒤편 어둠에 몸을 숨긴 채 모든 것을 보고 있었다. 오키에는 씨익 하고 소리 없는 웃음을 지었다. 준후의 뒤편에서 오키에가 불쑥 나타나자 아라는 앉은 채 뒤로 조금씩 기어가면서 떨리는 목소리로 말했다.

"오, 오빠."

그러나 준후는 대답이 없었다. 눈은 뜨고 있었지만 아무것도 보이지 않았고, 귀는 열려 있었지만 아무것도 들리지 않았다.

"오, 오빠아. 준후 오빠."

"후훗. 이젠 네 역할도 끝났어."

오키에는 가만히 다가가서 준후를 한 번 바라보고는 따귀를 한 대 철썩 올려붙였다. 준후는 앉은 자세를 휘청하더니 그대로 돌쳐럼 굳어져서 옆으로 쓰러졌다.

"이 바보가 깨어나려면 꽤 시간이 걸리겠는걸?"

아라는 겁에 질린 채 계속 뒤로 기어서 도망치려 했으나 그때까지 불과 일이 미터도 기어가지 못하고 있었다.

"아, 아냐. 오빠는……."

"꼬마야, 이제 네 역할도 끝이야. 의외의 변수가 있었지만 오히려 잘된 것 같군. 이제 이 꼬마는 앞으로는 분명 나를 너로 알 테니까. 그러나 여기에 있는 이 계집애는 그대로 두면 안 되겠지. 그렇지? 물론 너도 그렇고."

오키에는 말하면서 손에 들고 있던 커다란 병을 치켜들었다. 뭔가 시큼하고 기분 나쁜 냄새가 났다. 그것은 강한 황산이었지만 나이도 어린 데다가 얼이 빠진 아라는 그런 것은 애당초 짐작조차 하지 못했다.

"예쁜 아이인데, 미안하군."

오키에, 아니 묘렌이 황산 병을 아라에게 던지려고 할 찰나였다. 꺄아아악 하는 비명이 울리면서 뭔가가 빠른 속도로 그녀를 향해 다가오고 있었다. 오키에는 당황한 표정을 지으면서 들고 있던 병을 떨어뜨리고 그 자리에 주저앉았다. 아라는 뭐가 뭔지 분간할 수조차 없었지만 갑자기 시커먼 것이 날아오자 기겁하고는 비명을 질렀다. 그러자 오키에도 아라와 똑같이 양손으로 얼굴을 감싸고 비명을 질렀다.

날아 들어온 시커먼 것은 땅바닥에 그대로 털썩 굴러떨어졌다.

사제복 자락을 월향검에 꿴 박 신부였다. 월향검이 박 신부의 몸을 끌고 비밀 벽 아래의 계단을 통과해 날아온 것이었다. 박 신부의 손에는 작은 앰풀이 꼭 쥐어져 있었다. 둘은 박 신부를 보자 거의 동시에 비명을 질렀다. 아라는 참혹한 박 신부의 모습을 보고 놀라서, 오키에는 분명 죽었다고 생각한 박 신부가 살아난 것에 놀라서 똑같이 소리를 지른 것이었다. 월향검은 솟구치면서 둘을 위협하듯 날카로운 빛을 내며 허공을 맴돌았다. 박 신부의 입에서 나지막한 소리가 흘러나왔다.

"둘이 같이 있었구나. 정말 비슷해."

박 신부는 매우 힘겨운 듯 손을 움직여서 들고 있던 앰풀을 아무렇게나 던졌다. 박 신부가 던진 앰풀이 아라의 앞에 떨어졌다. 아라가 박 신부의 얼굴을 쳐다보자 박 신부가 조용히 말했다.

"자, 주워 보렴. 어서."

아라는 좀 망설이다가 얼른 앰풀을 집어 들었다. 그러나 오키에의 얼굴은 마치 무서운 것을 보기라도 한 것처럼 질려 있었다. 박 신부는 다시 힘들게 얼굴에 웃음을 띠며 아라에게 말했다.

"잘했다. 그럼 이번엔 그걸 저 애에게 주렴."

아라가 머뭇거리다가 앰풀을 오키에에게 던져 주자 오키에는 반사적으로 그 앰풀을 받아서 들었다. 그 순간 앰풀이 저절로 퍽 하고 터지면서 오키에의 손에서 노란 불길이 화르륵 일어났다.

"으아아악!"

오키에는 비명을 지르면서 손에 묻은 것을 털어 내려고 했지만 노란 불길은 점점 더 크게 일어났다. 그 모습을 본 박 신부는 힘겹게 다가가서 어쩔 줄 몰라 하는 오키에를 꼭 껴안았다. 오키에는 박 신부의 품 안에서 발작하듯 날뛰며 소리를 질러 댔지만, 어느덧 박 신부의 몸 전체에서 푸른 성령의 불꽃이 일어나 박 신부와 오키에를 둘 다 감싸고 눈부시게 환한 빛을 냈다. 그 빛 가운데에서 박 신부의 목소리가 울려 퍼졌다.

"악함의 기운은 이제 산 자의 몸을 떠나라."

갑자기 휘오오오 하는 회오리바람이 일면서 사방에 미친 듯한 바람이 휘몰아쳤다. 아라는 비명을 지르며 쇠기둥을 붙잡았다. 방 안에 매달려 있던 자질구레한 물건들이 회오리바람에 마구 부서지고 있었다. 그러나 박 신부의 몸을 감싸고 있는 푸른빛은 더욱 더 빛을 발해 가고 있었다. 그러다 어느 순간, 폭발하는 듯한 소리가 나면서 푸른빛이 눈을 뜨지 못할 정도로 환해졌다. 아라는 소리를 지르며 얼떨결에 잡고 있던 쇠기둥에서 손을 떼어 양손으로 얼굴을 가렸다.

푸른빛은 점점 커지다가 또 한 번의 굉음과 섬광을 발하더니 순식간에 사라져 버렸다. 어디선가 여자의 비명이 마치 무한히 여운을 끌 것처럼 들려오더니 저 깊은 땅속으로 멀어져 갔다.

에필로그

모든 것은 잘 마무리됐다. 아라만 빼고 모두는 의식을 잃고 다친 상태였지만, 뒤늦게 별장을 찾아온 일본 경찰에 의해 모두 병원으로 후송됐다. 간신히 찾아온 백호에 의해 퇴마사 일행은 전세기로 한국까지 옮겨져서 서울의 큰 병원으로 후송됐다.

백호는 이번 일로 일행에게 몸 둘 바를 몰라 했다. 자신이 부탁해서 일본까지 간 일행이 모두 중상을 입자 몹시도 난감하고 미안한 모양이었다. 백호는 여러분 덕분에 국가에 중요한 득이 되는 일이 생겼으니 대신 감사하다는 말을 전해 왔다. 도대체 이런 일이 국가에 무슨 득이 되는지 알 수 없었다. 다만 스즈키가 전직 고위 각료였던 인물이라 모종의 협상이 있었던 것 같다는 추측만 할 뿐이었다.

그렇잖아도 지난번 와불 사건이 발생하기 전에 윗사람의 부탁이라며 정적의 마음을 투시해 달라고 부탁받은 일 때문에 평소 백호에게 감정이 좋지 않았던 승희는 백호와 대판 싸우기까지 했고, 현암도 한 번만 더 그런 목적으로 자신들을 끌어들인다면 절교해 버리겠다고 난리를 쳤다. 그러나 이미 지난 일은 돌이킬 수 없었다.

백호가 전해 준 소식에 의하면 스즈키는 곧 충격에서 회복됐고 오키에도 제정신으로 돌아왔다고 했다. 스즈키는 과거 다카다와 묘렌을 암살한 일을 경찰에 스스로 고하고 자수했다. 칠인방과 묘렌과의 일은 더 풀어야 할 과제가 남아 있겠지만 퇴마사들은 거기까지는 신경 쓰지 않기로 했다. 아라는 그때 받은 충격 때문에 요양해야 했다. 준후는 아라를 생각할 때마다 마음이 무거웠다. 준후는 미안한 마음도 있고 해서 아라에게 묘하게 생긴 구슬 목걸이를 선물로 주었다. 준후가 그것을 어디서 얻었는지 다른 사람들은 몰랐지만 그것은 군다리명왕이 사용하던 물건이었다.

승희의 총상은 염려했던 것보다는 가벼운 편이었고, 연희도 충격을 받기는 했지만 그나마 준후가 마지막 순간에 힘을 줄였기 때문에 일행 중에선 가장 먼저 정신을 차렸다. 그다음으로는 현암이었다.

승희는 곧 예의 쾌활한 성격으로 되돌아갔다. 그러나 준후는 이번 일로 꽤 큰 충격을 받았는지 성격이 많이 달라졌다. 예전의 모습 같지 않고 어쩐지 침울해지고 혼자 있는 것을 좋아하게 됐다. 연희와 승희는 그런 준후를 몹시 안쓰러워했지만, 현암은 준후가 언젠가는 스스로 마음의 시련들을 이겨 낼 것이라고 애써 믿었다.

그들은 서로 이야기를 나누다가 박 신부가 죽었다 살아난 것을 알고는 모두 몹시 놀랐다. 박 신부는 가장 위중한 상태에 있었기에 현암이 정신이 든 후에도 사흘이나 더 혼수상태에 빠져 있다가 깨어났다. 의식을 차린 후 다른 사람들이 조심스럽게 어떻게 된 것이냐고 묻는 말에 박 신부는 이렇게 짤막하게 답했다.

"나는 그분을 만났지. 그리고 그분의 말씀을 들었어. 그분은 장차 당신이 오실 길을 예비하라고 내게 이르셨다."

"그분이요? 그리고 그분이 오실 길이라뇨?"

현암은 더 물었지만 박 신부는 입을 꾹 다물고는 아무 대꾸도 하지 않았다. 승희가 마지막 순간들을 말해 달라고 조르자 박 신부는 그 상황을 설명해 주었다.

"내가 다시 정신이 드는 순간 누군가가, 아니 틀림없이 다카다였을 거야. 해간 그 사람이 내게 말해 주더구나. 앰풀에는 자신의 체액이 들어 있어서 오키에게 집어 던지면 그녀의 위장술이 들통이 날 것이라고 말이야. 나중에 듣고 보니 준후에게도 이야기했었던 것 같더라만."

"체액이요?"

"그래, 다카다의 체액이지. 야마모토가 다카다의 건강 진단을 하려고 뽑았던 혈액 샘플에서 나온 것인지 어땠는지 그것까지는 나도 모르겠구나."

"그런데 그 체액이 어떻게 아라와 오키에를 구분하게 해 준 겁니까?"

"다카다는 번민했었지. 다카다의 영은 그리 사악한 게 아니었어. 물론 육인방에 대한 복수심은 있었지만 묘렌이 그렇게까지 악한 일들을 할 줄은 예상하지 못했던 거야. 그래서 계속 번민하다가 마지막 순간에 내게 가르쳐 준 것이지. 즉 자신의 체액에 기력을 넣어 표가 나게 해 준 것이라고 생각하네. 그게 아니면 다카다와 묘렌 간에는 무슨 인연이나 혈연의 끈 같은 것이 있어서 그런 이상한 현상을 나타나게 했는지도 모르지. 그것까지야 낸들 어찌 알 수 있겠나."

"그런데 언제부터 번민했을까요? 그 앰풀을 신부님께 준 순간 이미 다카다의 영은 오키에, 아니 묘렌을 배신한 것이나 다름없잖아요?"

"글쎄? 그것은 어쩌면 일본인의 특성 가운데 하나일지도 모르지. 우리가 정말로 묘렌을 타도할 능력이 있는지를 먼저 알아보고 싶었을지도 모르지. 물론 우리가 그럴 만한 힘이 있다고 해도 다카다가 반드시 교주를 배신하려 했다고는 볼 수 없지……."

그다음 일행은 묘렌의 정체와 묘렌이 목적으로 했던 것이 무엇이었는지에 대해 말들을 나눴고, 박 신부는 묘렌에게서 들은 『해동감결』의 내용 중에 세상을 흔드는 힘의 예고가 쓰여 있다는 말을 했다. 그 말을 듣고는 모두 다 고개를 끄덕였다. 여태껏 힘의 노예가 돼서 악행을 불사하는 사람들이나 악령들을 너무나도 많이 보아 왔기 때문에 그 말 한마디만으로 대강 짐작이 됐던 것이다. 다만 묘렌의 정체에 대해서만은 누구도 자신 있게 답을 내리지 못했다. 사실 그편이 더 자연스러운지도 몰랐다. 모든 것을 다 안다는 것은 오히려 불합리한 것일지도 모르니까.

"흠! 좌우간 이번 일은 너무 힘들었어요. 우리도 피해가 컸고요."

승희는 깁스한 어깨가 답답한 듯 말했다. 연희와 현암이 박 신부를 바라보자 승희도 곧 실언한 것을 알고는 입을 다물었다. 박 신부는 가슴의 상처보다도 다리의 상처가 더 깊었다. 어쩌면 정상적인 보행이 어려울지도 모른다는 말을 의사로부터 들었다. 그러나 정작 당사자인 박 신부는 저만치에서 우울한 얼굴을 하고 앉아 있는 준후가 더 걱정되는 모양이었다. 박 신부의 시선이 준후에게 머무른 것을 보고는 현암이 나직하게 말했다.

"준후도 나름대로 고민이 많더군요. 그리고 이미 알 건 다 알고 있었고요."

박 신부는 말없이 고개를 끄덕였다. 승희는 준후가 가엾다고 말했고, 연희는 준후가 다시 웃는 모습을 보게 됐으면 좋겠다고 중얼거렸다. 그 말을 듣자 박 신부는 씨익 웃으며 말했다.

"이미 준후는 웃고 있는걸? 허허허."

모두들 고개를 돌려 보니 준후는 창밖을 쳐다보며 웃고 있었다. 창밖에서 아라가 손을 흔들면서 달려오는 모습이 어렴풋이 보였다. 그 모습을 보자 승희는 허탈한 듯이 웃었다.

"원 참, 조그마한 것들이……."

박 신부는 준후가 아라를 자꾸 찾는 것이 과연 스스로의 선택인지 아니면 묘렌이 쓴 어떤 술수의 여력이 아직도 남아서 그런 것인지 생각해 보았으나, 여전히 해답은 나오지 않았다. 그러나 이런 삭막한 생활 중에 그런 기쁨 하나 정도는 있어도 되지 않을까 하는 생각도 들었다. 준후나 아라나 아직 어린아이들이었으니까.

박 신부는 승희의 걱정이 좀 지나친 것이 아닐까 생각하며 입맛을 다셨고, 씁쓸히 웃었다. 연희는 준후가 주술로 자신을 다치게 한 것 때문에 쇼크를 먹었다고 생각해서 준후를 진정으로 가여워했다. 현암은 다른 의미에서 웃음을 지었다. 준후도 이젠 많이 컸고, 현암 자신이 예전에 그랬던 것처럼 준후도 많은 고민과 스스로에게 주어진 숙제를 풀어 가야 할 것이라고 생각했다.

모두 준후를 믿었다. 누구도 준후에게 이래라저래라 말은 하지 않았지만, 준후가 조금 방황하더라도 예전의 선량하고 티 없는 모습으로 돌아올 것이라고.

그러면서 준후의 키가 그 짧은 사이에 부쩍 큰 것 같다고 모두 똑같이 느끼고 있었다.

—3권에서 계속

퇴마록 혼세편 2

초판 1쇄 인쇄	2025년 5월 8일
초판 1쇄 발행	2025년 6월 5일

지은이	이우혁

책임편집	양수인		
편집진행	북케어(김혜인, 전하연)	**교정**	김기준
디자인	studio forb	**본문 조판**	정유정
책임마케팅	최혜령, 박지수, 도우리		
마케팅	콘텐츠 IP 사업본부		
해외사업팀	한승빈		
경영지원	백선희, 권영환, 이기경, 최민선		
제작	제이오		

펴낸이	서현동
펴낸곳	㈜오팬하우스
출판등록	2024년 5월 16일 제2024-000141호
주소	서울특별시 강남구 테헤란로 419, 11층 (삼성동, 강남파이낸스플라자)
이메일	info@ofh.co.kr

ⓒ 이우혁

ISBN 979-11-94654-89-6 03810

* 반타는 ㈜오팬하우스의 출판브랜드입니다.
* 이 책은 저작권법에 따라 보호받는 저작물이므로 무단전재와 무단복제를 금지하며, 이 책 내용의 전부 또는 일부를 이용하려면 반드시 저작권자와 ㈜오팬하우스의 서면동의를 받아야 합니다.
* 책값은 뒤표지에 표시되어 있습니다.
* 잘못된 책은 구입하신 서점에서 바꿔드립니다.